미시마 요무

일러스트 / 몬다

THE WORLD OF OTOME GAMES IS A TOUGH FOR MOBS!

여성향 게임 세계는
몹에게 가혹한 세계입니다

★ 02

서로의 손을 잡고
잠이 들어 있었다.
이불을 덮고 있긴 했지만,
**아무래도 교복은
벗은 모양이었다.**

문을 열고 방 안으로 들어가자
리비아와 안제가 서로를 마주 보며
내 침대에 누워 있었다.
조용한 숨소리가 들려왔다.

결국, 여러 사람이 충돌하면서 로비가 소란스러워지기 시작했다.
나는 샷건을 짊어지고 계단에서 허리를 일으켰다.
모두의 시선이 단숨에 내게 쏠렸다.

"주절주절 시끄럽네,
입만 산 쓰레기들이."

무기를 든 나를 앞에 두고 청중이 쥐 죽은 듯 고요해졌다.
그들의 시선에는 나를 향한 공포나 증오와 같은 감정이 담겨있었다.

여성향게임 세계는
THE WORLD OF OTOME GAMES IS A TOUGH FOR MOBS.
모브에게 가혹한 세계입니다
02

CONTENTS

THE WORLD OF OTOME GAMES IS A TOUGH FOR MOBS.

프롤로그

여자의 우정은 덧없지 않아?

그런 생각 중인 나──【리온 포우 발트파르트】는 간단히 설명하자면 어떤 여성향 게임 세계에 전생한 사내놈이다.

집에서 죽기 직전까지 플레이하고 있었던 '그 여성향 게임' 세계에 말이다.

굳이 강조하는 이유는 이 세계가 이상할 만큼 남자에게 불합리한 세계이기 때문이다.

모든 것이 여성에게 유리하게 되어있으며, 남성 또한 여성을 위한 존재일 뿐이었다.

나는 좀 더 남자에게 상냥한 검과 마법의 판타지 세계에 전생하고 싶었다.

그러나 나는 전생을 거쳐도 아무런 특징도 없는 극히 평범한 사람일 뿐이었다.

그저 수많은 모브 중 한 명.

검은 머리카락에 검은 눈. 아주 잘생긴 것도 아니거니와 눈에 띄는 구석도 없었다.

조금 소극적이고 마음 상냥한 고등학생이라고 하면 이해가 되려나?

그런데 고등학생이라고 했지만 사실 이 세계에 고등학교 같은 건 없다.

대신 '학원'이라는 판타지 세계관이 담긴 교육의 장이 있을 뿐.

뭐, 그래봤자 결국은 일본 고등학교를 모델로 삼고 있어 비슷한 구석이 많지만. 2학기에 이벤트가 많은 것도 그런 이유일 거다.

그래, 예를 들자면 학원제라던가.

"아, 책상은 조금 더 오른쪽이야."

나는 빈 교실에서 친구인 【다니엘 포우 딜랜드】, 【레이먼드 포우 아킨】과 함께 테이블이나 의자를 옮기며 학원제 준비를 하고 있었다.

다만, 이 학원의 학원제는 하나부터 열까지 학생들이 만들어나가는 고등학교의 학원제와는 차원이 다르다. 찻집 하나를 해도 업자를 불러 교실 전체를 본격적으로 인테리어하고 진짜 찻집 못지않게 만들어야 했다. 그야말로 귀족이 다니는 학원이기에 볼 수 있는 광경이었다.

나는 학생들이 손수 차를 만들어 내는 일반 고등학교의 싸구려 느낌도 좋아하지만, 여기서 그런 짓을 했다간 빈축을 살 뿐이다.

세상에는 신분에 걸맞은 대응이라는 게 있는 법.

부자나 귀족들이 다니는 학원에서는 그런 싸구려 감각 따윈 통하지 않는 것이다.

그리고 이건 이 학원의 학생인 나도 예외는 아닌지라, 어쩔 수 없이, 정말로 어쩔 수 없이 돈을 들여 찻집 준비를 하고 있었다.

인테리어에 공을 들이고, 고가의 티 세트나 찻잎, 수많은 다과까지…… 다 어쩔 수 없는 일이었다.

"야, 다니엘! 그 티 세트는 비싸니까 조심스럽게 다루라고!"

그러자 다니엘이 살짝 하얗게 질린 얼굴로 떨면서 내게 불만을 쏟아냈다.

"그렇게 비싼 티 세트를 학원제에 내지 마! 긴장해서 손이 떨리잖냐!"

안경을 쓴 레이먼드가 교실 안을 봤다.

"아무리 그래도 돈을 너무 많이 들인 거 아니야? 귀족이라도 이렇게까지 하는 학생은 거의 없을걸? 적자 나겠어."

나는 답답한 심정을 담아 한숨을 쉬며 고개를 가로저었다.

내 태도에 짜증을 느낀 두 사람이 발끈했지만 무시하고 대답했다.

"적자? 그깟 게 무슨 문제지? 돈 따윈 차고 넘칠 만큼 있다고. 어딘가의 바보 같은 놈들 덕분에 말이야. 오히려 이런 식으로나마 조금씩 환원해야 하지 않겠어?"

레이먼드가 어이없다는 얼굴로 말했다.

"그 성격은 어디 안 가는가 보군. 학원 학생을 대부분 적으로 돌렸을 만해."

다니엘은 내게 충고까지 하기 시작했다.

"너한테 원한을 품은 녀석이 얼마나 있는지 알고는 있냐? 저번 결투에서 네 패배에 걸었던 애들은 지금도 이를 갈고 있을걸?"

슬프게도 레이먼드의 말대로였다.

나는 학원에서 제일 미움받는 몸이다.

이유? 전 왕태자 전하인【율리우스 라파 호르파트】전하—— 그 여성향 게임의 공략 대상인 남자들을 결투로 흠씬 두들겨 팼기 때문이다.

짜증이 났으니까 때렸다.

문제는 이 결투에 내기를 건 학생들이 있다는 점이었다.

율리우스 전하와 측근들이 이길 거라 믿어 의심조차 않던 바보들은 내기에 전 재산을 걸었다. 심지어 빚까지 내서 건 멍청이도 있었다.

나는 내가 이길 확신이 있었으니까 나에게 거금을 걸었고, 여기에 있는 두 사람도 내게 걸어 용돈을 벌었지만.

결과, 율리우스 전하와 측근들한테 이기고 만 나는, 그 바보들한테서 원한을 사고 말았다.

나는 잘못한 게 없는데도 말이다. 참 슬픈 일이다.

사실, 저질러 놓은 일만 보면, 최악의 경우 처형을 당해도 이상하지 않았지만, 나는 막대한 자금과 연줄 등을 사용하여 이 위기를 무마하려 했고, 반대로 칭찬을 받아 출세한다는 고개를 갸웃할 결과에 이르고 말았다.

세상일이라는 건 참 신기하단 말이지.

평범한 학생이던 내가 지금은 정식 6위 상이라는 궁정 계급을 지닌 기사이자 남작이라니.

출세하고 싶지 않은 내게는 전혀 기쁘지 않은 상황이지만.

"칭찬하지 말라고."

다니엘이 어깨를 풀썩 떨궜다.

"칭찬이 아니야, 인마."

친구들과 그런 대화를 하고 있자, 빈 교실에 여자 두 명이 들어왔다.

바로 시크한 메이드 차림을 한 리비아──【올리비아】였다. 긴 스커트를 양손으로 잡고 조금 들어 올리며 걷는데, 조금 발걸음이 불안정했다.

황갈색에 가까운 보브컷 머리.

상냥해 보이는 파란 눈동자도 인상적이지만, 무엇보다 리비아의 부드러운 분위기가 좋았다. 보고만 있어도 마음이 치유되는 것 같았다.

배나 허리를 꽉 조이는 디자인이었기에, 커다란 가슴이 돋보이는 것도 실로 훌륭했다.

"이상하지 않나요?"

걱정스러운 듯이 자신의 차림새를 보여주는 리비아.

어쩐지, 지켜주고 싶은 욕구가 솟아나는데.

리비아는 자각 없이 마성의 여성미를 발휘하고 있었다. 이미 리비아라면 속아도 괜찮다는 생각마저 들기 시작했다.

이것이 그 여성향 게임 '주인공'의 힘인가.

──크, 귀엽잖아.

"잘 어울려. 사이즈도 문제없는 것 같고."

다니엘과 레이먼드도 리비아를 보고 뺨을 빨갛게 물들이고 있었다.

너희들은 그런 눈으로 보지 말라고 한마디 하려던 차에, 리비아 뒤에서 안제가 당당하게 우리 앞으로 나왔다.

허리에 손을 대고 여봐란듯이 서는 모습이 리비아와는 사뭇 달랐다.

"가슴을 너무 강조하는데, 정말 이걸로 괜찮은 건가? 좀 더 점잖은 느낌이 좋다고 생각한다만?"

안제——【안젤리카 라파 레드글레이브】는 메이드복을 완벽하게 소화해 내고 있었다.

공작 영애인 안제가 메이드복을 입다니, 여러모로 의외란 생각이 들었지만, 공작가 아가씨도 여러 가지 사정이 있었다.

"안제는 이런 옷이 익숙한 것 같은데요."

리비아가 신기하다는 물어보자, 안제가 미소를 지으며 대답했다.

"디자인은 다르다만 메이드복은 자주 입었으니까."

"안제가요?"

"예의범절을 배우고자 왕궁에서 2년간 메이드 일을 했었으니 당연하지."

아가씨도 힘들구만.

기가 드세어 보이는 외모와 예리한 눈매.

빨간 눈동자는 강인함이 느껴지지만, 리비아에게는 부드러운 표정을 보여주고 있었다.

정말로 대극에 위치하는 듯한 두 사람── 실제로 그 여성향 게임 세계에선 라이벌 관계였다. 아니, 다르군.

적이었다.

리비아가 주인공이라면 안제는 '악역 영애'였다.

남자를 두고 서로 싸우는 관계여야 했다.

경쟁보다는 적대가 어울리는 관계.

리비아는 평민 출신으로 귀족이 다니는 학원에 특대생으로 입학.

그에 반해 안제는 공작 가문의 영애.

그런데 이 양극에 서는 두 사람이 지금은 '누구 씨' 덕분에 이렇게나 사이가 좋아지고 말았다.

──내가 아니라고.

또 한 명의 전생자가 원인이었다.

"안제는 공작 영애인데도 그런 일을 하는 건가요?"

"영애도 여러 일이 있는 거야. 특히 나 같은 사람은 더욱. 그보다 리비아도 잘 어울리잖아. 풋풋한 느낌이 좋아."

안제가 리비아에게 안겨들었다.

"저도 이 유니폼은 조금 마음에 들어요."

리비아는 안제에게 안겨 조금 쑥스러워하면서도 기뻐 보였다.

나는 두 사람을 보면서,

"이 어찌 존귀한 광경인가……."

무심코 그렇게 중얼거리고 말았다.

결혼 활동 지옥으로 피폐해진 마음에 치유의 빛이 흘러들어오는 것만 같았다.

레이먼드도 안경을 반짝이며 동의했다.

"이런 것도 좋지……."

다니엘도 고개를 끄덕였다.

"동감이야. 이 학원의 여자들 상대로 이런 그림을 볼 수 있다니, 실은 꿈이 아닐까?"

다니엘의 말도 충분히 공감할 수 있었다.

이 학원의 여자, 특히 상급 클래스 여자 중에는 성격이 지독한 사람이 많았다. 농담이 아니고 정말로 끔찍한 수준이다.

참고로 두 사람이 메이드복을 입은 건 내 찻집을 도와주기로 했기 때문이다.

이 학원은 일본의 고등학교를 모델로 하고 있지만, 수업 방식은 대학교에 가깝기에 반이라는 구분이 명확하지 않다.

즉, 반 단위로 가게를 낼 수 없기에 임의로 그룹을 짜 가게를 내야 한다.

그리고 이 찻집의 멤버는 우리 다섯 명. 다른 학생들도 마찬가지로 우리처럼 그룹을 짜 가게를 준비하고 있다.

우리가 두 사람을 넋 놓고 보고 있자니 안제가 우리의 복장을 쓱 훑었다.

"너희들은 유니폼 없이 할 생각인가?"

"있긴 한데, 남자는 뭘 입든 별 차이 없어서 말이지. 그냥 싼 옷으로도 충분할 거야."

내 대답에 리비아가 미안한 듯이 말했다.

"저희 옷으로 예산이 부족해졌다든가, 그런 건가요? 무, 무리해서 비싼 옷을 준비해 주지 않으셔도 괜찮았는데……."

갸륵한 리비아의 태도에 다니엘이 웃었다.

"그건 아닐걸. 이 녀석이 그냥 남자 옷에 흥미가 없을 뿐이야. 주변을 봐. 다른 곳에는 돈 엄청나게 들이고 있잖아."

레이먼드도 동의했다.

"누가 봐도 취미지. 돈을 너무 많이 들인다고. 달리 찻집을 내는 녀석들이 불쌍할 정도야. 지나쳤어."

안제가 어이없다는 투로 말했다.

"리온은 다도광이니까. 다회를 취미로 삼은 남자들은 많다만, 너는 그중에서도 손꼽을 수 있는 다도광이다."

그런 심한 말을……. 나는 차에 미치지 않았다.

스승님의 차에 매료되었을 뿐이다.

스승님은 학원의 교사이자 남자에게 매너를 가르쳐 주시는 완벽 신사다. 나도 언젠가 그 사람 같은 신사가 되고 싶다.

"나는 아직 멀었어."

"솜씨 이야기가 아니라, 차에 얼마나 돈과 시간을 쏟아붓고 있는가 하는 이야기다."

안제가 쌀쌀맞다.

"요전에도 우리 둘을 놔두고 교사랑 찻잎을 사러 가지 않았나."

그 이야기를 듣자마자 다니엘과 레이먼드가 어이없다는 표정

15

으로 날 쳐다봤다.

"너, 두 사람과의 약속을 팽개치다니, 그건 좀 아니지 않냐."

"너무 부러워서 널 때리고 싶어졌다. 밤길에 습격하면 나인 줄 알아라."

아니, 애초에 그날은 그 두 사람을 위해 찻잎을 사러 갔던 거라고.

그리고 부럽다고 하는데, 애초에 나와 두 사람―― 리비아와 안제는 안타깝게도 연애가 성립하지 않는 관계다.

리비아가 조금 침울한 얼굴로 말했다.

"그날도 셋이서 차를 마셨죠. 차는 괜찮지만, 다과가 맛있어서 최근에는 그……."

안제가 리비아를 안아주었다.

"나는 보동보동한 편이 좋다, 리비아. 조금 더 살집이 있어도 괜찮아."

리비아는 눈물을 머금었다.

"저도 안제처럼 스타일이 좋아지고 싶어요."

"기쁜 말을 해주는군. 하지만 리비아도 예쁜 다리를 가지고 있잖나."

"그, 그런가요?"

두 사람이 알콩달콩한 걸 보고 있자니, 다니엘과 레이먼드가 내게 질투가 담긴 시선을 향했다.

아니, 그럴 일 없다니까.

난 이 두 사람과 사귈 수가 없어.

——정말로, 이것만큼은 어쩔 도리도 없다.

두 사람과 신분이 너무나도 다르니까 말이다.

◇

학원제 준비로 학생들이 분주하게 움직이고 있었다.

주로 뛰어다니는 건 남자고, 여자는 지시를 내리고 있을 뿐이라는 게 조금 슬프지만.

여자에게 무르고 상냥한 세계는 남자들의 고생 위에 성립하고 있다는 걸 잘 알 수 있는 광경이었다.

하지만 축제 전인 만큼, 학원의 분위기는 나쁘지 않았다.

평소와 다른 학원의 경치가 신선하다 못해 즐거웠다.

그리고 오늘은 그런 나의 즐거움을 깨부수는 존재가 내 찻집에 와 있었다.

누나——차녀인【제나】였다.

도시물이 든 제나는 의자에 앉아 테이블에 엎드리고 있었다.

그 뒤에는 애인—— 이른바 '전속 사용인'인 아인 노예가 자리를 지키고 있었다. 키가 크고 고양이 귀를 가지고 있으며 오늘도 어김없이 고급 정장을 입고 있었다.

이 학원에서는 여자들이 이런 노예를 데리고 다니는 게 '보통'이다.

상급 클래스 여자 대부분이 이렇게 애인을 데리고 돌아다니며 자신의 시중을 들게 한다.

──실로 슬픈 광경이 아닐 수 없었다.

나와 리비아가 둘이서 찻집 안을 청소하고 있을 때 불쑥 쳐들어온 제나에게 나는 불쾌감을 숨기지 않고 대응했다.

"무슨 볼일이야? 방해되니까 돌아가 줬으면 하는데."

그러자 리비아가 날 나무랐다.

"리온 씨, 누나분께 그런 말 하면 안 돼요!"

그러자 제나는 아군을 얻었다는 것처럼 고개를 들고 항의하기 시작했다.

"그래! 좀 더 나를 위로하라고! 차 정도는 내어 와도 괜찮은 거 아니야?"

뭐 이런 뻔뻔한 태도가 다 있지?

하지만 여긴 여자의 입장이 강한 세계.

그렇다, 이곳은── 여존남비인 세계다.

이런 건 약과다.

"그러면 빨리 용건을 말해. 보다시피 난 바쁘다고."

제나는 부루퉁한 태도로 이야기하기 시작했다.

"실은…… 친구랑 다퉈 버렸어."

이 누나에게 친구가 있었다는 것부터가 충격적이었지만, 이야기가 진전되지 않으므로 잠자코 있기로 했다.

"다투신 건가요? 그러면 화해하면 된다고 생각해요."

리비아가 미소를 띤 얼굴로 그렇게 말하자 제나가 코웃음을 쳤다.

"안 돼. 왜냐면 이번 다툼은 남자가 원인인걸."

"나, 남자요? 그러면 저, 저기……."

남녀 간의 문제는 서툰지 리비아가 눈빛으로 내게 도움을 요청했다.

"뭐야, 남자를 두고 싸운 거야?"

"그럴 만도 했지. 그 자작가 후계자는 앞으로 부자가 될 사람이었으니."

"그게 무슨 말인데?"

듣자니 그 자작가는 호르파트 왕국 본토, 즉 대륙에 영지를 가진 귀족이었는데, 집안이 가난하여 지금까지는 아무도 눈길을 주지 않았다고 한다.

그런데 얼마 전 그 영지에서 경사스럽게도 광맥이 발견되었다.

광산이 생기면 나라가 직접 원조하여 개발을 돕는다. 즉, 커다란 수입원이 생긴 셈이다.

이 소식이 퍼지자 학원 여자들이 사냥감을 노리고 달려들 듯 그 자작가 후계자에게 몰려들기 시작했다.

"본토에 영지가 있는 것도 좋고, 앞으로 들어올 돈도 있어. 이런 걸 어떻게 모른 척하니?"

리비아가 그 이야기를 듣고 말했다.

"저, 저기 사, 사랑 같은 건 없나요? 그분이 좋다든가……."

"귀족의 결혼에 그런 건 필요 없어. 중요한 건 변변한가 어떤가 야. 사랑이라든가 연애는 여기 있는【미오르】나 다른 애인을 찾아 서 즐기면 되니까. 하지만 그러려면 재력이 있어야 하지. 무슨 말 인지 알아들었니?"

──그게 사람 입에서 나올 소리냐!

어쩌지, 이 여자를 때려 주고 싶다.

……누나라면 때려도 용서받을 수 있지 않을까?

"여전히 썩어빠진 근성을 가지고 있구만."

그것보다 뒤에 있는 고양이 귀 노예의 이름을 오늘 처음 들은 것 같은데.

어차피 흥미도 없었지만.

"어쨌든 요약하자면 누나가 노리고 있던 남자를 가로채려고 했 다는 거지? 그런 녀석은 연을 끊는 게 정답이야. 다른 사람의 연 인을 노리다니, 최악이라고."

약탈이라든가, 바람이라든가 불륜은 최악이지.

그런데──.

"──아니야."

"어?"

"처음에 친구가 노리고 있었는데, 조건이 좋으니까 나도 노려 볼까나 싶어서."

──네가 가로채려고 했던 거냐!

네가 최악이야, 최악이라고!

"네가 나빠. 자, 해산."

내가 그렇게 말하자 제나가 항의했다.

"어째서 안 도와주는 거야! 네가 나랑 친구 사이에 들어가서 이야기를 해주면 해결된단 말이야! 너는 그래도 실력은 좀 되니까 소중한 누나를 도우라고!"

"소중? 어이, 사전에서 소중하다는 말을 찾아보고 와라."

애초에 나한테 이 문제를 해결하라는 건 무슨 의미지?

도저히 이해가 안 가서 대체 뭘 해줬으면 하는 건지 물어보기로 했다.

"그 왜, 너는 강하잖아? 그러니까 살짝 친구랑 그 남자한테 누님을 잘 부탁한다고 말하기만 하면 되는 거야. 간단하지?"

──이 자식, 내 힘을 이용해서 친구랑 남자를 협박할 생각인가? 쓰레기잖아!

그러자 리비아가 이번엔 제나를 나무랐다.

"그런 건 안 돼요!"

"──왜?"

제나가 노려보자 리비아가 놀라서 한 걸음 뒤로 물러나고 말았다. 뒤에서 대기하던 미오르도 팔짱을 끼고 리비아를 위압했다.

"그, 그게……."

나는 리비아를 숨겨주듯 앞에 섰다.

"내가 대신 답해주지. ──절대로 안 할 거야. 네 도움이 되는 일은 안 할 거라고. 그리고 너무 리비아를 괴롭히지 마. 나는 너

보다 리비아를 우선할 거고, 무슨 일이 있으면 언제도 잠자코 있
지는 않을 테니까."

그러자 곧장 누나의 기백이 꺾여버렸다.

"아, 알았어. 아무리 그래도 공작 영애가 나서면 농담으로 끝나진
않을 테니……. 칫, 쓸모없는 바보 동생이네. 미오르, 그만 가자."

"네, 아가씨."

농담 안 끝나기는, 네가 들고 온 이야기만 하겠냐.

제나가 교실을 떠나간다.

리비아가 안도의 한숨을 내쉬었다.

"조금 무서웠어요."

누나가 데리고 다니는 고양이 귀 녀석은 슬림 마초라고 할까,
큰 키에 근육도 있어서 위압감이 상당하다.

그런 놈이 노려봤으니 겁을 먹을 만도.

"신경 쓰지 마. 무슨 짓 당하면 말해. 바로 짓뭉개 줄 테니까."

"그건 좀…… 하지만, 걱정해 주셔서 감사합니다."

미소 짓는 리비아의 얼굴을 보고, 나는 시선을 돌렸다.

그러자 분주한 발소리가 들려왔다.

다니엘과 레이먼드였다.

"큰일이야, 리온!"

"여, 옆의 빈 교실에!"

◇

넷이서 옆에 있는 빈 교실 앞으로 가니, 율리우스 전하가 구경하러 온 여자들에게 손수 전단을 나눠주고 있었다.

"여유가 있다면 와주도록 해. 환영하지."

율리우스 전하의 미소 지으며 말하자 여자들의 뺨이 빠르게 물들었다.

"네, 네!"

"꼭 올게요. 학원제가 열리는 사흘 동안 매일 올게요!"

"저, 저도 돈 잔뜩 쓸게요!"

뭐지? 세뇌인가?

율리우스 전하는 여자들에게 상쾌한 미소를 보내며 자신의 가게를 선전하고 있었다.

"'찻집 프린세스'를 잘 부탁한다!"

──찻집 프린세스라고오오오!

다니엘이 어깨를 풀썩 떨구었다.

"바로 옆에 찻집을 연달아 낸다는 게 말이 되냐!"

레이먼드가 나를 힐끔힐끔 바라보았다.

"널 괴롭히는 게 아닐까? 실행위원 중에도 결투 사건으로 돈을 잃은 사람이 있을 테니. 하지만 그래도 이렇게까지 하나……."

율리우스 전하가 나를 발견하자 의미심장한 미소를 보냈다.

이 자식, 나를 싫어하는 건가? 우연이군. 나도 네가 싫어.

찰랑찰랑한 감색 머리카락이 마치 반짝이는 것처럼 보였다. 역시나 여성향 게임의 공략 대상의 대표, 왕자답군. 쓸데없이 잘생겨서, 쓸데없이 빛나 보이잖아.

그러나 그것뿐이다. 얼마 전까지는 왕태자였으나 지금은 그저 왕자일 뿐, 전 약혼자였던 안제를 버리고 다른 여자를 고른 멍청이다.

뭐, 원래 이야기대로 흘러갔다면 결국은 안제도, '그 여자'도 아닌 리비아가 옆에 있을 터였지만, 그것도 '그 여자' 때문에 엉망진창이 됐다.

"발트파르트, 너도 찻집을 내는 것 같더군. 우리도 찻집을 열 생각이다. 괜찮다면 와라. ──환영하지."

바보 왕자의 의기양양한 얼굴에 화가 치솟았다.

율리우스 전하에게서 전단을 받아든 리비아가 놀라 숨을 삼켰다.

"차, 차랑 과자 세트가 100디아?!"

너무 충격적이었는지 눈이 빙글빙글 돌던 리비아가 휘청이기에 나는 재빨리 그녀를 받쳐 주었다.

리비아에게서 전단을 집어 들어 내용을 확인하니, 가격이 터무니없는 배짱 장사였다. ──아니, 이건 배짱이라기보다 바가지 아닐까?

내가 보기엔 값싼 차와 과자로 1만 엔을 내는 느낌이었다. 거기에 추가 옵션까지 있는 모양이니 저런 곳에 앉아 있다간 몇십 분 만에 2~3만 엔이 쉽게 사라질 거다.

카바레도 이렇게 심하지는 않다고!

다니엘과 레이먼드도 전단을 멍하니 바라보고 있었다.

나는 손님 한 명당 10~20디아 정도 내면 괜찮은 편이라고 생각했는데…… 잊고 있었다. 이곳은 귀족 집안 아가씨와 도련님들이 다니는 학원이었다.

부자들이 많으니까 가격을 좀 더 세게 불러야 했다.

율리우스 전하는 리비아를 보고 고개를 갸웃했다.

"너무 쌌나? 마리에는 이 정도가 딱 좋다고 말하더군. 사실은 더욱 벌고 싶었다만."

그만해! 리비아가 금전 감각의 차이에 마음이 꺾일 것 같잖아!

"리온 씨, 귀족분들은 굉장하네요. 저한테는 이런 고액 찻집에 들어갈 용기가 없어요……."

"그게 올바른 감각이라고 생각해. 이 녀석들을 기준으로 잡지 말라고."

애초에 살아온 환경이 다르다. 이 가치관 차이는 그리 쉽게는 메울 수 없을 것이다.

가치관의 차이라는 건 그만큼 큰 문제다.

우리의 대화를 들은 율리우스 전하가 부루퉁한 표정을 지었다.

"생각보다 여유롭군. 하지만 발트파르트—— 이번에는 지지 않겠다."

율리우스 전하는 그렇게 말하고 떠나갔지만, 우리는 적의 정세를 시찰하기 위해 몰래 뒤를 따라갔다.

애초에 학원제에서 뭘 지고 이기고 하겠단 말인지…….

재미있는 녀석이군. 실은 코미디언의 재능이 있는 게 아닐까?

우리가 같이 교실로 줄줄 들어가자, 율리우스 전하가 놀라 말했다.

"이, 이봐! 왜 오는 거냐!"

"아니, 정찰이라도 할까나 싶어서."

"뻔뻔하군!"

"난 자신에게 솔직하거든. 신경 쓰이니까 봐 둬야겠다 싶어서 말이야. 자, 어디 보여주실⋯⋯허억?!"

율리우스 전하를 밀어젖히자, 터무니없는 광경이 눈에 들어왔다.

──아니아니아니! 이게 어디가 찻집이야!

낮은 테이블에 호화로워 보이는 소파가 나란히 늘어서 있고 조명은 어둑했으며, 인테리어에 제법 힘을 줬는지 고급스러운 느낌이 풍기고 있었다.

교실 안에서는【크리스 피아 아크라이트】와【브래드 포우 필드】가 의상을 서로 맞춰 보고 있었다.

아무리 봐도 그 정장이었다. 앞가슴이 열려 있었다. 검은색 계통의 정장에 색깔이 있는 셔츠.

나는 저도 모르게 소리치고 말았다.

"이건 호스트 클럽이잖냐──!"

파란 머리카락에 안경이라는 고지식 청년 같은 크리스가 나를 알아차리고 예리한 시선을 한층 더 날카롭게 만들었다.

"발트파르트인가."

긴 보라색 머리카락을 하나로 묶은 경박한 정장 차림의 브래드가 앞머리를 쓸어올리면서,

"적의 정세를 시찰하는 거냐? 여전히 살금살금 야비한 남자로군."

야비한 건 너희들이라고!

찻집이라 해놓고, 실제로는 호스트 클럽을 차리다니!

"너희들 비겁하다고!"

내가 그렇게 말하자 크리스가 무척 기쁜 듯이 웃었다.

"네게서 그 말을 들을 수 있을 거라고는 생각지 않았다. 역시 마리에의 제안을 받아들인 게 정답이었군. 네가 분해하는 얼굴을 볼 수 있었던 것만으로도 가치가 있어."

또 그 녀석이냐! 대체 어디까지 뒤틀린 거야?!

율리우스 전하가 우리를 앞에 두고 선언했다.

"이번 학원제, 이기는 건 우리다. 발트파르트, 질 것 같다고 해서 도망치지 말도록."

나를 도발하는 율리우스 전하의 표정이 매우 기뻐 보였다.

너희들 바보냐? 찻집이랑 호스트 클럽으로 대체 뭘 겨루자는 건데? 애초에 싸우는 판이 다르잖냐!

리비아가 끊임없이 고개를 갸웃하고 있다.

"저기, 이것도 찻집인 건가요? 오히려 술집에 가까운 것 같은데요……."

그러자 브래드가 리비아에게 얼굴을 가까이 들이밀며 대답했다.

"특대생까지 트집을 잡을 셈인가? 마리에의 제안에 공연한 트집을 잡지 말아 줬으면 좋겠군. 게다가 우리는 술을 제공하는 게 아니야. 어디까지나 과자와 차를 내올 뿐이지. 서비스는 우리가 하겠지만 말이다. 뭐, 네가 마리에의 생각을 이해할 것 같진 않지만."

"예? 저, 저기, 그래도 이건 뭔가 아닌 듯한……."

나는 재빨리 리비아와 브래드 사이에 끼어들었다.

"만지지 마라. 리비아가 더러워지잖냐. 저리로 가."

손으로 쉭쉭! 하며 떨어지도록 재촉하자 브래드의 미간에 주름살이 갔다.

"──정말로 짜증 나는 녀석이군."

너희들, 명문 귀족의 전 후계자로서 부끄럽지도 않냐? 학원제에서 호스트 클럽이라니, 제정신이 아니라고!

방안을 신기하다는 듯이 보고 있던 다니엘과 레이먼드가 메뉴를 발견하고 경악했다.

"서, 서비스 요금이 10분에 100디아라고?!"

"이, 이렇게나 비싼 찻집이라니……!"

그러자 의상을 맞추고 있었던 여자── 전생자가 안쪽 커튼에서 모습을 드러냈다. 오늘도 어김없이 【카일】이 옆에 대기하고 있었다.

이 녀석은 카바레 아가씨로 참가할 생각인 건가?

이 여자의 이름은 【마리에 포우 라판】. 라판 자작가의 막내딸로,

율리우스를 비롯한 명문 귀족의 후계자들을 홀린 여자다.

희대의 악녀가 하필이면 전생자라니, 너무하지 않아?

작은 몸집에 금발벽안이며 귀여운 소악마 타입이다. 긴 머리카락은 자연스럽게 부드러운 컬이 들어가 있고, 가슴은…… 절벽이라고 해도 좋을 만큼 슬림한 몸매를 가지고 있다.

하지만 나는 이 녀석이 싫다. 보고 있으면 속이 부글거려 견딜 수가 없다.

——전생의 여동생이 떠올라서.

"당연하지. 말해 두지만, 율리우스를 비롯해서 다들 명문가 후계자였다고. 지금은 아니지만……. 어쨌든, 이들에게 서비스를 받는 거니까 그 정도는 받아야 수지가 맞지 않겠어?"

드레스 차림의 마리에를 보고 나는 혀를 찼다.

"그럼 간판에 써놓은 프린세스는 너냐? 애초에 넌 자작가의 막내잖아? 프린세스라니…….

"마, 마음은 언제나 공주님이야!"

그러자 브래드가 마리에를 추켜세웠다.

"마리에, 너는 언제든 우리의 프린세스. 공주님이야."

"고마워, 브래드. 그에 비해 조연이나 다름없는 너는 정말로 실례라고!"

"나는 거짓말을 못 하거든. 워낙 순수해서 말이지."

"네가 순수하다면 불량배도 성인군자잖아! 농담은 그만둬!"

뭣이? 이 여자에게 로우킥을 먹여 주고 싶어졌다.

마리에는 부드러운 머리카락을 쓸어 올리고는 우리한테 말했다.

"학원제 당일이 기대되네. 하지만 너희가 하는 찻집은 한가할 것 같으니까, 우리가 휴식 장소로 써 줄게. 아, 걱정하지 마. 요금은 낼 테니까. 그러니 제대로 된 차를 내어 오도록."

그런 말 않더라도, 나는 차 앞에서 거짓말은 하지 않는다.

스승님께 면목이 없으니까.

그나저나 터무니없는 강적이 옆에 출현했군…….

★ 제11화 「왕비님」

학원제를 하루 앞두고 간판을 든 학생들이 자기 가게를 선전하고 있었다.

"좋아, 나도 힘내야지!"

리비아는 손수 만든 간판을 들고 홍보로 시끌벅적한 학원 안을 돌아다니기 시작했다.

다른 학생들처럼 가게를 홍보하기 위해서였다.

리온은 개점 준비로, 다니엘과 레이먼드는 자재를 사러 다니느라 바빴고, 안제는 학원제 1학년 여자 대표에다 실행위원까지 하고 있어서 돌아다니며 선전할 사람이 리비아밖에 없었다.

리비아가 안뜰을 걷고 있자, 간판을 들고 가게 선전을 하던 남자 몇 명이 리비아를 발견하고는 말을 걸어왔다.

"어라? 너는 특대생이지?"

갑자기 자길 부르는 소리에 리비아가 살짝 놀라 대답했다.

"네, 네. 저기, 찻집 선전을 하려고요."

그러자 남자들이 곧장 미소를 지으며 가게를 홍보하기 시작했다.

경계하고 있던 리비아는 조금 맥이 빠지고 말았다.

"그쪽은 찻집인가. 우리는 노점을 내니까 먹으러 와. 서비스해 줄게."

"크레이프지만 말이야. 올해는 겹치는 가게가 적으니까 기합 넣고 벌어야지."

"찻집은 경쟁자가 많다고 들었는데, 고생이 많겠네. 그쪽도 열심히 해."

3인조가 작업으로 돌아가자 리비아는 안도했다.

'다행이야. 거칠게 대하면 어쩌지 했는데⋯⋯.'

학원에 특별히 입학이 허가가 났을 뿐, 리비아는 귀족이 아니다.

이 학원에서 리비아는 그만큼 이질적인 존재였다. 처음 입학했을 무렵에는 그걸로 괴롭힘까지 당했었다.

다시 선전하기 위해 걷기 시작하자 이번에는 여자들이 있었다.

"저기⋯⋯!"

하지만 남자와는 달리, 여자들의 시선은 매우 차가웠다.

전속 사용인을 데리고 있는 상급 클래스 여자 3인조.

벤치에 앉아 이야기하고 있었기에 말을 걸었지만, 태도가 몹시 안 좋았다.

"특대생이 무슨 볼일이야? 우리 바쁜데."

"차, 찻집 선전으로⋯⋯."

리비아가 용기를 내서 리온의 찻집을 선전했다.

그러자 여학생 하나가 바보 취급하는 것처럼 웃음을 터트리며 말했다.

"설마 발트파르트의 찻집? 갈 리가 없잖아. 너 혹시 그 녀석들 마음에 들었다고 우쭐해진 거 아니야? 남자들이 좀 치켜세워 줬다고 해서 착각하지 말라고. 평민 따위가."

평민이라는 말에 리비아는 그녀와 자신 사이에 있는 벽을 느꼈다.

그러자 여자 둘이 말렸다.

"슬슬 그만해, 이 애는 공작 영애가 아끼는 애라고."

"그냥 엮이지 않는 게 좋아. 발트파르트를 화나게 하면 무슨 짓을 저지를지 모른다고."

두 사람이 시비조인 여자를 달래면서 데리고 그 자리를 떠났다.

리비아는 조금 슬픈 듯한 표정을 지었지만, 고개를 가로저었다.

"좋아, 다음으로 가자!"

슬프기는 했지만, 리비아에겐 안제와 리온이 있었다. 아는 사람조차 없었던 입학 초기와 비교하면 외롭지는 않았다.

'괜찮아. ──나한테는 두 사람이 있으니까.'

하지만 그건 두 사람밖에 없다는 의미이기도 했다.

선전을 계속 반복한 결과, 리비아는 남학생들이 비교적 다정하게 나온다는 걸 체감했다.

이전까지 보여주던 태도가 거짓말 같을 정도였다.

하지만 여학생들은 여전히 차가웠다.

그녀의 얼굴을 보자마자 멀어져 가는 여자가 태반이었다.

리비아는 의기소침해졌지만, 금방 다시 의욕을 냈다.

그런데 다시 홍보를 시작하려는 순간, 불쑥 뒤에서 누군가가 말을 걸어왔다.

"어라, 찻집을 하는 거야? 어머, 무료 티켓을 주나 보네. 혹시 아직 남아 있니?"

"네, 네!"

——뒤돌아보자 여학생 한 명이 웃으며 리비아를 보고 있었다. 리비아가 부러워하는 날씬한 몸매로, 긴 감색 머리카락이 무척 아름다웠다. 서 있는 모습도 당당해 보였다.

리비아가 선전용 무료 티켓을 건네주며 멍하니 보고 있자 그녀가 다시 말을 걸었다.

"너는 특대생이지?"

"네."

"역시. 나는 카라——【카라 포우 웨인】이야. 준남작가의 차녀고, 보통 클래스를 다니고 있어."

상급 클래스와 보통 클래스는 수업 내용이 전혀 다르기에 이따금 이런 행사가 있을 때 빼고는 마주칠 일이 거의 없다.

설령 어딘가에서 스쳐 지나간 적이 있었다고 해도 초면이나 마찬가지였다.

상대가 먼저 우호적으로 나오자 기뻐진 리비아는 찻집이 있는 장소를 친절하게 설명했다.

"저는 리비아—— 올리비아라고 해요. 학원제에서는 찻집을 열고 있으니, 꼭 와주세요!"

"어라? 이쪽은 율리우스 전하의 찻집이 있는 곳 아니니?"

리비아는 다시 어깨를 풀썩 떨구고 시무룩해지고 말았다.

리온의 강력한 라이벌—— 그것이 율리우스와 측근들이 낸 찻집이었다.

"맞아요. 리온 씨도 곤란해하고 있었어요."

"흐음~. 발트파르트 남작과 친한가 보네."

리비아는 카라가 리온을 발트파르트 남작이라고 부르는 걸 듣고 자신이 무슨 짓을 저질렀는지 퍼뜩 정신이 들었다.

'너, 너무 허물없이 부른 걸까?'

리온은 신경 쓰지 않지만, 귀족과 평민이라는 신분은 변함이 없다. 리온과 리비아가 필요 이상으로 친하게 지내는 것을 좋게 여기지 않는 학생이 있는 것을 리비아는 알고 있었다.

하지만 카라는 도리어 살짝 고개를 끄덕이며 웃고 있었다.

"소문은 이것저것 들었지만, 사실은 상냥한 사람일지도 모르겠는걸."

"네?"

"특대생과 같이 있어도 남작한테는 메리트가 없는걸. 아, 딱히 네가 나쁘다는 의미가 아니야. 그저 남작이 생각보다 상냥한 사람이었구나 싶어서."

그녀의 말에 리비아는 리온이 인정받은 것 같아 기뻐졌다.

"네, 맞아요! 리온 씨는 상냥한 사람이에요. 상냥하고, 강해서 정말로 의지가 되는 사람이에요. 이따금 도가 지나칠 때가 있지만, 다들 오해하는 것뿐이에요."

정말로 오해인지는 살짝 미심쩍지만, 리비아에게 리온은 동경하는 기사였다.

다정하고, 강하고, 누군가를 지킬 수 있는 이상적인 기사.

"그, 그래. 잘됐네."

약간 물러서는 카라에게, 리비아는 만족스럽게 미소 지었다.

"네. 저, 이 학원에 오길 잘했다는 생각이 들어요. 전부 리온 씨와 안제 씨 덕분이에요."

"안제…… 아, 공작 영애인 안젤리카 님을 말하는 거구나."

카라는 잠깐 뜸을 들이더니 다시 말을 이었다.

"저기, 학원제에서 남작과 이야기를 좀 할 수 있을까?"

"아마 가능할 거예요."

"그래? 그러면 내일 날 남작에게 소개해 주지 않을래? 네가 다리를 놓아 줬으면 해."

"다리요? 리온 씨라면 신경 쓰지 않을 것 같긴 하지만…… 저로 괜찮다면요."

굳이 다리를 놓아달라고 하는 게 조금 신경 쓰였지만, 리비아는 미소를 지으며 고개를 끄덕였다.

"고마워. 꼭 얼굴 내비칠 테니까, 그때는 잘 부탁해."

카라는 그 말을 마지막으로 발길을 돌렸다.

리비아는 그녀의 뒷모습을 보며 깊이 생각하지 않고 손을 흔들었다.

◇

학원제 당일.

학원 상공에서 학원제의 시작을 알리는 폭죽이 터졌다.

하늘에 생긴 하얀 폭죽 연기가 바람을 타고 흘러갔다.

이 학원제의 손님은 주로 귀족과 그 관계자들이다.

학생 시절의 추억을 떠올려 찾아온 여성들이나 그 손에 이끌려 온 남편이나 아이—— 그리고 애인들…….

정말이지 기묘한 광경이었다.

그리고 그 기묘한 가족 구성으로 찾아온 손님들이 늘어선 입장 대기 줄에서 이채를 발하는 여성이 한 명.

플래티넘 블론드 빛깔의 긴 머리카락, 파란 눈동자와 상냥한 분위기를 자아내는 부드러운 눈매.

발목까지 내려오는 원피스의 허리를 조여 강조를 준 풍만한 가 슴과 잘록한 허리.

20대쯤 돼 보이는 상냥한 인상의 여성이 일반 손님 줄에 섞여 즐거운 듯 차례를 기다리고 있었다.

"어머, 재미있어 보이네. 노점이 잔뜩 나와 있어!"

누군가를 향한 말이 아니었지만, 그녀 곁에 있던 여성 손님—— 으로 변장한 호위가 다른 곳을 보며 대답했다. 누가 보더라도 일 행인 줄 알아채기 어렵게끔.

"……장난이 지나치십니다. 학원제가 보고 싶으시다면 정식으 로 방문하셔도 되지 않습니까?"

그러자 그녀는 요염한 미소를 지으며 말했다.

"그러면 재미가 없잖니. 우리 귀여운 율리우스를 바보 취급한 남작에게 확실하게 못을 박아 둬야지."

그녀의 이름은【밀렌 라파 호르파트】 그녀가 바로 호르파트 왕국의 왕비이자, 율리우스의 어머니였다.

그녀 주변에 있는 다른 손님들 또한, 모른 척하고 있으나 전부 그녀의 호위들이 변장한 모습이었다. 어딜 가든 왕비를 홀로 둘 수는 없는 노릇이니까.

밀렌 곁에 있던 여성 호위가 한숨을 내쉬었다.

"그 정도는 명령을 내리시면 저희가……."

그러자 밀렌이 부드러운 미소를 지으며 말했다.

"내 눈으로 보고 판단하고 싶은 거야. 대체 어떤 아이일까? 정말로 기대돼."

밀렌은 쿡쿡 웃더니 호위 중 한 명에게 부탁했다.

"우선 학원을 안내해 줄 사람이 한 명 있어야겠지? ——가서 안제를, 안젤리카를 불러 줄래?"

호위 중 한 명이 인파 속으로 사라지듯이 그 자리에서 모습을 감추자, 밀렌은 미소를 띤 채 교문에서 학생이 나눠주는 팸플릿을 받아들고는 펼쳐 봤다.

"기대되네, 발트파르트 남작."

조금 무서운 미소를 팸플릿으로 감춘 밀렌은 학원 입구에 나란히 늘어선 노점을 보며 안제가 올 때까지 시간을 보냈다.

◇

음?

뭐지? 갑자기 오한이 들었는데?

……기분 탓인가?

안타까운 일이지만 내 감은 자주 빗나간다. 이번에도 별일 아닐지도 모른다.

기분을 전환한 나는 손뼉을 치며 모두에게 지시를 내렸다.

오늘은 학원제 첫날.

찻집 준비는 만전이었다.

"좋아, 학원제 첫날이다! 기합 넣고 일하라고, 남자들! 아가씨 두 분은 사이사이에 적당히 휴식을 취하면서 학원제를 즐기는 걸 잊지 않도록."

그러자 주방 2인조가 곧장 꼴사납게 트집을 잡았다.

"우리는 처음부터 마구 부려먹을 생각이냐."

"아르바이트비, 한 푼 오차 없이 정확히 받아낼 거다."

반면, 웨이트리스 2인조는 얼굴에 긴장감이 돌고 있었다.

"안제, 저 긴장되기 시작했어요."

"나도 찻집에서 일하는 건 처음이다만 조금 즐겁구나."

그런 웨이트리스 두 사람이 꺄아, 꺄아 하며 즐거워하는 것을 보고 있는데, 도어벨과 함께 문을 열고 누군가가 들어왔다

나는 즉각 미소를 지으며 인사했다.

"어서 오세——"

"안젤리카 씨, 실행위원본부에서 호출이 와 있어요."

손님인가 싶었더니, 교사가 안제를 부르러 온 것뿐이었다.

안제가 고개를 갸웃했다.

"제게 볼일입니까?"

"네, 급한 일이라고 들었어요. 바로 본부로 가 주세요."

교사는 안제에게 말을 다 전하고 나자, 그대로 어딘가로 가 버렸다.

안제가 약간 김이 샜다는 듯한 표정을 지었다.

"미안하군. 금방 볼일을 끝내고 돌아오지."

다 같이 힘내자! 하고 서로 격려하자마자 불려가다니, 안제가 불쌍하군.

곧장 리비아가 주먹을 쥐고 의욕을 보여주었다.

"괜찮아요! 안제가 올 때까지 제가 힘낼게요!"

이 얼마나 거룩한 장면이란 말인가.

양손을 들고 힘내겠어요——! 하는 모습을 사진으로 남기고 싶어졌다.

나중에 【루크시온】에게 부탁해야지.

안제는 리비아의 대답을 듣고 웃으며 나가려다가 날 돌아보았다.

"그러면 빨리 돌아올 수 있도록 나도 노력하지. 참, 리온. 너무 무모한 짓은 하지 마라."

무모한 짓이라니? 손님을 상대할 때는 자중하란 건가.

짚이는 바가 없는 건 아니다만…….

"굳이 날 콕 짚어 이야기할 정도인가?"

"너는 금방 도를 지나쳐 버리니까 말이다. 다녀오지."

안제가 웃으며 떠나간 직후, 문틈으로 보인 풍경에 리비아가 깜짝 놀랐다.

"어, 어라? 리온 씨, 어쩐지 벌써 행렬이 생긴 것 같은데요?"

그래?

나만 보이는 게 아니었나 보군.

옆 교실로 이어지는 저 긴 줄이——.

◇

"왕비님, 너무 억지를 부리시면 곤란합니다."

안제가 메이드복으로 맞이하러 간 상대는—— 순진무구하게 학원제를 즐기고 있는 밀렌이었다.

"미안해~. 그래도 오늘 하루는 눈감아줘. 네 부탁으로 나도 여러모로 큰일이었는걸? 네 마음에 든 남작 씨라든가."

안제는 아무 말도 할 수 없어 입을 다물고 말았다.

밀렌은 옆에 안제를 끼고 학원제의 분위기를 즐기고 있었다.

"게다가 학원제는 처음인걸! 안제의 메이드복 차림도 오랜만이고. 예전에는 내 시중을 들고 있었으니까 익숙했는데 말이지."

"그, 그 무렵에는, 여러 가지로 신세를 졌습니다."

안제는 어려서부터 왕궁에서 일하며 예의범절을 배웠는데, 그때 시중을 들던 게 바로 밀렌이었다.

다만, 그때는 아직 어리다 보니 실수가 잦았고, 성격도 날카로운 구석이 있었다.

'그 무렵을 떠올리면 부끄럽군.'

세상 물정을 모르고, 겉치레를 구분하지도 못했으며, 밀렌에게 여러 가지로 민폐를 끼쳤던 나날이었다.

옛날의 부끄러운 추억이 되살아나서 안제는 밀렌에게서 눈을 돌렸다.

밀렌은 안제를 보며 재미있다는 양 웃고 있었다. 아무래도 놀리고 있는 모양이다.

'나는 이분께 평생 약하겠지.'

시선을 둘 곳이 없어 눈을 돌리고 있자니 손님들 틈에 섞여서 이쪽을 감시하는 호위들이 눈에 들어왔다.

"그건 그렇고 학원이라는 건 굉장하구나. 내 조국에는 없었어."

밀렌은 무척 즐거운 듯이 안제에게 말을 걸었다.

"그렇습니까……."

밀렌은 타국에서 시집온 왕비다.

기반 세력이 없으니 왕궁에서 붕 떠도 이상하지 않건만, 밀렌은 본인의 재각(才覺)으로 왕궁 안에서도 무시할 수 없는 권력을 쥐고 있었다.

안제가 율리우스와 정식으로 약혼할 수 있었던 것도 사실상 밀렌이 허가를 내주었기 때문이었다.

밀렌이 불쑥 안제의 얼굴을 들여다봤다.

"서훈식 때보다 안색이 좋아 보여서 다행이네. 지금이 이전보다 더 즐겁지?"

'천진난만한 것 같으면서도, 사람을 꿰뚫어 보고 계시는군. 무서운 분이다.'

안제는 도저히 당해낼 생각이 들지 않아 순순히 답하기로 했다.

"즐거운 학원 생활을 보내고 있으니까요."

그러자 밀렌이 으음~? 하고 뜸을 들이더니 다시 물어보았다.

"혹시, 리온 군이 곁에 있어서?"

안제는 뺨을 살짝 물들이며 대답했다.

"아닙니다. 그것보다도 정말로 미행(微行)으로 리온과 만나실 생각입니까?"

"당연하지. 율리우스가 폐적된 건 자기 책임이지만, 나도 부모인지라 불평이 없진 않단다. 물론, 결투를 안이하게 받아들인 율리우스도 문제가 있지. 하지만 무엇보다 마음에 들지 않는 건 결투의 내용이야. 어찌나 끔찍하던지, 처음 들었을 땐 말도 나오지 않았다니까?"

"제 대리인이 면목 없는 짓을 했습니다."

안제가 대신 사죄할 정도로 리온의 결투는 도가 지나쳤다.

압도적인 힘으로 굴복시킨 것도 모자라, 율리우스와 측근들에게 설교까지 했다.

당시 율리우스의 신분이 왕태자였다는 걸 생각하면 설교는커녕 도발조차 있을 수 없는 일이었다.

상식적으로 생각하면 리온의 명은 거기서 다했어야 했다.

하지만 그는 거기서 도리어 출세한다는 위업을 이루어 냈다.

그러나 율리우스가 터무니없는 꼴을 당한 것 또한 엄연한 사실.

'역시 왕비님은 마음에 들지 않으셨겠지.'

겉으로는 용서한다 해도, 밀렌이 진심으로 리온을 용서했을 리 없다는 걸 안제는 잘 알고 있었다. 율리우스는 그녀의 아들이니까.

'하지만 그렇게 생각하면 역시 대단하신 분이야. 응어리가 있을 텐데 티 하나 내질 않으시니.'

오히려 공식적으로 리온을 용서하고 기사로 임명하는 도량까지 보여주었다.

이것이 호르파트 왕국의 왕비, 밀렌이었다.

"그리고 왕국의 기사로 임명한 이상, 이후로는 그의 모든 행동에 왕국의 책임이 따른단다. 지금 이야기하지 않으면 언제 하겠니."

"너무 혹독한 말씀을 하시지는 말아 주세요. 그──리온이 불쌍합니다."

"안제가 그런 상냥한 말을 할 줄이야. 얼마 전의 너라면 '제가 단단히 주의를 시키겠습니다!'라고 했을 텐데. 그게 아니면 율리우스가 저지른 일이 아직 응어리져 있는 걸까?"

"……없다고 단언할 수는 없네요."

여전히 그 일을 마음에 두고 있는 안제를 보고 밀렌은 다정하게 말을 건넸다.

"그 아이의 어머니로서 사과할게. 미안하구나, 안제. 그런데 그 애는 어쩌다 속아버린 걸까? 왕궁에서는 그런 기미조차 보이지 않았는데. 오히려 다가오는 애들을 다 거절하지 않았었니?"

"전하께서 말씀하시길, 학생의── 평범한 분위기가 좋았다는 것 같습니다. 그리고, 자신을 이해해 준다고도……."

그러자 밀렌은 난처한듯한 표정을 지었다.

"그 아이가 말하는 학생의 평범한 분위기라는 게 뭔지 잘 모르겠어. 나는 학원에 다닌 적이 없으니까. 다만, 이 학원이란 건 내가 듣던 것보다 훨씬── 지독하구나."

밀렌의 시선이 어느새 한 여학생을 향하고 있었다.

어떤 노점 앞에서 한 여자가 남자 점원을 몰아붙이고 있었다.

"잠깐, 이런 거로 돈을 받을 생각이야? 공짜로 하란 말이야."

"고, 곤란합니다!"

결국, 그 여자는 돈을 내지 않고 노점을 떠나갔다.

주변을 둘러보니 지나다니는 여자마다 온통 아인종 노예를 데리고 있었다.

다른 나라에서 온 밀렌은 이런 풍경이 몹시 마음에 들지 않는 모양이었다.

"정말로 끔찍해."

"부끄러울 따름입니다."

그런 학원제를 보고 돌아다니며 두 사람은 리온의 찻집으로 향했다.

밀렌은 찻집이 보이자 표정을 다잡았다.

"여기구나—— 어라, 옆은 대성황이네?"

옆집은 긴 줄이 늘어서 있는데, 정작 리온의 찻집은 손님이 약간 있을 뿐, 줄은 있지도 않았다.

안제는 조금 망설였다.

'전하의 가게를 보여드려야 하나? 아니, 오늘은 미행으로 오셨으니 피하는 편이 좋은가. 왕비님께서 나와 같이 있는 모습을 보면 전하께서도 심란하실 테고.'

좀처럼 답을 내지 못하고 있자 밀렌이 먼저 안제의 손을 잡았다.

"자아, 리온 군을 난처하게 만들러 가는 거야! 안제도 협력하렴."

"예? 저기, 그렇게 말씀하셔도 곤란합니다. 저도 일단 이 가게의 웨이트리스인지라……."

"괜찮아, 괜찮아! 홍차가 미지근하다든가, 그렇게 트집을 잡는 것뿐이니까! 못해도 세 번은 다시 내어 오게 해야지. 그걸로 이번에는 용서해 주겠어."

그래서 용서받을 수 있다면 그 정도는 싼 편이지만, 가게에서 보기엔 충분히 민폐인 손님이었다.

그런데 두 사람이 찻집에 들어가자마자 요란한 소리가 들려왔다.

"홍차가 미지근하잖아! 다시 내어 와!"

컵째로 냅다 던진 홍차를 맞고, 홍차투성이가 된 리온.

옷이 상당히 너덜너덜한 게, 방금 던진 홍차 이외에도 이미 무슨 일이 있었다는 걸 한눈에 알 수 있었다. 정말 지독한 상황이었다.

머리까지 젖은 리온은 고개를 숙이고 있어 표정을 알 수가 없었다.

리비아는 당장이라도 울음을 터뜨릴 것만 같은 얼굴이었다.

"리온 씨, 금방 치료를……"

하지만 리온은 리비아에게 물러나라고 손짓하고는 잘난 듯 앉아 있는 여학생을 향해 정중히 사과했다.

"죄송합니다. 곧바로 다시 내어 오겠습니다."

그리고는 리온이 떨어진 컵을 줍고자 웅크린 순간, 그 여학생이 자리에서 일어서더니 히죽히죽 웃으며 리온의 뒷머리를 짓밟았다.

주방에서 상황을 보고 있던 다니엘이나 레이먼드가 분한 듯이 고개를 숙이고 있다.

친구를 외면하는 게 박정해 보였지만, 이 학원에서 그들은 아무런 힘이 없다. 나서더라도 피해자가 늘어날 뿐이었다.

리온도 그걸 알고 있기에 주방의 두 사람에게 나서지 말라고 눈짓으로 말하고 있었다.

"역시 됐어. 어차피 별 대단한 찻잎도 아니고, 이대로 돌아가도록 할게. 설마 이렇게 맛없는 차와 과자를 내놓고 돈을 받겠단 소리 하진 않겠지? 아니, 오히려 네가 돈을 내야 하는 것 아닐까?"

여자는 구두의 발굽 부분으로 리온의 뒷머리를 빙글빙글 돌리며 짓밟았다. 그녀의 친구들과 전속 노예들이 비웃으며 그 모습을 지켜보고 있었다.

리온은 머리를 짓밟혀서, 마치 무릎을 꿇고 엎드려 바닥에 머리를 박고 있는 듯한 자세가 되었다.

"대금은 내주셔야겠습니다."

"뭐? 장난해? 네가 우리한테서 얼마나 뜯어갔는지 알아? 네 그 말도 안 되는 내기 탓에 빚을 갚지 못해서 전속 사용인을 판 애도 있어! 그걸 알고 그딴 소릴 하는 거야?!"

그러나 애초에 그 빚은 리온의 책임이 아니었고, 노예를 판 것도 그 여자의 사정일 뿐이었다.

밀렌은 너무 충격적인 장면에 말을 잇지 못하고 있었다.

"어? ──어?"

너무 적나라한 광경에 넋을 놓고 있다가 퍼뜩 정신을 차리고는 몇 번이나 리온과 안제를 번갈아 보면서 무슨 일이 일어나고 있는 건지 눈빛으로 설명을 요구했다.

하지만 이미 분노로 몸을 부들부들 떨고 있던 안제는 밀렌이 입을 열기도 전에 앞으로 나아가 리온을 짓밟고 있는 여자를 밀쳐냈다.

"잠깐, 뭐 하는 거야!"

전속 사용인의 부축을 받으며 일어선 여학생이 안제를 노려보며 소리쳤다.

리온이 고개를 들어 제지하려 했으나 먼저 입을 연 건 안제였다.

"태도가 나쁜 손님이군. 돌아가 주실까."

공작 영애가 나타나자 주위 여자들이 소란스러워졌지만, 정작 떠밀린 여자는 기가 찬다는 듯 웃고 있었다.

안제를 상대로 전혀 주눅 들지 않았다.

"누군가 했더니, 율리우스 전하한테서 약혼을 파기 당한 안젤리카잖아. 뭐야, 그 차림은? 귀족의 딸로서 부끄럽지도 않아?"

안제는 속으로 혀를 찼다.

'하필 이 여자인가. 성가시게 됐군.'

안제와 친하지 않을뿐더러, 적대 파벌에 있는 백작 영애였다.

"뭐야, 그 눈은? 설마 내가 널 무서워할 줄 알았어? 유감이네! 지금의 너 따위──"

그러자 리비아가 안제 앞으로 나섰다.

"이제 그만해 주세요! 리온 씨도 모자라 안제한테까지…… 그만 돌아가 주세요!"

안제는 리비아의 얼굴을 봤다.

"리비아, 너──."

하지만 상대는 이마에 핏대를 세웠다.

"──기어오르지 마라, 평민 따위가!"

"네?"

리비아가 깜짝 놀라 한 걸음 물러났다.

"너 따위가 감히 날 훈계하려 들어? 어디까지 기어올라야 직성이 풀리는 거지? 같은 학원에 다니니까 네가 귀족이라도 된 것 같아? 공작 영애의 귀여운 애완동물이라고 해서 나와 같은 지위에 설 수 있을 줄 알았냐고!"

"——애완동물?"

리비아가 몹시 놀란 표정을 짓고 있었다.

안제는 이 이상 놔두면 돌이킬 수 없겠다는 생각이 들었다.

"거기까지 해라. 이 이상은 용서하지 않겠어."

하지만 상대는 입을 다물지 않았다. 그러기는커녕 안제의 과거를 떠들기 시작했다.

"친구가 줄었다고 해서 평민한테 다가간 거야? 공작 영애가 한심해졌네. 너, 언제였던가 파티에서 말했잖아. 평민 같은 건 숫자라고. 너도 평민 따위 그다지 신경 쓰지 않았었잖아."

리비아가 안제 쪽으로 천천히 고개를 향했다.

"안제가 그런……."

"아, 아니야. 나는——"

리비아의 표정이 재미있었는지 그 여자는 계속해서 말했다.

"평민 따위는 인간이 아니라고! 아직도 네 처지를 모르겠어? 공적을 좀 세운 쓰레기 기사랑 공작 영애가 있으니까 다들 잠자코 있을 뿐이라고! 너 같은 건 말이지——"

"시궁창 냄새나는 그 입 다물어."

백작 영애가 말을 마치기도 전에 리온이 끼어들었다. 곧장 그녀의 시선이 리온에게 향했다.

"하! 주제 파악 못 하고 기어오르는 녀석이 또 있었네. 너, 백작가를 적으로 돌리면 어떻게 되는 줄 알아?”

여자가 눈짓하자 전속 사용인이 리온의 머리를 짓밟았다.

“흥, 잘난 듯이 지껄이기는. 아가씨, 이 녀석한테는 따끔한 교육이 필요할 것 같습니다.”

모여든 전속 사용인들이 리온을 내려다보며 히죽히죽 웃고 있었다.

이윽고 참다못한 밀렌이 결국 목소리를 높이고 말았다.

“그만 하세요! 이 이상은 보고 있을 수 없습니다.”

찻집 안의 시선이 밀렌에게 쏠렸다. 백작 영애는 노골적으로 인상을 쓰고 있었다.

아무리 생각해도 왕비 앞에서 보일 표정이 아니었다.

“뭐야, 아줌마.”

“아, 아줌……!”

안제는 머리를 감싸 쥐고 싶어졌다.

‘이 녀석은 귀족이라면서 왕가의 얼굴도 모르는 건가. 그야 왕비님이 이런 곳에 있을 거라고는 생각지 않겠지만…….’

애초에 이 여자는 말이 백작 영애지, 몹시 미묘한 위치에 서 있었다.

그녀의 집안은 흔히 말하는 벼락출세 집안으로, 다른 귀족에 비하면 왕실과의 인연이 매우 짧은 편이었다. 자진해서 왕궁에 얼굴을 내밀 사람 같진 않으니, 왕궁에서 예절을 배운 적도 없다고 한다면 밀렌의 얼굴을 모를 만도 했다.

밀렌은 뺨에 경련을 일으키며 참고 있었다.

"지금 발언을 못 들은 것으로 하겠습니다. 당신들, 바로 계산을 끝내고 나가세요. 그러고도 학원의 학생입니까. 아니, 귀족으로서 부끄럽지 않은 겁니까!"

밀렌의 말에 찻집 안에 있던 여자 몇이 코웃음 쳤다. 아무래도 백작 영애 같은 사람이 더 있는 모양이었다.

"뭐? 우쭐대지 마. 나를 누구라고 생각하는 거야? 오플리 백작가의 딸이라고. 분수를 알도록 해! 이 할망구를 쫓아내."

여자가 전속 사용인에게 명령하자, 아인들이 밀렌을 둘러쌌다.

안제의 인내심은 이제 한계에 달해 있었다.

"이 녀석들, 감히 누구한테——"

그 순간, 안제의 눈에 리온의 얼굴이 들어왔다.

그의 시선이 밀렌과 안제를 번갈아 향하더니, 어라? 하는 표정에서 입꼬리가 차츰 올라가기 시작했다. 입이 초승달처럼 넓어지고, 눈도 활 모양을 그리며 웃고 있었다.

나—— 대의를 얻었을지니! 그런 목소리가 들려올 것만 같았다.

'고, 곤란해! 어떻게든 이 자리를——'

그러나 안제가 사태를 파악했을 땐 이미 리온이 밀렌을 둘러싸고 있던 백작 영애의 사용인을 걷어차고 있었다.

신체 능력을 마법으로 강화해 있는 힘껏 찬다면 제아무리 수인이라도 맨몸으로 버틸 재간이 없다.

"날아가라, 브아~보 자식아!"

갑자기 돌변한 태도에 아인들뿐만 아니라, 여자나 주방에서 보고 있던 다니엘과 레이먼드까지 경악하고 있었다.

리비아는 아예 영문을 모르겠다는 표정을 짓고 있었다.

다니엘이 퍼뜩 정신을 차리고 소리쳤다.

"바, 바보는 너라고! 전속 사용인에게 손을 댔다간――"

"괜찮아! 자, 이놈들아! 기뻐해라! 즐거운 파티 시간이다아아아!"

이 학원의 남학생들이 전속 사용인을 상대로 힘을 쓰지 못하는 건, 여자들에게 미움을 사는 게 두려워서일 뿐이다. 그 이유 하나만으로 전속 사용인들은 강력한 방패를 얻는 것이다.

그러나 상황이 이렇게 되면 이야기는 달라진다.

리온은 백작 영애와 달리 왕비의 얼굴을 알고 있었다.

서훈식에서 밀렌의 얼굴을 본 것이다. 미행 중이긴 했지만, 안제가 모시고 있다는 걸 보고 확신을 얻은 모양이었다.

"뒤져라아아아!"

리온은 양손을 깍지를 끼고 해머처럼 내리쳐 또 한 명의 아인을 딱딱한 바닥에 패대기쳤다.

봐줄 생각이 전혀 없는 공격이었다.

리온을 제압하고자 아인 하나가 달려들었지만 리온에게 붙잡혀 바닥을 나뒹굴 뿐이었다.

순식간에 아인 셋을 쓰러트린 리온은 밀렌을 감싸듯이 앞으로 나가더니 보란 듯이 소리쳤다.

"예를 표해라, 무엄한 놈들! 이분을 누구라고 생각하느냐! 호르파트 왕국 왕비── 밀렌 님이시다! 뭘 멍하니 쳐다보고 있어! 어서 엎드리라고!"

상황이 역전되면서 이제는 리온이 그들을 보며 웃고 있었다. 심지어 밀렌의 정체까지 폭로해 버렸다.

갑작스러운 상황 변화에 밀렌이 심히 당황했다.

"어? 어라? 어째서?"

난처해하는 밀렌을 보고 안제는 양손으로 얼굴을 가렸다.

"리온, 너라는 녀석은······."

미행이 허사가 되어 버렸다. 왕비를 구실로 삼아 전속 사용인들을 때려눕히고, 여자들이 고개를 조아리게끔 하고 있었다.

그러나 리온은 멈추지 않고 여자들을 위압했다.

"너희들 각오하라고! 왕비님께 손을 댄 대가를 치러 줘야겠어! 백작가의 딸이건 그냥 넘어갈 수 있다고 생각하지 마라!"

밀렌의 위광을 등에 업은 리온이 크게 웃었다. 여자들은 뒤늦게 사태를 깨달았는지 가만히 서서 입을 뻐끔뻐끔하고 있었다. 핏기가 가셔서 얼굴이 새파래져 있었다.

밀렌이 리온의 팔에 매달렸다.

"리온 군, 잠깐만! 미행 중이야! 이런 곳에서 소란을 일으킬 수는 없어! 일단 진정하자. 착하지~? 응?"

밀렌도 리온에게 따지러 왔을 텐데, 어느새 그를 달래고 있는 이상한 상황이 되어있었다.

하지만 리온은 전혀 듣고 있지 않았다.

이날만을 기다렸다는 듯, 눈이 진심이었다.

"맡겨 주십시오, 왕비님! 이 리온, 이놈들의 처벌에 기꺼이 앞장서겠나이다. 자, 명령을! 멸족이든 멸문이든 말씀하시지요! 어서 명령을! 왕비님의 적은 전부 이 리온 포우 발트파르트가 쓰러뜨리겠습니다! 멸살입니다, 멸살!"

"안 된다고 말하고 있잖니!"

밀렌은 이제 눈물이 글썽거리며 리온의 팔에 매달려 있었다. 안제는 한숨을 내쉬었다.

'지나치게 흥분했군. 무슨 짓을 당했는지 상상하면 이해는 된다만…….'

찻집 안에는 리온을 괴롭히려던 여자들이 고개를 숙인 채 떨고 있었다.

너덜너덜해진 리온의 옷.

바닥에는 무언가를 내동댕이친 흔적이 남아 있었고, 테이블 위도 상당히 더러워져 있었으며, 쓰레기통에도 깨진 컵이나 그릇이 산더미처럼 쌓여 있었다.

여학생들이 처음부터 리온에게 앙갚음하려고 찾아왔다는 증거나 마찬가지였다.

밀렌도 엉뚱한 트집으로 리온을 살짝 괴롭히려고 오긴 했지만, 학원의 여학생들이 이만큼 지독할 줄은 몰랐는지, 충격을 받은 듯했다.

그리고 구실을 얻은 리온은 살벌한 웃음을 흘리고 있었다.

"대의는 내게 있을지니! 아로간츠로 너의 본가를 짓밟아 주마!"

"리온 군! 부탁이니까 그만해. 내가 잘못했으니까 용서해 줘!"

밀렌은 여전히 리온의 팔에 매달려 그를 말리고 있었고, 리비아는 고개를 숙이고 당장이라도 울 것 같은 표정을 하고 있었으며 다니엘과 레이먼드는── 웃는 얼굴로 백작 영애의 사용인들을 꽁꽁 묶고 있었다.

"왕비님께 손을 대려고 하다니, 터무니없는 죄인 녀석들."

"그래그래, 리온의 말대로라고. 대의는 우리에게 있을지니!"

두 사람도 그간 전속 사용인에게 쌓인 울분이 많았는지 웃음이 멈추질 않고 있었다.

'수습이 안 되는군……. 그 사람을 불러와야겠어.'

안제는 수습을 포기하고 제삼자에게 도움을 구하기로 했다.

그리고는 찻집을 나가기 전에 리비아의 표정을 살폈다.

'……리비아에게 뭐라고 말을 건네면 좋지? 나는…… 나는 리비아에게…….'

★ 제02화 「사랑 고백」

"미스터 리온! 안 됩니다. 차의 길을 걷는 사람이 부인께 폐를 끼치다니, 있어서는 안 되는 일이에요! 그건 신사가 아닙니다!"

"죄송합니다, 스승님. 하지만, 저── 저는!"

손님을 다 내보낸 찻집.

안제가 스승님을 모시고 온 덕분에 사태는 진정되었으나, 그 대신 나는 스승님께 꾸지람을 듣고 있었다.

보통은 진지한 표정을 짓고서 한 귀로 흘려듣겠지만, 스승님의 말씀은 늘 가슴에 꽂히기에 그럴 수가 없었다.

아무리 나라도 이 사람에게는 거스를 수 없었다. 이분은 학원의 선생님 이전에 나의 다도 선생님, 아니 스승님이니까.

스승님이 내 어깨에 살며시 손을 올려놓았다.

"힘들었겠지요. 괴로웠겠지요. 하지만, 거기서 포기해서는 안 됩니다. 그 앞에 바로 진정한 신사의 길── 그리고 차의 길이 이 어져 있는 겁니다."

"──네, 넵, 스승님!"

신사의 길은 길고 험한 모양이다.

내가 스승님의 말에 감동하고 있자, 옆에서 한숨 소리가 들려 왔다.

왕비님이 잔뜩 지친 얼굴로 테이블 앞에 앉아 계셨다. 그녀의 양옆에는 안제와 리비아가 둥근 테이블을 둘러싸고 앉아 있었다.

내가 옷을 갈아입는 동안 다니엘과 레이먼드는 속이 후련해졌는지 즐거운 파티를 한답시고 다른 친구들을 찾아 가게를 나가버렸다.

그 짜증 나는 여자들은 왕비님의 물러가라는 명을 받고 도망치듯 사라져버렸다. 물론, 이미 그 녀석들의 얼굴을 다 기억해 두었다. ──절대로 잊지 않겠어.

"그쪽 이야기도 끝난 모양이네. 그럼 다음은 내가 이야기를 해도 될까?"

왕비님의 말씀에 스승님이 등을 곧게 편 뒤 정장 옷매무시를 단정하게 가다듬고는 급사를 시작했다.

"그러면 제가 차를 준비하도록 하겠습니다. 미스터 리온, 도구를 빌려도 괜찮을까요?"

"물론입니다!"

스승님께서 쓰신다면, 그 도구와 찻잎도 무척 기뻐할 것이다.

그나저나 왕비님이 '나 화나 있어요'라는 얼굴로 날 쳐다보는 게 무척 신경 쓰이는데.

"리온 군. 나는 화가 나 있어요."

왕비님의 말에 나는 그 자리에서 두 무릎을 꿇고 양손도 바닥에 갖다 댔다.

"역시 그러셨습니까. 알고 있습니다── 부디, 가족만은 용서해 주십시오! 저는, 저는 어떻게 되어도 괜찮으니!"

"어? 아니, 다, 달라! 그런 이야기가 아니야! 안제~ 도와줘!"

나는 밀렌 님의 반응을 보고 진심으로 화가 난 건 아니라는 걸 알아챘다.

아니, 원래부터 알고 있었지만, 놀려 줄 생각으로 연기를 한 것 뿐이다.

왕비님이 진심으로 화를 내고 있었다면, 나는 지금쯤 전력을 다해 왕국에서 탈주하고 있었을 거다.

하지만 안제는 내 생각을 읽고 있었다.

"밀렌 님, 놀림당하고 계신 겁니다. 리온은 밀렌 님이 정말로 화가 나신 게 아니라는 것을 알고 있습니다."

"어?"

밀렌 님이 나를 쳐다봤기에, 혀를 내밀고 내 머리에 주먹을 올린 뒤—— 멋쩍게 웃어 보였다.

엄청나게 차가운 시선이 돌아왔다. 이건 용서 안 해줄 모양이다.

"최악이네. 사람을 잘못 봤어."

"정말로 죄송합니다!"

이번에야말로 진심으로 사과했더니 스승님이 밀렌 님의 용건을 여쭈었다. 스승님이 차를 준비해 주다니, 어쩐지 득을 본 기분이다.

향긋하게 풍겨 오는 향기에 나는 충격을 받았다.

이럴 수가——! 같은 찻잎을 썼는데, 어째서 이렇게까지 차이가 나는 거지?!

전혀 다른 차 같잖아!

역시나 스승님이다.

"왕비님, 이번 미행 건 말입니다만⋯⋯."

"이제 됐어요. 어설프게 이야기해봐야 누구 씨가 괴롭힐 뿐이니, 지금 못을 박아 두겠습니다. 리온 군, 저는 당신에게 불만을 표하러 왔어요. 왕국이 아니라, 개인적인 이야기예요."

⋯⋯역시 이렇게 되나.

이유는 어쨌건 내가 율리우스 전하를 흠씬 두들겨 팬 건 변하지 않는다.

어머니로서는 화가 났겠지.

사실, 이 왕비님── 밀렌 님은 게임에서 주인공과 적대관계로 등장한다. 안제와 친한 것만 봐도 알 수 있지만, 주인공이 안제와 적대하면 그대로 같이 적이 되는 인물이다.

역시나 여성향 게임이다. 시어머니는 싫은 모양이다.

율리우스 전하가 주인공(평민)을 좋아하게 되면, 왕비님으로서는 반대할 수밖에 없을 거다. 잘 생각해 보면 당연한 말을 하는 건데, 여성향 게임에서는 두 사람 사이를 갈라놓는 적이 된다.

불합리하지. 당연한 말을 했을 뿐인데, 나쁜 사람 취급이라니.

그러나 밀렌 님도 결국은 주인공을 인정하게 되는데, 주인공이 '성녀'의 지위를 얻으면서 신분 문제를 덮어버리기 때문이다. 이 성녀라는 지위 말인데, 종교적으로 매우 중요한 의미가 있다.

사실, 게임 내의 설정이 너무 두루뭉술해서 설명만으로는 성녀가 왜 대단한지 알기 어려운데, 주인공이 성녀가 되고부터 엄청난 활약을 하니, 플레이어에게는 성녀가 대단한 것처럼 보이게 되어있다.

물론, 그렇다고 무시할 건 아니다. 주인공의 힘도 중요하지만, 성녀의 힘도 엄청——.

크흠, 이야기가 샜군. 우선 밀렌 님의 불평부터 들어봐야겠다.

"삼가 듣겠습니다."

"좋아. 우선—— 율리우스 일을 먼저 사과하겠어요. 그 아이의 방자한 행동에 말려들게 해서 미안합니다."

설마 사과부터 시작할 줄이야.

악의 두목인데 예의가 바르군.

"어째서 이렇게 됐는지, 어머니로서도 이해하기가 어려워요. 안제에겐 미안하지만, 자작가의 딸이라면 애인까지는 눈감아 줄 수도 있었습니다. 그 애, 왕궁에 있을 때는 유독 여성에게 냉담했으니까. 그런데 설마 이렇게까지 집착할 줄은 상상도 못 했어요."

밀렌 님이 내 눈동자를 바라봤다.

투명한 푸른 눈동자에 빨려 들어갈 것만 같았다.

나는 굉장한 사실을 알아차렸다. ——이 사람, 엄청난 미인이다!

조금 전부터의 계속 살펴보고 있는데, 아무리 봐도 30대의 느낌이 아니다.

오히려 귀엽지 않나?!

"단, 그 결투는 납득이 가지 않습니다. 너무 지독한 싸움이었어요. 당신이라면 더 원만하게 일을 수습할 수 있지 않았나요?"

신중하게 했으면 가능했겠지만, 난 그보다 스트레스를 풀고 싶었다.

나는 얌전한 표정을 지으며 도움을 요청하는 것처럼 리비아나 안제에게 힐끔힐끔 시선을 보냈다. 하지만 두 사람 모두 그럴 상황이 아니었다.

조금 전에 백작가 여자가 했던 말이 문제였는지 서로 고개를 숙이고 있어서, 내 아이컨택트를 알아차리지 못하고 있었다.

할 수 없이 루크시온에게 도움을 요청하기 위해 강하게 마음속으로 생각하자 전자음 소리가 들려왔다.

『마스터가 원만하게 일을 수습한다? 무리군요. 이 사람은 마스터에게 뭘 기대하는 것일까요?』

——파트너가 너무해!

이 쓸모없는 인공지능이! 좀 더 나한테 다정하게 대하라고!

내가 계속 그렇게 입을 다물고 리비아나 안제를 힐끔힐끔 보고 있자니 밀렌 님이 뭘 착각하셨는지 이상한 말씀을 하기 시작했다.

"어머, 혹시 그런 거야? 젊네~."

갑자기 미소를 지으며 날 놀리기 시작하셨다. 대체 뭘 생각하고 계시는 거죠?

——하지만 뭔가 일이 잘 풀릴 것 같은 느낌이니 다물고 있자.

"리온 군, 알고 있겠지만 왕궁에도 당신의 적이 많아요. 율리우스에게 기대하고 있던 사람들도 많고요. 당신, 앞으로 어떻게 할 건지 계획은 있나요?"

왕궁은커녕 학원 전체가 적뿐이지 말입니다.

나 참, 나 같은 선량한 인간이 어째서 이런 꼴을 당하는지.

그리고 왕궁에 적이 있다고 해도— 솔직히 난 아무렇지도 않다.

"물론입니다."

그렇게 대답했지만, 솔직히 없습니다! 왕궁의 일은 안제 아빠에게 몽땅 맡겨버렸으니까요! 애초에 저는 왕궁 같은 데 얼굴을 내비칠 생각도 없고, 출세에 흥미도 없으니 엮이고 싶지 않거든요!

뭣하면 계급을 낮춰 줘도 좋다고요?

율리우스 전하에게 기대하고 있던 사람들? 보는 눈이 없었던 걸 어쩌겠습니까. 포기하십시오. 전하가 안제를 버리고 마리에를 선택한 시점에서 이미 글렀습니다.

왕태자로서 실격이라고요.

"그래. 강한 아이네. 율리우스 옆에 당신 같은 아이가 있다면, 그 애도 길을 잘못 드는 일은 없었으려나?"

으음, 그건 어떨까? 만약 내가 옆에 있었다면 마리에는 멀리 떼어 놓을 수 있었을지도 모르지. 하지만 그렇게 되면 게임의 스토리를 따라 율리우스 전하가 리비아를 찾아갈 뿐이었을지도 모른다. 그럼 결국 안제는 적이 됐겠지.

게임상으로 옳은 선택인가, 현실에서 옳은 선택인가— 양쪽

다 성가시군.

난처한데. 그 녀석 곁에 있었다면 나는 지금 이상으로 큰일이 나 있었을지도 모르겠다.

하지만 가정의 이야기에 무슨 의미가 있겠나.

"제가 있어 봤자 결과는 변하지 않습니다."

"그럴까? 뭐, 됐어. 그리고, 오늘은 리온 군을 찾아온 이유가 하나 더 있어. 그걸 도와줬으면 해."

"무엇인지요?"

"나는 다른 나라에서 시집왔으니까, 학원에 다닌 적이 없거든. 그러니까, 학원의 추억을 갖고 싶어~. 리온 군이 도와줄 거지? 나 말이야, 학원이 무척 궁금했거든. 주변 여자들은 다들 즐거운 듯이 이야기하니까, 부러워서."

장난기 많은 아이 같은 미소를 보내는 밀렌 님. 30대 부인이, 학원의 추억을 갖고 싶다고?

전생의 나라면 할망구가 무슨 소리냐며 웃었을지도 모른다.

하지만——— 지금은 다르다.

나는 일어나서 밀렌 님의 손을 양손으로 잡았다.

이 얼마나 아름다운 손이란 말인가!

"어?"

나는 놀라는 밀렌 님——— 아니, 밀렌 씨에게 말했다.

"좋습니다. 학원에서의 추억을 만들어 드리지요. 밀렌 씨——— 저와 결혼해 주십시오!"

얼굴이 새빨개져서는 당황하는 밀렌 씨.

그 순간 의자에서 리비아와 안제가 벌떡 일어났다.

"리온 씨! 무슨 말을 하는 건가요!"

"너, 너너, 너란 녀석은! 상대는 왕비님이라고!"

제아무리 스승님도 이건 예상 밖이었는지 놀라움을 감추지 못하셨다. 완벽 신사인 스승님을 놀라게 하다니, 나도 대단하군.

"미스터 리온, 아무리 그래도 그 농담은 웃을 수 없습니다!"

알고 있다. 알고 있지만, 잘 생각해 보자고.

학원에 다니는 목적은 무엇인가? 공부? 아니!

이 여성향 게임 세계의 학원에 목적이 있다면 그건 단 하나! 바로 결혼이다! 즉, 이 학원의 추억이라 하면 그건 결혼에 관련된 이야기! 그렇다면 내가 해야 하는 건 구혼이다!

학원의 추억을 갖고 싶다면 이것 이외에 답은 없다.

다시 말해, 왕비님은 고백을 받아보고 싶은 거다! 아아, 나도 놀랄 명추리군. 대단해!

그리고 추억 이야기를 제쳐놓고 보아도 밀렌 씨는 최고의 결혼 상대이다. 경산부(經産婦)라고? 아이를 낳을 수 있다는 명확한 증거가 아닌가! 귀족에게 후계자가 얼마나 중요한지를 생각하면 오히려 대환영이다! 처녀가 아니라고? 이 학원에 있는 여자는 이미 대부분 비처녀다!

처녀 같은 환상 속의 생물은 존재하지 않아!

나이? 그게 어쨌단 거지? 배움도 없는 저 짐승 같은 10대들보다,

정숙하고 귀여운 30대가 더 좋지 않은가! 나는 '인간'과 결혼하고 싶다고!

나는 그간의 학원 생활로 뼈저리게 느꼈다. 여자에게 환상을 품는 건 그만두자고.

학원 여자와 밀렌 씨를 두고 고르라고 한다면, 난 망설이지 않고 밀렌 씨를 고를 거다.

……뭐지? 농담으로 할 생각이었는데, 생각할수록 밀렌 님, 최고잖아? 신분 말고는 문제가 없어.

"좋아합니다! 사랑합니다!"

나는 생각하기보다도 빠르게 입에서 말이 나오고 말았다.

"고, 곤란해요. 저, 저한테는 남편과 아이도—— 게, 게다가 아줌마고……."

"상관없습니다! 지금도 이토록 아름답지 않습니까! 설령 가족이 있다고 하더라도, 저는 좋아합——크힉!"

뺨을 물들이고 눈시울을 촉촉하게 적시고 있는 귀여운 밀렌 씨를 보며 열변을 늘어놓고 있었는데, 갑자기 누군가가 내 뒤통수를 때렸다.

대체 누구야?! 날려 주겠어!

어느 놈이냐 하고 돌아봤더니, 분노에 불타는 율리우스 전하의 모습이 눈에 들어왔다.

무슨 일이 있었는지 정장 차림이 흐트러져, 앞가슴이 크게 열려 있었고 머리도 심히 헝클어져 있었다. 상당히 녹초가 된 느낌이었다.

"앗, 전하?"

내가 그렇게 말하자 율리우스 전하는 가지고 있던 쟁반을 치켜 들었다.

"남의 어머님을 유혹하다니 좋은 배짱이구나, 발트파르트. 네 녀석을 여기서 벨 수 없는 것이 분해서 견딜 수가 없다!"

아무래도 상당히 화가 난 모양이었다.

눈앞에서 어머니가 유혹당하면 역시 아들은 화가 나려나?

갑자기 나타난 전하를 보고 밀렌 씨가 당황해 말렸다.

"아, 아니란다, 율리우스. 이, 이건 그——"

"어머님도 그만 그 손을 놔 주십시오! 발트파르트, 너도 얼른 손을 떼라!"

"뭐어~? 싫어."

아니나 다를까, 율리우스 전하가 나의 뺨을 후려쳤다.

나는 그대로 날아가 바닥을 굴렀다.

"리온 군!"

밀렌 씨가 놀라 내게 다가오려고 했지만, 율리우스 전하가 먼저 밀렌 씨의 손을 붙잡고 가게 밖으로 나갔다.

"어머님도 적당히 해주십시오. 옆에 저희 가게가 있습니다. 거기서 이야기를 듣겠습니다. 나 참, 왜 지금 학원에 계신 건지…….

떠나가는 두 사람을 지켜보면서 나는 생각했다.

——왕비님, 학원에서 좋은 추억은 만드실 수 있었습니까, 하고.

◇

찻집 프린세스.

이쪽도 휴식 시간에 접어들어, 가게 안은 손님 없이 텅텅 비어
있었다.

마리에는 빈 가게에서 기분 좋게 돈다발을 세고 있었지만, 예상
밖의 사태에 지금은 커튼 뒤에 숨어 상황을 지켜보고 있었다.

'어째서 악의 우두머리가 여기 있는 거야!'

정확히는 악의 우두머리가 아니지만, 게임에서는 왕비가 악역
영애를 지원하고 있었으므로 마리에게 밀렌은 적이나 다름없었다.

학생의 신분으로는 도저히 어쩔 수가 없는, 가장 어려운 상대
였다.

마리에가 숨어서 상황을 살피고 있자, 카일이 마리에의 스커트
를 살살 당기며 불평을 늘어놓았다.

"주인님, 이제 더는 못하겠어요~! 여자들이 서비스료를 냈다
면서 제 몸을 마구 만진다고요~! 다음에는 안 도울 거예요~."

'이 애가 무슨 말을 하는 거야! 너희들의 생활비나 경비를 버는
게 얼마나 힘든데! 양심이 있으면 도우라고!'

마리에가 돈에 집착하는 건 율리우스를 비롯한 남자들의 생활
비가 필요하기 때문이었다.

율리우스는 리온과의 결투 사건 이후 왕궁에서 보내 주는 생활

비가 큰 폭으로 줄어들었다. 나머지 네 사람은 절연 당해 생활비 자체가 아예 끊겼으니, 그에 비하면 나은 편이었지만, 어찌 됐든 마리에는 이 다섯 명과 자신의 생활비를 벌기 위해서 수단과 방법을 가릴 때가 아니었다.

"사흘 동안만 힘내. 그 뒤로는 좀 나아질 테니까."

"정말인가요?"

'불평이 많은 사용인이네!'

마리에는 속으로 불평하며 밀렌과 율리우스의 낌새를 엿보았다.

밀렌은 소파에 앉아 낮은 테이블을 사이에 두고 율리우스와 마주 보고 있었다.

"어머님, 발트파르트를 가까이 두시면 곤란합니다. 그 녀석은 방심할 수 없습니다."

잠자코 있는 밀렌은 눈초리가 날카로워져 있었다.

"모르시겠지만, 그 녀석은 아주 더러운 녀석입니다. 돈을 위해서 무엇이든 할 놈이죠. 거기다 비겁하기까지 합니다. 왕비인 어머님께 고백한 것만 봐도 이미 비정상이지 않습니까."

율리우스는 리온이 얼마나 막된 녀석인지를 설명하고 있지만, 밀렌은 가게 안을 둘러보고 눈초리가 한층 험악해졌다.

마리에는 새파래졌다.

'으아아…… 엄청나게 화났잖아!'

밀렌의 아들인 율리우스에게 여학생이나 여성 손님의 접대를 시킨 건 다름 아닌 마리에였다. 마리에는 상황이 안 좋게 흘러가고 있다는 걸 느끼고 덜덜 떨기 시작했다.

"──율리우스, 제게 찻집을 한다고 말하지 않았나요?"

"네, 찻집입니다. 마리에가 다소 조정해 주어서 말이지요. 어떤가요? 어울립니까?"

자신의 정장 차림을 뽐내는 율리우스. 그 뒤에는 질크가 똑같은 차림으로 대기하고 있었다.

서비스료를 받고 여자에게 접대하고 있었기 때문에 복장과 옷이 약간 흐트러져 있었다.

"그 여자를 이곳으로 부르세요. 지금 당장 추궁해야겠으니."

밀렌이 딱 잘라 말했다.

그러자 율리우스가 낙담하며 대답했다.

"어머님도 다른 사람들과 같군요. 그녀를 나무라실 생각이라면 데려올 수 없습니다."

'고마워, 율리우스! 역시나 나의 왕자님!'

마리에의 마음속 기쁨과는 반대로, 밀렌은 낮은 테이블에 손을 내리치며 율리우스를 노려봤다.

밀렌의 눈빛에 기가 눌렸는지 율리우스와 질크가 약간 주춤했다.

"──데려오세요."

"시, 싫습니다! 저희 관계를 인정해 주신다면 생각해 보겠습니다."

"당신은 결투 소동을 일으켜 이 꼴이 되고도 그런 말이 나옵니까? 질크, 당신이 붙어 있으면서 대체 왜 이렇게 된 거죠? 율리우스도 눈을 뜨세요. 당신, 방금 리온 군이 돈을 밝히는 더러운 녀석이라고 했지요? 그렇다면 이 찻집은 뭔가요!"

밀렌이 손에 든 메뉴판에는 찻집과 한참 동떨어진 금액이 늘어서 있었다.

"이 가격은 뭐죠? 질 나쁜 차와 과자가 1백 디아? 덧붙여 서비스료? 명문의 전 후계자들이 대체 무슨 옷차림인가요!"

찻집의 이름을 빌린 호스트 클럽이나 마찬가지였다.

하지만 학원 여자에게는 대인기였다.

"율리우스, 리온 군을 비겁하다고 했지요?"

"비, 비겁한 놈이라고 생각합니다."

"그럼 결투에 패배한 당신은 왜 이 자리에 있는 겁니까! 그 여자와 더는 만나지 않겠다는 맹세를 한 게 아니었나요? 약속을 태연하게 깨는 비겁한 사람은 어느 쪽입니까!"

보다 못했는지 질크가 끼어들었다.

"왕비님, 이건 전하께서 저희를 돕고 있는 것뿐입니다. 약속을 깬 것은 아니——"

"꼴사나운 변명을 하다니 어찌 된 건가요! 부끄러운 줄 아세요! 게다가 리온 군이 정상이 아니라고요? 율리우스, 대답하세요. 약혼자를 버리고 다른 여자를 선택하여 왕태자의 지위를 잃은 당신은 정상인가요? 당신이 리온 군을 나무랄 수 있는 처지입니까?"

"아뇨, 저기, 그건 그——"

율리우스가 횡설수설하자, 밀렌의 분노가 극에 달했다.

"분명하게 말하세요!"

방의 분위기는 최악이었다.

이 자리에 있으면 안 된다는 걸 일찌감치 눈치챈 그렉은 진작에 도망쳤고, 크리스와 브래드는 물건을 사러 나가서 부재.

마리에는 커튼 너머에 숨어 떨면서 이 폭풍이 빨리 지나기를 기도하고 있었다.

'뭐냐고, 저 아줌마! 그 모브 자식의 편을 들고!'

◇

율리우스 전하에게 뺨을 얻어맞은 나는 무릎을 끌어안고 의자에 앉아 있었다.

"아—— 엄청나게 내 취향이었는데."

내가 그런 푸념을 늘어놓자 안제가 기막히단 표정으로 나를 나무랐다.

"이 바보가. 어느 나라에 자국 왕비를 유혹하는 기사가 있단 말이냐."

그렇다. 왕비님이 아니었더라면! 크—— 분해서 견딜 수가 없다.

스승님은 일하러 돌아가셨다.

방에는 나와 안제—— 그리고 리비아가 있는데, 리비아는 고개를 숙인 채 대화에 끼어들지 않았다.

그때 문을 노크하는 소리가 들려왔다.

"저기~ 이제 들어가도 괜찮을까요?"

문을 열고 모르는 여학생이 얼굴을 내밀었다.

"오늘은 제 마음이 꺾였으니 폐점입니다."

"어, 저기, 그러면 곤란한데요. 올리비아 양, 부탁할 수 없을까?"

여자가 리비아에게 도움을 요청했다.

아는 사이인가 싶었는데, 리비아가 고개를 들고 손님의 얼굴을 보더니 내게 부탁했다.

"아, 카라 씨예요. 리온 씨에게 소개해 줬으면 좋겠다는 말을 들어서."

"과연, 다리를 놓아 달라고 한 거군."

그 말을 듣고 안제의 눈초리가 험악해졌다.

리비아가 그 눈에 겁을 먹자, 안제는 황급히 시선을 누그러뜨렸다. 하지만 여전히 카라를 달가워하진 않았다.

──이 두 사람, 괜찮을까? 아까부터 매우 삐걱대는 거 같은데.

카라 씨는 안제의 시선에 주눅이 들면서도 실내로 들어왔다.

"카라 포우 웨인입니다. 남작, 잘 부탁드립니다."

카라라고? ──이게 어찌 된 일이지?

내가 "아, 네" 하고 대답하는 동안에도, 안제는 계속 카라 씨를 노려보고 있었다. 하지만 리비아가 안절부절못하며 이야기하기에 잠자코 듣고 있다.

"저, 저기, 보통 클래스 분이에요. 제가 선전을 하고 있을 때, 리온 씨를 소개해 주었으면 한다고 하셔서⋯⋯."

——이것도 인과인가.

나는 끌어안고 있던 무릎을 내리고, 카라 씨에게 앉도록 말했다.

"그래? 그럼 일부러 리비아한테 다리를 놓아 달라고 한 이유를 들어봐야겠군?"

리비아는 내 분위기가 다르다는 걸 알아차렸는지 당황하고 있었다.

애초에 나랑 만날 뿐이라면 리비아한테 소개를 받을 필요가 없다.

그냥 평범하게 말을 걸면 되니까. 그 정도라면 나도 미소를 지으면서 대응했을 거다.

하지만 이 여자는 그러지 않고, 굳이 리비아를 통했다.

그리고 분명, 이런 장면이 그 여성향 게임에도 있었지…….

귀족의 성가신 룰을 모르는 주인공이 이용당하는 장면이었나.

나는 조금 전까지의 태도를 고치고, 진지하게 나섰다.

"역시 아시겠습니까? 역시나 출세한 사람답네요. 다른 남자와는 천지 차이입니다."

"그거 고맙군."

리비아가 안제에게 도움을 요청하려 했지만, 곧바로 시선을 떨궜다. 안제도 뭔가 말하고 싶어 하는 듯했지만, 입을 다물고 고개를 숙였다.

결국 리비아는 내게 시선을 향했다.

"리온 씨, 저기, 대체 무슨 일인가요? 어쩐지 분위기가 평소와 달라요."

그러자 카라 씨가 본성을 드러냈다.

"조금 입 다물고 있어. 이제부터 중요한 이야기를 하고 싶으니까."

리비아 따위 안중에도 없다는 태도였다.

조금 전까지와는 다른 태도에 리비아는 곤혹스러워했다.

──이것 참, 내 앞에서 리비아한테 그런 태도를 보이면 인상이 나빠진다는 건 알고 있는 거냐? 아니, 학원 여자에 기대한 내가 잘못이군.

그건 그렇고 난처하게 됐다.

"남작. 저를, 웨인 가를, 아니── 저희를 부디 구해 주십시오."

안제가 카라 씨를 노려보는 이유. 그건 그녀가 나를 의지하러 온 것임을 알았기 때문이다.

나도 알고 있었다.

이름으로 떠올렸는데, 이런 이벤트도 있었지 하며 그리운 기분이 들었다.

학원제 첫날이 끝나고 나는 내 방 침대에 앉아 있었다.

뒤풀이는 나와 다니엘과 레이먼드, 셋이서만 했다.

리비아와 안제가 곧바로 돌아가 버렸기 때문이다.

내가 생각에 잠겨 있자, 루크시온이 내 눈앞을 가로질렀다.

"뭐야?"

『다른 사람의 연인을 노리다니, 최악이라고.』

"……무슨 말을 하고 싶은 건데?"

『마스터가 했던 말입니다. 자, 그리고 오늘의 행동을 돌이켜 보도록 할까요. 왕비를 꾀려 한 마스터에게 묻겠습니다. 남의 연인을 노리는 건 최악이 아니었습니까?』

"──달라. 이 마음을 억누를 수 없었어."

『정말로 자신의 발언이 잇따라 자신에게 꽂히고 있군요. 너무나도 훌륭해서 감동마저 느낍니다. 거울을 들고 걷는 게 어떻습니까?』

"아니, 그렇지만 그런 사람이 또 어디 있겠어! 어느 쪽인지 따지자면 가능이잖아!"

『왕비라고요. 불가능입니다.』

정론만 말하는 인공지능이 내 마음을 알 리가 없지.

『애초에 왕비가 말한 '학원의 추억'은 건 필시 학원제를 같이 돌아보고 싶다는 의미였을 겁니다. 근데 갑자기 꼬시기 시작하다니 ── 솔직히 제정신을 잃은 건가 싶었습니다. 아, 실례했습니다. 원래부터 제정신이 아니었지요.』

"이런, 뭘 모르는군. 이딴 학원에 존재 이유가 있다면 그건 결혼밖에 없어. 추억을 만들고 싶다는 건 꼬셔 줬으면 좋겠다는 의미 말고는 있을 수가 없다고. ……아니, 잠깐. 학원제를 같이 돌아보다니, 설마 데이트하고 싶었던 건가? 그건 맹점이었군. 하지만 학원의 존재 이유는 결혼이잖아?"

『그건 남자뿐입니다. 학원은 공부하는 곳이라고요.』

"진짜냐?! 처음 알았어!"

『그거 다행이네요. 앞으로는 면학에 힘써 주세요.』

"미안하다. 결혼 활동에서는 도망칠 수 없거든."

『아직도 포기하지 않았던 겁니까? 단념할 줄을 모르는군요.』

"호감을 얻지 못해도 포기하지 않는 불굴의 투지를 가진 남자니까 말이지."

포기할 수 있는 거라면 포기하고 싶지만, 아무리 허세를 부려도 남들이 보는 체면은 항상 따라다닌다. 그리고 그건 나만의 문제가 아니다. 나뿐만이 아니라 가족도 뒤에서 손가락질을 받을 테니까. 그건 싫었다. 부모님이나 둘째 형, 그리고 남동생을——나 때문에 곤란하게 만들고 싶지 않았다.

그 밖에? 누가 있었나? 누나? 여동생? 모르겠는데?

『말은 하기 나름이군요.』

루크시온과 바보 같은 대화를 계속하는데, 갑자기 본론을 꺼내기 시작했다.

『마스터, 정말 그 여자에게 힘을 빌려줄 생각입니까?』

나는 천장을 올려다봤다.

"학원제가 끝나면 연휴에 들어가니까, 그때 가야지."

『마스터가 도와줄 이유가 없습니다만.』

나도 그렇게 생각해.

하지만 의뢰를 받아들인 이상, 모른 척할 수는 없었다.

날 직접 찾아와서 이야기했다면 그냥 거절할 수도 있었지만, 중간에 리비아가 낀 이상 그럴 수는 없었다. 속임수나 다름없는 수법이긴 하지만, 리비아가 나와 그녀를 '정식'으로 중재한 셈이 되어버렸기 때문이다.

리비아가 의뢰 내용을 몰라도 말이다.

만약 이 상황에서 내가 거부한다면 리비아는 의뢰를 받고도 해결하지 못한 사람이 되는 거고, 나도 지인의 의뢰조차 받지 않는 녀석이 되고 만다.

결국은 우리 두 사람 다 카라에게 휘말린 건데…….

그야 물론, 자초지종을 일일이 따진다면 거절할 수 있었을지도 모르지.

저쪽이 속인 거나 마찬가지니까. 이런 짓을 한 사람을 도와줄 이유도 없고.

하지만 안타깝게도 나에겐 이 뻔뻔한 속임수에 넘어가 줘야 할 이유가 있었다.

카라의 의뢰는 '공적 퇴치'였는데, 이 공적 퇴치는 사실 귀족의 업무나 마찬가지였다. 그들과 싸우려면 배나 갑옷이 있어야 하니까.

그리고 무엇보다, 내가 그 공적에게 용무가 있었다.

『공적에게 시달리고 있다면 마스터가 아니라 왕궁에 의뢰해야 하는 것 아닙니까?』

"그렇겠지. 힘이 모자란다면 내가 아니라 왕궁에 지원 요청을 하는 게 정상이야. 근데 그 공적이—— 하필이면 주인공의 필수 아이템을 가지고 있단 말이지……."

『게임상의 이유로 참전해야만 한다는 뜻입니까?』

"그래. 주인공, 즉 리비아가 성녀의 능력을 발휘하기 위해서는 세 가지 아이템이 필요한데, 하나는 저절로 손에 들어오지만, 나머지 둘은 직접 찾아와야 하거든. 그런데 그중 하나를 공적이 갖고 있다는 거지."

하나는 왕도에 있는 던전에 숨겨진【성스러운 팔찌】.

그리고 카라에게 토벌을 의뢰받은 공적이 가지고 있는【성스러운 목걸이】.

마지막은 이 나라에서 가장 큰 종교—— 신전이 관리하는【성녀의 지팡이】다.

신전에서 성녀라고 인정받으면 지팡이는 자동으로 손에 들어오니까 리비아가 찾아야 하는 건 팔찌와 목걸이다.

이 세 아이템이 있으면 리비아의 능력을 크게 상승시킬 수 있다.

"근데 이건 2학년이나 돼서야 나오는 이벤트일 텐데……."

원래 공적 이벤트는 게임 중반에나 찾아오는 고비다.

어떤 백작가가 영지……아니, 영공인가? 아무튼, 하늘에 나타난 공적을 토벌하기 위해 주인공이 율리우스 전하 일행의 힘을 빌리는 이야기다.

아울러, 이 이벤트는 루트의 분기점이기도 하다. 여기서 누가 리비아를 도와주느냐에 따라 향후의 진행이 달라진다.

『마스터가 싸울 이유가 있어도, 그녀가 마스터에게 의뢰할 이유가 없지 않습니까? 웨인 준남작가는 기사로서 백작가를 모시고 있으니 백작가나 왕국에 요청하는 게 올바른 것 같습니다만.』

"아, 그건 또 여러 가지 사정이 있지. 실은 그 백작가가 브래드의 전 약혼자가 있는 집이거든. 이번 의뢰도 사실은 카라가 아니라 그 여자가 지시했을 거야. 카라는 그 녀석의 측근이니까."

『안젤리카 같은 여성입니까?』

"아니, 쓰레기야."

나조차 혀를 내두르는 쓰레기였다. 실제로 만나 보니 정말로 끔찍했다.

안제처럼 사실은 나쁘지 않다는 패턴을 살짝 기대해봤지만 헛수고였다.

이 백작가는 벼락출세한 가문인데, 사실 이번 의뢰의 토벌 대상인 공적을 불러들인 장본인이다. 게임 종반에는 이 사건이 포석이 되어 전쟁이 일어나고 만다. 요는 뒤에서 적과 손잡고 나쁜 짓을 꾸미고 있는 거다.

이야기를 들은 루크시온이 내게 물었다.

『마스터는 게임상의 이익을 우선하고 있군요. 현실적인 측면에서는 큰 의미가 없어 보입니다만?』

"그렇지도 않아. 아무것도 안 하다가 이대로 전쟁이 벌어지면 진짜 곤란하다고. 그런데 율리우스 전하 일행이 다 저런 꼴이잖아.

영 미덥지 못하니 내가 할 수밖에."

과장이 아니라 진짜 곤란해진다.

리비아가 성녀의 힘을 각성하지 않으면 아무리 내게 루크시온이 있다고 해도 도망치는 수밖에 없다.

그건 이길 수 있다거나 못 이긴다거나 하는 문제가 아니니까.

『그럼 어째서 카라── 아니, 백작가가 마스터에게 토벌 의뢰를?』

"함정이야, 함정. 말했잖아, 나조차 혀를 내두르는 쓰레기라니까? 게임에서 봤을 때도 너무 쓰레기 같아서 도리어 웃음이 나왔을 정도였다고."

게임에서는 백작 영애가 주인공이 마음에 들지 않아 공적 퇴치에 꾀어낸다는 이야기였다.

그런데 그 이야기가 설마 나한테 올 줄이야.

백작 영애는 벼락출세 집안이라고 은연중에 무시를 당하는데도, 주인공은 날이 갈수록 칭찬을 듣는 게 분했던 모양인데, 그럼 나는 대체 뭐로 그 아가씨의 분노를 자극한 걸까?

『마스터, 만약 그 이야기대로 된다면 루트 분기에서 선택된 건 마스터라는 흐름이 됩니다만?』

"나? 그럴 일은 없대도. 모브가 무슨 루트가 있어."

내 말에 루크시온은 『그렇습니까』라고 말할 뿐이었다.

『그런데 이 의뢰를 마스터가 맡아도 괜찮은 겁니까? 이야기를 들어보니 공적은 올리비아가 해결해야 할 문제 같습니다만? 성녀의 장비도 본인이 찾는 편이 좋지 않겠습니까?』

"리비아의 지금 실력으로는 어렵지. 차라리 너랑 내가 가는 게 더 효율적이지 않겠어? 우리가 해결하면 그만이라고."

『마스터는 과보호네요.』

루크시온은 그렇게 말하고 입을 다물어 버리는 것이었다.

제03화 「에어바이크 레이스」

둘째 날.

첫날에 바보들이 대형 사고를 쳐준 바람에, 내 찻집은 실로 쾌적했다.

문제가 있다고 한다면——.

"리비아, 저쪽 테이블을 부탁하지."

"네, 넵."

——웨이트리스 두 사람이 어색하게 일하고 있다는 점이려나.

내가 주방에서 케이크를 받아들자 레이먼드가 말을 걸었다.

"저 두 사람, 괜찮은 거야?"

"어제 그 일이 아직 안 풀린 모양이야. 그 녀석들의 말은 신경 써봐야 좋을 게 없는데 말이지."

리비아도 안제도 서로 눈치만 볼 뿐, 선뜻 말을 걸지 못하고 있었다.

"한동안 상황을 지켜봐야겠네. 곧 원래대로 돌아가겠지."

"과연 그럴까? 가정환경의 차이는 친구 관계를 쌓는 데 치명적이라고 생각하는데 말이야."

레이먼드의 말도 일리는 있었다.

예를 들어 돈이 많은 사람과 가난한 사람이 있다고 치자.

두 사람이 세상을 과연 같은 눈으로 바라볼 수 있을까? 대답은 'No'다.

살면서 쌓아온 가치관이 다르기 때문이다.

나는 시간을 확인했다.

"두 사람한테 쉬라고 할까?"

레이먼드가 안경을 손가락으로 밀어 올렸다.

"그게 좋을지도 모르겠네. 어차피 손님도 적고."

첫날이 너무 엉망진창이다 보니 손님 상황이 이래도 별로 심각하게 느껴지지 않았다.

그러자 레이먼드가 나를 진심으로 걱정했다.

"아니, 그건 그것대로 문제잖아? 이대로면 적자 나겠어."

"괜찮아. 마지막 날에 한 방에 벌 테니까."

"아아, 그건가── 잠깐! 그건 내기잖아!"

학원제 마지막 날에는 이벤트 겸 몇몇 경기가 열린다. 학생들이 학원에서 이만큼 배우고 있다는 걸 보여준다는 취지다.

다만 이것도 엄연한 학원제의 메인이벤트. 각 종목에는 상당한 상금이 걸려 있다.

그리고 그 이면에서는 어김없이 누가 이길지 내기가 진행 중이었다. 학원제에서 그런 짓을 해도 되는 건가 싶긴 하지만, 돈을 벌 기회인 건 틀림 없었다.

하물며 나에겐 루크시온이 있다. 그 녀석한테 정보를 모아 달라고 한 뒤 그 정보들을 자세히 조사하면 높은 확률로 이길 수 있다.

레이먼드가 나를 보며 어이없어하고 있다.

"너, 내기 참 좋아하는구나."

그런 심한 말을.

"반대야. 나는 도박을 싫어한다고."

이길지 질지도 모르는 도박을 어떻게 한단 말인가. 확실히 이 길 수 있다면 이야기는 다르지만!

◇

리비아와 안제가 학원제로 분위기가 고조된 교사를 걷고 있었다.

평소라면 더 친밀한 모습을 보여줬을 테지만, 오늘은 미묘한 거리를 유지하고 있었다.

리비아는 안제의 마음을 알 수 없고, 안제는 리비아에게 어떻게 접하면 좋을지 알 수 없었다.

두 사람이 그동안 잊고 있던 '신분'의 경계선이 어제 사건으로 뚜렷해지고 말았기 때문이다.

안제가 먼저 말을 걸었다.

"이 크레이프 맛있군."

리비아도 대답하지만,

"그, 그러게요."

대화가 도통 이어지질 않았다.

이 미묘한 거리감을 어떻게 되돌려야 할지 몰라 계속 헛돌고 있었다.

두 사람의 발걸음은 이윽고 커다란 게시판 앞에 도달했다.

게시판에는 에어바이크 레이스 토너먼트 대진표가 붙어 있었다.

각 학년에서 대표를 선정하여 레이스를 치르고 먼저 결승선을 통과한 사람들만이 다음 레이스에 도전하기를 반복해 결승전에서 결판을 짓는 방식이었다.

에어바이크 이외에도 여러 경기가 있었지만, 유독 이 레이스의 반응이 뜨거웠다.

리비아가 게시판을 살피며 말했다.

"에어바이크 레이스만 시합 수가 많네요?"

대화의 기회가 찾아왔다고 생각한 안제는 수다스럽게 이야기하기 시작했다.

"매년 가장 큰 인기를 끌고 있으니까. 그 밖에도 종목은 여럿 있지만, 역시 가장 유명한 건 에어바이크지. 무엇보다 내기가 뜨겁다. 다른 경기는 누가 이길지 고르는 게 고작이지만, 에어바이크는 레이스 순위를 예상하는 방식도 있지. 인기가 많은 만큼 모이는 돈도 많다."

현대식으로 말하자면 경마나 보트 레이스 같은 것이었다.

움직이는 금액도 매우 크다.

리비아가 감탄했다.

"안제는 잘 아네요."

기뻐진 안제는 계속해서 말했다.

"입학 전에 몇 번인가 온 적이 있으니까 말이다. 게다가 올해 1학년 대표는 질크다. 그 녀석의 에어바이크 솜씨는 이미 유명하니까, 팬들도 누가 이길지 기대감이 높아지고 있다는 거지."

"질크 씨는 에어바이크를 잘 타는군요. 아, 이름이 있어요. 근데 리온 씨는 출장하지 않는 건가요?"

"리온 말인가? 그 녀석도 성적은 나쁘지 않으니, 아슬아슬하게 선수가 될 수 있는 기량은 있다고 본다만—— 올해는 질크가 있으니까 어쩔 수 없지."

뭐든 대부분 할 수 있는 리온은 에어바이크도 어려움 없이 탔지만, 질크와 비교할 수준은 아니었다.

"리온 씨가 나가 줬다면 응원할 수 있었는데 말이에요."

"그러게나 말이다. 하지만 그 녀석은 의욕이 없으니까, 기회가 있어도 나갔을지는 모르겠군. 이번에도 내기로 떼돈을 벌 거라고 떠들어 대고 있었다."

"내기에 너무 빠지지 않아야 할 텐데……."

"동감이다."

그런 이야기를 나누며 즐거워하는 두 사람 뒤에서는 마리에가 게시판을 올려다보고 있었다.

◇

자재를 사러 나왔던 마리에와 카일, 두 사람은 양손에 짐을 끌

어안고 안제와 리비아 뒤에서 에어바이크 레이스 토너먼트 표를
보고 있었다.

다른 종목도 대강 훑어본다.

어느 종목에든 율리우스를 비롯한 남자들 다섯 명의 이름이 기
재되어 있다.

"이 대회에서 모두 우승하면 목표 금액도 금방일 거야. 이걸로
생활비에 시달리지 않아도 되겠네."

그러자 카일이 지친 표정으로 불평했다.

"차라리 번 돈을 모두가 우승한다는 데 걸면 어때요? 다들 우
승 후보인 거죠? 이기기만 하면 돌아오는 것도 크다고요."

"안 돼. 그리고, 나는 내기가 정말 싫어."

──의외로 마리에는 내기를 싫어했다.

'전생에서도 그래. 사귀는 남자친구는 내기에서 져서 다 날려 먹
지, 빚은 만들지, 정말이지 끔찍해. 나는 견실하고 크게 벌 거야.'

견실한지 어떤지는 차치하고서라도, 마리에한테 내기는 안 좋
은 추억밖에 없었다.

'게다가 지금도 똑같아. 하필이면 가족이 내기로 빚을 만들어
서── 전생의 가족이 그립네. 그 시절은 좋았지. 어릴 적에는 즐
거웠는데.'

마리에의 본가인 자작가는 빈말로라도 훌륭한 가족이라고는
할 수 없었다.

마리에는 짐을 끌어안고 자신들의 가게로 향했다.

"자, 팍팍 버는 거야. 너도 도우렴, 카일."

"어쩔 수 없네요. 급료를 벌기 위해서 힘낼게요."

두 사람은 게시판을 떠나 율리우스를 비롯한 다섯 남자가 분투 중인 찻집으로 돌아갔다.

◇

셋째 날.

학원제의 메인이벤트인 각종 경기가 열리는 날이 찾아왔다.

나는 쓸데없이 넓은 경기장이 한눈에 보이는 유료 라운지에서 소파에 앉아 있었다.

앞에 놓인 낮은 테이블에는 금화에 은화, 그리고 지폐 다발이 쌓여 있었다.

나는 지폐 다발을 세며 무심코 웃음을 흘리고 있었다. 정말이지, 웃음이 멈추질 않았다.

『마스터, 다음 레이스 말입니다만, 몇 명이 특정 선수가 이기도 록 손을 쓰는 모양입니다. 그 때문에 다음 예상은 12번과 4번으로 변경입니다.』

루크시온의 목소리 내 귀에 들려왔다.

루크시온은 경기장이나 선수 대기실에 잠입하여 정보를 수집 해 오고 있었다.

덕분에 오늘 나는 내기에 거는 족족 계속 이기고 있었다.

"웨이터, 다음 레이스는 12번과 4번으로. 금액은 이만큼이다."

지폐 뭉치를 웨이터에게 건네면 표를 사서 와준다.

분주하게 표를 사러 가는 웨이터를 지켜보면서, 나는 소파 등받이에 두 팔을 걸치고 웃음을 흘렸다.

"으흐흐, 이긴다는 건 즐겁네!"

안제와 리비아가 다른 자리에 나란히 앉아 날 차가운 시선으로 쳐다보고 있었다. 두 사람 앞에는 주스 잔이 놓여있었다.

"너는 누굴 도발하지 않고는 배기질 못하는 건가."

"리온 씨, 내기가 지나치면 언젠가 호된 꼴을 겪을 거예요."

오늘 내기에도 거금을 걸었다가 산화한 녀석이 있겠지. 그 녀석들 눈에는 계속 이기기만 하는 내가 미워서 견딜 수가 없을 거다.

"괜찮아, 안 지니까. 설령 한 번이나 두 번 정도 져도, 전혀 문제없을 만큼 잔뜩 이겼다고."

테이블 위에 쌓아 올린 금화나 은화가 눈부시게 반짝였다.

그리고 루크시온이 예상했던 대로, 12번이 1등이고 4번이 2등.

나는 또다시 거금을 손에 넣었다.

"웃음이 멈추질 않네!"

이미 찻집의 적자 따위는 웃어넘길 수 있을 만큼 돈을 번 상태였다.

그리고 다음 레이스는 드디어 질크의 차례.

질크—— 질크 피아 마모리아는 궁정 귀족 자작가 출신이다.

율리우스 전하와 같은 젖을 먹고 자란 형제나 다름없는 사이

이자, 절친한 친구라는 캐릭터다. 녹색 장발에 부드러워 보이는 미소를 띠고 있지만 실은 속이 검은 녀석이다.

그리고 생긴 것과 달리, 에어바이크를 다루는 실력이 능숙하다. 아직 1학년인데도 우승 후보에 이름을 올릴 정도다.

그러니 부디 힘내서 내가 떼돈을 벌게 해달라고, 질크 군.

『마스터, 문제가 발생했습니다.』

하지만 내 기대를 짓밟듯, 루크시온이 불길한 소리를 꺼냈다.

내가 관자놀이에 손가락을 대고 듣는 자세로 들어가자, 루크시온이 보고를 이어갔다.

『1학년 대표로 출장한 질크 말입니다만, 아무래도 집중 공격을 당하고 있는 모양입니다.』

──집중 공격?

내가 진지한 표정으로 회장을 내려다보고 있자, 리비아가 조금 신경을 써주면서 물어봤다.

"저, 저기, 역시 리온 씨도 출장하고 싶었나요?"

"어?"

뜬금없는 이야기에 내가 고개를 갸웃하자, 안제도 고개를 저으며 말했다.

"……미안하다. 출장 선수는 실행위원들이 다수결로 뽑는 거라 내 의견을 밀어붙이기는 어렵다."

"어엉?"

내가 경기장을 보며 고민하고 있으니 아무래도 내가 출장하고 싫어 한다고 착각한 모양이다.

그야 나도 출장 신청을 하긴 했지만, 그건 '남자는 반드시 종목 하나를 출장 신청해야 한다'라는 규칙을 따랐을 뿐이다.

난 딱히 나가고 싶은 생각도 없었다. 그냥 내기로 돈만 벌 수 있으면 충분했다.

하지만 이건 나의 생각일 뿐. 다른 남자들에게는 여자들에게 자신의 실력과 매력을 보여줄 절호의 기회였다. 여기서 우승하면 상당히 점수를 딸 수 있을 테니까. 즉, 결혼 상대 찾기가 매우 유리해진다.

그런 이유로, 오늘 모든 종목에 출장하는 남자들은 그 어느 때보다 진지했다.

그야말로 떳떳지 못한 수단을 써서라도 이기려고 할 만큼.

하지만 질크는 그럴 상황이 아니었다.

스타트 직후부터 낌새가 이상하다 싶더니만.

안제가 곧바로 위화감을 눈치챘다.

"질크 녀석, 마크당하고 있군."

상대가 뛰어난 선수라면 설령 1학년이라 해도 마크하려 들 수 있겠지만, 질크는 아주 철저하게 당하고 있었다.

둘러싸이고, 부딪히고── 명백히 공격을 받고 있었다.

"어, 어째서 저런 짓을 하는 건가요? 질크 씨가 불쌍해요!"

리비아의 말대로다.

이미 질크한테 건 이상, 패배는 용납할 수 없다.

그런데 리비아가 생각보다 질크를 신경 쓰는군── 혹시 질크가 자신의 연인이 되었을지도 모르는 사람이라는 걸 본능적으로 느끼고 있는 건가?

──뭐, 나하고는 상관없는 이야기지만.

안제가 불쑥 중얼거렸다.

"그렇군. 녀석들은 백작가의 딸── 클라리스의 측근들이다."

리비아가 고개를 갸웃했다.

"클라리스? 저기, 그건──."

레이스가 종반으로 접어들자, 질크는 승부에 나서기로 했는지 상급생들의 포위를 강행 돌파하기 시작했다. 곡예를 부리듯 포위를 빠져나가, 잇따라 다른 선수들을 추월해 나갔다.

"어이, 뭔가 저 녀석만 불법 개조한 바이크 같은 주행을 하고 있는데?"

혼자 바이크 성능이 다른 게 아닐까 싶을 만큼 화려한 추월극에 회장의 열광은 최고조에 달했다.

질크가 이겨야 돈을 버니까 나는 좋지만.

루크시온이 말했다.

『질크는 승리해도 결승에는 나갈 수 없겠군요.』

내가 작은 목소리로 "안 될 것 같아?"라고 묻자, 루크시온은 질크의 부상에 관해 보고했다.

『골절되었습니다. 둘러싸여 공격을 받아 금이 간 차에, 무리한 움직임을 해서 부러져 버렸어요. 아무리 치료 마법 같은 편리한 기술이 있다 해도 다음 레이스 전까지 회복하는 건 불가능합니다.』

질크는 아슬아슬하게 1위를 추월하고 골인했다.

그리고 정말로 골절상을 당했는지, 에어바이크로 비행선에 돌아가자마자 질크가 바닥에 쓰러졌다. 의료진이 재빨리 달려들어 들것으로 질크를 옮겼다.

그 모습을 본 안제가 급히 라운지에서 빠져나갔다.

"잠깐, 갑자기 어딜 가는데?"

"이래도 나는 1학년의 대표라서 말이다. 질크의 부상 상태를 확인하고, 필요하다면 대타를 준비해야 한다. 우선은 실행위원과 이야기를 해야겠지만."

리비아도 따라가려고 했기에, 나도 테이블 위에 있는 지폐 다발이나 금화를 가방에 넣고 쫓아가기로 했다.

의무실에는 마리에의 목소리가 울리고 있었다.

"질크~!"

마리에는 침대에 누워있는 질크에게 매달려 진심으로 울고 있었다.

질크는 걱정을 시키지 않으려고 미소를 보내고 있었다.

긴 녹색 머리카락 아래로 둘둘 감긴 하얀 붕대가 눈에 띄었다.

"괜찮습니다, 마리에 씨. 저는 이렇게 보시는 대로 무사합니다."

의무실에 있는 건 질크와 마리에, 그리고 율리우스 전하와 카일뿐이었다. 다른 남자들——— 공략 대상 남자들은 다른 경기에 출장하기에 이 자리에 없었다.

안제는 1학년 실행위원과 이야기를 하고 있었다.

"역시 대타를 세울 수밖에 없나……."

안제의 판단에 실행위원들이 난처해했다.

"하, 하지만, 그를 대신 할 수 있는 선수가 있을지……."

"우수한 남자는 대부분 다른 경기에 나가 있으니까, 대신할 사람을 찾기부터가 쉽지 않아요."

대타 구하기도 쉽지 않은 모양이군.

내가 그런 생각을 하며 지켜보고 있자니 리비아가 내 팔을 살짝 당기며 작은 목소리로 말했다.

"저, 저기. 질크 씨 괜찮을까요?"

"사흘만 지나면 낫는다더군. 뼈가 부러져도 고작 사흘이라니, 이것 참."

마법은 참 대단하군.

지구의 현대 의학도 이건 못 하지 않을까.

『저라면 조건에 따라 하루 만에도 가능합니다. 아뇨, 24시간도 필요 없습니다.』

이 녀석은 이런 이야기만 나오면 자꾸 이기려고 한단 말이지.

리비아가 의아하다는 듯한 표정을 지으며,

"하지만, 저는 더 빨리 치료할 수 있는데요? 어째서 다들 그러지 않는 거죠?"

치료 마법 자체를 쓸 수 있는 사람이 거의 없다.

그중에서도 주인공은 치료 마법에 적성이 있어—— 그야말로 성녀라 불릴 정도로 뛰어난 재능과 힘을 가진 '특별한 존재'다.

그러니 리비아가 보기에는 의료진의 치료가 답답해 보일 수밖에.

나는 잠자코 있도록 설득했다.

"리비아의 보통은 평범하지 않으니까 말이야. 의사한테 말했다가는 혼날 테니까 잠자코 있자. 이게 보통이니까."

"그, 그런가요? 잘 모르겠지만, 리온 씨가 말한다면 따를게요."

그다지 내키지는 않는 모양이지만, 잠자코 있어 준다면 됐다.

그나저나…… 내가 말한다면 따르겠다니, 너무 귀엽잖아!

반해 버릴 것 같으니까 그만둬!

리비아에게는 얼버무렸지만, 명문가보다 뛰어난 실력을 여기서 보여줘 봤자, 성가신 사태가 될 뿐이다. 의사는 자존심에 상처가 날 테고, 리비아의 실력은 소문을 타고 퍼져나가, 온갖 놈들이 몰려올 가능성이 크다.

리비아의 능력은 적절한 때와 장소를 보아 써야——

"에어바이크 레이스는 상금도 컸는데! 내 상금이이이이!"

그래서 울고 있는 거였냐. 추하군.

율리우스 전하는 마리에의 등에 손을 올려놓고 그녀를 위로했다.

"괜찮다, 마리에. 나를 비롯해 다들 다른 종목에서 우승할 테니까."

학원제의 이벤트지만 귀족의 학원인 만큼 상금도 호화롭다. 전생으로 치면 수백만 단위가 아무렇지 않게 걸린다.

물론 종목마다 상금액은 다르며, 에어바이크 레이스의 상금은 무려 30만 디아. 에어바이크가 얼마나 인기 있는지를 말하는 가장 확실한 증거였다.

"에어바이크 레이스에 기대하고 있었단 말이야! 다른 경기를 다 우승해도 에어바이크 레이스의 절반도 안 돼!"

질크가 면목 없다는 듯이 말했다.

"죄송합니다. 설마 이렇게까지 할 줄은 몰랐습니다."

마리에가 눈물을 닦고 있다.

"정말 그래. 상급생도 너무하지 않아? 위자료를 청구해 주겠어."

그 말에 율리우스 전하도 질크도 마리에가 걱정해 준다고 생각했는지, 멋대로 쑥스러워했다.

사랑은 맹목이라더니.

"저 녀석, 아까부터 돈 이야기밖에 안 하고 있다고. 이대로 놔둬도 괜찮은 건가?"

내가 작은 목소리로 그렇게 말하자 리비아도 난감해하고 있었다.

"부, 분명 질크 씨 걱정도 할 거예요. 다들 함께하기 위해 지위까지 버렸는걸요!"

이 마리에라는 전생자 때문에 공략 대상인 다섯 명이 놀아나고 말았다. 아니, 거기서 끝났으면 차라리 다행이었을지도 모르지. 이 녀석들은 결국 자기 지위도 버리고 말았다.

전하는 말할 것도 없고, 나머지 넷도 명문 귀족의 후계자였다.

그런데 마리에와 함께 있겠다는 이유로, 다들 자신의 약혼자를 버린 끝에 본가에 절연을 당했다.

대체 얼마나 단단히 홀렸길래 그런 각오가 나온단 말인가. 오히려 기분 나쁠 지경이다.

"글쎄~, 어쩌려나? 마리에는 돈을 더 좋아하는 것 같은데? 계속 돈 이야기뿐이고."

그때, 의무실에 상급생들이 서슴없이 들어왔다.

2학년인【클라리스 피아 애틀리】백작 영애였다. 부드럽고 볼륨이 있는 오렌지색 머리를 목 뒤쪽에서 묶어서 오른쪽 어깨에 걸치고 있었다.

이전에는 모범생 같은 모습이었는데, 지금은 한 여름날의 경험으로 완전히 변해 버린 갸루 같은 차림새를 하고 있었다. 몸이 늘씬하니 모델 같아서 멋있게 보이긴 했지만.

모범생이 여름방학이 지나고 저렇게 변해 있으면 놀랍긴 하겠군.

사실은 바로 이 사람이 궁정 귀족 백작가 출신인── 질크의 전 약혼자다.

즉, 전 약혼자가 측근 남자들을 거느리고 병실에 쳐들어온 것이다.

그녀 주위에는 측근 이외에도 아인종 전속 사용인이 다섯 명이나 있었다. 전속 사용인들은 그녀 뒤에서 보란 듯 늘어서 위압감을 뿜고 있었다.

"어머, 못 본 사이에 상당히 초라해졌네, 질크. 지금 기분이 어때?"

열린 셔츠 앞가슴으로 커다란 가슴의 골이 살짝 엿보였다.

헐렁하게 풀어 입은 교복에 머리끈(슈슈)까지…… 갸루인지 불량인지 판단하기 어려운 차림이었다. 어라? 그게 그거인가?

클라리스 선배의 말에 측근들이 질크를 보며 히죽댔지만, 안제와 눈이 마주치자 다들 황급히 표정을 고쳤다.

그러나 질크는 클라리스를 피하려는 듯 눈을 감고 있었다.

약혼자의 변해 버린 모습을 보고 싶지 않은 건가? 나는 꽤 잘 어울린다고 생각하는데 말이지.

나는 귀여우면 우등생이든 갸루든 다 좋다고.

"클라리스, 역시 당신 짓이었습니까."

질크의 말에 클라리스는 버럭 화를 냈다.

"그래! 이제부터가 시작이야. 날 버린 대가를 톡톡히 치르게 하겠어. 절대로 용서 못 해!"

어이쿠 무서워라.

어지간히도 화가 났는지, 모범생 시절과 전혀 딴 사람이었다.

"역시, 미인이 화내면 박력이 있군."

"리온 씨, 지금은 그런 말을 할 때가 아니잖아요!"

리비아의 지적에 내가 입을 다물자, 안제가 먼저 앞으로 나섰다.

"의무실에서는 조용히 해 줬으면 좋겠군. 그리고 클라리스, 마음은 이해하지만, 레이스에서 부정을 저지르는 건 어떨까 싶은데."

안제가 노려보자 클라리스 선배는 웃으며 가볍게 한 걸음 물러섰다. 조금 흐트러진 머리카락이 한층 더 무서운 분위기를 내고 있었다.

　"잘난 체하지 마. 네가 전하의 고삐를 못 쥐고 있어서 이렇게 된 거 아냐. 똑같이 버림받은 주제에 자기만 아무 일도 없었다는 듯이 구니 짜증 나네. 평소처럼 마구 호통치란 말이야."

　안제가 눈살을 찌푸렸다.

　요즘은 볼 기회가 별로 없었지만, 실은 안제도 누구에게 지지 않는 불같은 성격이었다.

　도발을 당하면 곧바로 반응하곤 했었다.

　최근에는 상당히 온화해졌지만. 리비아와 같이 있어서 그런 걸까?

　"어이가 없군. 혼자 비극의 히로인이 된 것 같나? 전속 노예까지 데리고 와서 이만큼 야단을 떨어놓고. 아무래도 이전에 정숙한 모습은 내숭이었던 모양이군."

　"――――! 네, 네가 뭘 안다는 거야!"

　두 사람이 드잡이질을 시작할 뻔하던 찰나에, 클라리스 선배의 측근들이 제지하고자 끼어들었다.

　공작 영애를 적으로 돌리는 건 피하고 싶었던 모양이었다.

　측근 녀석들도 고생하고 있구만. 조금이지만 동정했다.

　클라리스 선배는 여전히 눈을 감고 있는 질크를 노려보았다.

　질크는 어떻게든 클라리스 선배의 얼굴을 보지 않으려는 모양이었다. ——너, 정말로 반성하는 거냐? 너 때문이라고. 어떻게든 하란 말이다.

"다음 경기도 나오도록 해. 사람들이 보는 앞에서 너덜너덜하게 만들어 줄 테니까. 앞으로 계속 복수할 거야. 울면서 용서를 빌어봐. 절대로 용서 안 할 거지만!"

아무리 봐도 분노가 수그러들 것 같지 않다.

그러나 질크의 반응은 여전히 냉담했다.

"그걸로 당신의 기분이 가라앉는다면 마음껏 하도록 하십시오. 단, 마리에 씨나 다른 분들에게 손을 댄다면 저는 당신을 절대로 용서하지 않을 겁니다."

선배 일행이 나타난 이후 계속 공기처럼 있던 마리에에게 클라리스 선배의 핏발 선 눈이 향했다.

마리에는 저도 모르게 움찔했지만, 즉시 연기 모드에 들어갔다.

——이 녀석, 이런 점도 여동생과 판박이다. 남들에게 좋게 내보이려는 점이 실로 열 받는다.

"선배, 복수는 아무런 의미도 없어요. 좀 더 소중한——"

"어디서 설교질이야! 아무 의미가 없어? 그래서 뭐? 그게 어쨌다는 건데!"

"네에에에! 죄송해요!"

진정성이 없는 마리에의 연기는 클라리스 선배의 격노에 시작하자마자 침몰했다. 그야 약혼자를 빼앗은 장본인이 그런 말을 하면 화가 나겠지.

어느새인가 안제의 증오 담긴 눈빛도 마리에를 향하고 있었다.

그러자 결국 더 보고 있을 수 없었는지 율리우스 전하가 두 사람의 시선을 가로막듯 앞으로 나섰다.

"이제 됐지 않나. 안젤리카도 그런 눈으로 마리에를 쳐다보지 마라."

"──죄송합니다, 전하."

안제가 사과하자, 율리우스 전하는 클라리스 선배 쪽을 돌아봤다.

이 녀석, 쓸데없이 왕족의 오라가 흘러넘치잖아. 부러울 따름이다.

"클라리스 선배. 질크를 용서할 수 없는 건 이해한다. 하지만 이제 이런 짓은 그만둬 주었으면 하는군."

고개를 숙이고 어두운 미소를 띠고 있는 클라리스 선배는 조금 이상해져 있는 것처럼 보였다.

"──전하께서 그런 말씀을 하시는 건가요? 고작 한 명의 여자를 위해, 얼마나 많은 사람이 불행해졌는지는 알고 계십니까? 안젤리카뿐만이 아닙니다. 저나 다른 약혼자들이 뒤에서 무슨 말을 듣고 있는지, 전하는 모르시겠죠. 알려고 한 적조차 없을 겁니다."

마리에가 역하렘을 목표로 했기 때문에 불행해진 사람이 있다.

역시 이 여성향 게임 세계는 지독해.

내가 그런 생각을 하고 있자니 율리우스 전하가 침통한 표정으로 말했다.

"우리는 변명할 자격조차 없다는 건 알고 있다. 하지만 이런 짓을 계속하게 둘 수는 없어. 이건 너에게도 좋은 선택이 아니다."

"대사까지 미남이구만. 마리에한테 홀랑 넘어가서 약혼자를 버린 남자인데도 설득력이 엄청나. 역시 얼굴이 중요해."

나는 너무 감탄한 나머지 무심코 생각을 입 밖으로 꺼내고 말았다.

"리온 씨, 뗙! 그런 말 하면 못써요. 그러니까, 뗙!"

리비아의 '뗙!'이 너무 귀엽다! 원래 하렘 루트에 들어가면 저 남자들을 거느리고 있는 건 이 리비아지만, 이만한 매력이라면 나는 납득할 수 있다. 주인공의 매력이 엄청나다.

……그나저나 율리우스 전하의 눈빛이 너무 따갑군.

입을 다물고 시선도 피해 두자.

클라리스 선배가 발걸음을 되돌렸다.

"다음 경기에 나온다면 똑같은 일이 반복될 거야. 대타가 나오면 그 사람을 짓부술 거고. 너희들이 절실히 깨닫게끔. ──절대로 용서하지 않아."

웃으면서 떠나가는 클라리스 선배.

──의무실의 분위기는 축 가라앉아있었다.

내가 한숨을 쉬었다.

"이거, 다음 레이스 대타를 세우기 더 어려워졌군. 이런 사정을 듣고 대신 나갈 사람이 있을 리 없지."

그러자 갑자기 질크가 다친 몸을 일으키려고 했다.

"──큭!"

"질크, 그만둬라!"

율리우스 전하가 황급히 질크를 말렸다.

"말리지 마십시오, 전하. 제가 나가면 아무도 다치지 않습니다. 이게 가장 현명한 방법입니다."

너희가 약혼 파기를 하지 않는 게 가장 현명한 방법이었다고 생각하는데…….

지금 불평해봐야 이미 다 지난 일이지만, 그래도 불만을 표하고 싶었다.

본래라면 주인공인 리비아와 다섯 명의 공략 대상 중 누군가가 이어져 해피엔딩으로 향할 터였는데, 꼬이고 꼬여 지금에 와서는 다섯 남자의 뒷배가 모조리 사라지고 말았다. 앞으로 어떻게 될지 예상도 되지 않는다.

이 여성향 게임의 미래가 걱정되어서 견딜 수가 없다고.

깨닫고 보니 1학년 실행위원들이 나를 힐끔힐끔 보고 있었다.

"저, 저기. 발트파르트는 어때?"

"아슬아슬하게 선수 레벨이었지?"

"어차피 엉망진창으로 당할 게 뻔하다면, 이 녀석을 내보내면 되는 거 아니야?"

의무실에 있는 녀석들의 시선이 내게 모이자, 안제가 나를 감싸다시피 앞에 섰다.

"리온을 출장시킬 생각은 없다. 이런 사정을 알고 나서 출장을 시킬 수 있겠나. 미안하지만 1학년은 기권하지."

그러자 마리에가 당황해서 황급히 끼어들었다.

"자, 잠깐 기다려! 그럼 상금은 어떻게 되는 거야?!"

그러자 안제가 무시무시한 눈으로 마리에를 쏘아보았다.

"지금 그게 문제인가? 고작 상금 때문에 이 이상 부상자를 낼 순 없다."

안제의 정론에 나는 휴, 하고 가슴을 쓸어내렸다.

출장할 생각은 없지만, 만약 내가 나갔다면 엉망진창으로 당하는 모습을 보며 관중들이 환호했겠지.

절대로 나가고 싶지 않아.

──단지.

"하, 하지만, 그렇게 되면 안젤리카 님의 평판이⋯⋯."

"그래요. 대역도 세우지 못하냐고 학년 대표의 책임을 물을 거예요."

"누군가가 출장해 주면 좋을 텐데."

"그, 그래! 네가 출장하지 않으면 거기 있는 여자가 곤란하게 될 거야! 그렇지, 율리우스!"

내가 고개를 갸우뚱하고 있자, 마리에가 내가 출장하게끔 여론몰이하기 시작했다. 이 녀석, 뻔뻔하네.

보고 있으면 자매들이나 전생의 여동생이 떠올라 속이 부글부글 끓는다.

"아, 아아. 그렇군. 안젤리카는 1학년 대표를 맡고 있으니, 대리 출장할 선수를 구하지 못하면 안젤리카의 평판에 문제가 생길 수도 있다."

전하의 말에 내가 안제를 보자, 안제가 쓴웃음을 보였다.

"나는 신경 쓰지 않아도 된다. 일부러 네가 다칠 필요도 없고. 너한테 이 이상 폐를 끼칠 수는 없다."

──아니요, 그건 제가 곤란한데요!

대리를 세우지 못한 게 어째서 안제의 책임이 되는 거지? 게다가 애초에 학년 대표 같은 건 거기 있는 궁도령── 율리우스 전하가 맡았어야 하는 거 아니야?

이 자식이 학년 대표였다면 평판이 얼마나 떨어지건 나와는 상관이 없었는데!

하지만 안제의 평판이 떨어지는 건 매우 곤란하다.

나를 감싼 탓에 안제가 난처해지는 패턴이잖아! 그것만은 안 돼! 나는 안제 아빠한테 빚이 있다고!

왕태자였던 율리우스 전하에게 싸움을 걸어도 태연하게 지낼 수 있었던 건 안제의 아빠가 나를 지켜준다는 걸 알고 있기 때문이었다. 그리고 실제로도 그렇게 됐다. 그 덕분(?)에 출세한다는 이상한 사태가 일어나기도 했지만.

그런데 여기서 안제를 모른 척하면 어떻게 되겠는가. 안제의 아빠 보기에는 나 때문에 딸의 평판에 흠집이 난 꼴이 아닌가!

그러면 곧장 격노하시겠지. 나라도 분개할 거다.

"──내가 출장하지."

"예?!"

리비아가 놀라 날 쳐다봤다.

안제도 눈을 휘둥그레 떴다.

"리온, 그런 동정은——"

"그런 거 아니야! 곧바로 절차를 밟아줘. 그리고 바이크 준비를."

내가 실행위원에게 말하자, 한 명이 "아싸! 모두한테 알리고 와야지~"라고 말하며 의무실에서 뛰어나갔다.

내가 엉망진창으로 당하는 모습을 볼 수 있다고 퍼트릴 생각이겠지.

"리온 씨, 무리하고 계신 거 아닌가요?"

날 걱정해 주는 리비아의 얼굴이 눈부시군. 하지만 이미 나에게는 출장하는 수밖에 남아 있지 않다.

"무리? 아니야. 이건 내 고집이다!"

안제가 난처한 표정을 지었다.

"아, 안 된다. 클라리스의 측근들은 에어바이크 실력이 뛰어난 자가 많아. 작년 우승자도 그녀의 측근이었다. 거친 짓도 얼마든지 할 수 있는 녀석들이야."

아무래도 안제는 날 말리고 싶은 모양이었다.

"다 알고 있어도 반드시 해야 할 때가 있는 법이라고!"

그러자 내 뜻이 확고하다는 게 전해졌는지 안제와 리비아는 날 말리기를 포기했다.

"리온……. 그렇게까지 말한다면 더는 아무 말도 하지 않겠다.

너의 승리를 기원하지."

"저도 응원하겠어요! 열심히 응원할게요!"

고마워. 정말로 고마워!

이걸로 안제 아빠의 분노를 피할 수 있다.

안제 아빠가 화나면 그야말로 내 목숨이 위험해지니까.

마리에는 태평하게 기뻐하고 있었다.

"네가 나간다면 해결이네! 너라면 비참하게 져도 상관없으니까. 이기면 상금은 내 거고. 응, 좋은 선택이야!"

이 녀석이라면 얼굴을 때려도 용서받을 수 있지 않을까?

그야 물론, 최종 레이스에 나올 수 있는 건 질크 덕분이다. 하지만 내가 이겨도 상금을 전부 받고 입을 씻을 생각이라니, 부아가 치민다.

문득 시선을 느껴 침대로 고개를 돌리니 질크가 내 얼굴을 보고 난 뒤 분한 듯이 고개를 숙였다.

그렇게나 내가 싫냐! 나도 싫다고! 진짜 싫어!

"──지금은 당신에게 의지할 수밖에 없겠군요."

"울면서 기뻐하라고, 음험한 녹색 자식. 빚으로 쳐 둘 테니까 말이다."

내가 그렇게 말하자, 질크는 작게 웃었다.

"큰 빚이 될 것 같군요."

"당연하지. 곧바로 갚으라고 할 테니까 각오해 두라고."

나는 의무실을 나가서 에어바이크 레이스에 출장하기 위한 준비에 들어갔다.

"루크시온── 일할 시간이다."

『네, 마스터.』

제04화 「손에 넣은 연약함」

나는 에어바이크 레이스에 출장하기 위해 격납고에 와 있었다.

헬멧을 든 나는 에어바이크에 달라붙은 루크시온과 대화를 하고 있다.

『아무리 공작의 분노를 피하려 했다고는 하지만 상당히 무리하시는군요. 이건 그야말로 안젤리카의 측근이나 마찬가지 아닙니까. 이걸 과연 모브라고 할 수 있을까요?』

내가 평소에 모브를 자칭하고 다니는 걸 이때라고 비아냥대다니.

그러나 실제로 나는 눈여겨볼 곳이 없는 남학생 중 한 명일 뿐이다.

율리우스 전하나 주변 녀석같이 눈에 띄는 미남도 아니다. 검은 머리카락과 검은 눈을 한, 실로 평범한 남자다.

하지만 나는 그런 자신이 싫지 않다.

평범? 멋지잖냐. 나는 내가 정말 좋다고.

"나는 좀 더 존재감이 옅은 역할이 좋다고. 악역 영애의 측근이라니 너무 큰 역할이라 감당을 못하겠다. 그것보다── 가능할 것 같냐?"

에어바이크에는 루크시온의 구체 보디에서 뻗어 나온 코드가 꽂혀 있었다. 에어바이크를 개조하는 중인데── 뭔가 에어바이크에 못된 짓을 하는 것처럼 보였다.

『10분만 있으면 문제없을 겁니다. 아무래도 장난질을 쳐 놓은 것 같네요. 엔진 트러블이 발생하는 장치가 설치되어 있었습니다.』

"진짜냐……. 나, 너무 미움받는 거 아니야?"

결투 소동으로 전교생을 적으로 돌린 건 나지만.

『의심의 여지 없이 전교생이 싫어할 겁니다. 지금 사이좋게 지내 주는 두 사람을 더 소중히 여겨야겠군요. 결혼 상대로 보지 않는다면 친구가 되겠습니다만.』

"이성 친구라……."

『남자를 제외하면 마스터의 몇 없는 귀중한 친구니 소중히 하십시오.』

나는 작은 목소리로 루크시온과 이야기를 하며 그 두 사람의 관계를 생각해 보았다.

나는 두 사람이 친해질 수 없을 줄 알았다. 본래라면 친구는 커녕 대립하는 주인공과 악역 영애의 관계니까.

그러나 예상과 다르게 두 사람은 묘하게 사이좋게 지내왔다.

"이대로 아무 일도 없으면 좋겠는데 말이지. 풍파가 없는 게 제일이야. 특히 그 두 사람은."

『뭔가 마음에 걸리는 점이라도 있는 겁니까?』

"그 두 사람은 근본적으로——"

루크시온과 이야기 도중, 3학년 선배 한 명이 다가왔다. 나는 급히 말을 끊었다.

머리카락이 짧고 키가 컸으며 몸을 단련하고 있는지 체격도 우락부락했다. 목둘레가 상당히 두꺼워 보였다. 아까 안제가 말한 클라리스 선배의 측근이었다. 에어바이크 우승 후보 중에서도 가장 인기가 높은 남자다.

"네가 질크의 대리냐."

말투가 좀 거친 느낌이 있었지만, 딱히 적의는 없는 것 같았다.

"어라, 유력 우승 후보 아니십니까. 제게 뭔가 용건이 있으신지요? 보시다시피 제가 지금 조금 바쁜지라, 나중에 해주시면 감사하겠습니다. 엔진에 트러블이 있거든요."

나는 자연스럽게 대답하며 루크시온을 내 등 뒤에 숨겼다.

3학년인 선배는 어딘가 나한테 마음을 놓고 있는 듯한 느낌이 들었다.

"알고 있었나? 그러면 충고해줄 필요는 없었군. 그건 그렇고, 질크 대신에 나온 게 삽 자식이냐. 복잡한 기분이야."

삽 자식. 결투 때 잘못해서 삽으로 싸우고 말았기에 그렇게 불리고 있는 것이리라.

"아픈 곳을 찔러 주시는군요."

선배는 조금 자조 기미로 웃은 뒤, 진지한 표정을 지었다.

"먼저 사과해 두마. 나는 네게 딱히 원한은 없다만, 다음 레이스는 진심으로 짓눌러 주겠다."

어찌 이리 우직한 선전포고일까! ——사과할 거면 그냥 하지를 말라고. 아픈 건 싫단 말이다.

"흐음, 굳이 이런 말씀을 해주시다니, 뭔가 특별한 사정이라도 있는 겁니까? 클라리스 선배한테 협박당했다든가?"

"아니다!"

내 농담에 선배가 살짝 화를 내며 부정하더니, 곧바로 "미안하다"라며 사과했다.

그리고는 헛기침을 하더니 내게—— 자신과 클라리스 선배의 사정을 이야기하기 시작했다.

"우리 집안은 궁정 귀족에서도 말석이다. 작위도 낮거니와, 나는 후계자조차 아니지."

듣고 보니 이상하군. 보통 클래스의 학생인 선배가 클라리스 선배의 측근이라니.

아무래도 은혜가 있는 모양이다.

"그런 내게 에어바이크를 탈 기회를 주신 게 바로 아가씨였다. 내게 재능이 있다는 걸 아시고는 전적으로 지원해 주셨지. 덕분에 졸업 후에는 이 녀석으로 일할 수 있을 것 같아."

선배는 에어바이크에 부드럽게 손을 올려놓고 기쁜 듯 이야기했지만, 곧 표정이 어두워졌다.

"아가씨는 그만큼 상냥한 분이셨다. 우리의 동경이셨지. 너도 여기 남학생이라면 다른 여자들이 얼마나 지독한지 알고 있을 거다. 우리도 다른 아가씨를 모시는 측근들이 투덜투덜 불평하는 걸 들을 때마다, 아가씨를 모시는 걸 몇 번이나 감사했지."

내가 잠자코 있자, 선배는 이야기를 이어갔다.

"아는지 모르겠다만, 아가씨의 집안은 에어바이크 서킷을 갖고 있다. 덕분에 우리는 얼마든지 연습할 수가 있었지.

질크 녀석도 약혼을 정하기 전부터 그 서킷을 다니고 있었다. 아가씨는 그 녀석을 위해 에어바이크를 가르칠 지도자를 뽑거나 에어바이크를 선물해주기도 하셨지. 그 녀석을 응원할 때마다 어찌나 기쁜 표정을 하시는지. 아가씨를 보고 있는 우리는 그게 기쁘기도, 분하기도 했다.

그런데 어느 날 질크 녀석이 갑자기 약혼을 파기하겠다는 소리를 지껄였다. 아가씨는 질크를 직접 만나 이야기를 들으려 하셨지만, 놈은 만나주려 하질 않았지."

어우, 그건 화가 날 만도 하군.

그 자식은 두들겨 맞아도 싸다. 내가 허락하지. 해 버려요, 선배!

하지만 절 때리는 건 봐주세요.

"사정은 알겠습니다만, 절 공격하는 건 봐주시면 안 됩니까?"

"미안하다. 나도 내키지는 않는다만, 아가씨의 명령이라서. ──우리는 이 명령만은 반드시 완수할 거다. 무슨 일이 있더라도, 목숨과 맞바꾸어서라도 말이지."

결의가 단단하군.

이만큼 사랑받고 있었다니, 클라리스 선배도 인망이 두터운 모양이다.

선배는 변해 버린 클라리스 선배의 이야기를 이어갔다.

"의무실 건은 들었다. 선전포고해놓고 이런 이야기 하는 것도 그렇지만, 아가씨를 나쁘게 생각하지 말아다오. 그 사건 이후로 아가씨는 다른 사람처럼 변해 버렸다. 노예를 거느리고 밤에 놀러 나가 아침에 들어오기 일쑤가 되었지. 옛날에는 그런 사람이 아니었는데…….”

노예를 거느리고 아침에 돌아온다고? 우리 누나를 필두로 많은 여자가 이미 그렇게 살고 있다.

……나도 감각이 마비되기 시작했나? 이 정도는 놀랍지도 않다.

아무래도 나 역시 이 여성향 게임 세계에 점점 물들고 있는 모양이다. 어쩌면 이미 말기일지도.

보통이잖아! 라고 잠깐이나마 생각한 게 억울하다.

“그렇게 말씀하셔도 제가 대충할 것 같진 않은데요?”

그러자 선배는 웃으며 말했다.

“역시 안 되겠냐? 뭐, 너는 이런 이야기에 흥미 없어 보이니까 그럴 것 같았지만. 딱히 상관없다. 내 푸념이니 흘려들어 줘.”

나는 떠나가는 선배를 보며 에어바이크 시트에 앉아 헬멧을 쓰고, 턱에 있는 벨트를 단단히 고정했다.

『에어바이크 개조를 완료했습니다.』

“그러냐.”

『마스터, 지금 이야기를 듣고도 우승을 노릴 생각인가요?』

“당연하지. 나한테 거금을 걸었으니까 말이야.”

질크 대신에 내가 나온다는 소식이 퍼지자 학생들이 흥분하기 시작했다. 학원에서 준비한 에어바이크를 탔으니 이번에야말로 내 코를 꺾을 수 있다고 생각한 모양이다.

그야 뭐, 실력만 따지자면 결승에 진출한 선수들과는 비교도 못 하겠지.

즉, 나는 초대형 다크호스다.

『애초에 마스터는 돈을 벌 필요가 없지 않습니까? 제가 있는 한 생활에 무엇하나 불편한 게 없지 않습니까?』

바보 녀석. 네가 있어도 결혼 활동만은 어떻게 안 되잖냐! 정말로 도움이 안 되는 인공지능이다.

그리고 나는 이기고 싶을 뿐이야. 이기는 걸 정말 좋아한다고. 덧붙여서——.

"내 패배를 기대하던 녀석들이 분해하는 모습을 볼 기회잖아. 그걸 위해서라면 우승은 놓칠 수 없지. 내기는 그냥 덤이야. 별건 이라고."

『정말 좋은 심보이시군요. 저의 힘을 빌려 출장했다는 것만으로도 한심한데, 이토록 뻔뻔하게 나올 수 있다니, 본받고 싶을 정도입니다.』

이 녀석, 나를 너무 싫어하는 거 아니야?

◇

에어바이크로 하늘을 향해 달려 나갔다.

바이크로 하늘을 나는 기분은 생각보다 나쁘지 않았다. 아래만

보지 않는다면 오히려 상쾌할 정도였다. 승차감도 나쁘지 않았다.

에어바이크가 경기장에 잇따라 나오자 관중석이 열광에 휩싸였다.

그리고는 내 주변에 선수들이 몰려오기 시작했다.

이 녀석이고 저 녀석이고 노골적으로 날 노려보고 있었다.

"이게 누구신가. 기다리고 있었다고. 그날의 빚을 갚아 주마."

누구야, 이 녀석?

2학년 같은데, 솔직히 누군지 모르겠다.

내가 대놓고 무시하자 그 2학년이 에어바이크를 부딪쳤다.

"무시하지 말란 말이다, 1학년 떨거지 자식!"

나는 코웃음 치며 대답했다.

"너 같은 쓰레기들을 일일이 기억하고 있을 리 없잖냐. 그래도 뭐, 아는 척하고 싶다면 공작가에 네 이름을 일러 줄 테니까 이름을 대. 자, 이름 대 보라고!"

나는 레드글레이브 공작가와 친분이 있다는 걸 정중하게 어필하여 상대가 제 발로 물러나게끔 했다. 2학년은 혀를 차더니 내게서 멀어졌다.

호가호위? 그게 어때서? 생각보다 즐겁다고?

선수들이 레이스 준비를 위해 하나둘 천막을 펼쳐 놓은 출발 지점으로 모여들었다.

경기장 곳곳에 설치된 장애물이 눈에 들어왔다.

『여전히 입이 험하네요.』

"나는 이렇게나 성실한데, 어째서 계속 성가신 일이 날아드는 걸까. 이것 참."

『자업자득입니다. 최근에는 사실 눈에 띄고 싶어 하는 게 아닐 까 하는 의심이 들고 있습니다. 자, 곧 출발이에요.』

내가 자세를 잡으니 심판이 하늘을 향해 라이플을 쐈다.

탕! 소리와 동시에 에어바이크들이 출발선을 빠져나갔고, 나는 선두 집단에—— 들어가기도 전에 방해받기 시작했다.

『시작하자마자 둘러싸였네요.』

"Goddamn!"

『그건 서양인의 리액션 아닙니까?』

"말해보고 싶었던 것뿐이야!"

에어바이크로 부딪히거나 내 에어바이크를 발로 차는 등, 출발 과 동시에 날 향해 다른 선수들의 공격이 날아왔다.

뭐 이딴 악독한 놈들이 다 있어!

"뒤져라, 이 쓰레기 놈!"

"너 때문에 빚에 쪼들리게 됐다고!"

"여기서 떨궈주마아아!"

다들 내게 쌓인 원한이 많은 모양이었다. 오해가 심각하군.

"전부 자업자득이잖냐, 브아~보! 너희들이나 떨어져!"

나를 발로 찬 남학생을 내가 다시 발로 차며 응수하자, 루크시 온이 어이없어했다.

『한심한 대화군요. 싸움도 수준이 같아야 일어난다더니, 잘 알

것 같습니다.』

상하좌우 꽉 막힌 나는 집중 공격에 끈질기게 버텼다.

"아야! 어떤 놈이냐, 치사하게 물건을 던지다니! 각오해라!"

◇

유료 라운지에서는 학생들이 모여 레이스를 응원하고 있었다.

"해치워 버려!"

"거기야. 좀 더 찌르듯이 파고들어!"

"뭐야, 공격이 너무 미지근하잖아!"

학생들은 리온을 공격하는 선수들을 보며 열렬히 응원하고 있었다.

안제는 손으로 이마를 짚고 고개를 저었다.

"리온 녀석, 적당히 김을 빼주면 될 거라더니, 상상 이상으로 고생하고 있군."

리비아는 이미 울상이었다.

"리온 씨가 불쌍해요. 리온 씨가 잘못한 건 딱히…… 그게, 그러니까……."

안제는 말문이 막힌 리비아를 달랬다.

"억지로 감쌀 거 없다. 녀석도 잘못이 있으니까. 우리만이라도 응원하면 돼. 그나저나 얄궂은 일이군. 학생들의 불만이 폭주한 탓에 도리어 클라리스의 측근들이 손을 못 쓰게 되다니."

의무실에서 했던 선언대로 클라리스 측근의 선수들이 리온을 노리고 달려들었으나, 공교롭게도 다른 선수들이 먼저 리온을 둘러싸고 집요하게 공격하는 바람에 밖으로 밀려나 이러지도 저러지도 못하고 주변을 맴돌며 망설이고 있었다.

리온은 어떻게든 치명상을 피하고 있었지만, 집중 공격을 당하고 있는 모습을 보고 있자니 안제는 화가 치밀어 주먹에 힘이 들어갔다.

"네 측근, 정말로 미움받고 있네."

고개를 돌려보니 언제 다가왔는지 여학생 한 명이 웃음 띤 얼굴로 레이스를 바라보고 있었다.

학원제 첫날, 리온의 찻집에서 소란을 피웠던 그 백작 영애였다.

그간 무슨 일이 있었는지 눈 밑에 짙은 다크서클이 남아 있었다.

"리온은 내 측근이 아니다."

"어느 쪽이든 상관없어. 저 녀석이 너의 동료라는 게 중요하니까. 너희 때문에 내가 본가에서 얼마나 꾸지람을 들었는지——."

밀렌을 아줌마라고 부른 것도 모자라 전속 사용인을 시켜 손을 대려 했다는 소문이 본가까지 흘러 들어간 모양이었다.

그러고 보니 오늘은 측근들이 있을 뿐, 전속 사용인의 모습이 보이지 않았다.

안제는 코웃음을 치며 말했다.

"그렇다면 불평할 상대를 잘못 찾았군. 그건 네 천려(淺慮)함을 탓해야 하지 않겠나?"

그러자 결국 화가 끝에 달했는지, 백작 영애가 안제를 향해 달려들려고 했다.

이를 본 리비아는 망설임 없이 안제 앞으로 끼어들었다.

"안제에게 손대지 말아 주세요!"

"리비아······."

리비아가 안제를 지키려 앞으로 나서자, 백작 영애의 눈이 한층 더 날카로워졌다.

"감히 어딜 끼어드는 거야, 평민 따위가!"

"······아, 저기······."

리비아가 평민이라는 말을 듣고 뒷걸음질하자, 안제가 리비아를 감싸려고 했다. 그러자 백작 영애는 어이없다는 듯 코웃음 쳤다.

"그 잘난 공작 영애가 대단히도 물러졌군. 측근들에게 버림당하고 나니 마음이 약해지셨나? 평민 따윈 거들떠보지도 않던 여자가, 낙담 끝에 매달린 게 평민이라니! 평민을 깔보던 공작 영애님은 대체 어디로 갔지? 아, 본가가 기우니 주변에 남아 있던 게 평민뿐이었나?"

안제는 여자를 쌔려보고, 곧바로 뒤돌아 리비아의 오해를 풀려고 했으나, 막상 리비아의 얼굴을 보니 말문이 막히고 말았다.

"──아, 아니야. 리비아, 나는······!"

안제는 지난 과거가 떠오르자 차마 리비아의 눈을 바라볼 수 없었다.

안제가 결국 아무 말도 못 하고 눈을 돌리자 리비아는 눈물을 흘리며 그대로 뛰쳐나가고 말았다.

안제는 무언가에 홀린 듯 리비아의 등을 향해 손을 뻗었지만, 결국 허공을 헤맸을 뿐이었다.

"⋯⋯⋯⋯."

쫓아가야지 생각하면서도, 발은 움직이지 않았다. 결국, 갈 곳 잃은 손이 내려왔다.

'쫓아가서 무슨 말을 한단 말인가⋯⋯.'

공작가는 평민은 물론, 리온과도 전혀 다른 생활을 보낸다. 밭에 나갈 일도 없고, 백성과 접할 기회도 제 발로 나서지 않는 한, 없다.

그런 공작가의 영애로 지내온 자신은 평민을 어떻게 생각하고 있었는가.

"이런~ 도망쳐 버렸네. 마지막 남은 친구도 쌀쌀맞구나."

백작 영애의 말에 안제가 이마에 핏대를 세우며 노려봤다.

"──네가 뭘 안다는 거냐."

"뭐?"

안제가 손바닥을 날려 실실 웃는 백작 영애의 **뺨따귀**를 때렸다.

라운지에 메마른 소리가 울려 퍼졌다.

"때, 때렸겠다!"

"그게 어쨌다는 거지? ──잔챙이 주제에 나에게 얽히려 하지 마라."

안제가 덤벼드는 백작 영애를 역으로 넘어뜨리고 그 위에 올라

타 제압하자, 그대로 드잡이질이 시작되어 버렸다.

조금 전까지 열기에 달아올라 있던 라운지가 단숨에 쥐 죽은 듯 조용해졌다.

주변에 있던 학생들이 황급히 중재하려 했으나, 안제는 백작 영애의 멱살을 잡고 가차 없이 주먹으로 뺨을 때렸다.

"네가 뭘—— 나의 뭘 안다는 거냐! 짓밟아 버리겠어. 전력으로 짓밟아 주마!"

상대도 안제의 머리채를 붙잡았다.

"지껄였겠다, 이 난폭녀! 한물간 공작가가 우쭐대지 말라고!"

라운지 안이 소란스러워졌다.

◇

레이스도 종반에 접어들자, 순위를 올리고자 선수들이 내게서 떨어져 갔다.

"이 정도면 됐나?"

"이만큼 너덜너덜하게 만들어 놨으면 더는 못 달리겠지."

"그럼 잘 가라, 입만 산 자식아!"

앞서 떠나가는 망할 자식들의 등을 보면서 핸들을 꽉 쥐고 스로틀을 올리자 엔진이 좋은 소리를 내며 진동했다.

차체는 너덜너덜해졌고 헬멧의 바이저도 깨졌지만—— 내 마음은 꺾이지 않았다.

아쉽게 됐구만, 쓰레기 놈들아! 너희의 패인은 날 확실히 마무리하지 않은 거다!

"——할 수 있겠지, 루크시온?"

『언제든지요. 하지만 이만큼 노골적인 러프 플레이를 보고도 심판이 제지하지 않는다니, 이상하군요. 대체 어디까지 미움받고 있는 겁니까?』

"심판한테 돈을 쥐어 둘 걸 그랬군."

『정말 쓰레기 같은 발상이군요. 애초에 심판이 계속 손 놓고 있는 걸 봐선 이미 다른 학생이 매수한 것 같으니, 마스터는 더 큰 돈을 주지 않으면 먹히지 않았을 겁니다.』

"돈이라면 썩어 넘칠 정도로 있지만 말이야! 하지만 이걸로 난 부정을 저질러도 마음이 아프지 않아!"

속도가 오르자 조금 전까지 나를 둘러싸고 있던 남자들이 순위를 다투며 서로 티격태격하고 있는 모습이 눈에 들어왔다.

나는 그들을 가볍게 추월했다.

루크시온이 항상 최적의 상태가 되게끔 조정하고 있으니까!

내 실력으로도 쉽게 선수들을 추월할 수 있다.

"너, 너 이 자식!"

분해하는 남자들에게 나는 손을 흔들어 주었다.

"서로 발목을 붙잡느라 고생이 많네~. 너희들한테는 그 정도가 딱 어울린다고, 브아~보!"

잇따라 선수들을 앞질러 나가자, 선두 진영을 독점한 클라리스 선배의 측근들이 보이기 시작했다. 서로 치고받고 싸우기 바쁜 다른 선수들과 달리 동료끼리 상위권을 독점할 생각인 것 같았다.

『역시, 다른 선수보다 빠르군요.』

"따라잡을 수 있겠어?"

『농담을── 60초 이내에 초월할 수 있습니다.』

엔진이 한계를 넘어 움직이자 나는 운전이 아니라 에어바이크에 매달려 있는 꼴이 되었다. 운전은 루크시온에게 맡기고 나는 바이크가 이리저리 기우는 와중에 필사적으로 핸들을 붙잡고 있을 뿐이었다.

『마스터, 체중 이동이 미세하게 늦습니다. 운전에 방해됩니다.』

"네가 빈번하게 방향을 바꾸니까 그렇지! 그리고 대놓고 방해된다고 하지 마! 나도 마음이 다친다고!"

바이크에 맞추어 몸을 움직여 잇따라 상위 선수들을 앞질러 나갔다.

그 광경에 경기장이 한층 더 소란스러워졌다. 아나운서도 경악했는지 목소리를 높이고 있었다.

「여, 여기서 설마 하던 발트파르트 선수의 추월──! 이런 일이 가능한 것일까요? 혹시 불법 개조인가!」

너희는 내가 이기는 게 그렇게나 싫냐?

"오냐, 그러면 오기로라도 이겨 주겠어."

너희들의 울상을 꼭 나한테 보여 달라고.

그리하여 3위 선수를 제치고, 2위 선수가 내 앞에 나왔다.

"못 보낸다!"

나는 진로를 방해하는 선수에게 웃으면서 말했다.

"유감이군요! 지나가도록 하겠습니다~."

에어바이크 움직임에 몸을 맞춰 현란하게 2위 선수를 제치자, 선두—— 경기 전에 말을 걸어왔던 그 3학년 선배가 보였다.

내가 아웃 코스로 추월하려 하자, 선배는 날 힐끔 보더니—— 아무런 술수도 없이 직선 코스에서 실력 승부에 나섰다.

역시, 자질구레한 수를 쓰지 않는 사람이군.

"——미안하게 됐군."

루크시온이 조종하는 에어바이크가 머플러에서 불을 뿜자, 나조차 기겁할 정도의 속도가 나오기 시작했다.

두 번 다시 에어바이크 레이스 따위에 나가고 싶지 않다는 생각마저 들만한 속도로 직선 코스를 빠져나가—— 아주 미세한 차이로 내가 먼저 골인했다.

속도를 떨어뜨리고 헬멧을 벗은 나는 관객석을 향해 웃는 얼굴로 손을 흔들었다.

"다들, 내가 이겼어~! 미안해~."

그러자 관객석에서 물건이 날아왔다.

"또 너냐!"

"내 용돈 돌려줘!"

"이 역귀 자식이!"

나는 관객의 성원을 받으며 손을 흔들었다. 분해 보이는 너희들의 얼굴이 나한테는 최고의 포상이야.

『마스터.』

"뭔데? 지금은 기분이 좋으니까 내버려 둬줘."

『아뇨, 이젠 정말 한계입니다.』

"──어?"

뒤돌아보니 에어바이크에서 하얀 연기가 뿜어져 나오고 있었다. 어쩐지 등이 조금 뜨겁다 싶더니! 에어바이크 자체가 이미 한계까지 달아올라 있었던 모양이다.

"우와아아악!"

루크시온을 손에 쥐고 그대로 에어바이크에서 뛰어내리자, 뒤쪽을 달리고 있던 선배가 재치있게 나를 건져 주었다.

선배가 상냥해서 울음이 나올 것만 같았다.

"덕분에 살았습니다."

감사를 표하자, 선배가 난처한 듯이 웃었다.

"이쯤이야, 뭐. 결투 소동 때는 네 덕분에 속이 시원했으니까, 그때의 보답이다. 그 김에 돈도 좀 벌었고."

이 선배, 질크를 향한 증오로 결투 때 나한테 걸었던 모양이다.

◇

의무실.

시상식을 마친 나는 상금을 가지고 질크와 마리에가 있는 곳으로 향했다.

내가 마리에게 메달을 보여주자 마리에는 매우 분한 표정을 지었다.

아, 어찌 이리도 기분이 좋을까.

여동생을 말싸움으로 꺾은 듯한 이 상쾌함! 정말 오랜만이다.

"자, 이기고 왔습니다요. 약속은 잊지 않았겠지, 질~크~군?"

히죽거리는 내 얼굴을 보고 질크는 작게 한숨을 내쉬고 있다.

"예, 약속은 약속입니다. 무엇이든 명령해 주세요. 가능한 한 부응할 생각입니다."

그 와중에 가능한 한이라고 선을 긋다니, 여전히 속이 시커먼 놈이다.

할 수 없는 건 안 하겠다는 의미잖아.

뭐 이런 최악의 녀석이 다 있을까.

이러니까 이 여성향 게임의 공략 대상 남자들 보고 글러 먹었다고 하는 거라고.

"그래서, 뭘 시킬 생각이야? 알몸으로 물구나무라도 서게 하려고?"

머리 뒤로 손깍지를 낀 카일이 느닷없이 내게 반말을 뱉었다. 이 자식, 내가 남작님이라는 걸 알고 있는 주제에 태도가 거만하게 짝이 없잖아.

"무슨 바보 같은 소리냐. 이 녀석의 물구나무서기에 무슨 가치가 있다고 그런 걸 시켜? 아니, 잠깐만……. 여자들 앞에서 벗는 것도 나쁘지 않겠는데? 돈이 될 것 같아."

그러자 마리에가 나를 손가락질했다.

"그렇게 돈이 좋아?! 이 수전노가!"

"당장 가서 거울 보고 와라! 나보다 더한 수전노를 만날 수 있을 테니!"

"흥, 됐어! 상금이나 돌려줘!"

정말로 뻔뻔하다. 결승에 나갈 수 있었던 건 질크의 공이었으니 반 정도는 나눠줄 생각을 하고 있었더니, 다 내놓으라니.

나는 마리에의 말대로 상금 전액을 건네주었다.

"좋아. 가져가."

"묘, 묘하게 고분고분하잖아."

"나는 고분고분한 게 장점이라고."

상금(30만 디아)을 건네자, 마리에는 덥석 달려들었지만, 곧 내가 들고 있던 백금화에 눈독을 들이기 시작했다. 나는 일부러 과시하듯 백금화를 손 위에서 가지고 놀았다.

"그, 그거 백금화지? 어째서 그렇게나 많이 가지고 있는 거야?"

"오늘 내기로 제법 벌어서 말이지. 나한테 걸었더니 초대형 다크호스라서 떼돈을 벌었지 뭐야?"

내가 번 돈을 슬쩍 보여주자 마리에가 부들부들 떨기 시작했다. 이 수전노에게 보여주면 부러워 몸부림칠 줄 알았다.

30만 디아 따위, 이 돈에 비하면 아무것도 아닌 수준이니까.

"비, 비겁해. 그런 거 비겁해! 자기 자신한테 걸다니 말도 안 돼!"

"문제없거든요~. 푸푸풉. 너희는 30만 디아로 만족하라고~."

내가 대놓고 상금을 무시하자 마리에가 몹시 분해했다. 이 녀석, 정말로 알기 쉽구만.

우리가 서로 노려보고 있자, 질크가 일어났다.

벌써 일어나도 괜찮은 건가?

"알겠습니다. 그걸로 당신의 기분이 풀린다면 상관없습니다."

나는 아무래도 좋은 마리에를 무시하고 질크의 눈을 똑바로 바라보았다.

"바보가. 그런 짓을 했다가는 안제랑 리비아한테 혼나잖냐. 좀더 현실적인 명령을 할 거라고. 아니, 부탁이려나?"

그러자 질크가 의문과 의심이 섞인 눈으로 날 쳐다보았다. 내 말이 그렇게 믿음이 안 가냐?

"부탁 말입니까?"

◇

학원에 축제 후의 고요함이 감돌고 있었다.

뒷정리가 시작되면서 교사 안에서도 여러 가지 도구나 자재가 해체되어 밖으로 운반되고 있었다.

이 모습을 보고 있으니 겨우 사흘간의 축제가 끝났다는 실감이 느껴졌다.

내 가게도 도구를 정리하고 해체에 들어간 참이었으나, 지금은 작업을 멈추고 나와 질크, 클라리스 선배와 측근들이 모여 있었다.

질크는 아직 회복 도중이라 환자복 차림에 머리와 팔에 붕대를 감고 있었고, 그 딱한 모습의 질크 앞에는 클라리스 선배가 서 있었다.

이 모든 게 내 부탁으로 이루어진 상황이었다.

내가 질크에게 한 부탁——.

"이번 일은 정말로 죄송했습니다."

그건 '클라리스 선배에게 사과할 것'이었다.

참고로 이쪽에 오기 전에 차녀에게도 사과하게 했다. 그쪽은 덤이고 이쪽이 메인이지만.

클라리스 선배가 눈물을 머금었다.

"새삼, 인제 와서—— 늦단 말이야! 나는 기다리고 있었는데! 너, 편지 하나로 전부 없었던 일로 할 수 있다고 생각해?!"

클라리스 선배가 울다시피 화를 냈다.

그럴 만도 하지. 질크는 더 반성해야 한다.

"다른 여성을 사랑한 제가 당신과 결혼하는 건 실례입니다. 거짓말이, 당신 앞에서 거짓말을 하는 것이 싫었습니다. 저는 다른 여성을 사랑하고 말았으니까요."

클라리스 선배가 걸음을 내딛고는, 스냅을 살려 질크의 **뺨따귀**를 날렸다.

좋은 소리가 방에 울렸다.

더 때려요! 때려 버려요, 클라리스 선배!

질크는 뺨을 맞고도 얌전히 있었다. 그저 모든 것을 받아들일 생각인 모양이었다. 그만한 절개가 있었으면 진작에 좀 보였으면 했다.

"뭐가 거짓말이야! 그런 여자한테 속아 넘어가서! 나를 버리면서까지 그렇게나 갖고 싶었어? 왜 그 여자인 거야! 어째서—— 나는 안 되는 거냐고……."

"저도 모르겠습니다. 하지만, 그녀를 사랑해 버리고 말았습니다. 그래서 당신과 만나는 것을 주저했습니다."

미남의 변명은 아무리 끔찍해도 아름답게 들리는군.

내가 보기에 질크는 그냥 귀찮아서 만나고 싶지 않았던 거 같은데. 만약 내가 같은 변명을 했으면 주변에서 냉담한 시선이 날아왔을 거다.

나라면 어떤 변명을 할까? 아니, 애초에 바람 같은 건 안 피우겠지. 이런 여성향 게임 세계에서 바람을 피우면 남자는 너덜너덜해질 때까지 추궁당할 테니까 말이야. 여자는 '떽!' 하고 그치겠지만.

역시 이 세계는 불합리해.

"그렇게 또 얼버무리는 거야? 질크, 너는 언제나 그래! 그렇게 본심을 나한테 말한 적은 한 번도 없잖아! 언제까지 사과하는 척하면서 도망칠 거야?!"

"이게 저의 솔직한 마음입니다. 당신을 만날 수 있는 처지가 아닙니다. 만나도 당신에게 상처를 주고 맙니다. 그렇다면 추억인 채로 저를 기억해 주었으면 했습니다."

이 질크라는 녀석은 '자기 생각을 잘 이야기하지 않는다'라는 아주 성가신 구석이 있다. 언제나 싱글싱글 웃고 있을 뿐, 뭐가 좋은지, 뭐가 싫은지 도통 이야기를 하질 않는다.

계속 그렇게 이유를 붙여가며 도망치기만 할 뿐이다. 게임에서도 '율리우스 전하를 위해서'라고 변명할 뿐이었다. 하지만 그래도 전 약혼자에게 사과는 했어야지!

클라리스 선배의 측근들이 손에 무기를 쥐려 하고 있었다.

아무리 내가 부탁했다지만, 거기까지 가면 곤란하다고!

내가 급히 끼어들려고 하자 클라리스 선배가 먼저 입을 열었다.

"――그만 됐어."

"아가씨?"

3학년 선배가 클라리스 선배를 걱정하고 있었다. 클라리스 선배는 눈물을 닦았다.

"너희들이 손을 더럽힐 가치도 없어. 난 이제 이 남자와 연을 자를 거야. 앞으로는 타인이야. 두 번 다시 아는 척하지 마."

질크를 이미 한번 입원시켜 놓고 저런 말을 하는 것도 좀 이상한 것 같지만, 질크는 얌전히 고개를 숙이고 있었다.

"죄송했습니다. 그리고, 고마워. 클라리스."

클라리스 선배가 고개를 숙이고 어금니를 악물고 있다.

"거리낌 없이 이름으로 부르지 마! 더는 얼굴도 보고 싶지 않아!"

질크는 결국 말없이 방에서 나갔다. 어, 어라? 네가 그러고 나가면 나만 남잖아!

방 분위기에 움찔움찔하고 있자, 3학년 선배가 말을 걸었다.

"미안했다. 폐를 끼쳤군."

"아, 아뇨⋯⋯."

클라리스 선배는 측근이 가져온 의자에 앉아 눈물을 흘리고 있었다.

아, 나도 여길 빨리 벗어나야겠어.

"저도 가보겠습니다. 이 자리에는 어울리지 않네요."

"아니, 잠깐 기다려다오."

3학년 선배가 그렇게 말하자 측근 남자들이 나를 둘러싸더니, 대뜸 내게 머리를 숙였다. 한순간 엉망진창으로 두들겨 맞는 모습을 상상하고 기겁했던 건 비밀이다.

"서, 선배?!"

"우리가 아무리 불러도 녀석은 얼굴을 비치지 않았었어. 이 자리를 마련해준 너한테는——아니, 남작께는 감사하고 있습니다. 갖가지 무례, 정말로 죄송했습니다!"

"죄송했습니다!"

뭔가, 운동부 선배들이 1학년인 나를 둘러싸고 머리를 숙이고 있는 것 같은 그림이 되었다. 뭐야, 이거. 무서워! 왜 그렇게 되는 건데!

조금 떨어진 곳에서 아인종 노예들이 선배들의 사죄를 받고 곤혹스러워하는 나를 무심하게 쳐다보고 있었다. 이들과 달리 노예들에게는 충의가 없다. 그들에게 있는 건 계약에 의한 관계뿐이다.

"불만이 있다면 때려도 상관없다. 재판에 부르겠다면 기꺼이 나가마. 단지, 아가씨는 이번 건과는 무관하다."

"제가 그런 말을 들을 것 같습니까?"

내가 심술궂게 말하자, 선배는 작게 웃었다.

"안 된다면 내가 책임을 지지. 목숨을 걸고 말이야."

목숨까지 내놓겠다니…… 이 사람은 정말로 할 것 같아서 무섭다. 이만큼 믿고 충성을 바칠 수 있는 주인이라니, 부러울 정도다.

그 말을 듣고 클라리스 선배가 일어섰다.

"기다려! 난 그런 거 허락 못 해! 모든 책임은 나한테 있어. 너희들은 내 명령에 따랐을 뿐이야."

"하지만 아가씨……!"

가만히 보고 있자니 결국 누가 책임을 질 것인지로 옥신각신하기 시작했다. 나는 어이없다는 듯이 말했다.

"그런 뻔한 연극으로 동정을 살 생각이라면 그만두세요. 그리고 뭔가 제가 책임을 추궁하는 게 전제인 거 같은데, 성가셔질 뿐이니까 사양하겠습니다. 전 귀찮은 걸 아주 싫어하거든요."

그러자 선배가 나를 보고,

"너, 너는, 그건── 아니, 그런가. 용서해 주는 건가."

애초에 내가 왜 클라리스 선배를 추궁해야 한단 말인가? 나쁜 짓을 한 건 질크 놈이다. 그 녀석이 눈치 있게 굴었으면 이렇게 번지지도 않았을 거다.

정말로 성가신 녀석이다.

"클라리스 선배도 인제 그만 기운 차리세요. 남자 따위, 하늘의 별만큼 널려있지 않습니까."

내 말에 클라리스 선배가 고개를 숙이고 힘없이 웃었다.

"너는 비뚤어져 있지만 다정하네."

『이분은 착각하고 있습니다. 마스터는 비뚤어져 있는 게 아니라 완전히 구부러진──』

루크시온이 대뜸 쓸데없는 말을 늘어놓기에 나는 무시하고 눈을 돌려 전속 사용인들을 한번 쓱 둘러보았다.

"마음은 이해합니다── 같은 말은 안 할 거지만요. 이제라도 이런 일을 그만두시면 감사하겠습니다."

"그럴게. 이젠 늦었지만 말이야. 난 이미 더러워졌어."

슬픈 듯이 웃는 클라리스 선배 뒤에서 전속 사용인 한 명이 의미심장하게 웃고 있는 게 보였다. 우리(남학생)를 상대로 이겼다고 생각하고 우쭐해진 모양이군.

"안심하세요. 정말 좋은 여자라면 그 정도는 아무런 문제도 되지 않으니까. 뭐, 굳이 말씀드리자면, 전속 노예의 수는 좀 줄이시는 게 좋겠군요."

내가 맞서 노려보자 전속 사용인들이 각자 당황한 표정을 지었다. 그간 좋은 주인을 만나서 아주 즐거웠겠지.

제 입맛대로 놀았을 테니까.

돈 씀씀이가 좋은 주인을 잃을까 초조해하기 시작했다.

"말이 능숙하네. 그렇게 해서 안젤리카의 환심을 산 걸까?"

"전 솔직한 녀석이라 거짓말은 하지 않습니다."

3학년 선배가 "거짓말이군" 하고 말했지만 무시했다.

클라리스 선배가 작게 고개를 끄덕였다.

"그래. 다시 힘내 볼게. 이제 이런 생활도 지쳤어. 결국은 돌아 봐 주지 않을 걸 알고 있었는데…… 나는 뭘 하고 있었던 걸까."

질크도 죄 많은 남자다. 이만큼 사랑받고 있었는데 마리에를 위해 전부를 버렸다.

정말 전생자는 되어 먹질 못했군. 역하렘을 실현하기 위해 불행을 양산하다니.

성실하고 상냥한 여성이 남자를 거느리고 놀러 다녔는데, 그 이유가 자신을 버린 남자가 돌아봐 줬으면 해서라니── 어째서 나한테는 이런 여자가 없는 거냐고!

끝내는 질크의 뒤치다꺼리 같은 짓까지 하고── 분하다!

원래라면 끼어들지 않아도 됐다. 하지만 질크는 공략 대상 남자다. 이게 원인이 되어 쓸데없이 성가신 일이 일어나는 건 피하고 싶었다. 나 자신을 위해 오지랖을 부린 것이다.

나머지는 율리우스 전하의 말대로다. 클라리스 선배에게도 좋을 게 없는 일이었다.

질크 하나 때문이 아니라 주위 사정이 있기에 개입했다.

클라리스 선배가 또 울기 시작했기에 나는 이번에야말로 빠져나오려고 했다. 울고 싶은 건 내 쪽이다. 오늘 내가 한 노력은 결혼 활동에 아무런 득도 되지 않는다. 학원제로 올린 성과라고는 저택을 세울 수 있는 거금뿐이었다.

……어라? 생각보다 대단한 수확 아니야? 학원제에서 한 재산 벌어 버렸다.

그러자 클라리스 선배가 내게 말을 건넸다.

"리온 군. 어서 안제가 있는 곳에 가봐. 안제도, 그 특대생 아이도 시합 중에 여러 일이 있었던 것 같으니까."

두 사람에게 무슨 일이 있었던 것일까?

◇

학원 교사 뒤.

숨는 것처럼 구석에 앉아 있던 리비아를 발견한 나는 가까이 다가가 말을 걸었다.

"왜 침울해 있어."

고개를 든 리비아는 울고 있었다.

"리온 씨, 저는 어찌해야 좋을지 모르겠어요."

나는 애처로운 미소를 짓는 리비아 옆에 앉았다. 사실 안제를 먼저 찾아갔는데, 안제는 자기보다 리비아를 만나러 가라는 말을 했다. 무슨 일이 있었는지 얼굴에 상처가 남아 있었는데, 무척 쓸쓸한 표정을 하고 있었다.

"으음, 난 누굴 위로하는 게 서툴러서. 그래도 괜찮다면 위로해 줄게."

리비아가 고개를 가로저었기에 내가 "그러면 뭐……" 하고 말하자──.

"리온 씨. 저는 언제와 친구일까요? 아니면 친구가 될 수 있다고 생각하세요?"

나는 어떻게 대답해야 할지 고민했다. 언젠가는 이런 상황이 올 줄은 알고 있었다.

"달콤하고 상냥한 거짓말과 씁쓸한 진실이라면 어느 쪽이 좋아?"

"──씁쓸한 진실로 부탁드려요."

나라면 달콤한 거짓말을 선택했을 텐데, 이 아이는 강하군. 역시나 주인공님이다. 아니, 역시 리비아다.

"그럼 내가 잘 골라왔군. 마침 달콤하고 따뜻한 음료를 준비했거든. 씁쓸한 진실을 듣기에는 딱 좋을 거야."

"리온 씨는 정말로 신기한 사람이네요."

뭐, 나는 이게 두 번째 삶이니까.

음료를 건네자 리비아가 받아 마셨다. 나는 씁쓸한 진실을 말했다.

"결론부터 말하자면 한없이 어려워. 두 사람이 지내온 생활 환경이 너무 달라서 공통점이 아무것도 없으니까. 딱 잘라 말하자면 지금까지가 이상했던 거지. 괭이를 들고 일하는 농민한테 내일부터 검을 휘두르며 싸우라고 해도 잘 될 리가 없잖아? 그런 거야."

가정환경을 비롯해 여러모로 너무나 다른 삶을 보내왔다.

실은 검술에 천부적인 재능이 있었다 하는 예외도 있을지 모르지만, 대부분은 그렇지 않을 거다.

"겨우 학원에 동성 친구가 생겨 기뻤는데, 역시 안되나 봐요. 제가 안제 곁에 있으면 폐를 끼치고 말아요. 오늘도 저 때문에 힐난을 당했어요. 게다가 안제는 저를 인간으로 보지 않을 거라는 말을 듣고⋯⋯."

리비아가 눈물을 흘렸다.

이런 상황이 오면 보통 상냥한 말로 위로하겠지만, 나는 아니다.

오히려 내게 그런 걸 기대하는 편이 잘못됐지. 그런 건 율리우스 전하나 공략 대상 남자들이 할 대사다. 리비아를 위로하는 건 원래 그들의 몫이니까.

나는―― 내 방식으로 위로할 거다.

"그렇군. 안제도 속으로는 이것저것 생각하고 있던 게 아닐까? 결투 소동 이후로 측근이 많이 줄어 힘이 약해져 있었으니, 우리는 측근 대신 써먹기에는 딱 좋았을지도 몰라. 네 말대로 우리를 사람으로 보지도 않은 거지."

내가 실실 웃으며 말하자 리비아가 날 보며 갑자기 화를 냈다.

"안제는 그런 사람이 아니에요!"

――그걸 알고 있으면 새삼 고민할 것도 없었을 텐데.

"그럼 괜찮겠지. 너 자신도 알고 있잖아."

그러자 내가 하고 싶은 말을 알아차렸는지 리비아의 얼굴이 살짝 붉어지더니 창피함에 고개를 숙였다. 그리고는 나를 힐끔 보며 불평을 늘어놓았다.

"리온 씨는 역시 심술궂어요."

"미안해. 나는 상냥하게 위로하는 법을 모르거든. 애초에 내가 여자 앞에서 폼을 잡아 봐야 개그가 될 뿐이고."

내가 율리우스 전하나 질크 흉내를 낸다고 생각해 보자.

상대는 감동하기는커녕 웃음이 터질 거다. 나도 웃을 자신이 있다.

내게 무언가가 부족하기 때문이다.

미남 오라인가? 아니면 역시 얼굴인가? 미남은 좋겠네.

그런 생각을 하고 있자, 리비아가 살짝 웃었다.

"한 번만 더, 안제랑 이야기해볼게요."

나는 고개를 끄덕였다.

"그러는 게 좋아."

◇

그날 밤, 리비아의 방에 노크 소리가 났다.

"네."

문을 열자 카라와 다른 여학생들의 모습이 보였다.

"잠깐 괜찮아?"

카라가 웃는 얼굴로 말했다. 리비아는 저번 일이 떠올라 쭈뼛거리며 대답했다.

"아, 네⋯⋯."

"실은 너도 공적 퇴치에 참여해 줬으면 해. 너, 성적도 좋다며? 그 정도는 괜찮지?"

"저, 저기. 그걸로 드릴 말씀이 있어요. 이런 방식은——"

그러자 카라가 리비아의 말을 끊듯 문 귀퉁이를 강하게 쳤다.

리비아가 놀라 입을 다물어 버리자, 카라 뒤에 서 있던 여자가 쿡쿡 웃더니 리비아를 보며 말했다.

"도와줄 거지? 평민."

학원제에서 만났던 그 백작 영애였다. 얼굴에는 상처가 있지만, 리비아를 향한 비웃음은 사라지지 않았다.

"만약 거절한다면 네 주변 사람들을 불행하게 만들겠어. 그 망할 발트파르트 자식도, 오만한 안젤리카 녀석도, 네 가족도, 전부!"

그 말을 듣고 리비아가 고개를 숙이고 주먹을 꾹 쥐었다.

"내일 카라를 보낼 거야. 그때까지 제대로 준비하라고, 평민."

백작 영애는 카라에게도 으름장을 놨다.

"너도 똑바로 해. 안 그러면 본가에 큰일이 생길 테니까 말이야."

그러자 카라가 살짝 움찔하며 대답했다.

"네, 넵!"

리비아는 누군가에게 이렇게 몰려보는 처음이었다. 백작 영애는 본가를 등에 업고 제 하고 싶은 대로 하고 있었다.

"이, 이러는 건, 좋지 않다고 생각해요."

"뭐?"

백작 영애가 노려봤지만, 리비아는 굴하지 않고 말을 이어갔다.

"리온 씨도, 안제도, 무척 강한 사람들이에요. 다, 당신한테 협박을 당한다 해도 두 사람은——"

그 순간, 갑자기 백작 영애는 입을 크게 벌리고는 배를 움켜쥐고 천박하게 웃어대기 시작했다.

"아하하하! 설마 진심으로 하는 소리야? 정말로 그 두 사람이 널 친구라고 생각할 것 같니?"

"저, 저는!"

되받아치려 하자, 백작 영애가 리비아의 머리카락을 붙잡고 얼굴을 들이댔다.

"귀족한테 진정한 친구 따윈 없어. 이건 안젤리카가 가장 잘 알고 있을걸? 너는 그 여자가 다친 마음을 치유하려고 주운 애완동물일 뿐이야. 모르겠어?"

"그, 그럴 리 없어요!"

"아니, 틀림없어. 귀족은 가세가 기울면 쉽사리 버림받지. 친구의 배신조차 흔해 빠진 곳이라고. 그런데 안젤리카—— 공작 영애라고 다를 것 같아? 보고 있으면 알잖아? 아무에게도 마음을 열지 않으니까 그 여자가 드세게 굴 수 있는 거야. 널 인간이 아니라 애완동물로 보니까 다정하게 대하고 있는 거라고."

"아니에요! 저는 인간이에요! 그 두 사람은, 저의 소중한——"

"아무것도 모르고 있네. 너, 그 두 사람한테 대체 뭘 해줄 수 있어?"

"예……?"

백작 영애의 말에 리비아는 갑자기 말문이 막혔다.

그건 리비아가 줄곧 품어 온 고민이었다.

언제나 두 사람에게 도움을 받고 있는데, 정작 자신은 두 사람에게 뭘 해줄 수 있을까?

"그 발트파르트도 일단은 귀족이야. 나라에 공도 세웠지. 안젤리카는 막대한 재력과 권력을 쥔 공작가의 아가씨고. 근데 너는? 네가 한 건 뭐지? 과연 네가 그 두 사람과 같은 선에 서 있다고 할 수 있을까?"

"그, 그건……."

리비아의 시선이 흔들렸다.

"반론할 수 없지? 결국, 너희는 친구가 아닌 거야. 아무리 겉꾸려도 남이 보기에 너는 두 사람의 애완동물일 뿐이라고."

리비아는 제대로 대답할 수가 없었다. 평소라면 안제나 리온이 나서서 리비아를 감쌌겠지만, 지금은 도와줄 사람이 아무도 없었다. 백작 영애를 혼자 상대하는 것조차 처음이었다.

"아, 그건가. 넌 그래도 생긴 건 그럭저럭 귀여우니까 노리개로 삼을 생각일지도 모르겠다. 발트파르트 녀석, 여자한테 인기 없다고 해서 평민을 노리다니, 한심한 줄 알아야지. 귀족 실격이야."

"리온 씨는 그런 사람이 아니에요!"

"남자란 건 그런 법이야. 살짝 옷 벗어서 유혹해 보라고. 금방 달려들걸? 그나저나 생각할수록 열 받네. 뻔뻔하게 이 학원에 들어온 것도 마음에 안 드는데, 겁도 없이 귀족이랑 친구네 뭐네 하는 소리를 늘어놓다니. 정신 좀 차리게 해줘야겠어."

백작 영애가 리비아를 떠밀치자 백작 영에 뒤에서 여학생 측근들이 들어와 방을 어지럽히기 시작했다. 바닥을 나뒹군 올리비아는 깜짝 놀라 소리쳤다.

"그, 그만둬요! 그만둬 주세요!"

그러자 백작 영애가 비웃으며 말했다.

"왜? 어차피 쓰레기 방 아니었니? 조금 어질러 놓는 편이 더 자연스럽다고."

결국, 리비아의 방이 소란스러워지자 순찰 중이던 교사가 다가왔다.

"선생님, 도와주세요! 이 사람들이——!"

하지만 백작 영애가 교사에게 웃으며 눈짓하자, 그 교사는 아무것도 보지 않았다는 듯이 리비아의 방에서 멀어져 갔다.

"——어?"

"이걸로 알았지? 너는 우리랑 대등하지 않아—— 평민."

리비아는 교사까지 자신을 버렸다는 사실에 충격을 받았다.

그 자리에 주저앉아 울어 버리자, 모여 있던 사람들이 큭큭 비웃기 시작했다.

"이런, 울어 버렸네."

"평민이 그럼 그렇지."

"귀족이랑 맞먹으려 들다니, 정말로 분수를 모르네."

백작 영애는 한참을 놀리고 나서야 성이 찼는지 비웃으며 등을 돌렸다.

"그럼 잘 있어."

리비아를 비웃으며 떠나가는 여자들. 리비아는 문을 닫고는 머리를 감싸 쥐며 그 자리에 주저앉아 버렸다.

리비아의 뺨에는 하염없이 눈물이 흐르고 있었다.

리비아는 리온과 거리가 줄어들면서 그간 여러 풍파를 피할 수가 있었다.

하지만 그건 리온이 리비아가 강하게 성장할 기회를 빼앗고 있다는 의미이기도 했다.

결국, 리비아는 백작 영애에게 협박에 굴해 공적 퇴치에 나가게 되고 말았다.

★ 제05화 「공적 퇴치」

왕도의 항구는 왕도에서 조금 떨어진 부유섬에 있다. 다만 항구라고 해도, 실제 이미지는 기차역이나 버스 터미널에 가깝다.

정원이 수십 명정도 되는 작은 비행선으로 왕도에서부터 항구에 오자, 지정한 장소에 내 비행선【파르트너(Partner)】가 대기하고 있었다.

루크시온이 건조한 700m급 비행선으로, 다른 비행선보다 압도적으로 거대했다.

외관은 심플한 직사각형 상자 모양으로, 크기 이외는 다른 비행선과 비슷하게 생겼지만, 겉보기와 달리 비행선과 비교도 안될 만큼 뛰어난 성능을 자랑한다.

"어떻게든 제때 왔군."

내 짐에 숨어 있는 루크시온이 대답했다.

『이쯤이야, 파르트너라면 여유롭습니다.』

파르트너는 루크시온 본체인 우주선을 위장했을 때 모습을 본떠 만든 비행선이다.

루크시온 본체는 매우 미래적인 디자인이기에 이 세계 비행선과는 전혀 다른 외관을 가지고 있다. 애초에 비행선이 아니라 우주선이니 당연하지만.

그래서 루크시온의 외관을 위장했는데, 이것도 허점이 있었다.

바로 내부는 위장할 방법이 없다는 점이다. 즉, 나 이외의 사람을 태울 수가 없다.

루크시온의 비밀이 퍼지면 나를 죽여서라도 빼앗으려 하는 녀석이 나올 게 뻔한 마당에, 그런 짓을 할 수는 없었다.

그러나 로스트 아이템(재현 불가능 도구) 비행선에 타보고 싶다는 사람들을 언제까지 피할 수 있을지도 알 수 없는 노릇이었으므로 나는 황급히 루크시온을 대신할 파르트너를 건조했다.

——젠장. 우쭐해져서 본가에 루크시온으로 돌아가지만 않았어도 이런 성가신 일이 되지 않았을 텐데.

참고로 루크시온은 파르트너를 몹시 마음에 들어 하고 있었다.

자식 사랑에 눈이 먼 부모 같다고 해야 할까? 자기가 만들었다고 애착이 있는 모양이었다.

그런데 인공지능도 애착 같은 게 있나?

『그보다 마스터, 눈치채셨습니까?』

"어, 보여."

파르트너 근처에 카라와 리비아가 서 있었다. 그것도 리비아가 카라의 짐을 들고.

카라는 내가 다가오는 걸 발견하자, 리비아가 들고 있던 짐을 빼앗다시피 낚아채고는 아무 일도 없었던 것처럼 손을 흔들기 시작했다.

내가 이미 다 알아챘다는 걸 모르는 모양이다.

애초에 리비아까지 간다는 이야기는 들은 적이 없다. 더구나 리비아는 어제보다도 더 침울해 보였다. 안제와 화해하지 못했나?

"남작, 이쪽이에요~."

카라가 뻔뻔하게 그런 소리를 했다.

"······여자는 무섭네."

『마스터는 그런 그녀들한테서 두려움을 사고 있으니 안심해 주세요.』

"미움을 사고 있다는 걸 잘못 말한 거 아니야?"

내가 두 사람이 있는 곳에 도착하자, 어째 낯익은 얼굴이 가까이 다가왔다.

빨간색과 보라색—— 창을 짊어진 그렉과 불만이 가득해 보이는 브래드였다.

"켁!"

"어째서 발트파르트가 있는 거야."

두 사람의 태도에 나의 유리 세공품 같은 마음이 상처를 받았다.

"뭐야, 패배자들인가."

내가 둘을 노려보자, 질 수 없다는 듯 그렉과 브래드도 날 노려보았다.

역시 이 녀석들은 성격이 글러 먹었다. 컬러풀한 머리 색깔 때문에 불량배 같은 느낌이 더욱 물씬 풍겼다.

"붙어보자는 거냐?"

"누가 패배자인지 다시 가려 볼까?"

두 사람이 나를 위협하기에, 나는 재빨리 리비아 뒤로 돌아가 숨었다.

"미안하지만 나는 이제부터 이 두 여성분과 해야 할 일이 있거든. 너희들한테는 볼일이 없으니까, 어디든 가 버리라고."

그러자 갑자기 이상한 공기가 흘렀다.

그렉은 머리카락을 쥐어뜯었고, 브래드는 도끼눈으로 카라를 쳐다봤다.

"이게 대체 어떻게 된 일이지?"

카라가 노골적으로 시선을 피했다. 아무래도 뭔가 숨기고 있는 모양이었다. 아니 뭐, 진작부터 여러 가지를 숨기고 있다는 건 알고 있지만.

"저, 저기, 사실은 제 본가까지 남작의 비행선으로 다 함께 이동할 수 있으면 좋겠다 싶어서……."

그 말을 듣고 우리는 서로 얼굴을 마주 봤다.

"뭐?! 내 소중한 비행선에 이 불량배들을 태우라고?!"

그러자 그렉과 브래드가 노골적으로 미간을 찌푸리며 화를 냈다.

"누가 불량배냐!"

"정말로 불쾌한 녀석이군!"

이 녀석들, 성질이 너무 급하잖아!

리비아를 사이에 끼고 두 사람과 서로 노려보고 있자, 카라가 먼저 사과했다.

"죄, 죄송해요! 실은 제가 브래드 님께 말을 걸었었어요."

모두의 시선이 브래드에게 향하자, 결국 브래드가 마지못해 설명했다.

"카라는 전 약혼자의 종자라서 말이다. 모르는 사이도 아닌데 도와달라는 부탁을 모른 척할 순 없었어. 더구나 토벌 보수와 함께 현상금도 받을 수 있으니까. 마리에의 도움이 될 수 있다면 하는 생각에 공적 퇴치를 받아들이기로 했지."

언뜻 평범한 이유처럼 들렸지만, 다시 생각해 보니 머리가 이상해진 게 아닌가 싶은 말을 하고 있었다.

학생이 공적 퇴치를 하는 건 잘못되었다고? 아니, 그게 이상하다는 게 아니다.

애초에 여기는 '그' 여성향 게임의 세계다. 남자는 여자한테서 호감을 얻기 위해 눈에 보이는 결과를 내야 한다.

말하자면 공적 퇴치는 여자를 향한 어필 포인트인 셈이다.

……잘 생각해 보니, 원래부터 이 세계는 미쳐 돌아가고 있었군.

그렉이 자랑거리인 창의 밑동으로 바닥을 쳤다. 창을 들고 우뚝 선 모습만큼은 훌륭하구만.

"나도 그 이야기를 듣고 같이 가기로 했지."

창 한 자루로 뭘 할 수 있다고?

정말로 이 여성향 게임의 등장인물들은 머리가 이상해.

"다른 세 사람은? 그 왜, 까만 거랑 초록색에 파란 녀석 말이야."

그러자 브래드가 버럭 화를 냈다.

"색깔로 우리를 부르지 마! ……다른 세 사람 다 본가에 불려

갔어. 마리에는 따로 볼일이 있어서 못 오고. 뭐, 볼일이 없어도 위험하니 말렸을 테지만. 오늘 가는 건 우리뿐이야."

그러자 그렉이 웃으며 덧붙였다.

"설교 당할 걸 알고 있으면서도 본가로 돌아가다니. 그 녀석들도 쓸데없이 착실하단 말이지. 나도 불렸지만, 이번에는 브래드를 따라왔다. 이 녀석은 미덥지 못하니까 말이야."

"시끄러워, 이 뇌까지 근육으로 된 자식이! 기왕이면 크리스가 따라왔으면 했는데."

"뭐라고!"

역시 이 녀석들, 머리가 이상해. 고작 둘이서 뭘 할 생각이지?

애초에 너희는 무기도 없잖아.

공적은 비행선을 타고 하늘을 날아다니니까 공적이라 부르는 거라고.

그런데 그 비행선을 상대로 마법이나 창으로 싸우겠다고? 농담인가?

그런 게 가능한 놈이 있을 리 없지.

유명한 공적들은 대부분 병기—— 갑옷이 있다. 맨몸으로 싸우러 간들 이길 수 있을 리가 없다.

카라가 우리를 재촉했다.

"어, 어쨌든, 다 같이 힘을 합쳐서 열심히 해요. 자, 올리비아 양도 모두에게 잘 부탁드린다고 인사해."

하지만 리비아는 카라의 말이 들리지 않는지 그저 고개를 푹 숙이고 있을 뿐이었다.

카라는 남몰래 혀를 찼다. 나는 들어버렸지만.

나는 머리를 거칠게 긁적였다.

생각보다 리비아의 상태가 좋지 않다.

나중에 위로해 줘야겠다.

"일단 타라. 너희들, 내 파르트너에 장난치지 말라고."

그렉이 곧바로 화냈다.

"꼬맹이 취급하지 마라!"

나는 코웃음을 쳐 줬다.

이 정도로 화내고 있으니까 꼬맹이인 거다.

"꼬맹이니까 주의 준 거라고."

"맞짱 뜨자는 거냐, 인마!"

"그렇게 금방 화를 내는 게 꼬맹이라는 증거다, 바보가!"

내가 리비아의 손을 잡아끌고 파르트너로 도망치자, 그 뒤를 그렉과 브래드── 그리고 잘 풀렸다는 듯 웃고 있는 카라가 따라왔다.

──자, 그럼 이제부터 어떻게 한다.

◇

보통 클래스 여자 기숙사.

안제는 한 손에 선물을 들고 약간 긴장한 얼굴로 복도를 걷고 있었다.

"이, 이걸로 괜찮은 걸까?"

자꾸 밀려오는 불안감에 안제는 손에 든 선물을 몇 번이고 확인했다.

리비아를 위해 준비한 선물이었으나, 그녀 마음에 들지는 알 수 없었다.

리온에게 상담하면 좋았겠지만, 이미 웨인 가의 영지로 출발했는지 찾을 수가 없었다.

"그 바보 녀석. 자기를 이용하려는 녀석들을 위해 비행선까지 내보내고⋯⋯."

처음에는 당연히 만류했지만, 리온은 뜻을 꺾지 않았다. 안제는 리온이 걱정되었다.

일단 본가에 알리기는 했지만, 당장 달라질 건 없었다. 애초에 안제는 리온과 달리 마음대로 움직일 수 있는 비행선이 없었다. 어딘가에 가고 싶다고 해도 즉각 움직일 수 없는 것이다.

가능하면 리온이 떠나기 전에 리비아와 사과하고 싶었는데.

어떤 말을 건네야 할지 고민이 가득했다.

'어떤 얼굴을 하고 만나면 좋지? 리비아는 나를 용서해 줄까?'

안제가 걱정에 빠져 걷고 있자니, 다른 여학생들이 황급히 길을 양보하기 위해 복도 가장자리로 물러났다.

도중에 몇몇 학생이 말을 걸려고 했지만, 이미 리비아로 머릿속이 가득했던 안제는 "급한 볼일이 있다"라고 말하며 거절했다.

그리고 리비아의 방 앞에 도착한 안제는 깜짝 놀라고 말았다.

"도대체 이게 무슨······."

안제의 발이 도착한 곳은 기숙사의 방이 아니었다.

문 위에 '창고'라고 적힌 푯말이 달려 있었다. 학생이 생활하는 곳이 아니라, 물건을 두던 곳에 리비아의 방이 있었다.

심지어 문이나 벽에는 학생들이 휘갈겨 쓴 욕설이 남아 있었다.

안제는 마음을 새로이 다잡고 문을 노크했지만, 대답은 돌아오지 않았다.

"리, 리비아. 나다. 안젤리카다."

다시 한번 노크했지만, 여전히 대답은 돌아오지 않았다.

혹시 외출 중인가 하고 안제가 뒤돌아서려 했을 때, 뒤에서 귀동냥이 있는 목소리가 들려왔다.

"어머, 안젤리카잖아."

뒤를 돌아보니 아직도 얼굴 상처가 아직 남아 있는 백작 영애와 그 측근들이 서 있었다.

"또 너냐."

백작 영애가 학년이 더 높았지만, 안제는 거리낌도 없이 '너'라고 부르며 내려다보았다. 백작 영애의 얼굴이 곧장 분노로 물들며 험악한 분위기가 되었다.

"이거야, 상당히 미움을 산 모양이네. 우리가 빠르게 출세한 게 그렇게 마음에 들지 않으셨나? 오래됐다고 잘난 줄 아는 집안은 이래서 문제라니까."

"출세? 상당히 어울리지 않는 표현을 하는군. 출세한 사람들에 대한 실례의 극치다."

안제가 이 백작가를 싫어하는 건 그저 적대 파벌이라서 뿐만이 아니다.

이 백작가에는 안 좋은 소문이 흐르고 있다. 아니, 차라리 소문만 무성했다면 그나마 다행이었으리라. 그들은 실제로 이미 악행에 손을 대고 있었다. 출세하기 위해 온갖 짓을 저지른 것이다.

더구나 그녀는 진짜 브래드의 전 약혼자였는지조차 의심스러울 만큼 전속 사용인을 잔뜩 거느리고 있었다. 그마저도 전에 봤던 사용인들과는 다른 얼굴들이었다. 아마 새로 산 노예들이리라.

그녀의 측근들도 배움과는 거리가 먼 옷차림을 하고 있었다.

'벼락부자 취미가 귀엽게 보이는군. 이 녀석이고 저 녀석이고 아인종 노예를 거느려서는, 어찌 이리도 한심하단 말인가.'

그야말로 '이 학원 여자'를 대표하는 모습이었다.

백작 영애가 혀를 찼다.

"학원제에서는 꽤 신세를 졌어."

여전히 가시가 돋친 말투였으나, 저번 사건으로 넌더리가 났는지 이번에는 손찌검하지 않았다.

"나는 바쁘다. 널 상대하고 있을 여유는 없어."

그러자 백작 영애가 히죽 하고 웃었다.

"이것 참, 애완동물을 직접 마중하러 오다니. 상당히 마음에 든 모양이야?"

안제는 조용히 상대를 노려봤다.

"——마중이라니, 무슨 말이지?"

백작 영애는 안제와의 거리를 좁히더니, 금방이라도 코가 닿을 법한 거리까지 얼굴을 가까이 댔다.

진한 향수 냄새에 안제는 얼굴을 찌푸렸다.

"큭큭큭. 안젤리카, 소중한 측근과 귀여운 애완동물은 잘 묶어 두지 않으면 안 돼. 어디서 죽어 버리면 슬프잖아?"

뒤늦게 사태를 파악한 안제는 눈을 크게 떴다.

백작 영애는 그 반응에 기뻐졌는지 하얀 이를 내보이며 천박하게 웃었다.

"역시 리온에게 날아온 의뢰는 네가 꾸민 짓이었나."

"뭐야, 알고 있었어? 그럼 적극적으로 말렸어야지. 공작 영애님도 무정하셔라."

하지만 안제는 당황하지 않았다.

'어리석기는. 너희가 누구를 건드렸는지 알고 있는 거냐? 리온을 그냥 우수한 파수견 정도로 생각하고 있다면, 너희는 끝장이다.'

안제는 처음부터 카라의 의뢰를 수상하게 여기고 있었다.

카라의 뒷배가 누구인지 알고 있었기 때문이다.

본래, 카라의 본가 같은 준남작가는 왕가의 신하로 취급한다.

다만 지방의 소영주들은 생활을 위해 그 주변에서 가장 큰 가문을 의지하곤 하는데, 카라의 경우는 그게 이 백작 영애의 본가인 오플리 백작가였다.

백작가 또한 왕가의 신하 취급이지만, 호르파트 왕국에서는 이렇게 상위 귀족이 지역의 소영주들을 돌봐주며 종자로 삼는 일이 흔했다.

'리온 녀석도 거기까지는 몰랐겠지만, 그래도 일이 귀찮아질 건 알고 있었을 터. 그런데 어째서 도와줄 생각을 한 건지. 여전히 속을 알 수 없는 녀석이군.'

도리어 상대를 불쌍히 여기는 안제였다.

"참, 그렇지. 네가 마음에 들어 하는 애완동물 말인데, 외출했어."

"외출이라고?"

"그래. 카라의 영지에 말이야. 친구니까 데리고 간대. 카라도 참, 유별나다니까. 공적이 나오는 위험한 장소에 친구를 데리고 가다니 말이야."

──그 순간.

안제는 백작 영애의 멱살을 움켜잡고는, 벽에 힘껏 밀어붙여 한 손으로 들어 올렸다.

"리비아를 어떻게 했다고?"

"수, 숨이……."

백작 영애는 발이 땅에서 들리자 두 손으로 안제의 팔을 붙잡고 다리를 버둥거렸다.

그녀의 측근이나 전속 사용인들이 놀라 급히 떼어놓으려 했으나, 안제가 노려보자 다들 발을 멈추고 주춤거렸다.

"날 건드리지 마라. ──다 짓밟아 버릴 테니까."

뼛속까지 스며들 것처럼 차가운 목소리에 측근들이 그대로 얼어붙었다.

안제는 다시 백작 영애를 추궁하기 시작했다.

"나는 성미가 급하다. 얼른 말해라. 너희는 무슨 꿍꿍이를 꾸미고 있는 거지?"

"이, 이거 놔!"

백작 영애는 다소 당황했지만, 먼저 손을 댄 건 안제였기에 강하게 나왔다.

"아버님이 가만히 있지 않으실 거야! 네 본가는 지금 큰일——"

그러나 안제는 곧장 백작 영애의 말을 끊어버렸다.

"질문하는 건 나다. 떠들고 싶으면 나중에 실컷 떠들어. 그래, 마침 잘 됐군. 저번부터 나를 깔보는 바보들이 늘어난 것 같으니 널 본보기로 삼도록 하지."

그 바보들의 대부분이 여자라는 점이 안제의 고민이기도 했다. 남자 쪽이 그나마 정상이었다.

백작 영애는 괴로워하면서도 안제를 보며 비웃음을 흘렸다.

"가서 직접 확인해 보시지?"

안제는 그녀를 그대로 내팽개치더니, 아무 일도 없었다는 것처럼 발길을 돌렸다.

"그러도록 하지."

안제는 복도의 모퉁이를 돌자 그대로 달리기 시작했다.

'서둘러서 리온에게 연락을 해야—— 아니, 내가 가는 편이 빠

른가? 하지만 파르트너로 갔다면 따라잡기는 어려울 텐데⋯⋯.'

안제는 왕도에 있는 본가에 가서 곧바로 비행선을 탈 궁리를
했다.

◇

본가로 돌아간 까만색──이 아니라, 율리우스는 집무실에서
밀렌의 설교를 듣고 있었다.

밀렌은 서류 처리를 하던 손을 멈추고 율리우스에게 담담하게
말했다.

"공적 퇴치를 해서 명성을 올리고 싶다고요? 율리우스, 당신이
지금 어떤 처지에 있는지 모르는 건가요? 지금 당신이 움직일 수
있는 전력은 비행선 한 척── 아뇨, 갑옷 하나 없습니다. 왕국
병사에게 내오라고 명령할 권한조차 없어요. 그런데 공적을 퇴치
하러 가겠다니, 농담조차 되질 않습니다."

정론으로 얻어맞은 율리우스는 쩔쩔매며 저항했다.

율리우스는 어떻게든 전력을 빌려 그렉이나 브래드를 도와주고
싶었다.

"하지만 어머님! 공적 퇴치는 귀족의 일이 아닙니까?"

"모든 일에는 그에 걸맞은 인재가 있는 법입니다. 율리우스, 일
개 학생인 당신이 전선에서 싸워온 기사나 병사들보다 더 잘 싸
울 자신이 있습니까? 학원의 남학생들이 무모하게 전선에 나올

때마다 방해된다는 말이 나오고 있다는 걸 알고 있나요?"

물론, 학생들이 전장으로 뛰쳐나갈 만큼 결혼 활동에 필사적이라는 건 밀렌도 알고 있었다.

학원의 남학생들은 여자에게 잘 보이기 위해 전장으로 향하는 일이 잦았고, 기사나 병사들도 남학생의 사정을 알기에 강하게 말리지 못했다.

오히려 여유가 있는 기사는 학생을 도와주기 위해 공을 세울 기회를 주기도 할 정도였다.

"물론 남학생들의 사정도 이해합니다. 하지만 이번 공적 퇴치는 다른 학생에게 양보하세요. 웨인 준남작가의 영지에 정규군을 파견할 테니, 그때 학원에서 희망자를 모아 함께 움직이도록 하겠습니다."

밀렌은 남학생들에게 공을 세울 기회를 주면서 동시에 정규군의 발목을 잡지 않도록 처리할 생각인 듯했다.

업무 중의 밀렌은 평소와 전혀 다른 모습을 보여주고 있었다.

그 천진난만함은 어디로 갔는지, 율리우스가 봐도 마치 딴 사람처럼 보일 정도였다.

'큭! 이래서는 두 사람을 도울 수 없다!'

그때 집무실 앞에서 무슨 대화가 들리더니, 질크가 입실 허가를 청했다.

밀렌의 허가를 받고 들어온 질크는 무척 서두르고 있었는지 호흡이 조금 흐트러져 있었다.

"무슨 일이지요?"

밀렌이 질크의 얼굴을 보고는 서류로 눈을 되돌리며 물었다.

질크는 심호흡하더니 먼저 와 있던 율리우스를 힐끔 보고는 대답했다.

"――밀렌 님, 발트파르트 남작이 공적 퇴치를 하기 위해 비행선을 타고 준남작령으로 향했다고 합니다. 그렉 군과 브래드 군, 두 사람도 남작과 같이 간 모양입니다."

질크의 보고에 율리우스는 저도 모르게 밀렌의 눈치를 살폈다.

고작 그런 걸 보고하려고 왔냐고 화낼 줄 알았기 때문이다.

그러나 밀렌의 반응은 율리우스의 상상과는 전혀 달랐다.

"어? 리온 군이?"

업무를 보던 날카로운 분위기가 아니라, 평소의 천진난만한 어머니의 반응이었다.

아니, 뺨이 살짝 발그레한 것이 평소와도 다른 분위기였다.

율리우스는 경악했다.

'어머니이이임! 눈을 떠 주십시오! 발트파르트의 어디에 끌릴 요소가 있는 겁니까?! ……아니, 잠깐만. 이건 기회다!'

율리우스가 다시 설득에 나섰다.

"어머님! 곧바로 증원을 보내야만 합니다! 제게 함대를 맡겨 주십시오. 당장이라도 공적을 퇴치하여 보이겠습니다!"

그러자 방금 보여주었던 얼굴이 거짓이었던 양, 밀렌의 표정이 다시 진지하게 돌아왔다.

"율리우스, 당신은 함대를 지휘한 경험이 없지요? 방해만 될 테니 그만두세요. 아까도 말했지만 기사나 병사들이 신경을 쓰게 만들 뿐입니다. 그리고 질크, 그 정보는 사실인가요?"

"네. 이미 확인을 끝냈습니다. 그런데 이 건에 오플리 백작가의 영애가 관련된 모양이라, 제 예상으로는——"

"확실한 정보만을 먼저 말하세요."

지적을 받고, 질크가 자세를 바로 하여 뒷말을 계속했다.

"레드글레이브 공작가의 비행선이 문제의 준남작가 영지로 향한 파트너를 쫓아가기 위해 출항했습니다."

레드글레이브 공작가가 움직였다는 말을 듣고, 율리우스의 시선이 다시 밀렌에게 향했다.

밀렌은 잠시 침묵하더니 곧 대답을 내놓았다.

"그럼 증원은 필요 없겠군요. 오히려 발트파르트 남작의 실력을 확인할 좋은 기회입니다. 그가 그저 강한 기사일 뿐인지, 아니면 공적과도 싸울만한 기량이 있는지. 그나저나 공작가가 비행선을 보냈다니, 상당히 무모한 선택을 했군요. 지원하러 나갔다고 하면 그만입니다만, 지금 공작가의 처지로는……."

그러자 밀렌의 답을 받아들일 수 없었는지 율리우스가 항의했다.

"어머님! 저도 보내 주십시오. 저 발트파르트조차 가는데, 어째서 저는 안 된다는 것입니까!"

밀렌은 한숨을 깊게 내쉬더니 다시 업무로 눈을 돌리며 대답했다.

"──그걸 모르니까, 당신을 보낼 수 없는 거예요."

◇

파르트너의 오락실.

오락실 안은 게임 테이블이 나란히 늘어서 있어 마치 카지노 같은 분위기를 내고 있었다.

당구나 다트 등, 게임으로 시간을 보내기에는 안성맞춤인 장소였다.

그리고 나와 그렉, 브래드는 오락실의 한 테이블에 모여 트럼프를 하고 있었다.

물론 돈내기였다.

여유로운 미소를 짓고 있는 나와 달리, 두 사람은 복잡한 표정을 지으며 카드를 노려보고 있었다.

"왜 그러지? 승부할 거냐, 아니면 뺄 거냐?"

그러자 그렉이 신음하며 대답했다.

"으윽, 좀 기다려 봐! 더 생각하게 해달라고!"

이미 이 두 사람에게서 뜯어낸 돈이 상당했다. 둘 다 학원제에서 제법 벌었는지 돈을 꽤 가지고 있었다.

모처럼 번 돈을 내게 뜯기고 있는 꼴이었다.

"이제 포기하는 게 어때? 여기서 물러난다면 봐주지."

물론 그럴 생각은 없다. 하지만 이렇게 도발하면 이 두 사람은 어김없이 넘어온다.

브래드가 이마에 식은땀을 흘리며 중얼거렸다.

"여기서 물러날 수 있겠냐! 다음에야말로 이긴다. 애초에 이런 승부에서 계속 이긴다는 건 불가능하다고. 다음은 반드시 이기겠어!"

브래드의 말대로 나는 승리를 거듭하고 있었다. ──물론 속임수지만.

그렇지 않고서야 이렇게 연전연승할 수 있을 리 없잖아?

이렇게라도 뱃삯을 받아내야지. 그리고 이 녀석들은 좀 더 사회를 공부해야 한다. 언젠가 속아서 호된 꼴을 보기 전에, 내가 사회의 혹독함을 가르쳐 줘야겠다.

그러나 나의 상냥한 마음씨를 아는지 모르는지 두 사람의 눈은 오로지 카드에만 쏠려있었다.

"──왔다아아아!"

"이번에야말로 우리의 승리다!"

두 사람의 얼굴에 화색이 돌았다.

"이거면 어떠냐!"

그렉이 먼저 득의양양한 얼굴로 트럼프를 내려놓았다.

너, 같은 패턴으로 오늘 몇 번 졌다고 생각하는 거냐?

"이번에야말로 이긴다!"

브래드도 자신만만하게 카드를 내놓았다. 꽤 강력한 패였다.

나는 작게 한숨을 내쉬며 천천히 트럼프를 보여줬다.

"미안하군. 또 내 승리다."

내 패를 본 두 사람은 새파래진 얼굴로 책상 위에 쓰러지다시 피 엎드렸다.

그렉이 머리를 감싸 쥐었다.

"말도 안 돼! 이건 사기야!"

그래, 사기야. 하지만 그걸 못 알아차리는 너희들이 나쁜 거 라고.

브래드도 머리카락을 마구 헝클며 소리쳤다.

"이런 바보 같은! 이걸로 몇 연패냐 대체!"

나는 트럼프를 회수하며 두 사람에게 말했다.

"너희, 정말로 바보구나."

두 사람이 날 노려봤지만, 이번 판으로 지갑이 텅 비었는지 다 음 승부를 걸어오진 않았다.

내가 트럼프를 정리하고 있자, 완전히 지친 그렉이 브래드에게 말을 걸었다.

"야, 네 전 약혼자는 어떤 녀석이냐?"

브래드는 허전해진 지갑을 보면서 대답했다.

"별난 타입의 여자이려나."

전 약혼자의 얼굴이 떠올랐는지 브래드는 어째 불만스러워 보 이는 표정을 짓고 있었다.

확실히 별난 타입이지.

아주 그냥 극단적인 학원 여자라는 느낌이었다.

저번에도 수많은 노예를 데리고 야단스럽게 놀러 다니고 있었다고.

아무리 이상한 여자가 많다지만, 그래도 백작가쯤 되면 차분한 구석이 있기 마련인데, 그 여자는 유독 야단스럽게 놀러 다니는지라 정말 눈에 띈다.

그러고 보니 찻집에서 내 머리를 짓밟았던 것도 그 녀석이었지?

"약혼이 결정되기 전에 몇 번 얼굴을 본 게 전부였지. 학원에 들어간 뒤로도 이야기를 나눈 건 손에 꼽을 정도였어. 그 탓에 전하나 질크처럼 싸우지 않고 끝났던 건지도 모르지만. 말하자면 전형적인 정략결혼이야. 사치스럽게 놀고 있다는 건 알지만, 성격이나 취미 같은 건 전혀 몰라."

"아, 그러고 보니 소문으로 들은 적이 있었군. 거기, 평판이 안 좋지 않았냐? 왜 약혼을 받아들였어? 메리트가 없잖아."

그렉은 귀족 사회 이야기에 어두운지 브래드의 전 약혼자를 잘 모르는 모양이었다.

"그렇지도 않았단 말이지, 이게."

나는 두 사람의 이야기를 들으며 차를 준비했다.

브래드는 상대의 사정을 이야기하기 시작했다.

"오플리 백작가는 말하자면 신분을 빼앗은 집안이야. 선대 당주는 상인이었다더군. 아마 나와 약혼을 계기로 필드 가문과 연을 맺고 언젠가 그 피를 가져올 생각이었는지도 모르지."

브래드의 이야기를 들은 그렉이 미간을 찌푸렸다.

호르파트 왕국의 귀족은 뿌리를 모험가에 두고 있다. 즉 귀족으로 태어났다는 건 우수한 모험가의 자손이란 의미가 된다.

벼락출세도 상황은 비슷하다. 나처럼 모험가로 성공하거나, 전쟁에 나가 공을 세우거나 그 이외의 방법으로 귀족이 되는 사람들도, 결국은 그만한 공을 갖고 있다.

설령 하루아침에 된 귀족이라고 할지라도, 귀족 대우를 받을만한 엄연한 이유가 있는 것이다.

하지만 이 벼락출세 귀족 중에도 예외는 있다.

그 대표적인 곳이 브래드의 전 약혼자 집안이다.

원래 남작가였던 집안을 상인이 빼앗아, 승작하면서 백작가가 된 케이스로, 모험가도 아니고 공도 없었다. 왕국 귀족들이 보기에는 분개할 일이었지만, 회색지대라고나 할까, 법에 구멍을 찔러 귀족으로 올라온 이상 어쩔 도리가 없었다.

그렇게 백작 작위에 이름을 올린 오플리 가문은 그 뒤로도 여러모로 나쁜 일에 손을 대 왔다. 나쁜 소문이 끊이질 않는 걸 봐서는 여기저기서 미움을 사고 있는 모양이지만, 지금껏 무사한 걸 보면 그들을 돕는 아군도 있는 거겠지. 아마 어딘가의 파벌에 끼어 있을 것 같은데, 나는 왕궁 사정이나 파벌에 관심이 없어 자세히는 모르겠다.

다만, 백작가의 반열에 들어간 그들에게는 아직 문제가 하나 남아 있었다.

바로 핏줄이다. 그들을 귀족으로 만든 선대 당주는 상인 출신이었기에, 그의 아들인 현 당주와 백작 영애도 결국 상인의 핏줄이었다.

오플리 가문이 브래드와 약혼을 맺으려 한 것도 그런 의도가 숨어 있었다. 어떻게든 명문의 피가 갖고 싶었기에 브래드를 시작으로 인척이 되어 서서히 귀족의 피를 손에 넣으려는 속셈이었을 거다.

하지만 그것만으로는 그들의 출세욕을 다 설명할 수는 없다.

문득 그렉이 무릎을 쳤다.

"공국인가! 그러고 보니 공국과 외교에서 활약했다는 이야기가 있었지!"

브래드가 "이제야 알아차린 거냐?" 하고는 어이없다는 듯 고개를 저었다.

"우리 집안은 공국과 맞닿은 국경을 맡고 있다는 걸 안 백작이, 공국과 외교를 도맡을 테니 문제가 해결되면 결혼을 고려해달라고 찾아왔던 거지. 아버님도 그때는 정말로 해결할 거라고는 생각지 않으셨을 테니 받아들이신 거고."

"그때는 떠들썩했지. 더는 '흑기사'를 두려워하지 않아도 된다고……."

"그리고 그 덕분에 난 난데없이 약혼자가 생겼단 거지."

변경백인 필드 가문은 판오스 공국과 맞닿은 최전선을 책임지고 있는데, 전쟁을 치를 때마다 공국에서 제일 강하다고 소문 난

'흑기사'가 나오는 바람에 막대한 피해가 나와 곤란을 겪고 있었다.

그러던 차에 오플리 백작가가 외교로 문제를 해결해버리니, 필드 가문은 백작가의 부탁을 차마 거절하지 못하고 결국 약혼을 맺을 수밖에 없었다.

"시작이야 어쨌건 실력은 있다는 건가."

"그래서 더 성가시단 말이지. 아까 카라를 모른 척할 수 없어서 도와주러 왔다고 말했지만, 실은 저쪽에서 약혼 파기 건을 넌지시 비추면서 협력을 요청했어. 사실상 협박이지. 교활하게 짝이 없다고. 그 부모에 그 자식이라고 하더니, 주군 밑에 있는 종자도 주군을 닮는 모양이다."

그렉도 복잡한 얼굴로 고개를 끄덕였다.

"내 쪽도 마찬가지다. 약혼자와 만난 건 몇 번이 고작이야. 정 같은 게 솟겠냐."

이 녀석들도 힘들겠구만. 지금 기억 떠올려 보면, 그렉과 크리스의 약혼자는 게임에서도 등장하지 않았던 것 같다. 대체 어떤 인물들일까?

두 사람의 대화를 듣고 있자 루크시온이 내게만 들리게끔 보고했다.

『마스터, 아무래도 마중이 온 것 같습니다.』

아직 목적지에 도착할 때까지는 시간이 있다.

즉 마중이라는 건——.

『공적의 비행선. 두 척이 이쪽에 접근해 오고 있습니다.』

나는 달인 차를 단숨에 마시고는, 두 사람에게 말을 건넸다.

"너희들, 일할 시간이다. 바짝 일하라고."

두 사람은 멍한 얼굴로 날 바라보고 있었다. 저 얼굴을 보건대, 내 말이 무슨 뜻인지 이해하지 못한 모양이다.

"적이 왔으니까 준비하라고 말하는 거다."

그렉이 머뭇머뭇 일어섰다.

"그, 그런가!"

브래드도 뒤이어 일어섰지만, 둘 다 이렇다 할 것도 없이 이리 저리 눈을 굴리며 멀뚱멀뚱 서 있기만 했다.

"그, 그런데 우리는 뭘 하면 되지?"

……농담이지?

브래드야 어쨌건 그렉, 너는 실전 경험이 풍부하다고 하지 않았었냐?

"하아, 알았어. 일단 너희는 배 안에서 대기해."

내가 한숨을 쉬며 말하자 그렉이 화를 냈다.

"어째서냐!"

"뭘 해야 하는지도 모르니까 그렇지! 말로 꺼내게 하지 말라고!"

나는 방을 나가서 루크시온에게 지시를 내렸다.

◇

공적의 비행선은 검은 천에 해골 마크를 그린 깃발을 내걸고 있었다.

공적단【윙 샤크】의 선장 중 한 명이 비행선에서 보이는 파르트너의 모습에 휘파람을 불었다.

"이게 손에 들어오면 두목도 매우 기뻐하시겠군."

부하가 고개를 끄덕이며 대답했다.

"월척이군요. 근데, 정말로 타고 있는 게 꼬맹이 넷뿐입니까? 저 거대한 비행선에?"

"그래, 남자 셋에 여자가 한 명이라고 한다. 사실인지 어떤지는 의심스럽지만, 로스트 아이템이라니까. 뭐, 올라타서 조사해 보면 금방 알 수 있겠지."

"네 명 다 처리하실 겁니까?"

"바보 자식. 남자는 세 명 다 귀족의 도련님이라고. 부잣집 할멈에게 팔아넘겨서 용돈 벌이에 써야지. 여자는 가지고 논 후에 버리면 되고. 어차피 평민이라면 몸값도 받을 수 없을 테니."

그러자 주변에 있던 부하들이 의욕을 보이기 시작했다.

옆에서 날고 있는 비행선이 강하를 개시했다.

파르트너 바로 위에서 접근하여 그대로 짓누르려 하는 것이다.

선장이 목에 손을 대고 머리를 돌렸다.

"남자 셋 중 한 놈이 터무니없이 강하다는 모양이다만, 어차피 꼬맹이다. 진짜 싸움이라는 걸 가르쳐 줘라."

"예입! 곧바로 가르쳐 주겠습니다!"

두 척의 비행선에서 스무 대가 넘는 갑옷들이 잇따라 내려섰다.

이 세계의 갑옷이란 하늘을 나는 파워드 슈트 같은 것이다.

인간형 병기.

대지가 허공에 떠 있는 이 세계에서는 일반적인 병기 중 하나였다.

"오늘은 바보 같은 꼬맹이들 덕분에 편하게 끝낼 수 있겠군."

"그러게요."

공적들이 갑옷을 움직이는 동안, 나머지는 비행선으로 상대를 짓눌러 도망가지 못하도록 발을 묶은 뒤 빼앗기만 하면 된다.

공적의 선장은 평소대로 하면 되겠지 하고 생각했으나, 그때 파트너에서 뭔가가 튀어나와 공적의 갑옷들을 향해 날아왔다.

다른 갑옷보다 배는 커 보이는 묵직해 보이는 회색 갑옷이었다.

"그래봤자 겨우 혼자서 뭘 할 수 있다는 거냐. 좀 실력이 있다고 해도 결국은 꼬맹이군. 애들아, 저놈을 감싸듯이——"

그런데 선장이 첫 지시를 내리기도 전에 회색 갑옷이 양손으로 공적들의 갑옷을 하나씩 붙잡더니 그대로 둘을 맞부딪쳐 파괴해 버렸다.

회색 갑옷은 그대로 부서진 갑옷을 파트너를 향해 대충 던지더니 곧장 포위하려 드는 다른 공적들의 갑옷들을 잇달아 맨손으로 파괴해 나갔다.

공적의 갑옷이 라이플을 들고 있어도 상관없다는 듯 가차 없이 발로 차서 날려버렸다.

선장은 상황이 이상하게 돌아간다는 걸 느끼고 곧장 퇴각 지시를 내렸다.

이런 예리한 감이 오늘까지 살아남을 수 있었던 이유였다.

"저, 저건 뭐냐?! 어서 비행선을 상승시켜라! 어서——"

——하지만, 그 뛰어난 감도 이번만큼은 때를 놓친 모양이었다. 선장의 말이 채 끝나기도 전에 비행선이 격렬하게 흔들렸다.

선장은 근처에 있던 난간을 붙잡고 상황을 확인했다.

"무슨 일이냐!"

"포, 포격입니다! 먹잇감이 포격을!"

"바보 같은 소리 마라! 우리는 바로 위에 있다고!"

이 전투는 먼저 위쪽을 점령하는 게 중요하다. 비행선에 달린 대포의 정확도가 매우 떨어지는 탓에 측면에 대포를 잔뜩 늘어놓고 숫자로 밀어붙이는 방식을 쓰기 때문이다.

이때, 대포의 숫자가 중요한데, 비행선은 마법으로 만든 배리어가 있기에, 이걸 뚫고 비행선을 파괴하려면 포탄을 대량으로 쏘아 넣어야만 한다.

공적들은 그 포격을 피하려고 바로 위에서 강습한다는 수단을 썼다.

"저만큼 거대한 비행선으로 어떻게 대포를 쏜단 말이냐! 애초에 넷이서 움직일 수 있을 리가 없다고!"

평범한 비행선이 파트너만큼 거대했다면, 그에 따른 선원이 수천 명은 있어야 비로소 비행선을 움직일 수 있다.

그것이 이 세계의 상식이다.

그런데 고작 넷── 내통자를 포함하면 다섯 명밖에 없는 비행선이, 움직이는 것도 모자라 공격까지 하고 있었다.

로스트 아이템이라는 정보를 가지고 있었는데도, 무심코 방심하고 말았다.

파트너의 포격에 또다시 공적들의 비행선이 격렬하게 흔들렸다.

선장이 외쳤다.

"항복이다! 항복해라! 빨리 백기를 걸어!"

이미 도망치기 늦었다고 판단한 선장이 내놓을 수 있는 유일한 선택이었다.

◇

그렉은 갑판에 내려선 아로간츠를 보고 있었다.

갑판에 나뒹굴고 있는 공적들을 혼자서 포박하던 브래드가 멍하니 서 있는 그렉을 보고 "얼른 도우라고, 근육뇌 자식아!"라고 소리쳤지만, 그렉의 귀에는 들리지 않았다.

그렉은 회색 거인을 올려다보며 속으로 중얼거렸다.

'이길 수 없겠군.'

다른 갑옷들보다 한층 거대한 아로간츠는 중장갑이라 무척 무거워 보이지만, 하늘을 나는 모습은 누구보다도 가벼워 보였다.

공적들의 조악한 갑옷 따위는 상대도 되지 않았다.

그건 오로지 리온의 실력만으로 이루어진 일이 아니었다.

'뭐가 실전 중시냐. 막상 혼자가 되면 나는 아무것도 할 수 없지 않은가.'

지금까지는 가신들이 있었기에 활약할 수 있었다는 걸 깨닫고 말았다.

자신이 어쩌지도 못하고 있을 때, 리온은 혼자 뛰쳐나가 공적을 쓰러트렸다.

언제든 싸울 수 있는 리온과 달리, 자신은 누군가의 도움이 없으면 제대로 싸울 수도 없다는 걸 깨닫고 말았다.

"이게 무슨 꼴이야. 녀석의 말대로 나는 허세만 가득했던 꼬맹이였잖아……."

리온이 했던 꼬맹이라는 말이 새삼 무겁게 다가왔다.

그렉은 자신이 무척 한심하게 느껴진 동시에 리온이 생각 이상으로 대단한 남자였다고 느꼈다.

◇

아로간츠 내부.

나는 주위를 확인하고 있었다.

"이걸로 모두 제압했나?"

그러자 아로간츠 내부에 있는 루크시온이 대답했다.

구체를 접시 같은 받침대 위에 올려놓고 외눈을 내게 향했다.

『네. 이미 비행선 두 척은 엔진이 정지되었습니다. 저항해도 문제없습니다. 격추할 뿐입니다.』

"바보 녀석, 그만둬. 가지고 돌아가서 팔 거니까."

조악한 갑옷도 그렇지만, 비행선도 돈이 된다. 물론 공적들도 마찬가지다.

그 때문에 일부러 몽땅 사로잡았다. 방치하는 것보다는 나으리라.

『그냥 격추해버리는 게 편하지 않았겠습니까? 이대로 데리고 돌아가 봐야 성가신 일만 늘어날 것 같습니다만.』

"아~ 미안하지만 나는 희희낙락하며 사람을 죽일 만큼 정신이 이상하지 않거든. 널 써서 싸워야 하는 순간이 온다면 자중할 거라고."

그러자 루크시온의 반문이 돌아왔다. 어쩐지 루크시온의 기계음성이 평소보다 날카롭게 느껴졌다.

『마스터는 그 원칙을 지키려다 돌이킬 수 없게 되더라도 괜찮은 겁니까?』

무슨 말을 하고 싶은 건지 금방 알 수 있었다.

자비를 베풀고 있으면 언젠가 허를 찔릴 거라 말하고 싶은 거다.

루크시온은 말하는 것이다. '어째서 공적을 죽이지 않는 것이냐'라고.

──그야 물론 사람을 죽이고 싶지 않아서지.

"그러니까 이런 일에 말려들고 싶지 않다고 하는 거야."

계속 싸우다 보면 이런 결단을 할 때가 올 테니까, 나는 자진해서 싸우고 싶지 않았다.

차라리 누군가에게 명령받아 어쩔 수 없이 싸우면 변명이라도 할 수 있겠지만, 제 발로 싸움에 뛰어들면 변명조차 할 수도 없다.

나는 내 의지로 사람을 죽인다는 선택을── 결단을 하기 무척 싫었다.

정말로 어쩌다가 이렇게 된 건지.

주요 인물들과 적당히 거리를 두고 평화롭게 살고 싶었는데…….

하지만 이제는 리비아와 안제를 내버려 두고 모른 척할 수도 없게 됐다.

매번 내가 어중간하게 구니까 이런 성가신 일이 생긴다는 것도 알고 있었다.

그렇다고 하더라도 대량학살 같은 방법은 선택하고 싶지 않았다.

분명 내 정신이 버티질 못한다.

공적 상대로 마음을 써 주는 미지근한 이 방식을── 나는 대체 언제까지 계속할 수 있을까?

"그것보다 포격은 위협 사격으로 충분했잖아. 어째서 직접 조준한 거야?"

『파르트너를 위에서 깔아뭉개려 하다니, 용인할 수 없습니다.』

이 녀석, 남한테 이러쿵저러쿵 말할 수 있는 처지가 아니잖아?

인공지능이 사적인 감정을 우선하다니.

이걸 대단하다고 생각해야 할지, 그게 아니면 글렀다고 생각해야 할지…… 뭐, 그 여성향 게임의 인공지능이니 이상할 것도 없다. 오히려 내 파트너라면 이 정도가 좋다.

진짜배기── 소름이 돋을 만큼 사람 같은 인공지능이었다면, 반란을 일으켰을 때 무섭고.

이 녀석의 느슨한 느낌이 나한테는 딱 좋다.

◇

파르트너의 어느 방.

카라는 창밖을 통신기를 들고 창밖을 보며 부들부들 떨고 있었다.

"우, 웃기지 마! 어째서 이렇게 되는 건데!"

공적들을 유인한 카라는 너무나 맥없는 결과에 당황을 금치 못했다.

설마 리온이 이렇게까지 강할 줄은 생각도 못 했다.

심지어 파르트너의 성능도 이상했다.

이 비행선에 탄 사람이라고는 고작 학생 다섯 명뿐인데, 아무런 문제가 없다는 듯 움직이고 있었다. 심지어 공적들은 상대도 되지 않는 전투 성능까지 지니고 있었다.

"로스트 아이템이라더니, 상식을 초월한 수준이잖아! 이대로라면 내 본가에 도착할 거라고!"

카라는 백작 영애의 명령으로, 리온 일행을 이곳까지 유인했다.

공적에게 습격을 당했다고 꾸미기 위해서.

그리고 나중에 카라만 공적들이 구해줄 예정이었다.

카라는 통신기를 꽉 쥐었다.

공적들에게 첫 연락을 하자마자, 갑자기 모든 신호가 끊겨버렸다.

"왜 먹통인 거냐고!"

전파 상황이 안 좋은지 노이즈가 심했다.

물론, 원래부터 불안정한 통신 성능이긴 했다. 상대가 근처에 있으면 어찌어찌 대화가 가능한 정도의 도구.

그래도 공적들이 이만큼 다가와 있었으면 신호가 닿았어야 했는데── 카라는 그렇게 생각하고는 통신기를 내던졌다.

작전이 실패하자 카라는 초조함에 휩싸였다.

"본가에는 아무런 연락도 하지 않고 벌였는데, 이대로는 모든 게 들통나잖아! 게다가 아가씨에게 실패했다는 게 알려졌다가는 내가 끔찍한 꼴을 당할 거라고!"

공적들을 사로잡은 리온은 이대로 준남작가의 영지로 가기 위해 이동을 재개할 거다. 그렇게 되면 가족들이 뭔가 이상하다는 걸 알아차리겠지.

그렇게 되면 오플리 백작의 딸한테 무슨 말을 들을지 알 수 없다.

"그, 그래! 그 평민 여자에게 다 떠넘기자. 그 녀석이 나쁜 거야!

발트파르트 녀석은 그 평민한테는 무르니까 분명 용서해 주겠지.

다, 다른 두 사람은 어차피 아무런 힘도 없으니까, 무시해도 될

거고…….”

　카라의 혼잣말.

　방 한구석에서는 작은 카메라가 카라의 모습을 또렷하게 감시

하고 있었다.

◇

　파트너가 웨인 준남작의 영지에 도착한 것은 저녁이었다.

　“해가 저무는 게 빨라졌군.”

　게다가 춥다.

　준남작가의 영지에는 파트너를 댈만한 항구가 없었기에 소

형 비행선으로 갈아타 상륙했다.

　다만, 여기서 문제가 발생했다.

　브래드가 내게 불평을 늘어놓았다.

　“이 상황에서 어떻게 침착하게 있을 수 있는 거냐!”

　우리는 지금── 준남작가의 병사들에게 둘러싸여 있었다.

　나는 늠름한 모습으로 양손을 들고 있었다.

　누구라도 코앞에 총구를 들이밀면 이러지 않겠어?

　“너무 당황하지 마. 나도 너희랑 같은 상황이잖아.”

　그렉이 짜증을 냈다.

"이 자식은 굉장한 건지 글러 먹은 건지 영 알 수가 없군!"

이건 내가 공적의 비행선을 끌고 온 탓이었다. 실제로 조금 전까지 공적이 타고 있었으니 병사들이 경계해도 이상할 게 없었다.

한동안 우리 셋이 총구에 둘러싸여 떠들고 있자니 살짝 배가 나온 지진 얼굴의 중년 남자가 나타났다.

웨인── 카라의 부친인【콘래드 포우 웨인】이다.

그는 우리를 보더니 깜짝 놀라 병사들을 물렸다.

"당장 무기를 내려라!"

병사들이 무기를 치우기에 나도 따라서 손을 내렸다.

콘래드 씨는 내가 아니라 브래드에게 가장 먼저 인사했다. 아무래도 브래드가 변경백의 아들이라는 걸 알고 있었던 모양이다.

"브래드 님이시지요? 오랜만입니다."

"으, 으음? 아아…… 그래."

하지만 브래드는 콘래드 씨가 기억에 없는지 반응이 애매했다.

상대도 그걸 눈치챘는지 씁쓸하게 웃었다.

"백작님의 저택에서 파티가 열렸을 때 만나 뵈었습니다만, 제법 크게 성장하셨군요."

상대가 넘어가 주었기에 브래드도 안도하고 이야기를 했다.

"고맙네. 그것보다, 어째서 우리는 둘러싸여 있는 거지? 그쪽 여식이 도움을 요청하였기에 달려왔는데 말이지."

콘래드 씨가 당황하고 있다.

"도움을? 딸아이가 브래드 님께 도움을 요청하였습니까?"

주위 사람들이 카라에게 시선을 향하자, 당황한 듯이 변명하기 시작했다. 줄곧 루크시온을 시켜 감시하고 있었지만, 정말로 추하군.

"아, 아니에요. 제가 상담했던 이 애가 너무 깊게 생각하는 바람에! 그, 그래서……!"

이번에는 리비아한테 시선이 모였다.

"예?! 저, 저기, 저는 부탁을 받아서……."

어딘가 마음이 딴 데 가 있었는지, 리비아는 갑자기 화살이 자신에게 향하자 횡설수설했다. 리비아는 요즘 줄곧 이런 느낌이었다.

말을 걸어도 피하기만 하고, 대체 무슨 일이 있었던 거야?

콘래드 씨가 리비아에게 캐물으려고 했기에, 나는 재빨리 둘 사이에 끼어들었다.

"댁의 딸이 이 리비아를 통해서 날 찾아와 도와달라고 구원 요청을 했어. 우리는 그래서 온 거고."

그러자 콘래드 씨가 '누구야 이 녀석은?'이라는 눈으로 나를 쳐다보았다. 뭔가 슬퍼진 내가 입을 다물고 있었더니 결국 브래드가 먼저 나를 소개했다.

"리온 포우 발트파르트다. 소문 정도는 들었겠지?"

그 말을 들은 콘래드 씨가 나를 향해 사과했다.

"이런, 남작님이셨습니까! 이거야 터무니없는 무례를 저질렀 군요. 하, 하오나 제 영지는 그렇게까지 곤경에 처해 있지 않습니다. 구원을 요청을 받으셨다는 말씀이 사실입니까?"

콘래드 씨가 의외의 반응을 보이자 브래드는 날카로운 눈초리로 카라를 쏘아보았다.

"어떻게 된 거지?"

궁지에 몰린 카라의 눈빛이 리비아를 향하려 하는 걸 본 나는 곧장 사이에 끼어들어 시선을 가로막았다.

그러자 카라는 울음을 터뜨릴 것만 같은 표정을 지었다.

콘래드 씨는 딸인 카라를 감쌌다.

"정말로 죄송합니다! 딸도 혼란스러운 듯합니다. 우선 들어가서 이야기를——"

나는 결국 참지 못하고 코웃음을 쳤다.

이 세계는 그 여성향 게임이다. 여자에게—— 특히 학원의 여자에게 상냥한 세계다.

이렇게 흐지부지 넘어가게 둘 순 없지.

"당신의 딸이 우리를 이곳에 불렀다. 보수를 약속하고 도움을 요청했다고. 준남작, 당신도 알고 있겠지? 이건 장난이 아니야."

나는 위압적으로 따지고 들었다.

이 세상에서 입장이라는 건 이용하기 위해 존재한다. 원하지 않았던 남작이라는 지위를 여기서 실컷 이용해 주지.

"장래의 남작이 두 명, 게다가 나는 이미 남작이야. 이 셋이 비행선까지 출항시키고, 공적과 싸워 비행선을 두 척이나 나포했다고. 이걸 보고도 착각이었습니다, 라고는 하지 않겠지?"

"하, 하오나 상황을 잘 알 수 없어서야——"

"그러면 얼른 딸한테 묻도록 해. 귀여운 딸을 감싸는 네 자유다만, 계속 이렇게 나오면 나는 내 방식으로 보수를 받아낼 거야."

내 말이 끝나자 루크시온이 재치를 발휘하여 비행선을 움직였다.

콘래드 준남작이 파르트너가 움직이는 모습을 보자 아직 선내에 동료가 있다고 착각했는지 황급히 카라의 두 어깨를 붙잡고 따지기 시작했다.

"카라, 대체 어떻게 된 거냐? 너, 정말로 구원을 의뢰한 게냐?"

결국, 카라는 울면서 모든 사정을 털어놓기 시작했다.

준남작의 저택이 아니라 파르트너로 돌아온 나는 기지개를 켰다.

나는 기어코 카라의 입으로 사건의 자초지종을 토하게끔 했다.

우리를 속이려고 여기까지 유인했다는 걸.

뭐, 손 쓸 것도 사로잡은 공적에게서 사정을 이미 다 들었다고 말하자 체념하고 혼자서 술술 불어 댔지만.

물론 공적들은 입도 뻥긋하지 않았다.

거짓말? 아니지. 이건 카라가 자주적으로 말한 거다. 그 백작 영애가 우리를 속여서 공적더러 습격시키려 했다고.

방에는 리비아와 나 둘뿐이었다.

"하아, 지쳤다. 내일은 상황을 보기로 하고, 한동안 느긋하게 지낼까. 다행히 연휴가 아직 남아 있으니."

생각과는 달리 하루 만에 거의 다 정리할 수 있었다.

너무 쉽게 풀려서 맥이 빠졌지만, 이건 게임이 아니다. 쓸데없는 긴장감 따윈 필요 없다.

인생은 평온 무사하고 잔잔한 나날이 최고다.

다만, 내가 이런 소리를 하면 '그걸로 괜찮은 건가요?'라고 물어볼 법한 리비아가 오늘은 고개를 푹 숙인 채 아무 말도 하지 않고 있었다.

"괜찮아?"

내가 얼굴을 향하자, 리비아가 천천히 고개를 들었다.

"——뭔가요?"

"어?"

"리온 씨는 대단하지요. 뭐든 혼자서 해결하고, 뭐든 혼자서 할 수 있고."

"리비아, 자, 잠깐."

평소와 다른 리비아의 분위기에 걱정되어 손을 뻗자 리비아가 내 손을 쳐냈다.

리비아가 한 걸음 물러나 나와 거리를 두었다.

"어째서 저를 그렇게까지 상냥하게 대하시는 거죠?"

"아, 아니, 이건——"

처음에 떠오른 이유는 내가 변명으로 삼고 있던 '네가 주인공이니까'라는 말이었다. 결국, 이렇다 할 이유를 떠올리지 못한 나는 말문이 막혀서 대답하지 못했다.

"이상하죠. 평민에게는 잘해줘 봐야 돌아오는 것도 없는데. 리온 씨한테 저를 도울 이유가 있나요? 저는 정말로 아무것도 없어요. 리온 씨의 기대에 부응할 수 없는데, 어째서 저를 도와주시는 건가요?"

대답하지 못하고 잠자코 있자, 리비아가 어두운 미소를 띠었다.

"몸이 목적인가요?"

나는 깜짝 놀라 반사적으로 대답했다.

"아, 아니야. 그런 이유가——!"

그러자 리비아는 눈물을 흘리면서 허탈하게 웃었다.

그 미소가 애처로웠다. 마음이 아팠다.

"그렇죠. 저는 귀엽지도 않으니까요. 안제가 훨씬 더 예쁘고—— 게다가 집안도 좋아요. 아무것도 없는 저는—— 누군가의 상냥함을 받을 자격 따윈 없어요……."

나는 대체 뭘 그르친 거지?

울며 주저앉은 리비아한테 건넬 말이 떠오르지 않았다.

정말로 자신이 한심했다.

"그러면—— 제게 뭘 원하시는 건가요? 어째서 이렇게 다정하게 대해 주는 거예요? 이상하잖아요! 저는 두 사람에게 아무런 도움도 되질 않는데!"

카라나 다른 측근들에게 무슨 말을 들은 건가?

"아니, 도움이 되고 안 되고가 무슨 상관이야. 그렇지——"

그렇지 않다고 말하려다가, 또다시 '이 세계는 여성향 게임. 명문 남자는 공략 대상'이라고 했던 자신의 말이 머리에 떠올랐다.

리비아의 '말이 묘하게 가슴에 꽂혀서' 아팠다.

아무리 변명하려고 해도 차마 그 말이 밖으로 나오질 않았다.

마치 불쾌한 자신의 모습을 보고 있는 것 같아서.

나는 공략 대상인 다섯 명뿐만이 아니라 리비아도 주인공으로서 봐 왔다. 이야기에 등장하는 인물로서 봐 왔다.

최종적으로 성녀가 된 리비아한테 성가신 일을 떠맡길 생각이 었던 나는—— 리비아를 이용하고 있던 카라와 대체 뭐가 다르단 말인가.

머릿속에 잇따라 자문자답이 솟아났다.

——나는 리비아를 똑바로 바라보고 있었나? 주인공이니까, 장래에 필요하니까 다가갔던 건 오히려 내가 아니었나, 하고.

리비아가 울면서 외쳤다.

"저는…… 저는 둘의 친구가 되고 싶었는데! 이건 애완동물이랑 다를 바 없잖아요! 바보 취급하지 마세요! 저는 사람이에요! 애완동물이 아니라고요!"

리비아는 그대로 울음을 터뜨리고 주저앉았다.

나는 아무 말도 하지 못하고, 도망치다시피 방에서 빠져나왔다.

★제06화 「엉뚱한 화풀이」

선의로 한 행동이 전부 역효과를 내고 말았다.

파르트너의 갑판.

바람이 차가웠지만, 방에 있으면 여러 가지로 생각해 버리기 때문에 밖으로 나왔다. 하지만 춥건 어쨌건 떠오르는 건 리비아뿐이었다.

루크시온의 둥근 단말이 내 옆에 떠 있었다.

『애완동물입니까. 확실히 마스터가 그녀를 예뻐하는 건 애완동물을 상대하는 것만 같았지요. 마음에 드는 게임 캐릭터를 귀여워하고 있던 마스터는 반론할 수도 없었고요.』

"──그래, 맞아."

이 지긋지긋한 인공지능은 나를 위로하지 않는다.

이 녀석의 말도 내 마음에 비수처럼 자주 꽂히곤 했다.

『학원에서 본격적인 악의가 그녀에게 향하는 바람에 약해져 있었겠지요. 정신이 불안정한 상태입니다. 신경 쓰실 필요는 없을 거라고 봅니다.』

"너는 날 뭐라고 생각하는 거야? 나도 상처받는다고. 내 마음은 유리처럼 섬세하니까 말이야."

『마스터의 마음은 방탄유리로 만들어진 특별제입니다. 이 정도로는 흠집 하나 나지 않으니까 괜찮습니다.』

"그러냐."

뭐, 여기 또래 학생들과 비교하면 전생의 경험도 있고 나 나름의 처세술도 있긴 하지만…….

그래도 리비아의 말은 묘하게 가슴에 꽂혔다.

고개를 가로저었다.

"이걸로 된 거야. 모브가 우쭐해져서는 주인공이나 악역 영애한테 손을 뻗은 건 분수에 어울리지 않았다는 거지. 좋은 공부가 됐어."

『여기까지 와서 손을 떼는 건 좀 그렇지 않을까 싶습니다만?』

"그럼 끝까지 돌봐주라고? 농담은 그만둬. 애완동물 취급을 거부한 건 주인공님이야. 앞으로의 활약에 기대해야지."

『삐치셨군요.』

"시끄러워."

삐쳤다는 말을 듣고 나는 화가 났다. 화가 났다는 건, 즉 자각이 있다는 말이었다.

그걸 알고 있으니까 괜히 더 화가 났다.

잠시 침묵이 흐른 뒤, 나는 루크시온에게 말을 걸었다.

"난 어디서 실수한 거지?"

『이번 경우, 올리비아의 성장을 마스터가 저해한 것이 원인이지 않을까 합니다.』

"성장을 저해? 야, 웃기지 말라고. 오히려 그간 계속 도와줬잖아.

학원에서는 던전이라든가, 그 밖에도 여러 가지로——"

루크시온은 끝까지 자신의 대답을 굽히지 않았다.

『그게 전부 그녀가 혼자서 해결했을 사건들 아닙니까. 근시안적으로 보면 마스터의 조력은 성공적으로 보일 수도 있겠죠. 하지만 길게 내다보면 올리비아의 정신적인 성장을 방해하고 있습니다. 그녀의 말대로 마스터는 올리비아를 애완동물이라고 생각하고 있었던 게 아닙니까? 필시 귀엽고 마음에 드는 애완동물이었겠지요. 이 세계에서 마스터의 입맛대로 움직일 수 있는 몇 없는 여자였으니까요.』

결국, 루크시온의 도발에 나는 화를 참지 못하고 손을 휘둘렀다.

"너 이 자식!"

루크시온을 후려갈기자, 그대로 갑판에 부딪힌 뒤 튀어서 천천히 내게 돌아왔다.

『기분은 풀렸습니까?』

"한 번 더 때리고 싶지만, 주먹이 아프다."

분노로 얼굴이 달아올라 있었다. 그걸 바깥의 차가운 공기가 식혀 주기를 기다렸다.

『저는 계속 말하겠습니다. 이건 마스터에게 필요한 일입니다. 전생을 겪었으면서도 어린애 같은 마스터한테는 정신적인 성장이 필요합니다.』

"정신적인 성장? 그럼 필요 없어. 어른과 어린애의 차이를 알고 있냐?"

『정신적인 면을 말하자면 자제심 같은 항목들 아닙니까?』

그렇게 치면 나는 훌륭한 어른이야. 제법 인내심이 강한 편이라고.

"아니야. 어른과 어린애의 차이는 사회에 적응할 수 있는가 아닌가다. 너라는 힘을 가지고 있는데도 이 세계의 상식을 파괴하지 않고 사는 나는 충분히 어른이야."

좋은 의미로든 나쁜 의미로든 사회에 적응해 버리면 어른이다.

어른이 되라는 말이 흔히 있잖아? 그건 사회에 적응하라는 말이다.

그리고 새로운 가치관을 만들어 내서 사회를 바꾸는 건 어린애 같은 녀석.

어른이 되지 못한 녀석이 많다.

나는 어른이다. 그래, 글러 먹은 어른이라고!

『듣기에 따라서는 감동할 것 같은 이야기도, 마스터가 말하면 농담처럼 들리는군요.』

"그러냐."

부루퉁해져서 그 자리에 주저앉자, 손에 검을 든 브래드가 갑판으로 나왔다. 그는 내 얼굴을 보더니 몹시 불쾌한 듯한 표정을 지었다.

루크시온은 자연스럽게 내 등 뒤로 숨었다.

"검 연습이냐?"

"그래."

브래드는 짧게 "갑판 좀 빌리마" 하고는 찬 바람이 부는 가운데 검을 휘두르기 시작했다. 빈말로라도 좋다고는 할 수 없는 실력이었다.

내가 휘둘러도 저것보단 낫지 않을까 싶을 수준이었다.

"……차라리 마법 연습을 하지 그래? 네 특기는 마법이잖아?"

그러자 브래드가 검을 멈추었다. 그의 이마에 땀이 배어 나오고 있었다.

상당히 진지하게 연습하고 있다는 걸 알 수 있었다.

"그딴 건 나도 알아!"

나를 향해 검을 겨누며 말했다.

"뭘 화를 내고 그래."

브래드는 말없이 돌아서서는 다시 검을 휘두르기 시작했다. 하지만 내가 신경 쓰이는지 아까만큼 집중하질 못했다.

"너, 이걸 매일 하고 있어?"

"당연하지. 기사가 되기 위해서는 검술 훈련이 필수니까."

"딱히 필수는 아니잖아."

"무, 무예는 필수잖아!"

검만 잘 다룬다고 기사가 될 수 있는 건 아니다. 검성이라 불릴 정도로 뛰어나다면 이야기는 다르겠지만, 보통은 뭐든 할 수 있는 만능이어야 기사가 될 수 있다.

물론, 귀족은 나이만 차면 대부분은 자동으로 기사가 될 수 있긴 하지만.

"너는 그런 짓 하지 않아도 기사가 될 수 있잖아."

그러자 브래드는 앞머리를 손으로 쳐낸 뒤 내게 말했다.

"언젠가 너한테 이기기 위해서 하는 거다! 그날까지, 우리는 노력을 멈추지 않겠다고 결심했으니까."

날 이기기 위해 노력해? 뭔데? 웃으면 되는 거냐?

어, 가만? 너희들 내가 또 결투를 받아준다고 믿고 있는 거냐?

"바보냐? 난 이제 너희하고 싸울 생각은 없어. 너희는 평생 싸움에 진 개라고."

그러자 브래드가 분한 듯한 표정을 지었지만, 또다시 휘두르기를 재개했다.

"안 받아치는 거냐?"

"그럴 여유가 있다면 한 번이라도 더 휘두를 뿐이야. 나는——다섯 명 중에서 제일 약하니까."

나는 머리를 긁적였다.

내가 아는 브래드는 마법이 특기인 캐릭터였다.

그리고 대신 마법 이외의 재능이 없었다. 그렇다 보니 게임에서 전투에 나갈 때도 매번 고생을 겪어야 했다. 약한데도 앞에 나서고, 쉽사리 격침당했다. 부탁이니까 앞으로 나오지 말라고 몇 번을 생각했는지 모른다.

"잘하는 걸 연습하는 게 좋잖아?"

"당연히 그쪽도 노력하고 있어! 하지만, 나는 이대로 지고 싶지 않아."

브래드가 흉중을 털어놓았다.

"난 마리에가 날 봐줬으면 해. 다섯 명이 같이 있으면, 나 혼자만 뒤처져 보이지 않는지 불안해질 때가 있어. 아무리 내 외모가 제일 잘 생겼다고 해도, 다른 부분에 압도적인 차가 있으니 말이야."

이 자식, 은근슬쩍 자기가 제일 멋있다고 말했어.

이게 침울해 있는 녀석의 대사인가?

"너희는 그 녀석의 뭐가 좋은 거야? 꼬맹이에다 납작하잖아?"

"외견보다 내면을 보라고!"

그 내면이 최악이잖냐! 리비아의 자리를 빼앗은 녀석이라고? 성격도 문제가 있고, 마음씨도 역하렘을 저지르고 있는 걸 보면 뻔하잖아.

이 녀석들한테 아무리 마리에의 본성을 말해도 믿지 않겠지만 말이야.

"차라리 외견으로 골랐다고 하면 그나마 납득…… 아니, 못 하겠군. 그 녀석, 가슴 없잖아."

"조금 전부터 뭐야! 가슴 따위, 그저 장식일 뿐이라고!"

"뭐라고?! 그 말, 지금 당장 취소해! 큰 가슴에는 남자의 꿈과 희망과 욕망이 담겨 있다고! 지금 발언은 절대로 용서하지 않──으응?"

내가 열변을 토하고 있자니 갑자기 선내에서 로봇 하나가 둥실둥실 날아 다가왔다. 손에는 목검 두 자루가 있었는데, 각각 나와 브래드에게 목검을 건네더니 조용히 떠나갔다.

목검을 받아든 브래드가 잔뜩 소름 돋은 얼굴로 말했다.

"저, 저기 말이다. 저 철 덩어리들, 선내를 어슬렁어슬렁하고 있어서 조금 무섭다만⋯⋯."

엉거주춤한 자세가 되어 다리가 떨리고 있다. 그래, 브래드는 겁쟁이라는 설정도 있었지. 나르시시스트에 겁쟁이⋯⋯ 생각만 해도 귀찮다.

저 로봇도 내가 보기에는 그럭저럭 귀여운 것 같은데 말이지. 대체 뭐가 무서운 걸까.

그건 그렇고 목검이 두 자루.

브래드는 목검을 들고 끝부분을 내게 겨눴다.

"마침 잘됐군. 승부다, 발트파르트!"

"싫어. 추워."

브래드가 분한 듯이 발을 동동 굴렀다.

그리고는 혼자서 다시 검 연습을 시작했는데, 성가시게도 한 번 휘두를 때마다 자꾸 날 힐끔힐끔 쳐다보기에, 결국 도전을 받아주기로 했다.

"자아, 와라!"

브래드가 신이 나서는 자신만만하게 외쳤다.

"아니, 왜 네가 서투른 거로 도전해놓고 기뻐하는 건데? 바보야?"

"너보다 성적은 좋으니 바보라고 하지 마라! 그리고 나는 도전할 기회를 얻은 게 기쁜 것뿐이야. 이번에는 반드시 이기겠다!"

브래드는 그렇게 말하며 자세를 잡았다. 과연, 매일 연습했다더니 자세 하나만큼은 훌륭하군.

내가 파고들면서 강하게 내리치자 브래드가 너무 쉽사리 밀려나면서 자세가 무너졌다. 역시 재능은 없는 모양이다.

"자, 뭐 하냐."

몇 번이고 내리치자 브래드가 휘청거렸다.

하지만 딱 한 번—— 브래드가 과감하게 뛰어들며 왼쪽 아래부터 대각선으로 베어 올렸다. 의외로 공격이 강하게 들어와 내 자세가 흐트러졌다.

"——윽!"

브래드의 실력이라기보다는 내가 방심한 결과였지만 브래드는 우쭐해져서 더 깊숙이 파고들었다.

"이대로 밀어붙이——아윽!"

너무 빈틈투성이기에 나는 목검의 자루 부분으로 브래드의 머리를 툭 때렸다. 브래드는 그 자리에 털썩하고 무릎을 꿇었다.

"역시 너 바보지?"

"제, 젠장! 이번에야말로 될 줄 알았는데!"

역시나 브래드의 검 실력은 절망적이었다. 차라리 창을 연습하는 게 좋지 않을까 싶은 수준이었다. 결투 때 예리한 찌르기를 보여줬으니까.

연습은 이걸로 충분했는지 브래드는 일어나더니 그대로 선내로 돌아갔다.

"다, 다음에야말로 반드시!"

나는 머리를 누르며 돌아가는 브래드를 지켜본 뒤 목검으로 시선을 옮겼다.

참 오랜만에 목검을 휘둘렀군.

내가 봐도 실력이 떨어졌다는 걸 알 수 있었다.

"수업 말고는 만질 일이 없었으니……. 연습 부족이군."

집을 나오기 전에는 아버지가 매일 같이 훈련을 시켰는데, 학원에 오고 나서는 계속 농땡이를 피우고 있었다.

여러 가지로 바빴으니까.

바쁜 이유가 결혼 활동이라는 게 참 한심하지만.

숨어 있던 루크시온이 다시 나타났다.

『즐거워 보이는군요.』

"일부러 귀찮은 짓을 했군. 로봇한테 목검을 들고 오게 한 건 너지?"

『네.』

나는 밤하늘을 향해 목검을 겨누어보았다. 별이 제법 아름답게 반짝이고 있었다.

"──저 녀석들도 여러 가지로 생각하고 있구나."

브래드가 의외로 노력가였다는 게 어째서인지 나는 조금 기뻤다.

◇

왕도에 있는 던전.

마리에와 카일은 온갖 장비를 갖추고 던전을 탐색하고 있었다.

카일은 무거운 짐이 불만인지 마리에한테 약한 소리를 내뱉고 있었다.

"그만 돌아가자고요~! 아니, 오히려 빨리 돌아가야 해요. 여긴 너무 위험해요~!"

마리에와 카일은 '출입금지'라고 적힌 간판 너머로 나아가 아래로 뚫린 구멍을 내려갔다.

카일보다 더 무거워 보이는 짐을 짊어진 마리에는 로프를 타고 내려가며 귀기 어린 얼굴로 카일을 꾸짖었다.

"포기하지 마! 이 앞에 우리 미래가── 빛나는 영광이 기다리고 있다고!"

그러나 카일의 불평은 멈출 줄을 몰랐다. 마리에는 혀를 찼다.

"이럴 줄 알았으면 다 함께 올 걸 그랬네. 애초에 여기는 몬스터가 너무 강해."

그런 이야기를 하고 있자, 구멍 깊숙한 곳에서 커다란 도마뱀 같은 몬스터가 큰 입을 벌리며 기어 나왔다. 몬스터는 손에 달린 빨판으로 벽에 붙어 두 사람에게 달려들었다.

"나왔다아아아!"

카일이 소리치자, 마리에가 짐에서 수류탄을 꺼냈다.

"얕보지 말라고오오오!"

마리에가 몬스터의 입에 수류탄을 던져 넣자, 몬스터의 머리가 폭발하면서 검은 연기와 함께 바람이 일어나 로프가 심하게 흔들렸다.

마리에는 로프를 꽉 쥐고는 카일에게 말했다.

"카일, 꽉 잡고 있어!"

"이제 돌아가고 싶어요!"

마리에와 카일이 그대로 로프를 타고 내려가자, 구멍 바닥에 도착했다.

카일은 간신히 도착한 지면에 주저앉아 울 것 같은 표정을 짓고 있었다.

마리에는 주위를 경계하면서 무거운 짐을 내리고 도구를 꺼냈다.

'괜찮아. 나는 할 수 있어. 여기까지는 어떻게 하는지 아직 기억하고 있으니까.'

게임에서도 중반까지는 자신의 힘으로 공략했었다.

그리고 던전의 '출입금지'된 안쪽 깊은 곳에 숨겨진 아이템이 있다는 것도 알고 있었다.

'그것만 찾을 수 있다면── 지금 상황에서 벗어날 수 있어.'

마리에는 리비아의 얼굴이 떠올랐다.

'그래. 나는 너를 밟고 넘어서서 행복해질 거야.'

고작 둘이서 던전의 심부로 향하는 무모한 도전.

율리우스나 다른 남자들에게 말도 없이 단둘이 온 건 그들이 바쁘다는 이유도 있었지만, 학원제 사건 이후로 리온을 향한 경계심이 잔뜩 올라가 있었다. 헤실헤실 웃고 다니는 게 영락없는 모브지만, 그 모브는 방심하면 안 된다고 자신의 감이 속삭이고 있었다.

그 남자는 올리비아가 던전에 들어갈 때 늘 같이 있었다. 계속 앉아만 있다가는 리온이 먼저 그걸 손에 넣을지도 모른다. 마리에는 그것이 두려웠다.

'올리비아는 아무것도 못 할 줄 알았는데, 그 모브 자식이 옆에 있다면 방심할 수 없어. 한시라도 빨리 움직여야만 해. 한발이라도 늦으면 내 인생 설계가 뒤틀어져.'

그 때문에 마리에는 율리우스 일행이 돌아오기를 기다리지 못하고, 연휴 중에 홀로 움직이고 있었다.

마리에는 이렇게 해서라도 반드시 손에 넣고 싶은 것이 있었다.

마리에는 샷건을 굳게 거머쥐고는 주저앉은 카일을 재촉했다.

"가자, 카일."

카일이 마지못해 일어나 랜턴을 들고 길을 비추었다.

"이 앞에 뭔가 있는 건가요?"

"따라오면 알아. 그것만 있으면 이 불안정한 생활과 작별할 수 있어."

그 말에 카일의 얼굴이 잠깐 밝아졌지만, 곧바로 고개를 가로 젓고는 마리에한테 투정을 부렸다.

"아니, 그걸 찾는 건 고사하고, 여기서 무사히 돌아갈 수 있는 건가요?"

마리에는 샷건을 들고 걸어 나갔다.

그 얼굴에는 그야말로 결의가 깃들어 있었다.

"어떻게 해서든 이 앞에 있는 보물을 손에 넣을 거야. 우리의 인생이 걸려 있어."

모든 건 이상적인 생활을 손에 넣기 위해서.

마리에는 카일을 데리고 던전 안쪽으로 나아갔다.

◇

왕궁.

율리우스는 질크와 함께 작전 회의를 하고 있었다.

율리우스가 왕태자 자리를 잃은 이후로 사람들도 기대를 접었는지, 매일 같이 그를 찾아오던 사람들의 발길도 함께 뚝 끊어졌다. 하지만 율리우스는 오히려 궁정 생활에서 벗어난 것 같은 기분이 들어 약간 기뻤다.

"생각했다, 질크."

"역시 대단합니다, 전하!"

질크는 율리우스가 '생각했다'는 것만으로 칭찬을 내놓았다.

"은밀하게 왕궁을 빠져나가 그렉과 브래드를 도우러 달려가는 건 어떨까?"

"좋은 아이디어라고 봅니다."

"역시! 나도 그렇게 생각했다. 하지만 빠져나가려면 어떻게 해야 하지?"

질크가 생각에 잠겼다.

"율리우스 전하께서 눈을 피하는 건 어렵습니다. 밀렌 님의 지시를 받은 감시병이 눈에 불을 켜고 있으니까요. 쉽게는 빠져나갈 수 없습니다."

"그런가……."

어떻게 빠져나가야 할지를 물었는데, 질크는 쉽지 않다고만 대답했다.

"번뜩였다, 질크!"

"역시나 대단합니다, 전하!"

율리우스는 다시 질크에게 의견을 전했다.

"가면이다. 가면을 준비한다. 얼굴을 감추고—— 그래, 몸도 감추는 편이 좋으니까 망토도 준비하지."

"과연, 모습을 감추고 도망치는 것이로군요."

"그렇다!"

"하지만 전하, 그 가면과 망토는 어떻게 준비하지요?"

질크의 질문에 율리우스는 말문이 막혔다.

"그게 문제군."

"문제네요."

두 사람은 잠시 생각에 잠겼다.

"오오, 그래!"

"역시나 대단합니다, 전하!"

이번에는 율리우스가 '떠올랐다!' 하는 반응을 내놓자 내용을 듣기도 전에 칭찬했다.

왕궁을 빠져나가자는 이야기는 이상한 방향으로 달아올라 어느샌가 처음 목적에서 멀어져가고 있었다.

'그래, 밖에 나가서 마리에를 만나자. 분명 뭔가 좋은 아이디어를 가르쳐 줄 터!'

이윽고 밖으로 나가 마리에와 만날 생각을 하기 시작했다.

지금까지 여러 사람의 기대를 받아오던 두 사람은 중압감에서 해방되자 이상할 만큼 의욕이 솟구쳐 폭주하고 있었다.

어떻게 보면 지금 두 사람은 더할 나위 없이 행복한 일상을 보내고 있었다.

"하는 거다, 질크!"

"네, 전하!"

◇

밀렌은 부하가 들고 온 보고서를 읽고는 머리가 어지러워졌다.

"그 애들, 대체 뭘 하는 걸까?"

보고서에는 율리우스와 질크가 가면과 망토를 마련하기 위해 왕궁에 예산을 신청했다고 적혀 있었다.

심지어 어디에 쓸 건지 이유는 얼버무리고 있었다. 아무리 봐도 무슨 꿍꿍이가 있다고밖에 생각할 수 없었다.

밀렌은 울고 싶어졌다.

"그 애들은 사실 바보였던 걸까? 그래도 폐적되기 전에는 우수한 애들이라고 생각했는데. 설마 이런 바보 같은 아이디어로 정말 왕궁을 빠져나갈 생각을 하는 건 아니겠지? 진심이면 어떻게 하지? 여러 가지로 너무 불안해……."

왕궁을 빠져나가기 위해 가면과 망토를 준비한다는 아이디어의 실효성은 둘째 치더라도── 그걸 왕궁 예산으로 사려고 했다는 게 밀렌을 더 충격에 빠지게 했다.

대체 그걸 이쪽으로 올리면 어쩌잔 말인가. 숨길 생각이 있긴 한 걸까?

"게다가 왕궁을 나가서 어쩔 셈인 걸까? 서, 설마 거기까진 생각하지 못한 건 아니겠지? ……아, 아냐. 아무리 그래도 그렇게까지 바보는 아니겠지. 하지만, 아무리 생각해도 무계획인 것 같은데……."

그래도 율리우스는 귀여운 아들이었고, 질크도 어릴 적부터 알고 있는 아이였다.

"그래, 아닐 거야. 그 둘은 성실하고 우수한 애들이잖아. 왕궁을 빠져나간다는 발상을 해본 적이 없으니까 갈피를 못 잡았을 뿐일 거야. 이것도 오히려 내게 보여주려고 일부러 한 걸지도 몰라! 혹은 방심을 노린 함정이라든가…… 둘 다 설득력이 너무 약한데……. 아, 아니! 그 애들은 우수하니까 분명 내가 눈치채지 못했을 뿐 훌륭한 계획이 있을 거야! 어머니가 아들을 믿지 못해서 어쩌겠어! 분명 이건 굉장한 계획의 포석일 거야."

그러나 그건 그거고 일은 일이었다.

"그래도 왕궁을 빠져나가려 했으니 일단 두 사람을 불러내서 설교할까요."

──곧바로 두 사람을 불러내는 밀렌이었다.

◇

다음 날.

여러 가지로 답이 나오지 않은 채 맞이한 아침은 최악이었다.

자리에서 일어나 밖으로 나오니 테이블 위에 차려진 요리를 우걱우걱 먹는 그렉과 우아하게 먹는 브래드의 모습이 보였다.

"아침부터 남정네 냄새 나는구만."

리비아는 여전히 방에 틀어박혀 있기에 루크시온이 따로 식사 전달해 주고 있었다.

그렉이 입가를 닦으며 말했다.

"나도 아침부터 네 얼굴 따위 보고 싶지 않다고. 그것보다 이제부터 어떻게 할 생각이냐? 공적의 본대가 아직 남아 있지?"

그의 말대로 공적의 본대가 아직 남아 있다. 이대로 마저 토벌할 것인지 그렇지 않으면 내버려 둘 것인지를 결정해야 한다.

게임상의 시나리오를 생각하면 2학년 중반까지는 저대로 방치

해도 괜찮지만, 그때 가서 싸우면 매우 성가시므로 나는 가능하면 일찍 정리해버리고 싶었다.

특히 이번에 윙 샤크라고 자칭한 이 공적들은 공적 중에서도 몹시 흉악한 녀석들이다. 피해가 늘어나기 전에 처리해 두는 게 여러모로 좋았다.

때릴 수 있을 때 때리는 것이 내 방식이니까.

나중에 하는 것도 귀찮고, 이 기회에 전부 해결해 두는 게 편할 것 같다.

"어디 숨어 있는지는 이미 찾아냈어. 다만 좀 더 기다렸다가 쳐들어갈 생각이야."

그때 루크시온의 보고가 들어왔다.

『마스터, 아무래도 공적이 먼저 쳐들어온 것 같습니다.』

내가 벌떡 일어나서 창가로 향하자 두 사람이 굳은 얼굴로 나를 바라보았다.

"의외로 빨리 움직였군."

내가 나가려 하자 두 사람이 자리에서 일어섰다.

그렉이 내게 말했다.

"발트파르트, 다 망가져 가는 갑옷이라도 좋다. 빌려줘."

브래드도 진지한 얼굴이었다.

"어제 쓸만해 보이는 갑옷을 찾았어. 그걸 빌리고 싶다."

망가진 갑옷으로 뭘 하겠다고?

"안 돼. 그런 불량품에 너희를 태울 수 있겠냐. 너희는 자신이 어떤 신분인지 좀 더 생각해야──"

그러자 내가 말을 마치기도 전에 그렉이 고개를 숙였다.

"부탁한다! 내가 나서봐야 너의 발목을 붙잡을 뿐이란 건 알아. 하지만 이대로 보고 있을 수는 없어!"

브래드도 내게 머리를 숙였다.

"뻔뻔한 이야기지. 알고 있다. 망가진 갑옷도 네 재산이니까. 하지만 그걸 알고도 감히 부탁하마. 갑옷을 빌려줘. 우리도 싸우고 싶어."

나는 두 사람의 진심이 담긴 눈빛에 결국 고개를 돌렸다.

"하아……. 그래도 그냥 내보낼 수는 없어. 한 번 점검해 둘 테니, 그 뒤에는 마음대로 해."

"고맙다!"

"이번에야말로 도움이 되어 보이겠어!"

두 사람의 목소리가 밝았다.

이제부터 목숨을 걸고 싸우러 나가는 데 태평한 녀석들이다.

대화를 듣고 있던 루크시온이 먼저 움직이기 시작했다.

『상태가 좋은 갑옷을 찾아 보급과 정비를 개시하겠습니다.』

정말로 얄미운 녀석이다. 트집 잡는 게 많은데도 유능해서 열받는다.

이래서는 힐난할 수 없지 않은가.

"그래, 꼼꼼하게 정비해 주라고."

◇

갑자기 밖이 소란스러워졌다.

바닥에 주저앉아 있던 리비아는 일어서서 창밖을 살펴봤다.

눈은 울어서 퉁퉁 부어 있었고 안색은 나빴으며, 다리가 휘청거렸다.

"파르트너가 움직이고 있어……?"

배의 움직임이 느껴지자 멍하던 리비아의 의식이 서서히 각성하기 시작했다.

창밖으로 아로간츠가 싸우는 모습이 눈에 들어왔다.

"리온 씨?"

눈을 돌려보니 어제 봤던 공적들의 비행선과 비슷하게 생긴 비행선이 다섯 척이나 다가오고 있었다. 그중 한 척은 다른 비행선들보다 덩치가 한층 거대했다.

이윽고 비행선에 늘어선 대포가 불을 뿜기 시작했고 포탄이 잇따라 파르트너를 덮쳤다.

"꺄앗!"

리비아는 깜짝 놀라 무심코 머리를 감싸고 주저앉았지만, 포탄들은 희미한 빛의 벽에 가로막혀 파르트너에 흠집 하나 내지 못했다.

"괴, 굉장해."

리비아가 바깥 광경을 보며 감탄을 흘리고 있는 사이, 리온은 아로간츠로 적의 기함을 향해 돌격해 비행선의 돛대를 파괴했다.

리비아는 리온의 선전에 안심했지만, 곧 저번 일이 떠올라 마음이 울적해졌다.

'난 왜 리온 씨에게 그런 심한 말을 해버린 걸까……. 사과해야 해…….'

뒤늦게 후회가 밀려왔다.

왜 줄곧 손을 내밀어주던 리온에게 그런 말을 해버린 건지, 리비아도 알 수 없었다.

리비아가 우물쭈물하며 고민하는 사이, 창밖으로 적의 공격을 받아 리온이 날아가는 모습이 눈에 들어왔다.

"어……?"

다른 공적들의 갑옷과는 달리, 그 갑옷은 아로간츠에도 꿀리지 않는 덩치를 자랑하고 있었다.

험악한 외관이 마치 그 갑옷이 비범하다는 걸 말해 주는 것 같았다. 아니, 실제로 아로간츠가 날아갈 만한 힘을 갖고 있었다.

리비아는 리온이 날아가는 모습을 보자 숨 턱 막히는 것 같았다.

지쳐서 판단력이 둔해졌을까── 할 수 있는 게 아무것도 없다는 걸 알면서도, 리비아는 밖으로 뛰쳐나갔다.

방에서 갑판으로 향하는 긴 통로를 무작정 달렸다. 선내가 넓은 탓에 갑판까지 거리도 상당했지만, 리비아의 다리는 멈추지 않았다.

공중을 떠다니는 로봇들이 리비아를 발견하고 길을 막으려 들었지만——

"미안해, 지나가게 해줘!"

리비아가 소리치자 로봇들의 움직임이 일제히 멈춰버렸다.

금방 재가동하여 황급히 리비아를 뒤쫓아갔지만, 결국 리비아를 붙잡지는 못했다.

리비아가 갑판으로 나가자, 선내에 있을 때는 들리지 않았던 격렬한 전투의 소리가 한꺼번에 몰아닥쳤다.

화약이 폭발하는 소리.

마법이 작렬하는 소리.

폭발음과 화약 연기가 자욱한, 그야말로 전장의 풍경이었다.

리비아는 다시 다리를 움직여 리온을 찾았다. 도움이 되고 안 되고는 상관없었다. 오로지 리온이 무사한지 알고 싶었다.

"리온 씨. ——리온 씨!"

그 순간, 눈앞에 커다란 갑옷이 내려섰다.

고개를 드니 회색 아로간츠가 아니라 해골 마크가 그려진 험악한 갑옷이 눈에 들어왔다.

"어?"

아까 아로간츠를 날려버린 바로 그 갑옷이었다.

갑옷은 오른손에 도끼를 짊어진 채 커다란 왼손으로 리비아를 붙잡으려고 했다.

리비아가 겁에 질려 움직이지 못하고 있자, 파르트너에 있던 원기둥에 손을 달아놓은 듯한 로봇들이 달려들었다.

거대한 갑옷 안에서 흐릿하고 굵직한 남자의 목소리가 들려왔다.

「칫. 뭐야, 이 쓰레기는.」

갑옷은 주먹으로 로봇들을 날려버리고, 다시 리비아를 향해 손을 뻗었다.

리비아는 눈을 감고 고개를 숙였다.

'──리온 씨, 구해주세요!'

"그렇게는 못 한다!"

그때, 리비아 앞에 다른 갑옷이 끼어들어 거대한 갑옷을 향해 몸통 박치기를 날렸다.

공적에게서 빼앗은 갑옷에 올라탄 브래드였다.

하지만 공적에게는 별다른 효과가 없었는지 살짝 밀려났을 뿐, 금방 버티고 섰다.

마치 어린아이가 어른을 밀어내려 하는 모습처럼 보일 만큼 덩치가 차이 났다.

잇따라 눈앞에서 일어나는 일에 리비아는 숨을 쉬는 것도 잊고 놀라고 있었다.

공적이 브래드를 붙잡아 내던졌다.

「꼬맹이가 깝죽거리지 마라!」

브래드의 갑옷이 갑판 위를 나뒹굴자 뒤이어 그렉이 탄 갑옷이 창을 휘두르며 다른 공적들의 갑옷을 파괴하고 거대한 갑옷을 향해 돌격했다.

「이 자식들아, 비켜어어어!」

그렉의 창이 거대한 갑옷에 박혀 들어갔으나, 장갑이 두꺼운 탓에 거의 꿰뚫지 못했다.

「젠장, 뭐 이리 단단해!」

공적은 창을 뽑아내면서, 그렉의 갑옷과 함께 바닥에 패대기쳤다.

그 틈에 브래드가 재빨리 일어나 리비아의 앞으로 끼어들었다.

「뭐 하고 있어! 어서 물러나!」

"다, 다리가 움직이지 않아서……."

그러나 갑옷끼리의 전투에 압도당한 리비아는 공포로 다리가 얼어붙어 움직이질 않았다.

◇

하늘 위.

공격을 받고 튕겨 날아간 나는 근처에 있던 공적의 갑옷을 붙잡고 짜증을 담아 그대로 공적들의 비행선을 향해 내던져버렸다.

"방해된다고!"

주변은 이미 공적들이 둘러싸고 있었고, 나는 호흡이 흐트러져 있었다.

좁은 갑옷 안에서 나는 루크시온에게 호통치듯 명령했다.

"죽이지 마라! 전원 사로잡아!"

루크시온은 내 명령에 푸념을 늘어놓았다.

『억지를 부리시는군요. 그 탓에 고생하는데도.』

아로간츠가 짊어진 컨테이너에서 잇따라 드론이 발사되어, 날 보호하듯 둘러쌌다.

「괴물 같은 놈!」

「뭐냐, 뭐냐고, 이 녀석!」

「탄환이 전부 튕겨──으아악! 오지 마아아아!」

라이플을 든 공적들이 잇달아 뭐라고 소리쳤지만, 내 귀에는 들어오지 않았다.

내 온 신경은 이미 공적 두목을 향하고 있었다.

공작 두목의 갑옷은 대형 갑옷이었다.

최신 갑옷은 가늘고 날렵한 게 주류다. 당장 다른 공적들조차 늘씬하게 생긴 갑옷을 쓰고 있다.

그런데도 공적 두목은 아로간츠 같은 커다란 중장갑 갑옷을 타고 있었다.

"빨리 그 자식을 붙잡고 싶은데……."

내가 초조해하고 있자, 루크시온이 충고했다.

『마스터, 반응속도가 저번보다 훨씬 느려졌습니다. 조종을 비롯해 여러모로 문제가 있습니다.』

──그렇겠지! 그 뒤로 탈 일이 없었으니까!

"미안하게 됐네! 나도 여러모로 바빴다고!"

『아뇨, 정신적인 문제가 아닐까 합니다만.』

회색 갑옷── 중장갑인 아로간츠가 다시 하늘을 내달렸다.

공적들이 라이플을 연신 쏘아댔으나 탄환은 장갑에 부딪혀 맥없이 튕겨 나갔다. 스피드도 파워도 공적들을 압도하고 있었다. 아로간츠는 틀림없는 최강의 갑옷이었다.

그런데도 나는 고전을 면하지 못하고 있었다.

상대를 너무 얕보고 있었다.

공적 두목은 부하들에게 내 상대를 시키고, 나와 정면 대결을 피하고 있었다.

공적들도 나를 둘러싼 채 라이플로 공격하며 거리를 유지하고 있어서 상대하기가 매우 성가셨다.

나는 우선 한 놈에게 재빨리 다가가 머리를 붙잡아 으그러트렸다. 부서진 갑옷 틈새로 공적의 겁에 질린 얼굴이 보였다.

"언제까지고 이러고 있을 순 없다고! 얼른 끝내주마!"

『마스터, 공적 두목이 파르트너 갑판에 내려섰습니다. 그리고, 올리비아가 갑판에 나와 있습니다.』

"뭣?!"

그 순간 공적 비행선의 포격이 날 향해 날아들었다.

아로간츠가 포탄과 부딪혀 폭발에 휘말렸다.

나는 갑옷 안에서 루크시온을 힐난했다.

"왜 바깥에 내보낸 거야!"

『죄송합니다. 작업 로봇들로 붙잡으려고 했습니다만, 모종의 이유로 기능들이 일시 정지해버렸습니다. 무언가 원인이 있다고 밖에──』

"칫, 그만 됐어! 지금 당장 가자!"

시야 한구석에 공적 두목에게 덤벼드는 브래드와 그렉의 영상이 비쳤다.

두 사람 모두 수리한 공적의 갑옷으로 과감히 싸우고 있었다.

『그들에게 싸울 기회를 줘서 다행이군요. 그 둘이 올리비아를 지키기 위해 싸우고 있습니다.』

두 사람의 모습이, 올리비아를 지키기 위해 싸우는 모습이──내게는 너무 자연스럽게 보였다.

게임에서 보던, 남주인공들이 여주인공을 지키는 바로 그 광경이었다.

나는 고개를 숙이고 웃었다.

"──그래. 이게 올바른 관계지. 쟤들은 공략 대상 남자와 주인공이라고. 모브인 내가 옆에 있는 건 어울리지 않아."

『마스터?』

"──그래. 알고 있었던 거잖아? 새삼 놀랄 일도 아니라고."

심호흡을 한 번 한 나는 조종간을 꽉 쥐고 갑판 위의 영상을 치웠다.

쓸데없는 걸 생각할 필요는 없다. 눈앞의 문제만 정리하면 된다.

그래, 나한테는 나의 역할이 있다.

──왜냐면 나는 모브이니까.

그런 내가 주인공──리비아 옆에 선다는 건 주제넘다고 생각하지 않나?

그건 내 역할이 아니다.

"출력을 올려. 그리고, 3번 컨테이너의 그걸 쓴다."

『──알겠습니다.』

루크시온은 내 분위기가 변한 것을 알아차렸는지, 쓸데없는 말을 달지 않았다. 야, 왜 그래? 뭔가 말하라고. 네 잔소리가 없으니 쓸쓸하잖아.

아로간츠가 컨테이너에서 커다란 도끼 두 자루를 꺼내 들었다.

나는 숨을 한 번 내쉬고 얼굴을 천천히 들었다.

"──다 짓뭉개 주마."

리비아가 그 자리에 주저앉았다.

브래드와 그렉은 갑판 위에 쓰러져 있었다.

「제, 젠장……」

「대형인데 어째서 저런 속도가 나오는 거냐고…….」

두 사람 다 살아는 있었지만, 다시 일어서기는 어려워 보였다.

공적 두목이 커다란 도끼를 어깨에 지고 왼손을 리비아에게 뻗었다.

「성가시기는. 여자, 너는 인질이다.」

리비아는 자신이 리온에게 쓸 인질이 되리라는 것을 눈치채고 도망치려 했다. 그러자 공적 두목은 커다란 도끼를 브래드의 갑

옷에 꽂았다.

「──크아아아아악!」

브래드가 고통의 비명을 질렀다.

"브래드 씨!"

공적 두목은 갑옷 안에서 흐릿한 목소리로 말했다.

「도망치면 이 녀석들을 죽인다. 자, 얼른 이쪽으로 와라.」

손을 뻗는 공적 두목의 갑옷을 앞에 두고, 리비아는 떨리는 걸음으로 앞에 나갔다. 브래드는 여전히 괴로움에 몸부림치고 있었다.

리비아는 자책감에 휩싸였다.

'나는 발목을 잡을 뿐이었어. 결국 민폐만 끼치고…….'

너무 분한 나머지 다시 눈물이 흐르던 순간, 갑자기 공적 두목의 갑옷이 무언가에 치여 날아갔다. 뒤이어 불어닥친 돌풍에 리비아의 머리카락이나 옷이 흐트러졌다.

고개를 드니 눈앞에 회색 갑옷이 서 있었다.

"리온 씨!"

리비아는 기쁜 듯이 외쳤지만, 금방 표정이 흐려졌다.

"──어?"

양손에 각각 커다란 도끼── 배틀 액스를 든 리온의 아로간츠는 적 갑옷의 양팔을 난폭하게 잘라냈다.

율리우스 일행과 결투할 때는 삽을 들고 있어서 어딘가 얼빠진 귀여움이 있었는데, 눈앞에 있는 회색 갑옷은 무시무시한 분위기를 뿜어내고 있었다.

전투를 위해 만든, 본래 목적을 수행하는 아로간츠의 박력에 리비아의 마음은 경악으로 물들었다.

"안 돼! 리온 씨, 안 돼요!"

리온은 양팔을 번갈아 가며 휘둘러 공적 두목의 갑옷을 가지고 놀았다. 그가 탄 갑옷을 서서히 잘라 나갈수록, 공적 두목의 공포에 질린 비명이 울려 퍼졌다.

「사, 살려줘! 항복이다. 항복할 테니까!」

"항복? 장난하지 말라고! 이름깨나 알려진 공적이 이런 결말이라니, 너무 시시하잖아! 더 처절하게 저항해 보라고! 자, 어서!"

아로간츠가 다시 갑옷을 짓밟았다. 몇 번이고 발길질을 반복하는 동안 공적 두목은 공포에 질려 울먹이며 목숨을 구걸했다.

「살려주십시오! 부탁입니다. 제발 살려주십시오!」

"실컷 날뛰어 놓고 너무 뻔뻔한 거 아니냐? 우선은 네 부하부터 치워놓고 그딴 소리를 지껄이라고. 자, 빨리! 망설이면 죽는다."

리온은 브래드와 그렉을 상대로 여유를 보이던 상대를 마치 잔챙이처럼 다루고 있었다.

공적 두목의 명령으로 공적들이 항복을 선언했다. 하지만 리온은 공적 두목의 갑옷을 계속 파괴했다. 아로간츠가 적 갑옷의 장갑을 벗겨 내고 골조 프레임을 잡아 찢어 나갔다.

이제 아로간츠가 무섭게 보일 정도였다.

그런데 갑자기 아로간츠가 공적 갑옷 머리 부분에 손을 넣더니 무언가를 꺼냈다.

곧이어 리온의 웃음소리가 들려왔다.

"찾~았~다~."

공적 두목이 비통한 목소리를 냈다.

「도, 돌려줘! 그건 소중한——!」

"알 바냐. 오늘부터는 내 거다! 불만이 있다면 덤비라고!"

아로간츠는 볼일을 마쳤다는 듯 공적 두목의 갑옷을 걷어찼다. 공적 두목의 갑옷이 갑판 위를 그대로 나뒹굴었지만 살아있는지 미약한 신음이 들려왔다.

퍼뜩 정신이 든 리비아는 주변을 둘러보았다. 어느새 공적들의 비행선이 검은 연기를 뿜고 있었다. 아직 추락하지는 않았지만, 공적들은 소형 보트에 올라타 도망치기 바빴다.

아래로 보이는 바다에는 파괴된 공적들의 갑옷이 튜브를 펼쳐 놓고 해수면에 떠 있었다. 튜브는 갑옷이 바다 위로 추락했을 때를 대비한 구조 기능이다.

공적들은 갑옷에서 나와 절망한 얼굴로 고개를 숙이거나 하늘을 올려다보고 있었다.

그때, 브래드의 신음이 들려왔다. 리비아는 브래드가 다쳤다는 것을 떠올리고 갑옷에 달려가 상태를 확인했다.

"고, 곧바로 치료할게요."

갑옷 안에서 얼굴을 내민 브래드는 상당히 괴로운지 진땀을 흘리고 있었지만, 리비아의 얼굴을 보자 억지로 미소를 지었다.

"고, 고마워."

"아뇨, 저 때문에 다치신——"

"그건 아니야."

"네?"

"나도, 그리고 그렉도, 자기 의지로 나선 거야. 내 의지로 널 지키기 위해 싸운 거라고. 우리는 기사를 목표로 하고 있으니까. 기사는 여성에게 상냥해야——으악?! 거기 아파!"

리비아는 브래드의 팔을 치료하면서 자신을 원망하지 않는다는 말에 안도했다. 그와 동시에 자신이 몹시 한심하게 느껴졌다.

브래드의 상처에 손을 대니 희미한 마법의 빛이 나타나 상처를 치유해 나갔다. 상처가 깨끗하게 사라지는 것을 보고, 브래드는 감탄하고 있었다.

"치료 마법이 특기였나. 마리에랑 같군. 덕분에 살았어."

그 말에 리비아는 되물었다.

"마리에 씨도 치료 마법을 다룰 수 있나요?"

치료 마법을 다룰 수 있는 사람이 얼마 없기에 치료 마법을 쓸 수 있다면 마리에 또한 귀중한 인재였다.

그러자 브래드는 미소를 지으며 자랑했다.

"그래, 우리의 여신이야. 어떤 상처도 마리에가 있으면 괜, 찮……아……."

브래드는 그렇게 말하고는 긴장이 풀렸는지 그대로 의식을 잃었다.

리비아는 손수건으로 브래드의 상처를 닦고 있자 아로간츠에서 내린 리온이 다가와 그 모습을 바라봤다.

"리온 씨. 저, 저기……!"

리비아는 무슨 말을 건네려 했지만, 먼저 리온이 웃으며 말을 꺼냈다.

"잘 어울리네. ……역시 모든 일은 결국 바른길로 흘러간다는 건가."

리비아는 리온이 한 말의 의미를 알 수가 없었다. 다만, 리온의 미소가 오늘은 이상하게도 슬프게 느껴졌다.

리비아가 일어서려 하자, 리온은 그렉에게 다가가 갑옷에서 꺼내 주고는 상처가 없는 것을 확인했다.

리온이 씩 웃으며 말했다.

"수고 많았어. 생각보다 잘하던데."

"이 꼴을 보고 그런 말을 하다니, 비꼬는 거냐……. 미안하다. 빌린 갑옷을 망가뜨리고 말았어."

"괜찮아. 그 이상의 활약이었어. 우선 브래드를 옮겨야 할 것 같은데, 도와주겠어?"

"그 녀석은 무사하냐?"

리온은 브래드를 걱정하는 그렉에게 말했다──.

"괜찮아. '올리비아 양'이 치료해 줬으니까."

그 순간 리비아는 저도 모르게 가슴에 댄 손을 꽉 주먹 쥐었다.

──몹시 마음이 아팠다.

누군가 심장을 꽉 쥔 것처럼 아팠다.

뭔가를 말하려 했지만, 목소리가 나오지 않았다.

리온은 리비아의 심정을 아는지 모르는지, 리비아와 눈조차 마주치지 않고 그냥 옆을 지나쳐버렸다.

두 사람이 힘을 합쳐 브래드를 갑옷에서 꺼내자 로봇들이 다가와 브래드를 실어 갔다.

세 사람이 선내로 돌아가고 갑판에 홀로 남은 리비아는 눈물을 흘렸다.

"어째서인가요……. 리비아라고 불러 주세요……."

리비아는 쓰러지듯 주저앉아, 하염없이 울었다.

◇

나는 눈앞에 쌓인 보물을 무심한 표정으로 쳐다보고 있었다.

공적들에게서 빼앗은 보물을 파르트너에 있는 창고 중 한 곳에 대충 넣었지만, 딱히 흥미가 생기진 않았다. 금은보화에 게임에서 봤던 그리운 아이템도 있었지만, 잠깐 손에 들어서 보고는 금방 되돌려 놓았다.

"잘도 이만큼 모아 놓았군."

내 옆에 떠 있는 루크시온이 대답했다.

『웨인 가의 보수는 기대할 수 없지만, 공적단을 물리치고 두목을 포박했으니 현상금은 받을 수 있겠군요. 그것만으로도 상당한 액수가 될 겁니다.』

그 말대로였지만, 나는 역시 별다른 감흥이 들지 않았다.

새삼 거금이 생긴들 내게 무슨 의미가 있단 말인가.

모든 게 쓸데없이 느껴졌다.

"새로운 티 세트나 살까. 남은 건 어떻게 할지 고민이군."

말은 그렇게 했지만, 정작 머릿속에 떠오른 건 리비아── 올리비아를 지키는 그렉과 브래드의 모습이었다. 이게 올바른 길이었을 텐데, 묘하게 마음이 술렁였다.

나는 루크시온에게 시선을 향했다.

"백작가와 공적이 내통했다는 증거는 찾았냐?"

『네. 주고받은 내용이 있는 서류 등을 몇 점 발견했습니다.』

"역시⋯⋯. 우선 왕궁에 고자질할까. 레드글레이브 공작가에도 넘겨야지. 적대 파벌의 스캔들은 좋은 선물이 될 거야."

『발뺌할 수 없는 증거가 될 테니까요. 어쩌면 백작가가 공적들을 되찾으러 올지도 모르겠군요.』

"올 테면 오라지. 다 때려눕혀 주마."

지금까지 나는 대체 뭘 해 온 것인가.

이만한 힘이 있는데 쓰지 않다니 바보인가?

그래. 바보였군.

나는 바보였어.

"쓰레기 같은 녀석들이 사라지면 왕국도 조금은 정상으로 돌아올지도 모르지. 아니, 안 되겠군. 왕국 자체가 쓰레기⋯⋯ 아니, 이 여성향 게임 자체가 쓰레기 아냐?"

내가 실실 웃으며 그런 말을 했지만 루크시온에게서 돌아온 건 평소에 내뱉던 독설이 아니었다.

『정말로 괜찮습니까? 저는 왕국을—— 이 세계를 파괴하는 데 망설일 이유가 없습니다. 명령만 하시면, 당장이라도 실행할 수 있습니다. 그 후에 마스터 입맛에 맞는 세계를 만드는 것도 가능합니다.』

내 입맛에 맞는 세계?

최고지!

"좋네. 여자를 거느리고 하렘을 만들까? 엘프라든가 고양이 귀 수인도 모아서 말이야. 이번에는 반대로 여자 따위 쓰레기다, 같은 세계로 할까!"

나는 그렇게 말하고 나서 한숨을 내쉬었다.

그건 지금과 성별만 반대일뿐, 똑같은 거였다.

"——뭐야, 나도 학원 여자랑 다를 게 없잖아."

『스스로 답을 찾아서 다행이군요. 공적 상대로 엉뚱한 화풀이를 해서 기분은 풀리셨습니까?』

안타깝게도 전혀 풀리지 않았다.

찜찜함과 답답함이 뱃속에서 꿈틀거리고 있었다.

당장이라도 토해내고 싶은데, 어떻게 해야 할지 알 수가 없었다.

그러자 루크시온이 나를 위로하기 시작했다.

『올리비아는 마스터가 싫어서 그런 게 아닙니다. 다만 지금은 정신적으로 불안정해서——』

"나도 알고 있어. 설마 내가 화났다고 생각한 거냐? 지금까지 잔뜩 도와줬는데, 그 은혜도 모르는 녀석! 하면서?"

『네.』

"……넌 나를 뭐라고 생각하는 거야?"

리비아가 밖으로 나왔을 때는 '이 바보가, 뭐 하는 거야!' 하는 생각을 했지만, 덕분에 브래드나 그렉의 의협심을 볼 수 있었다.

그게 주인공과 공략 대상의 원래 관계다. 이게 정상인 거다.

그렇게 보면 그건 커다란 수확이었다.

그래, 이걸로 됐어. 그 녀석들의 역할을 대신하는 것도 이걸로 끝난 거야. 모브로 돌아갈 때가 온 거지.

나는 주머니에서 '성스러운 목걸이'를 꺼냈다.

"근데…… 그럼, 이건 어떻게 건네주지?"

이건 모브가 선물할 게 아니다.

둘 중 한 명이—— 브래드나 그렉이 지금이라도 정신을 차리고 올리비아에게 다가간다면 편할 텐데.

그렇게 되어 준다면 최고겠군.

두 사람이 꼭 힘내 주었으면 한다.

그러려면 일단 두 사람을 원래 장소로 되돌려놓아야겠지?

"저 돈을 어디 써야 할지 정해졌군."

나는 혼자서 결론을 내고는 목걸이를 주머니에 밀어 넣었다.

루크시온이 말했다.

『마스터, 백작가의 함대가 이쪽을 향해 오고 있습니다. 그리고 레드글레이브 공작가의 비행선도 이쪽을 향하는 모양입니다.』

　이것 참. 정말로 오늘은 소란스러운 하루다.

제17화 「카르마」

'카르마'라는 말을 알고 있을까?

나는 카르마란, 운명 또는 숙명이라는 의미가 아닐까 한다.

정확히는 잘 모르겠지만, 어쨌든 카르마라는 말 자체가 뭔가 멋있지 않아? 그 뭐라고 할까, 많은 것을 등에 짊어지고 있는 느낌이 있잖아.

"나는 모브라는 카르마에서 도망칠 수 없는 건가."

그러자 루크시온이 가차 없이 정정했다.

『카르마는 업(業)이지요. 인과 즉, 행위가 있기에 결과가 있다는 의미입니다. 지금 마스터가 한 대사는 이상하다고 생각합니다.』

멋있는 대사를 하자마자 틀렸다는 말을 들었을 때의 기분을 알고 있을까?

──엄청나게 창피하다.

"지금 대사는 없었던 것으로 하자."

『부디 마음대로.』

나는 갑판 위에 서 있었다.

차가운 하늘 아래, 내 파트너 옆에는 공작가의 비행선 세 척이, 그리고 앞에는 우릴 마주 보고 선 군함── 백작가의 비행 전함 함대가 자리를 지키고 있었다.

상황을 간단히 설명하자면 백작가는 지금 사로잡은 공적들을 인도하라고 시위를 하고 있었다.

그리고 공작가, 그러니까 우리 측은 '너희 종자의 요청을 받아 도와줬는데, 그냥 내놓으라니 헛소리 마라'라는 입장이었다.

백작가는 공적과 손을 잡고 있었던 증거를 우리에게 넘기고 싶지 않기에 필사적이겠지만, 공작가가 나온 이상 강제로 빼앗아 갈 수도 없어서 이렇게 대화를 하는 것이다.

올리비아 양은 안제가 맡아서 자신의 배로 데리고 돌아갔다.

안제는 울고 있는 올리비아 양을 보자, 나를 노려보며 뺨에 따귀를 한 발 날렸다── 얼굴만 봐도 화가 났다는 걸 알 수 있었다.

『그것보다도, 괜찮았던 겁니까?』

"교섭을 맡긴 거? 나한테 훌륭한 교섭 능력이 있어 보이냐? 이런 건 공작가에 맡기면 되는 거야."

백작가와의 교섭은 공작가에 부탁했다.

아, 나중에 대가로 이것저것 청구할 수도 있겠군.

지금은 주머니가 넉넉하니 딱히 상관없지만.

갑옷이나 비행선, 보물을 몽땅 빼앗고 공적들까지 모두 사로잡았다.

그 정도는 아무런 문제도 아니다.

『그게 아니라, 공로 건 말입니다. 브래드와 그렉에게 공로를 양보하는 건 어째서인지요?』

"두 사람이 원래 지위로 돌아가서 힘을 되찾는 게 내게 좋은 일이거든. 그 둘이라면 올리비아 양을 지켜주지 않겠어? 뭐, 그렇게까진 아니더라도, 여차할 때 의지할 수 있는 사람 정도는 되어주겠지."

이미 게임의 스토리를 크게 벗어나 있다.

이런 거라도 수정하지 않으면 어떻게 될지 뒷일이 무서웠다. 두 사람이 완전히 이전의 자리로 돌아가지 못하더라도 이걸로 조금이나마 힘을 되찾으면 그걸로 충분하겠지.

더구나 이번에 노력한 것도 사실이고. 그 정도는 해줘도 괜찮다고 생각한다.

『마스터가 올리비아와의 관계를 청산하고 공로를 두 사람에게 양보하면 손에 남는 건 사소한 아이템 몇 점뿐입니다. 본전을 챙길 수 있겠습니까?』

이 녀석, 재보나 비행선, 갑옷은 재산으로 보지도 않는 건가?

"이걸로 충분해. 나는 너도 있고."

애초에 루크시온은 올리비아 양이 손에 넣었을지도 모르는 로스트 아이템이다. 치트급 우주선을 빼앗았다고 생각하면, 이 정도 고생은 대가도 되지 않는다.

하지만 이런 말을 하면 루크시온이 우쭐거릴 것 같으니 잠자코 있어야지.

『그러고 보니 아까 올리비아를 울렸다가 안젤리카에게 맞는 장면을 봤습니다만.』

"좋은 집안의 아가씨라 그런지 성격이 까칠하더라고. 미움을 사고 만 모양이야."

『안젤리카와도 거리를 두겠다는 뜻입니까?』

"오히려 지금까지가 너무 가까웠던 거야."

무엇이든 적당한 거리라는 게 있다.

갑판 위에서 기다리고 있자, 백작가의 함대가 방향을 바꾸어 이 자리에서 떠나갔다.

아무래도 대화가 끝난 모양이다.

◇

공작가의 비행선.

안제를 위해 마련된 방에 리비아가 무릎을 끌어안고 앉아 있었다.

이야기를 들은 안제는 어이가 없었다.

"리비아도 잘못했지만, 리온도 그걸로 삐치다니, 한심하군."

리비아는 더욱 고개를 숙였다.

"제가 나빠요. 리온 씨한테 엉뚱한 화풀이를 하니까 미움을 받은 거예요."

안제는 위로하고자 손을 뻗었지만, 도중에 손이 멈추고 말았다.

'나는 리온을 책망하고 리비아한테 다정하게 대할 자격이 있나?'

안제도 과거의 행동과 언동을 후회하고 있었다.

결국, 안제는 이번에도 리비아에게 마음을 전하지 못했다.

"우선 쉬도록 해. 곧바로 학원에 돌아가겠다."

안제는 어떻게 하면 좋을지 알 수 없었다.

권력이나 집안에 모여든 측근이나 친구가 아니라, 자기 손으로 얻은 친구지만, 한쪽은 평민이고 다른 한쪽은 귀족. 안제는 리비아를 어떻게 접해야 할지 알 수 없었다.

세 사람의 관계는 부서지려 하고 있었다.

왕궁.

공적을 퇴치하고 왕도에 돌아온 그렉과 브래드 두 사람은 왕도에 불려 나와 있었다.

두 사람을 앞에 둔 관리는 몹시 난처하다는 표정을 하고 있었다.

브래드가 책상을 쳤다.

"대체 무슨 속셈——악! 무심코⋯⋯."

브래드는 아직 치료 중인 팔을 붙잡고 소리 없이 절규했다.

그렉은 어이없다는 듯 고개를 젓고는 관리에게 시선을 옮겼다.

"공적을 퇴치한 건 우리가 아니야. 기껏해야 조금 도운 정도지. 그런데 이런 보수를 받을 수 있겠냐!"

왕국은 이번에 두 사람을 정식 기사로 서임하고 '윙 샤크'의 토벌 보수를 지급한다는 포상을 내렸다. 두 사람은 이를 납득할 수 없었다.

브래드도 눈물이 글썽한 눈으로 항의했다.

"바보 취급하지 마라! 녀석들을 쓰러뜨린 건 발트파르트다. 우리더러 그의 공로를 빼앗으라고 말할 셈이냐!"

그러자 관리가 곤란하다는 표정으로 다시 입을 열었다.

"그리 말씀하셔도 어쩔 수가 없습니다. 발트파르트 남작께서는 '나는 두 사람을 도왔을 뿐이다'라고 보고하셨습니다. 외람되지만, 지금 두 분은 기사도 아니거니와 작위나 계급도 없으시니, 발트파르트 경의 보고가 우선 수리될 수밖에 없습니다. 부, 부정이 있다면 조사할 수 있을지도 모릅니다만⋯⋯."

관리는 말끝을 흐렸다.

그의 이마에는 식은땀이 흐르고 있었다.

보통은 보수가 됐든 상이 됐든 마다하지 않을 텐데, 두 사람이 계속 거부하고 드니 도통 이해할 수가 없었으리라.

차라리 리온이 두 사람의 공로를 가로챘다면 관리도 조사에 나설 수 있었겠지만, 리온은 두 사람의 공로라고 보고해버렸다.

관리로서는 이 두 사람이 순순히 받는 것 말고는 이 상황을 해결할 방도가 없는 셈이었다.

그렉은 팔짱을 꼈다.

'그 자식, 이상한 신경을 쓰고는.'

그렉은 깊은 한숨을 쉬더니 관리에게 자초지종을 설명했다.

"우리는 발트파르트를 도왔을 뿐이야. 공적단을 쓰러트린 건 발트파르트고, 우리는 공로라 부를만한 활약은 하지 않았어. 굳이 꼽자면 전장에 나간 것 정도겠군. 그러니 참가상이라면 모를까, 그 이상은 받을 수 없다."

브래드도 고개를 끄덕였다.

"우리는 별 대단한 활약도 하지 않았다. 이런 보수는 받을 수 없어."

관리가 한숨을 내쉬었다.

"두 분께는 말하지 말라고 입막음을 당했습니다만, 실은 발트파르트 남작이 두 분의 본가에 손을 쓰고 있습니다. 이번 공로로 폐적을 재고해 주지 않겠는가, 하고."

그렉이 깜짝 놀라 자리에서 벌떡 일어났다.

"그, 그 녀석이? 어째서!"

브래드도 이해할 수 없다는 표정을 지었다.

"그, 그래. 우리를 위해서 발트파르트가 그렇게까지 할 이유가 어디에 있지?"

관리는 두 사람의 얼굴을 번갈아 보면서 대답했다.

"남작의 의중은 알 수 없습니다만, 왕궁 내에서 이 건으로 그만한 자금이 흐르고 있습니다. 두 분의 본가도 마찬가지겠지요. 이제는 물리는 것도 사실상 불가능합니다. 순순히 받으시는 게 어떨는지요?"

관리는 '은혜는 앞으로 차차 갚으면 되지 않겠습니까?' 하고는 방에서 떠나갔다.

◇

왕궁 안뜰.

둘 다 마음의 정리가 되지 않는지 그렉과 브래드가 심란한 얼굴로 벤치에 앉아 있었다.

그렉은 약간 부루퉁한 느낌이었고, 브래드는 조금 슬픈 느낌이었다.

그러던 중 근처를 지나가던 율리우스가 두 사람을 발견하고는 한달음에 달려왔다.

"둘 다, 들었다!"

약간 지쳐 보이기는 했지만, 얼굴 한가득 미소를 짓고 있었다. 아무래도 기사 서임 소식을 들은 모양이었다. 벤치에 앉아 있던 두 사람의 표정이 한 층 더 심란해졌다.

"전하……."

브래드가 고개를 들자, 율리우스는 흥분하여 이야기하기 시작했다.

"무사히 공적을 퇴치했다는 것 같구나! 게다가 발트파르트 녀석 앞에서! 이건 우리의 승리라고 할 수 있다! 그리고 너희 본가는 이번 건으로 너희 둘을 다시 봤다고 들었다. 너희가 지위를 되찾는 것도 머지않을지 모르겠다!"

그러자 그렉이 작은 목소리로 말했다.

"아냐. 우리는 그 녀석에게 무엇 하나 승리한 게 없어. 실력도,

마음가짐도, 도량도…… 모두 진 거야."

브래드도 동감인지 반론하지 않았다.

"……전하, 저희는 정했습니다."

"뭘 정했다는 거냐?"

브래드와 그렉이 일어섰다.

"발트파르트에게 이기고 싶습니다. 그저 꺾어 주고 싶다는 게 아니라 남자 대 남자로서 이기고 싶습니다."

"그렇지. 지금 이대로는 승부조차 되질 않아. 그 녀석은 대단한 기사야. 우리는 처음부터 상대가 되지 않았던 거라고."

고개를 숙인 채로는 있을 수 없다고 생각한 두 사람은 곧바로 행동을 개시했다.

브래드가 율리우스에게 부탁했다.

"전하, 왕비님과 면회할 수는 있겠습니까?"

"어머님을? 괜찮다고 생각한다만—— 대체 무슨 생각이지?"

그렉이 겸연쩍은 듯이 웃었다.

"그 녀석이 이만큼이나 해 줬다고. 은혜를 갚지 않으면 남자가 아니지."

◇

은혜를 원수로 갚는다는 건 이런 것인가.

개학을 하루 앞둔 오늘.

어찌어찌 개학에 늦지 않게 기숙사에 돌아올 수 있었으나, 새로운 문제가 생겼다.

나는 내 방에서 왕궁에서 온 서장을 들고 손을 떨고 있었다. 너무 꽉 쥐는 바람에 서장에 구김살이 갔다.

"브래드, 그렉……! 너희는 그렇게나 내가 싫은 거냐……!"

서장에는 내가【5위 하로 승진】했다는 사후 보고가 담겨있었다.

형식상에 불과했던 나의 궁정 계급이 6위 상에서 한 단계 올라 5위 하가 되고 만 것이다.

이유는 브래드와 그렉에게 있었다. 내가 공적을 퇴치하고 두 사람의 복연(復緣)을 도왔다는 말도 안 되는 이유로 승진이 나온 것이다. 처음 봤을 땐 거짓말이 아닐까 하는 의심까지 들었다.

"대체 누가 뒤에서 조종한 거지?! 이런, 이런 말도 안 되는 일이 어떻게 가능하냐고! 심지어 5위 하라니! 아버지도 6위 하인데, 나는 두 단계 위인 거잖아! 어쩌자는 거야?!"

보통은 출세하면 기뻐하겠지.

하지만 난 아니다. 하나도 기쁘지 않다.

높은 신분에는 그만한 책임이 함께 따른다.

그런데 영지에 틀어박혀 유유자적하고 싶을 뿐인 내가 이렇게 출세해버리면 어쩌냐고!

궁정 계급이 올라가면 왕궁에 불려 나갈 일이 많아진다.

나는 왕궁이랑 엮이기 싫어서 그 두 사람을 지원한 건데, 깨닫고 보니 내가 출세하고 있다니.

정말 말도 안 되는 일이다. 출세라는 건 그렇게 쉬운 일이 아니다. 공적 한번 토벌했다고 왕궁이 승진을 내줄 리가 없다. 전국 곳곳을 깐깐하게 조사해서 영지 규모가 조금이라도 조건이 되면 바로 승작을 내주는 저 왕궁도 승진만큼은 아주아주 엄격하게 심사한다.

이 부조리한 취급에 분개하고 있자 루크시온이 내 뒤로 돌아 들어와 서장을 들여다봤다.

『설마 승진할 거라고는 생각지도 않았습니다. 마스터는 제 예상을 뛰어넘는 것이 특기로군요.』

"이딴 게 특기라니, 장난하냐! 나도 이런 결과가 나올 줄은 꿈에도 몰랐다고! 대체 그 상황에서 뭐가 어떻게 굴러가야 승진이 나오는 건데?! 애초에 이런 거로 승진할 수 있었으면 지금 당장이라도 실천하러 뛰쳐나갔을 사람이 산더미처럼 있다고!"

6위가 됐든 5위가 됐든, 승진은 공적 따위로 어쩔 수 있는 게 아니다. 그야말로 전장에서 커다란 공훈을 세운다든가, 오랜 세월 왕을 섬긴다든가 하는 막대한 공헌이 있어야만 한다.

어째서 나를 출세시키는 거야! 다른 녀석을 출세시키라고!

혼자서 절규하고 있자니, 갑자기 노크 소리가 들려왔다.

누군가하고 문을 여니, 이 기숙사의 여직원이 날 기다리고 있었다. 그녀는 나를 보자마자 대뜸 고개를 숙이고는 이상한 말을 늘어놓았다.

"발트파르트 남작 앞으로 선물이 왔습니다."

"선물?"

"네, 방까지 전해드릴 수 없기에 바깥에 준비하여 놓았습니다."

"바깥에? 대체 뭐길래?"

직원에게 안내받아 선물을 보러 갔더니 웬 에어바이크가 한 대 서 있었다.

그것도 '아, 이거 아주 비싼 녀석이다' 하고 누구나 알 만큼 아주 호화롭고 커다란 녀석이.

이 정도면 어중간한 갑옷보다 비싸지 않을까?

내가 '이게 왜 나한테?' 하고 에어바이크를 보고 있자니 여직원 이 내게 편지를 한 통 내밀었다. 편지에는 애틀리 가문의 이름이 적혀 있었다.

나는 편지를 받아 펼쳐 보았다.

"끼야아아아아아아아아아아아악!!"

내가 비명을 지르자, 가까이에 있던 직원이 깜짝 놀라 어깨를 움찔했다.

편지에는 나에게 사과한다는 내용이 담겨있었다.

그러니까 이 에어바이크는 애틀리 가문…… 즉, 클라리스 선배 의 본가에서 학원제 사건을 사과하는 동시에 딸의 기운을 찾아줘 서 고맙다는 사례였다.

뭐, 나도 남자라서 이런 바이크는 좋아하는데…….

문제는 편지의 마지막 문장이었다.

"거짓말이지? 이건 거짓말이야! 다들, 내가 그렇게나 싫어?!"

이윽고 내가 울기 시작하자 직원이 고개를 숙이고는 뭐라고 중얼대더니 도망치듯 사라졌다.

편지에 눈물이 뚝뚝 떨어져 글자가 번졌다.

편지의 마지막 부분의 내용은 이러했다.

「왕궁에서 아무래도 승진을 내리자마자 또 내리기는 어려우니 잠시 기다려 주었으면 한다는 말을 들었기에, 학원을 졸업할 때 5위 상으로 승진하도록 이야기를 마쳤습니다.」

애틀리 가는 궁정 귀족 백작가다. 궁정 계급도 높다. 근데 그런 사람들이 나를 승진시키겠다고 하는 약속까지 내놓았다. 에어바이크만으로 괜찮았는데!

"어째서! 어째서 나를 승진시키려는 거야! 이상하잖아! 너희들, 이러면 내가 분해할 거라는 걸 알고 그러는 거지! 어째서 이렇게나 지독한 짓을 할 수 있는 거야! 그러고도 인간이냐!"

내가 불평하고 있자니 루크시온이 어느새 에어바이크에 다가가 코드를 꽂고 있었다.

『학원제에서 사용한 에어바이크와는 엔진부터가 다르군요. 부품도 하나하나 모두 꼼꼼하게 만들어 놓았습니다. 무척 좋은 물건이군요.』

"……너 뭐 하냐?"

『바이크를 개조 및 장악하고 있습니다.』

마치 에어바이크에 심한 짓을 하는 것만 같은 광경이다. 루크시온이 나쁜 녀석으로 보인다.

나는 털썩 주저앉아 에어바이크를 바라보았다.

"그래. 여행을 떠나자. 모르는 나라로 모험의 여행을 떠나는 거야."

『내일부터 수업이 있으니 불가능합니다.』

"그렇겠지! 젠자아아아앙!"

어째서 나만 이런 꼴을 당하는 거지? 출세하고 싶어 안달이 난 녀석이 얼마나 있는 줄 알긴 하는 거냐!

나는 출세 따위 하고 싶지 않았는데!

◇

본가에서 돌아온 크리스는 지친 표정을 짓고 있었다.

크리스를 굳이 다시 불러낸 것은 여러 뒤처리나 설교가 목적이었다. 마지막에는 앞으로 두 번 다시 본가에 얼굴을 내비치지 말라는 말까지 들었다.

물론, 크리스도 그 정도는 각오하고 있었으나, 직접 들으니 마음이 괴로워 지친 얼굴을 다 감출 수 없었다.

'그런데 발트파르트 녀석은 왜 주저앉아 있었던 거지?'

남자 기숙사로 돌아왔을 때, 힘없이 주저앉아 있던 리온을 발견했지만, 말은 걸지 않았다.

방으로 돌아오니 편지가 와 있었다.

바닥에 있던 편지를 주워 보니, 마리에한테서 온 편지였다.

갑자기 얼굴에 미소가 돌아온 크리스는 안경 위치를 바르게 고치고 편지를 읽었다.

"마리에가 연휴 중에 던전에? 괘, 괜찮았던 건가?"

마리에는 크리스에게 보여주고 싶은 게 있는 모양인지 편지에는 돌아오면 만나자고 적혀 있었다. 크리스는 서둘러 준비를 끝내고는 본가에서 있었던 일도 잊고 뛰쳐나가다시피 마리에가 있는 곳으로 향했다.

◇

다음 날.

나는 영혼이 빠진 얼굴로 책상에 엎드려 있었다.

쉬는 시간이 되자 다니엘과 레이먼드가 다가왔다.

"끔찍한 얼굴이군."

"좋은 일이잖아? 좀 기뻐하라고."

어느새 소문이 다 퍼졌는지, 공적을 퇴치한 브래드와 그렉은 여자들의 시선을 한 몸에 받고 있었다. 물론 나한테 새된 성원을 보내는 여자는 하나도 없었다.

심지어 올리비아 양도 안제도 내게 말을 걸지 않아, 전보다도 더 여자의 그림자가 없었다.

"나는 어설프게 출세 같은 건 하고 싶지 않았어."

다니엘이 쓴웃음을 지으며 고개를 끄덕였다.

"뭐, 마음은 이해한다. 계급이 높아지면 그만큼 성가신 일도 많으니까. 너 정도 계급이면 영주 귀족은 종자나 배신(陪臣)을 규합해서 함대를 지휘해야 하는 수준이겠네."

다니엘의 말대로 계급이 높으면 그만한 활약을 보여야 한다.

평범한 6위 하 남작이라면 전쟁이 일어나도 비행선 한 척을 내보내면 끝이지만, 계급이나 작위가 오르면 그럴 수는 없다.

계급에 맞는 전력을 내보내야 할 의무가 있는 것이다.

이게 싫어서 승진이나 승작을 피하려는 귀족도 많다.

반대로 승진이나 승작을 노리고 있는 귀족은 허영을 부리며 비행선을 점점 늘린다.

레이먼드가 눈을 돌려 주변의 여자애들을 보았다.

날 보고 있는 여자들의 표정이 매우 심란해 보였다.

"음, 그래도 '5위 상'이나 된다면 결혼 고민은 거의 해결한 거나 마찬가지 아니냐?"

──결혼.

그렇다. 우리는 그걸 위해 학원에 있는 것이다.

"그건 그렇지만…… 귀찮잖아……."

그러자 레이먼드는 다시 웃으며 말했다.

"곧 있으면 수학여행이 있잖아? 어쩌면 그때 말을 거는 여자가 있을지도 몰라. 솔직히 나는 부럽기만 한데?"

그건 어떨까. 내가 출세하니까 뒤늦게 찾아와 말을 거는 여자 따위, '당신의 지위가 목적이에요'라고 말하는 거나 마찬가지가 아닌가.

어이쿠, 아니지. 이 학원은 그런 여자뿐이었다.

다니엘이 재미없다는 듯이 말했다.

"수학여행이라…… 우리 셋 다 따로따로였지? 아쉽게 됐군."

수학여행은 매년 찾아오는 학원의 연간 이벤트다.

세 학년이 모두 참가하는 합동 행사지만, 전교생을 셋으로 나누어 매년 수학여행지 세 곳 중 한 곳을 돌게 되어있다. 나와 레이먼드와 다니엘은 전부 각자 다른 팀에 배정되었다.

게임에서 봤던 수학여행 이벤트는 공략 중인 남자 캐릭터와 같은 팀이 되어 호감도를 버는 내용이었다. 덧붙여서 수학여행지에 가야만 얻을 수 있는 아이템도 있었다.

그리고 내가 가는 곳은 당연히 내가 노리고 있는 아이템이 있는 부유섬이었다.

"선물 기대해라."

내 말에 두 사람 다 "기대하고 있을게"라고 말하며 웃었다.

이렇다 할 것 없는 평범한 일상.

이게 무척 소중하다는 걸 깨달은 건 내가 전생자이기 때문이다. 저번 학생 시절에는 이게 얼마나 분에 겨운 일인지 깨닫지 못했다.

레이먼드가 문득 생각났다는 듯 말했다.

"근데 너, 그 두 사람과 같은 비행선이었지? 이참에 사과하고 화해하는 게 어때?"

"잠깐, 그게 왜 내가 잘못한 게 되어있는 거냐?"

그러자 다니엘이 무슨 소릴 하냐는 듯 대답했다.

"최근에 무슨 일이 있으면 원인이 대부분 너였잖아?"

"그랬지."

레이먼드도 동의했다. 이 녀석들, 나를 대체 어떤 눈으로 보고 있는 건지 한번 시간을 들여 이야기를 들을 필요가 있겠어.

수학여행 당일.

학원에서 준비한 비행선은 상당히 호화로운 녀석이었다.

그야 귀족 학원이니 당연한가.

우리 팀이 향하는 곳은 남방에 있는 따뜻한 부유섬이다.

이쪽과 계절이 달라서 저쪽은 지금 여름 한창이다. 그러다 보니 수학여행지 중에서도 가장 인기가 많다.

"계절이 다르다니, 북반구와 남반구 같은 느낌인가? ……그나저나 이 풍경은 문제가 있는 거 아닙니까?"

분명 수학여행인데, 비행선 안의 풍경은 그야말로 크루저 여객선에서 놀고 있는 손님들이었다.

나는 같은 하층 그룹의 선배인 3학년 【루클】 선배와 카지노를 돌아보고 있었다.

"수학여행이라 해봐야 어차피 놀이니까. 우리가 향하고 있는 부유섬도 관광지, 마침 또 축제 중이래. 왕국과는 분위기가 전혀 다르다더군."

"축제라……."

"이국의 분위기를 체험할 기회라는 거지. 여자들은 간편한 옷을 입고 축제를 즐긴다고 하니까, 남자가 에스코트를 할 수 있다면 거리를 확 줄일 기회가 될 거야. 리온 군도 힘내라고."

그렇다. 결혼할 거라면 여기서 힘내야만 한다.

물론 나도 예외는 아니지만…… 안타깝게도 인기가 있는 여자는 이미 남자가 둘러싸고 있었다.

그 외의 여자들은 전속 사용인들이 둘러싸고 비위를 맞춰 주고 있다.

그밖에는── 카운터에서 이야기하는 안제의 모습이 눈에 들어왔다. 신용을 잃은 측근들이 필사적으로 접대하고 있지만, 안제는 그다지 그들을 상대하고 싶지 않은 것 같았다.

다른 곳으로 시선을 옮기니, 카지노의 분위기에 적응할 수 없었는지 조용히 밖으로 나가는 올리비아 양의 모습이 보였다.

내가 두 사람을 보고 있자니 루클 선배가 말했다.

"어려운 상대를 골랐네."

"무슨 말을 하는 겁니까? 두 사람 다 제가 노릴 만한 상대가 아니라고요."

"알고 있으면 됐고. 우리한테는 우리의 상대가 있어. 그건 그녀들도 마찬가지야. 어울리지 않는 상대를 고르면 고생이 이만저만이 아닐 거야. 뭐, 너한테는 굳이 말하지 않아도 잘 알고 있겠지.

전하 일행이 어떻게 됐는지 직접 봤을 테니 말이야."

말이 나온 김에 그 전하 일행 이야기를 하자면, 이번 수학여행 팀을 짤 때 일행이 뿔뿔이 흩어지게 됐다.

율리우스 전하와 질크가 한 팀, 마리에와 브래드, 그렉이 한 팀, 그리고 마지막으로 크리스가 홀로 팀이었다.

루클 선배가 크리스를 발견했다.

"어라, 검호님이군."

아무래도 포커 게임 중이었던 것 같은데 승부에 이겨놓고도 그다지 기쁘지 않았는지, 삭막한 얼굴로 일어나 다른 곳으로 향했다.

아무래도 마리에나 다른 남자들과 흩어져서 흥이 나질 않는 것 같았다.

"혼자서 심심하겠군."

다만, 그의 주위에는 여전히 여자들이 잔뜩 모여 있었다.

"크리스 님, 이번에는 뭘 하고 노시겠어요?"

"같이 갑판 수영장에서 헤엄치지 않으실래요?"

"아뇨, 식사를 같이……."

하지만 크리스는 관심도 없는지 한숨을 한 번 쉬고 대답도 없이 자리를 떠나갔다. 그를 따라다니는 여자들은 그것조차 좋아 보이는 모양이었지만.

뭔가 살짝 열이 받아 내가 크리스의 뒷모습을 노려보고 있자니 루클 선배가 나를 불렀다.

"모처럼인데 룰렛이라도 할래?"

"아뇨, 전 도박을 싫어해서요."

"뭐?!"

루클 선배가 그럴 리가! 하는 표정을 짓고 있었다. 하지만 난 정말 도박을 싫어한다. 이길지 어떨지도 모르는 승부에 나선다니, 바보 같은 짓이다.

――나는 이길 수 있는 승부만 하는 남자다.

남방의 부유섬으로 향하는 호화 여객선 창고.

여자 두 명이 소곤소곤 이야기하고 있었다.

"이쪽이 비위를 맞춰 주니까 아주 잘난 듯이!"

"공작 영애니까 어쩔 수 없잖아?"

안제를 따라다니던 측근들이었다.

안제의 측근들은 결투 소동 이후로부터 안제의 측근은 신용을 되찾고자 필사적으로 움직였지만, 그 측근 중에는 불온한 움직임을 보이는 사람들도 있었다.

"우리 집안은 공작가와 관계를 끊을 거야."

"우리도 마찬가지야. 왕태자 전하의 파벌이 무너졌으니까. 레드글레이브 공작가도 사양길이고."

율리우스의 실각으로 그의 뒷배를 맡고 있던 공작가는 파벌이 무너져 가고 있었다.

공작가를 통해 파벌이 받들던 율리우스가 힘을 잃어버렸으니 당연한 결과였다. 그들은 공작가가 아니라 언젠가 율리우스가 왕위에 올랐을 때 은혜를 받고자 모여 있던 자들이니까.

"그래서, 이거 어떻게 쓰는 거야?"

"끈을 당겨서 밖에 던지기만 하면 된대. 갑판은 누가 볼 수도 있으니까, 다른 데서 던지라고 하던데."

그리고 마찬가지로 불온한 움직임을 보이던 두 사람은 수상해 보이는 물건을 들고 있었다.

통 형태의 물건에서 끈을 뽑자, 연기가 나왔기에 서둘러 비행선 밖으로 던졌다.

"이렇게 하면 되는 걸까?"

"아마도?"

그게 대체 무엇인지 알지도 못하는 두 사람은 창고에서 나와 다시 안제가 있는 곳으로 갔다.

◇

수학여행.

부유섬에서 도착한 후, 리비아는 유카타를 빌려 밤의 거리를 걷고 있었다.

마침 부유섬에서는 축제 중이라 노점이 늘어서 있었고, 빨간 등롱들이 독특한 분위기를 내고 있었다.

"예쁘다……."

큰북 소리와 피리 소리, 사람들의 목소리가 어지럽게 섞여 들려왔다.

고향에서 보던 축제와는 또 다른 분위기였다.

리비아는 그런 축제 속을 혼자 거닐고 있었다.

공적 퇴치 이후로 리온과 한 번도 이야기를 나누지 못했다. 안제에게도 말을 걸기가 어려워 결국 망설이는 동안 시간만 흘렀고, 거리는 점차 멀어져 갔다.

안제도 오늘 축제에 오는 모양이었지만, 측근들에게 둘러싸여 이야기를 붙일 수도 없었다.

길가에 있는 노점에서 매콤달콤한 소스의 향이나, 달콤한 과자의 냄새가 풍겨왔다. 사격 놀이나 금붕어 건지기를 구경하거나, 폭죽 소리에 놀라며 하늘을 수놓는 불꽃놀이를 보기도 했지만 ──그래도 마음은 채워지질 않았다.

눈이 무의식 간에 사람들 틈에서 리온과 안제를 찾아 헤맸지만, 그날 이후로 두 사람을 직접 만나러 갈 용기는 나지 않았다.

카라가 했던 말들이 떠오를 때마다 비굴해졌다.

"나는 여기에 있어도 되는 걸까……?"

리온에게 학원에 있어도 된다는 말을 들었을 때 그렇게 기뻐했던 주제에, 리온에게 심한 말을 했다는 게 너무 부끄럽고 한심했다.

'왜 난 주위 사람들의 말을 먼저 들었던 걸까.'

관계가 틀어진 이후로는 뭘 해도 즐겁지가 않았다.

휘청휘청 걷고 있다 보니 어느새 축제 회장에서 벗어나 있었다.

'아, 돌아가야…….'

그때, 누군가가 다투는 목소리가 들려왔다.

"알겠으니까, 나한테 넘기래도!"

"아, 안 됩니다! 그럴 순 없어요! 아무리 귀족의 부탁이라고 해도 그것만은 안 됩니다! 인제 그만 포기하세요!"

리비아는 학생이 현지 사람에게 폐를 끼치고 있는 게 아닐까 하는 생각에 곧장 목소리가 들려오는 쪽으로 달려갔다.

"저기——!"

"거기서 뭘 하고 있나!"

리비아가 둘을 말리려고 입을 연 순간, 동시에 누군가가 함께 끼어들었다. 깜짝 놀라 옆을 돌아보니 급하게 뛰어왔는지 약간 옷이 흐트러진 안제와 눈이 마주쳤다.

그리고 그런 두 사람의 얼굴을 보고 어색한 듯이 눈을 돌리는 남학생이 한 명.

"리온 씨……?"

"……너, 대체 뭘 하는 거지?"

슬프게도—— 협박범은 리온이었다.

리온이 시선을 이리저리 돌렸다.

"이, 이건 그게……."

그러자 현지 사람——가면을 쓴 남성이 둘에게 울며 매달렸다.

"도, 도와주세요. 이 귀족분께서 가지고 있는 걸 전부 내놓으라

255

고 해요!"

그 순간 두 사람의 시선이 리온에게 향했다. 마치 상인의 상품을 억지로 빼앗으려 하는 악덕 귀족 같은 이야기였다.

리온은 즉각 변명했다.

"아, 아니야! 나는 돈을 낼 테니 전부 내게 팔라고 했을 뿐이라고!"

남성은 고개를 가로저었다.

"안 돼요! 이걸 축제의 즐거움으로 삼고 있는 사람들도 있는데, 아무리 돈을 받을 수 있다고 해도 사람들의 즐거움을 빼앗을 수는 없어요!"

가면 남자의 품에는 하얀 종이로 된 꾸러미가 담긴 상자가 있었다.

상자에 늘어놓고 이제부터 걸어 다니면서 하나씩 팔 생각인 모양이었다.

안제가 남성에게 물었다.

"이게 뭐지?"

그러자 남자는 안제가 흥미를 보였다고 생각했는지 신이 나서 밝은 목소리로 설명을 늘어놓기 시작했다.

"저희 할머니가 만든 부적입니다! 효험이 있다는 소문 덕분에 제법 인기가 있죠. 뭐가 들었는지 보이지 않게 포장한 건 들어 있는 게 다 다르기 때문입니다. 뭐가 걸릴지는 운에 달린 거죠."

그러자 남자 뒤에서 리온이 돈다발을 흔들며 다가왔다.

"그러니까 팔라고. 전부 살 테니까. 지금 넘기면 10배로 줄게."

리온은 끈질기게 남자를 붙잡았다.

남자는 리온의 돈다발을 보고 도리어 겁을 먹었다.

"대, 대체 뭔가요. 당신! 다시 말씀드리지만 얼마를 주셔도 안 됩니다! 이건 사람들의 미소를 보기 위해 하는 일이에요!"

축제를 즐기는 사람들이 부적을 받아 기뻐해 주었으면 하는 남자는 리온의 유혹에 끈질기게 버텼다.

그러자 리온이 품에서 금화가 든 주머니를 꺼냈다.

"그럼 이건 어때? 금화다. 20닢은 들어있을걸? 지금 넘기면 이것도 얹어 주지."

남성이 한순간 멈칫했지만, 곧 다시 고개를 가로저었다.

"할머니는 모두가 기뻐해 주었으면 해서 이걸 만든 거라고요! 절대로 돈에 굴하지 않을 겁니다!"

리온이 의미심장하게 웃었다.

"좋은 배짱이군. 마음에 들었어! 그렇다면 백금화도 얹어 주지. 이거라면 괜찮겠지?"

가면을 쓴 남자는 리온의 돈 자루를 보고도 끝까지 저항했다.

"그러니까 안 된다니까요!"

결국, 가만히 보고 있던 안제가 리온의 귀를 잡아당겼다.

"아, 아야야야! 아픕니다, 안제 양!"

"경칭은 필요 없다. 그냥 이름으로 불러라. 그리고, 당신은 이틈에 가도록. 여기는 우리가 맡지."

남성은 소중한 상품을 끌어안고 감사 인사를 했다.

"고, 고맙습니다!"

남자는 곧장 발을 돌려 축제 회장의 인파 속으로 사라져 갔다. 리온이 귀가 잡힌 채 손을 뻗어 탄식했다.

"안 돼! 기다려! 내 아이테에에엠!"

아무 말 없이 보고 있던 리비아는 더욱더 뭐라고 말을 걸어야 할지 알 수 없었다.

제08화 「공국」

여름 축제 회장에서 조금 떨어진 신사.

그 신사의 계단에 앉은 나는 고개를 숙이고 분한 마음에 눈물을 흘리고 있었다.

뭐? 일본의 여름 축제에 신사까지 있는 이세계라니, 세계관이 이상하다고? 나한테 따지지 마. 나도 이상하다고 생각하니까. 어차피 이곳은 미쳐 버린 그 여성향 게임 세계다. 정상적인 걸 기대하는 녀석이 잘못됐다.

"저 부적이 필요했는데……."

지금이라도 쫓아가서 전부 사들이고 싶었지만, 안제와 올리비아 양은 날 놓아줄 생각이 없는 듯, 계속 날 감시하고 있었다. 오히려 내가 부적을 사지 못해 침울해하는 걸 이해할 수 없다는 양 쳐다보고 있었다.

"그, 그렇게나 갖고 싶었나?"

안제가 내 얼굴을 들여다봤다.

최근에는 측근들이 계속 둘러싸고 있었는데, 지금은 혼자인 걸 보니 아무래도 억지로 도망친 모양이었다.

측근 녀석들은 요즘 안제의 신용을 되찾기 위해 필사적이었다. 중요할 때는 저버려 놓고서, 뻔뻔한 놈들.

다만, 지금의 나에겐 그것보다 부적이 중요했다.

"이날을 엄청나게 기대하고 있었다고요! 어제는 기대에 잠들지도 못했는데!"

나는 눈물을 닦았다.

연기? 그럴 리가! 진심으로 분하니까 울고 있는 거다!

올리비아 양이 머뭇거리며 내게 말을 걸었다.

"그, 그래도, 그런 건 안 된다고 생각해요. 돈으로 사들이다니……."

그야 돈으로 모든 걸 할 수는 없겠지만, 돈으로 할 수 있는 게 얼마나 많은데!

"어차피 파는 거잖아. 나는 100배를 내도 살 생각이 있는데……."

정말로 게임 같은 효과가 있다면, 100배를 내서라도 사고 싶었다.

이 부유섬에서 회수하고 싶었던 아이템이 바로 그 가면 남자가 팔고 있던 부적이다.

다만 남자가 말했듯, 안에 뭐가 들어있는지는 알 수가 없다.

게임에서도 완전히 무작위였던 아이템으로, 꽝이면 【행운의 부적】을 얻을 수 있었다.

그것보다 좋은 건 【무운의 부적】. 이것이 있으면 근접 전투 능력이 향상되고 육체 능력 계열 스테이터스의 성장률이 올라간다.

제일 좋은 것은 마법 계열인 【속성의 가호】다. 이 녀석이 있으면 마법 위력이 오른다는 게임 같은 효과가 있다.

마법 계열 스테이터스의 성장률이 오르고, 속성 적성도 오르는 뛰어난 아이템이다.

무얼 감추랴, 난 이걸 사려고 내 수학여행지가 이 부유섬이 되도록 뒤에서 손을 쓰고 있었다. 뭘 했냐고? 그냥 교사를 매수했을 뿐이다.

이 아이템이 있으면 레벨을 올릴 때 성장 보너스가 붙기에, 보너스를 최대한 얻으려고 그간 던전 도전도 피해왔다.

그야말로 최강 캐릭터 육성법을 시험하려는 계획이었는데, 이젠 물거품이 되고 말았다.

안제와 올리비아 양도 내 울상을 보고 난감한 표정을 지었다.

내가 정말 울 거라고는 생각지 않았던 모양이다.

내가 그렇게 계속 훌쩍거리고 있자, 축제가 막바지에 들어갈 때쯤, 가면 남자가 돌아왔다.

상품을 이미 다 팔았는지 상자는 텅텅 비어있었다.

"아, 여기 있었네요. 두 개 남았는데, 이거라도 사실래요?"

나는 벌떡 일어나서 그 두 개를 바로 샀다.

"나와라, 당처어어어어엄!"

"아뇨, 저기, 이건 당첨이나 꽝이 나오는 게 아닌데요……. 그냥 부적의 종류가 다를 뿐이에요."

바보 자식! 종류가 다르면 다른 물건이잖냐!

나는 첫 번째 종이봉투를 천천히 벗겨 나갔다.

긴장이 과한 탓에 얼굴에 피가 쏠리는 게 느껴졌다.

첫 봉투에는 하얀 구슬이 들어있었다. 장난감으로 파는 유리구슬만 한 크기로, 쇠로 된 장식에 빨간 끈이 달려 있었다.

틀렸다. 나한테는 백마법── 치료 마법의 재능은 없다.

가지고 있어도 의미가 없다.

두 개째를 살짝 난폭하게 열자, 이번에는 빨간 구슬이 나왔다. 둘 다 무척 고운 색이었지만, 정말로 효과가 있는지는 알 수 없었다.

만지고 있어도 딱히 느껴지는 것도 없었다.

이거, 정말로 효과가 있긴 한 건가?

"······빨간색인가. 나는 적마법 재능은 없는데."

안제가 고개를 갸웃했다.

"넌 부적에 대체 뭘 바라고 있는 건가? 어찌 됐든 부적을 얻었으면 됐지 않나."

가면 남자는 계단을 올라가며 말했다.

"그럼 저는 돌아가겠습니다. 소중히 여겨 주세요. 아, 그리고 굳이 덧붙이자면 그 부적은 귀족분보다도 그쪽 아가씨들한테 더 어울려 보입니다."

가면 남자는 계단을 올라 그대로 어둠 너머로 사라졌다.

나보다도 안제와 올리비아 양한테 어울린다고? 음, 확실히 그렇군.

내가 원했던 건 황색이나 청색이다.

적색이나 백색은 필요 없다.

즉 이 두 개는 내게는 꽝이나 마찬가지였다.

나는 실망감에 어깨를 늘어트리고 안제에게 빨간 구슬, 올리비아 양에게 하얀 구슬을 건네주었다.

"주, 주는 건가?"

안제가 받기를 주저했다. 아까까지 부적을 못 사 울던 내가 선뜻 내주니 조금 망설임이 들었던 모양이다.

"내가 노리고 있던 게 아니니까."

"그, 그런가."

올리비아 양에게도 건네자, 마찬가지로 손사래를 쳤다.

"저, 저는 받을 수 없어요!"

"괜찮으니까 받아. 내가 들고 있어 봐야 의미도 없으니까. 딱히 비싼 것도 아니고."

한사코 받지 않으려고 하기에 나는 올리비아 양을 향해 부적을 가볍게 던졌다.

올리비아 양은 당황해서 부적을 받아들고는 난처한 표정을 지었다.

나는 계단에 앉아 깊은 한숨을 내쉬고는 머리를 감싸 쥐었다.

"리온 씨, 저, 저기……."

올리비아 양이 무언가를 말하려 했으나, 마침 안제의 측근들이 나타났다.

"아, 아가씨!"

안제는 측근들을 보고 황급히 자리를 떴다.

"이, 이런! 미안하지만 나는 먼저 가야 할 것 같다!"

도망치는 안제를 측근 여자들이 뒤쫓아 간다.

소란스럽게 떠나가는 안제와 측근 여자들을 지켜보고 있자니, 이번에는 측근 남자 셋이 나를 발견하고는 다가와 둘러쌌다.

"발트파르트, 또 너냐."

"조금 출세했다고 해서 우쭐거리지 말라고."

"아가씨께 빌붙은 가난뱅이 귀족이."

나는 고개를 들어 무능한 남자들의 얼굴을 봤다. 여기까지 와서도 아직도 그 정도밖에 생각을 못 하니까 글러 먹은 거다. 슬슬 깨달을 때도 되지 않았나. 중요한 순간에 등을 돌린 이 녀석들은 이제 안제의 신용을 얻기란 사실상 불가능하다.

지금은 마이너스고, 평범하게 꾸준히 노력한들 제로까지 갈 수나 있을지 어떨지.

지금 환심을 사려 해봐야 너무 늦었다.

"이런, 다들 내게 질투 중인가? 아가씨 마음에 든 내가 부러워? 그것참 아쉽게 됐네. 너희가 결투 소동 때 안제를 저버리지 않았다면 너희도 안제의 마음에 들 수 있었을 텐데. 너희는 학원의 분위기만 읽을 줄 알았지, 귀족 세계의 물정이나 세상 돌아가는 꼴은 전혀 몰라. 공부들 좀 하라고. 뒤늦게 와서 환심을 사려고 힘쓰는 게 창피하지도 않냐?"

내가 가볍게 도발하니 그들의 주먹에 힘이 들어가는 게 보였다.

나도 짜증이 나 있었기에 덤벼들면 받아줄 생각이었지만, 올리비아 양이 내 앞으로 나와 감싸듯이 양팔을 펼쳤다.

"싸, 싸우면 안 돼요!"

남자 중 한 명이 소리쳤다.

"먼저 시비를 건 건 그쪽이잖아!"

"죄, 죄송해요. 그, 그래도, 싸움은 안 돼요!"

"칫……. 가자. 여자 뒤에 숨는 한심한 자식을 일일이 상대할 거 없어."

그 말 그대로 돌려주고 싶네. 안제라는 뒷배가 필요할 뿐인 주제에.

안제를 찾아 떠나가는 남자들의 뒷모습을 보며 나는 올리비아 양에게 말했다.

"딱히 내버려 둬도 괜찮았는데. 어차피 저 녀석들은 이 이상 소란을 일으켰다간 곤란해질 뿐이라 결국 선은 넘지 못했을 거야."

어차피 못 움직일 걸 알기에 도발했다.

물론, 혈기를 못 이기고 주먹부터 나올 가능성도 없진 않았지만. 그때는 사회적으로 제재하면 그만이다. 어른의 싸움은 치고받는 거로 끝나지 않는다.

그런데 갑자기 올리비아 양이 나를 향해 돌아서더니 오열을 하기 시작했다.

"──죄송해요. 리온 씨, 정말로 죄송해요. 계속 사과하고 싶었어요. 공적 퇴치 때, 폐를 끼쳐서 죄송해요. 심한 말을 해서── 죄송해요."

울며 사과하는 올리비아 양을 앞에 두고, 나는 머리를 긁적였다.

"사과할 건 없는데. 애초에 올리비아 양한테는 내가 아니라——"

나는 거기까지 말하다가, 어느새 근처에 와 있는 노파를 발견하고 놀라서 뒷말을 삼켰다.

대체 언제부터 여기 있었지? 조금 무서웠다고.

"저기, 누구신지?"

노파에게 말을 건네자, 올리비아 양도 뒤늦게 깨달았는지 깜짝 놀란 얼굴을 했다.

지팡이를 짚은 노파가 웃으며 말했다.

"하하하, 아들이 신세를 졌기에 이야기를 하러 왔습니다."

갑자기 민망해진 나는 노파에게서 시선을 돌렸다. 이 상황에 '아들'이라 하면 부적을 팔고 있던 그 가면 남자밖에 없다.

"아…… 그, 죄송합니다. 제가 너무 억지를——"

내가 즉각 변명을 늘어놓자 노파는 품에서 하얀 주머니를 꺼내 내게 내밀었다.

"제가 만든 부적을 웃돈을 얹어서라도 갖고 싶다고 하시는 분은 처음이었습니다. 하지만 아들의 말대로 부적을 기대하시는 분이 많아서 말이지요. 마지막으로 남은 겁니다만, 이거라도 받아 주시지요."

받아든 하얀 주머니에 들어있던 것은 무운의 부적……과 비슷한 무언가였다.

"이건 무운의 부적인가? 뭔가 모양이 조금 다른 거 같은데?"

"제법 자세히 알고 계시는군요. 그건 특별히 만든 것입니다만,

마음에 드실는지요?"

시제품인가?

원했던 것과는 다르지만, 손에 들어온 건 기쁠 따름이다.

"감사합니다. 아, 값을──"

"괜찮습니다. 굳이 주셔야겠다면 여기서 참배를 하고 가 주십시오. 여기는 연을 맺는 신사이니 효험도 있을 겝니다."

그렇게 말하고 계단을 올라가는 노파.

참배라니, 이 신사의 관계자였나?

올리비아 양이 여전히 놀란 얼굴로 노파가 사라진 계단을 올려다보는 와중에, 나는 부적을 자세히 살펴보았다. 무운의 부적은 검과 방패를 겹쳐놓은 문양인데, 이건 검 세 자루가 교차한 문양이었다. 나는 얼굴 가까이 들어 올려 유심히 보다가 손으로 꽉 쥐었다.

"뭐, 나쁘지 않군."

효과는 알 수 없지만, 디자인은 마음에 들었다.

나는 이런 검 모양 키홀더 같은 걸 좋아하거든.

처음 예정과 틀어지긴 했지만, 즐길 수 있었으니 괜찮았다고 치자.

그건 그렇고 연을 맺는 신사라. 지금 가기는 좀 무서우니까 내일 아침에 와 볼까.

그러고 보면 게임에서는 주인공과 공략 대상이 신사에 가서 거리를 좁히는 이벤트가 있었던 것 같은…… 어라? 이건 어쩌면!

내가 여러 생각을 하고 있자, 날 부르는 소리가 들렸다.

"리온 씨, 연을 맺는다는 게 무슨 말인가요?"

"말 그대로의 의미야. 저기 참배하면 인연을 맺어준다는 거지. 당장 내일 아침에 와야지. 좋은 연을 빌어야겠어."

거금을 바쳐서 소원을 빌어야겠다.

내가 그 자리를 뜨자, 올리비아 양이 쓸쓸해 보이는 표정을 지었지만 모른 척했다.

계속 나하고 얽혀서는 안 된다.

◇

다음 날 아침.

점심에는 비행선이 출발하지만, 그전까지는 자유시간이었기에 나는 부유섬을 관광하고 있었다.

부유섬은 독자적인 문화를 가진 경우가 많다.

다른 섬에 오가기 위해서는 비행선을 타야 하니, 비행선이 없거나 교류가 빈번하지 않으면 그만큼 독자적인 분위기가 되기 쉬운 것이다.

그러한 부유섬을 발견하는 것도 모험이다.

나쁜 녀석들이 모험이 아니라 침략을 할 때도 있지만 말이다.

아무리 겉꾸려도 모험가는 거칠고 난폭한 녀석들이 많다는 것이리라.

나만 해도 루크시온을 얻기 위해서 유적 털이범 같은 짓을 했다.

돌로 만든 계단을 올라가니 일본에서나 보던 토리이(鳥居)와 신사의 풍경이 눈에 들어왔다.

그냥 까놓고 말해서 이 부유섬 자체가 일본풍이었다. 다른 섬이 아니라 다른 세계에 온 것 같은 기분이다.

신사까지 올라오니 청소 중인 어린 무녀의 모습이 보였다. 아직 앳된 구석이 귀여운 게 한 10살 남짓 되어 보였다.

"안녕. 여기가 연을 맺어주는 신사니?"

그러자 귀여운 꼬마 무녀가 미소를 지으며 고개를 끄덕였다.

"네. 이 신사에는 연을 맺어주는 신이 머물고 계세요. 무예와 마법의 효험도 있답니다."

과연, 무인과 마법사도 찾아온다는 건가.

내가 꼬마 무녀에게 고맙다고 말하고 있자니, 신사에 또 다른 손님이 찾아왔다.

"너도 와 있었나."

"아, 으음……."

내가 얼빠진 목소리를 내자, 안제가 나와 올리비아 양의 얼굴을 번갈아 가며 봤다. 올리비아 양과 계단 아래에서 만나 그대로 올라온 모양이다.

작은 무녀가 미소로 인사했다.

"아, 학원의 귀족분들이시군요! 참배하는 방법은 알고 계시나요?"

꼬마 무녀가 친절하게 방법을 가르쳐주기 시작했다.

아~ 뭔가 보고 있으니 치유된다.

그간 마음에 쌓인 여성향 게임 세계의 부조리함이 정화되어 가는 듯했다.

결국, 우리는 셋이서 나란히 새전함 앞에 섰다.

여기까지 와서 그냥 돌아갈 수도 없는 노릇이니 어쩔 수 없다만—— 솔직히 너무너무 어색했다.

"시, 시주를 하라고 했지. 얼마를 내면 되는 거지?"

안제가 지갑에서 금화를 꺼내며 말하자 올리비아 양이 안제의 손을 보고 놀라서 대답했다.

"그, 그렇게나 많이 내시는 건가요?"

"이게 아닌 건가? 신전에서는 보통 이만큼씩은 낸다만…….."

참고로 안제가 말한 신전도 일신교는 아니다. 만약 일신교였다면 어디선가 종교 전쟁을 하고 있었을지도 모른다. 나는 그런 전쟁에 끌려나가는 건 사양이다.

그 여성향 게임의 느슨하고 두루뭉술한 세계관 설정이 처음으로 고맙게 느껴지는군.

나는 두 사람의 대화를 들으며 어제 결국 쓰지 못한 지폐 다발이나 금화를 아낌없이 새전함에 부어 넣었다. 일본에서 이러면 정신이 나간 게 아닐까 싶을 수도 있지만, 여기서는 이야기가 다르다. 게임에서는 일정 금액을 내면 공략 대상 캐릭터의 호감도가 폭발적으로 상승하는 효과가 있었다. 다 믿는 구석이 있으니 이런 거금을 내는 거다.

오히려 어젯밤의 사건으로 돈을 더 들고 왔어야 했다고 후회 중이다.

두 사람이 놀라 날 멍하니 바라보았지만, 나는 모른 척하고 예의 바르게 소원을 빌었다.

"신이시여, 사치스러운 건 바라지 않겠습니다. 부디, 모쪼록 아내를! 양식 있고 상냥한 여성과 연을 맺어주세요! 남편을 깔보는 여자나 다른 사람의 아이를 떠넘기는 여자는 싫습니다. 부디 좋은 연을 부탁드립니다!"

너무 염원이 강했던 나머지 소원이 입 밖으로 새어 나오고 말았다.

두 사람은 이제 놀라움을 넘어 어이가 없다는 얼굴을 하고 있었지만, 이건 내게 아주 중요한 문제였다.

여러 가지로 노력해 왔는데, 하는 일마다 역효과를 내서 고생하는 불쌍한 나의 소원을 부디 들어주세요. 신이시여!

내가 필사적으로 기도하고 있으니, 안제와 올리비아 양도 소원을 빌기 시작했다.

물론 나처럼 소원이 입으로 새어 나오지는 않았지만.

이 두 사람은 무슨 소원을 빌었을까?

일단은 연을 맺어주는 신사이니까 그쪽 소원이겠지. 이참에 올리비아 양이 기대에 어긋난 그렉과 브래드 외의 다른 녀석과 이어졌으면 좋겠는데.

아, 안 된다. 율리우스나 질크도 글러 먹은 녀석이니까, 후보는 크리스밖에 없다.

……아무래도 상관없나. 올리비아 양이 행복해진다면 누구라도 괜찮다.

하는 김에 이 나라도 구해줬으면 한다.

나는 다시 내 소원에 집중하기로 했다.

"가능하면 가슴은 크고, 허리가 잘록한 여성이 좋습니다. 조금 야하다면 더욱더 좋고요! 솔직히 말해서, 제 어리광을 받아주는 어른에다 섹시한――"

그칠 줄 모르는 욕망에 점철된 내 소원을 듣고, 안제와 올리비아 양이 창피한 듯이 내 귀를 잡아당겨 끌어냈다.

"잠깐만! 아직 끝나지 않았어! 아직 전하지 못한 말이 있다고!"

안제의 얼굴이 새빨개져 있었다.

"어린애 앞에서 무슨 말을 하는 거냐, 이 바보가!"

안제에 말에 고개를 돌리니 어린 무녀의 얼굴이 빨개져 있었다.

앗, 이거 꽤 귀엽지 않아? 아니, 로리콘 발언이 아니라, 오염된 학원의 여자들과 달리 순수함이 있잖아!

욕망투성이인 내가 부끄럽게 느껴질 만큼 깨끗하다고.

올리비아 양이 무녀한테 사과했다.

"저기, 놀랐지? 미안해."

"아, 아니요. 괜찮아요! 그, 조금 놀라기는 했지만―― 힘내 주세요!"

응! 나, 힘낼게. 결혼 활동 힘낼 거야.

미소를 보내 주는 무녀에게 손을 흔들고, 우리는 계단을 내려
갔다.

◇

호화 여객선으로 돌아온 나는 비행선이 부유섬에서 멀어져 가
는 풍경을 갑판에서 바라보다가 주머니에서 부적을 꺼내 들었다.

루크시온이 부적에 흥미가 있는지 말을 걸었다.

『목에 거시면 어떻습니까?』

"저기, 이게 정말 효험이 있을까?"

『무언가에 정신적으로 기대는 건 나쁜 일이 아닙니다. 너무 과
하게 의존하지만 않으면 됩니다.』

신에게 의지하는 건 부정하지 않지만, 행운이 오는 것과는 상
관없다고 생각하는 모양이다.

목에 부적을 건 나는 여름 같은 햇살을 올려다보며 눈을 가늘
게 떴다.

"덥네."

『그러네요. 그런데, 조금 신경이 쓰였습니다만.』

"뭔데?"

『혹시 던전에 적극적으로 도전하지 않았던 게 그 부적이 손에
들어오기를 기다리고 있었기 때문입니까? 게임 같은 효과를 기

대하고?』

"바, 바보냐. 그런 거 아니야!"

『그렇습니까. 중요하다고 해놓고 줄곧 '성스러운 팔찌'라는 걸 찾으러 가질 않기에 의심하고 있었습니다.』

"나, 나 참, 의심 많은 녀석이구만."

솔직히 말하자면 루크시온의 말대로다. 혹시나 하는 마음에 부적의 효과를 기대하고 던전에 가기를 가능한 피하고 있었다. 하지만 이것도 게임에서나 있었던 이야기니, 현실에서는 어떻게 될지 알 수 없다.

……그렇게 생각하니 어쩐지 창피해지기 시작했는데.

"거기는 그렇게 쉽게 갈 수 있는 곳이 아니야. 상급생도 고전할 만큼 위험하다고. 안전한 탐색을 위해서 준비가 필요했어."

『그렇습니까. 마리에도 같은 걸 찾고 있을 텐데, 마스터가 그다지 초조해하지 않기에 신경이 쓰이고 있었습니다.』

마리에도 게임을 플레이했다면 지금 당장 나서는 바보 같은 짓은 하지 않을 것이다.

본격적으로 던전을 공략에 나서는 건 1학년 3학기부터다.

그때부터 2학년 중반까지 던전을 탐험하며 돈을 번다.

『그건 그렇고, 모처럼【슈베르트(Schwert)】를 선보일 수 있을 줄 알았습니다만, 기회가 없었군요.』

"뭔데 그게? 설마 그 에어바이크에 멋대로 이름을 붙인 거냐? 너 말이야, 그거 주인은 나라고. 뭐, 슈베르트였던가? 마음에 들었으니까 딱히 상관없지만. 무슨 뜻이야?"

『마스터, 에어바이크를 물고기에 비유한다는 걸 알고 있습니까? 비행선과 비교하면 작으니까 말이지요.』

"들은 적이 있긴 한데, 그게 뭐 어쨌다는 거지?"

『아뇨, 아무것도 아닙니다. 슈베르트란 검이라는 의미입니다.』

"오오! 더더욱 마음에 드네. 그 에어바이크는 끝부분이 뾰족하니까, 잘 어울려."

『네, 사실은 청새——아무것도 아닙니다.』

이 녀석의 네이밍 센스는 얕잡아 볼 수가 없군.

"그건 그렇고, 상당히 개조했던데? 색깔까지 메탈릭으로 바꾸고 말이야."

『좋지 않습니까? 파란색을 조금 섞어 보겠습니까? 더욱 청새——아무것도 아닙니다.』

"뭐, 그건 알아서 해."

『맡겨 주십시오. 그리고 슈베르트는 말괄량이에 기분파라 조정이 어려우니까 말이죠. 마스터, 소중히 타 주세요.』

……말괄량이?

이 녀석, 설마 그 에어바이크에 이름을 붙이고 개조하다 보니 정이 든 건가?

그러고 보면 공적이 파르트너를 누르려 했을 때도 화를 냈었지?

파르트너와 슈베르트의 흉은 보지 않는 편이 좋겠군.

루크시온과 이야기를 하고 있자니, 잔뜩 지친 얼굴의 크리스가 갑판에 나왔다.

"정말이지, 혼자 있을 시간도 없군."

그리고는 뭔가 여자들에게서 도망쳐 왔다는 듯한 대사를 했다.

이 자식, 결혼 활동 중인 남자들을 상대로 싸움을 거는 건가?

루크시온이 내 등 뒤에 숨었다.

내가 있다는 걸 알아차리자, 크리스가 대담한 미소를 띠고 가까이 다가왔다. 정돈된 파란 머리카락이 바람에 조금 흐트러져 있는데도, 그것조차 멋있게 보였다. 뭔가 화가 난다.

크리스는 안경을 벗고 내게 말을 걸었다.

"발트파르트, 브래드와 시합을 했다는 것 같더군. 나하고도 검술 시합을 하자."

이 녀석, 자기가 가장 자신 있는 검술로 날 꺾을 생각이군.

나는 코웃음을 쳐 줬다.

"브래드는 자기가 서투른 분야로 승부를 걸었는데, 너란 녀석은 특기 분야로 대결하자고 말하는 거야. 브래드 녀석이 훨씬 더 근성 있네."

브래드의 이름을 꺼냈더니 금방 표정이 일그러졌다.

이 녀석도 아직 어린애구만.

이 정도로 마음이 흐트러지지 말라고.

"네가 원하는 대로 서투른 분야로 대결해 줄 테니 덤벼라."

이 크리스라는 남자는 검술 특화 캐릭터다. 검술 이외는 놀라울 만큼 재능이 없다.

어라? 지금 보니 브래드랑 별 다를 바가 없잖아! 이 녀석들, 재능이 너무 한쪽으로 치우쳐 있다고!

"나, 나는―― 검술도 특기라고 생각한 적은 없다."

고개를 숙이고 다시 안경을 쓰며 크리스가 그렇게 말했다. 나는 어이가 없었다.

"그런 꼴사나운 거짓말을 하다니. 검호님은 더 당당했으면 좋겠는데."

"거짓말이 아니다. 물론 나는 어릴 적부터 계속 검 수행을 해 왔다. 그만큼의 실력은 있겠지. 하지만 아버지는 내게 재능이 없다고 하셨다. 요전에도 너 같은 못난 녀석은 파문하겠다는 말을 들었지."

본가에 돌아가서 설교 당했다더니, 그건가?

상당히 신경 쓰고 있는 모양인데, 너희가 저지른 짓을 생각하면 그런 소릴 해도 이상하지 않다고?

지금 생각났는데, 크리스는 검술―― 정확히는 검성인 아버지에게 열등감을 품고 있다나 어쩌나 하는 귀찮은 설정이 있었다.

이 녀석이고 저 녀석이고, 터무니없이 성가신 설정을 가지고 있다. 그거야말로 원고지 몇십 장은 될 법한 설정이다.

귀찮기 짝이 없다고 작은 목소리로 투덜대자, 숨어 있던 루크시온은 『반대로 마스터의 인생은 얄팍하지만요』라는 말을 지껄였다.

시끄러워! 그래, 내가 특이한 건 전생자라는 점뿐이고 달리 아무것도 없다고!

그래도 저 귀찮은 녀석들보다는 내가 낫지 않겠어?!

"과연, 검호님도 노력가였다는 건가? 그럼 검호조차 아닌 우리는 재능 없는 너보다도 밑에 있는 존재가 되겠군."

크리스가 나를 노려봤다.

"모든 걸 검술에 바친 뒤에도 똑같은 말을 할 수 있다면 사죄든 뭐든 해주마. 네가 나의 뭘 안다는 거지?"

내가 알 바냐.

"아무것도 모르고, 알고 싶지도 않아. 반대로 너는 나의 뭘 알고 있는데? '저는 불쌍합니다' 하고 동정받고 싶으면 마리에한테나 하라고. 전에도 말했잖냐."

"나는 별 대단한 노력도 하지 않은 너 같은 녀석이 싫다."

노력? 나도 해 왔다고.

살기 위해서 밭일이라든가, 랜턴 불빛 아래서 공부라든가.

차녀나 삼녀는 방 안 전깃불 밑에서 공부하고, 밭일도 하지 않는 와중에 말이지.

여자애는 소중히 대하지 않으면 안 된다면서 말이야! ──켁, 떠올리니 속이 뒤집히는구만.

남자에 대한 취급이 너무 지독하다고.

"우연이네. 나도 너희들이 정말 싫다. 특히 내 기대를 배신한 브래드와 그렉은 용서할 수 없어."

하필이면 내가 가장 싫어하는 짓을 핀포인트로 해 버렸다. 반드시 복수해 주마.

그렇게 대화에 열중하여 서로 노려보고 있자, 갑자기 경보가 울려 퍼졌다.

우리는 주변을 돌아봤다.

"……뭐야?"

"몬스터?! 조금 전까지 아무것도 없었는데……!"

크리스가 그렇게 말한 것과 동시에, 하얀 구름 속에서 대량의 몬스터가 나타났다.

구름을 뚫고 하나, 둘…… 수십, 수백으로 점점 숫자가 늘어났다.

"어이, 농담이지……?"

해양생물과 비슷하게 생긴 몬스터들이 바닷속에서 헤엄치는 것처럼 하늘을 날아다니고 있었다.

나와 크리스가 멍하니 보고 있는 와중에도 몬스터는 멈출 줄 모르고 구름 속에서 연신 튀어나오고 있었다.

이미 부유섬에서 멀리 나와 주변에 다른 비행선은 보이지도 않았다.

선원들이 무기를 들고 갑판에 달려 나왔지만, 이미 그들이 어떻게 할 수 있는 숫자를 아득히 넘어섰다. 젊은 선원들은 겁을 먹어 떨고 있을 정도였다.

크리스가 선원에게 따졌다.

"대체 무슨 일이 일어난 거냐! 저 수는 뭐냐!"

"모, 모르겠습니다! 어디선가 갑자기 나타났습니다! 이, 이런 일은 처음입니다!"

크리스는 초조해하고 있지만, 그건 선원들도 마찬가지였다.

나는 몬스터들의 낌새를 관찰했다.

"어째서 둘러싸기만 하고 공격하지 않지?"

몬스터는 마주치면 곧장 달려들지, 이런 식으로 포위망을 짜거나 하진 않는다.

루크시온이 내 어깨 근처에서 모습을 드러냈다.

주위에 사람이 있는데도 모습을 보였다는 건 그만큼 이 상황이 위험하다고 판단했다는 의미였다. 크리스가 루크시온의 모습을 발견했지만, 이미 몬스터에 정신이 팔렸는지 신경조차 쓰지 않았다.

『통솔이 잡혀 있군요. 데이터에는 없는 행동입니다.』

무리로 움직이고 있었다고 하더라도, 이런 군대 같은 통제는 있을 수 없다.

몬스터를 유심히 살피고 있자니 분홍색이 살짝 감도는 하얀 몬스터들의 이마 언저리에 뭔가가 있는 게 보였다.

루크시온이 내 시선을 파악하고 곧장 주위에 영상을 비췄다.

"문장? 어디선가 본 적이 있는데."

『판오스 공국의 문장입니다.』

"판오스라고?!"

판오스 공국. 먼 옛날 호르파트 왕국의 공작가가 왕국을 벗어나 세웠다는 나라다.

그야 기억에 있는 게 당연했다.

판오스 공국은――― 게임 종반에 나오는 적이다.

『뭔가 알고 있으신 겁니까?』

"게임에서 왕국에 전쟁을 건 나라가 판오스 공국이었어. 하지만 시점이 달라. 나는 3학년이 될 때까지 여유가 있을 줄 알았는 데……!"

『몬스터와 어떤 관계가 있는 겁니까?』

"공국에는 마술피리란 게 있는데, 그 피리를 불면 몬스터를 조종할 수 있다는 설정이었지. 하지만 설마 이만한 수를 조종할 수 있을 줄은 몰랐는데."

수천, 아니 1만쯤 되지 않을까?

몬스터 1만 마리에 둘러싸인 꼴이라…….

갑판에 나와 있던 여자들이 소란을 피우기 시작했다.

"누가 어떻게 좀 해봐!"

"비, 비행선에도 무기는 있겠지?"

"저렇게 몰려다니는 게 어디 있어!"

수십, 수백이라면 어찌어찌 버틸 수 있을지도 모르지만, 대형 호화 여객선으로는 아무리 발버둥 쳐도 1만 마리를 감당할 재간이 없다.

무기도 없지는 않겠지만, 어차피 위협 수준일 거다.

전투를 목적으로 만든 비행선이 아니니까.

선내로 도망치는 여자와 전속 사용인들. 소란이 서서히 커지고, 결국 패닉에 빠져 허공에 발포하는 선원까지 나오기 시작했다.

루크시온은 냉정했다.

『본체와 파르트너를 출격시키겠습니다. 마스터, 허가를.』

"곧바로 내보내! 얼마나 걸려?"

『서두르겠습니다만, 지금 당장은 어렵습니다──.』

그때, 구름 안에서 고래처럼 생긴, 한층 거대한 몬스터가 나타났다. 그 몬스터의 등에는 사람이 만든 작은 건물 같은 게 있었다.

"몬스터로 만든 비행선…… 공주님의 등장인가."

마술피리를 다루는 왕녀님까지 와 있다니, 엄청 성가시게 됐다. 설마 1학년의 이 시기에 공국을 상대하게 될 줄이야.

공국과 전쟁은 3학년 때나 나오는 이야기 아니었냐고!

공국의 왕녀가 탄 대형 몬스터 주위에는 공국의 문장을 내건 비행 전함이 대열을 짜고 있었다.

그리고 그 뒤로 비행선으로 개조한 부유섬이 나타났다. 커다란 구름은 이제 흩어질 대로 흩어져 남아 있지 않았다.

크리스가 떨리는 손가락으로 안경 위치를 가지런히 하고는, 떨리는 목소리로 중얼거렸다.

"공국이라고?! 왕국의 영공에 들어오다니 대체 무슨 생각이지?"

무슨 속셈이긴, 누가 봐도 침략할 생각이구만.

전함의 숫자는 얼마 없지만, 몬스터가 너무 많다.

그때, 선내로 도망치는 학생들의 흐름을 거슬러 갑판으로 나오는 학생 둘이 보였다. 안제와 올리비아 양이었다.

"리온, 여기에 있었나!"

"리온 씨! ──어?! 리온 씨! 옆에 뭔가 있어요!"

올리비아 양이 루크시온을 보고 놀라 소리쳤다.

그러나 올리비아 양이 소리를 치든 말든, 루크시온은 여전히 내 옆을 지키고 있었다. 그만큼 상황은 심각했다. 아니, 어쩌면 내 목숨이 정말 위험하다고 판단했는지도.

내가 봐도 아찔한 숫자긴 하지만.

두 사람이 루크시온과 내 주위에 떠오른 영상을 번갈아 보았다.

"그, 그건 놔두어도 괜찮은 건가?"

안제가 머뭇거리는 동안 올리비아 양은 호기심이 앞섰는지 루크시온이 공중에 비추고 있는 영상을 손가락으로 만져보려 하고 있었다.

올리비아 양이 루크시온을 보며 물었다.

"리온 씨, 이 동그란 건 뭐죠?"

"아아, 이 녀석? 사역마인 루크시온이야. 자, 인사해."

설명이 귀찮았던 나는 대충 둘러댔다.

그러자 루크시온이 즉각 불평했다.

『사역마? 아뇨, 납득할 수 없군요. 저는 마법적 존재가 아니라, 과학의 결정입니다. 그 부분은 절대로 양보할 수 없습니다. 처음 뵙겠습니다, 아가씨분들. 저는 마스터를 서포트하는 루크시온입니다. 사역마가 아니라 인공지능을 탑재한──』

올리비아 양은 루크시온의 설명을 감탄하면서 듣고 있었지만, 안제는 적이 아니라는 걸 알자마자 무시해버렸다. 이 상황이 더

중대하다고 판단한 것이리라.

"별난 사역마군. 네게 설마 저런 마법의 재능이 있을 줄이야. 그보다, 이게 무슨 상황인지 설명해 주겠나. 공국의 문양 같은데, 어째서 몬스터와 같이 있는 거지?"

몬스터는 사람을 보면 공격한다. 그런데 그걸 공국이 부리고 있으니 안제가 보기에는 매우 이상한 상황이었으리라.

나는 어깨를 으쓱하고 대답을 피했다.

이유는 알고 있지만. 그걸 내가 알고 있다는 건 다른 사람들이 보기에 앞뒤가 맞질 않는다.

크리스가 커다란 몬스터를 보고 입을 열었다.

"잠깐, 누군가 나온다."

안제가 눈을 가늘게 떴다. 나온 것은 적국——공국의 왕녀인【헤르트뤼더 세라 판오스】였다.

"헤르트뤼더 왕녀인가?"

올리비아 양이 루크시온을 힐끔힐끔 보며 물었다.

"아시는 얼굴인가요?"

"이전에 딱 한 번이지만 만난 적이 있다. 하지만 왜 왕국에……."

그러자 커다란 몬스터의 머리 위에, 영상으로 투영된 헤르트뤼더 왕녀의 모습이 나타났다.

하늘에 확대된 왕녀 전하의 모습에 모두 놀라움을 감추지 못했다.

다들 멍하니 영상을 보고 있자니 공국 쪽에서 확성기 소리가 들려왔다.

「판오스 공국 제1왕녀 헤르트뤼더 세라 판오스가 고한다. 우리는 호르파트 왕국에 전쟁을 선포한다.」

영상 너머의 젊은 여성이 무표정하게 선전포고를 했다.

언젠가 오리라는 것은 알고 있었지만, 이건 예상을 한참 벗어나 있었다.

"성급한 것도 정도가 있지……."

대체 어디서 예정이 틀어졌지?

게임 시나리오에는 아직 전쟁이 일어날 때까지 시간이 있었을 터인데——.

「어리석은 왕국 귀족의 자제들이여. 각오를 굳힐 시간을 주지. 항복인가, 아니면 죽음인가. 한 시간만 기다리겠다.」

유예는 한 시간인가…….

안제가 난간을 내리쳤다.

"우리를 인질로 삼을 셈인가! 비겁한 녀석이!"

본격적인 전쟁을 시작했을 때 우리를 빌미로 교섭을 할 생각이리라.

나는 시선을 주위로 돌렸다.

선원들은 갈팡질팡하고 있지만, 갑판에 남은 학생 중 몇은 안도하고 있었다. 인질로 삼겠다는 건 이 자리에서 죽이지는 않겠다는 의미이기도 했다.

공국 측에서 사자가 탄 소형 보트가 나왔다.

『마스터, 일이 성가시게 되었네요.』

"그러게."

나는 안제를 봤다. 별 볼 일 없는 학생인 우리와는 달리 안제는 왕가와 이어진 공작 영애다.

공국에게는 아주 좋은 인질이 되겠지.

"제길, 대체 어디서 잘못한 거지?"

어째서 3학년 이벤트가 여기서 와 버린 것인가?

나는 머리를 감싸 쥐고 싶어졌다.

★ 제09화 「웃다」

소형 보트가 도착하자 호화 여객선 갑판에 공국의 사자가 내려섰다.

자신을 게라트 백작이라 소개한 공국의 사자는 말을 할 때마다 잘 정돈된 자신의 수염을 매만지며 거만한 태도를 보였다. 몸이 마르고 얼굴에 당장이라도 비아냥이 묻어나올 것 같은 게 몹시 비호감이었다.

"남작가 이상의 자제는 포로로 대우해 드리지요. 그 이하는 상대하지 않겠습니다. 아인 노예도 마찬가지입니다. 물론 이 비행선의 선원도 필요 없습니다."

여객선에 있던 사람들의 얼굴이 절망으로 물드는 가운데, 상급 클래스 학생들만 안도하고 있었다.

그런 와중에 여자 중 한 명이 자신의 전속 노예를 감쌌다.

"자, 잠깐만! 내 전속 사용인은 살려줘. 마음에 드는 노예야!"

그러자 게라트는 눈길조차 주지도 않고 대답했다.

"그러면 당신은 그 애인과 함께 죽으십시오. 인질이 한두 명 줄어들건 이쪽은 신경 쓰지 않으니까."

그러자 여자들은 자신들의 전속 사용인에게서 시선을 돌리고 입을 다물었다.

그렇겠지. 누구든 자신의 목숨이 소중하다.

지금은 잠자코 잡혀갔다가 안에서 날뛰는 게 좋으려나.

그 순간 익숙한 얼굴이 게라트 앞으로 걸어 나갔다.

"——아차!"

그러나 놀랐을 때는 이미 늦은 뒤였다.

"뭡니까, 이 계집은?"

게라트의 태도는 여전히 거만했으나, 안제는 당당하게 맞섰다.

"안젤리카 라파 레드글레이브. 내 가명(家名) 정도는 알고 있겠지?"

그 순간 게라트는 눈이 휘둥그레지더니, 곧바로 입가에 미소가 걸렸다.

"오, 이런이런. 설마 공작 영애가 타고 계실 줄이야—— 왕국은 정말로 얼간이군요. 이런 분을 호위도 없이 여행길에 보내다니."

게라트는 팔을 벌려 기뻐하기 시작했다.

"멋집니다! 이름을 대고 나선 그 용기에 경의를 표하지요! —— 자아, 이쪽으로."

안제가 끌려가고 만다.

발이 자연히 앞으로 나가려던 순간, 등 뒤에서 갑자기 충격이 느껴졌다.

내가 앞으로 꼬꾸라지자, 즉각 남자 몇이 달라붙어 나를 꽉 짓눌렀다. 나는 그 남자들의 얼굴을 보고 나는 분노가 치밀어 올랐다.

"이거 놔! 너희들 제정신이냐!"

게라트가 짓눌린 나를 보고 불만스러운 표정을 지었다.

"소란스럽군요. 누굽니까?"

안제가 내 얼굴을 보고는 눈을 감았다.

"내 친구다."

안제는 내가 정식 남작에다 기사라는 걸 감추었다.

"정말이지 친구를 생각하는 마음이 갸륵하군요."

게라트가 내게 가까이 다가오더니 내 머리를 짓밟았다. 히죽히죽하는 미소에서 고약한 심보가 엿보였다.

나는 눈만으로 게라트를 올려다봤다.

"반항적인 태도군요. 어디, 왕국 귀족들에게 첫 일을 주도록 하지요. 이자에게 제재를 가하십시오. 자, 얼른."

그러자 나를 짓누르고 있던 남자나 주위에 있던 남자들이 내게 주먹질을 하기 시작했다.

곧장 저항했지만, 짓눌린 상태라 반격할 수가 없었다.

"이, 이 자식들!"

"안젤리카 님의 후의를 헛수고로 만들 셈이냐? 잠자코 닥치고 있어!"

나를 짓누른 건 안제의 측근들이었다. 그 녀석들한테 얻어맞아 입안이 찢어지고 피 맛이 번졌다.

"너희들 그러고도——!"

"아가씨의 판단이다!"

그러자 안제가 소리쳤다.

"이제 그만해라! ……그만둬다오."

그러자 게라트는 듣지 못했다는 양 손가락으로 수염을 매만지며 말했다.

"어라, 남에게 뭔가를 부탁하는 태도가 아니군요. 공작 영애가 그래서는 안 되지요."

안제가 나를 위해서—— 고개를 숙였다.

"그만둬 주십시오. 부탁드립니다."

게라트의 입이 초승달처럼 휘어지더니 커다란 목소리로 웃어댔다.

"유감이군요, 싫습니다! 자, 당신은 저와 함께 갑시다. 아, 당신들은 그 망할 꼬맹이를 확실하게 밟아 놓도록 하세요."

떠나가는 게라트와 안제.

나는 끌려가는 안제를 보고 있을 수밖에 없었다.

강하게 얻어맞은 나는 그대로 의식이 몽롱해지기 시작했다. 안제를 구하고자 손을 뻗었지만, 그마저도 곧 짓밟혔다.

안제가 게라트와 교섭을 시도했지만, 게라트는 수염을 훑으며 계속 대답을 피했다.

"인질은 나 혼자로 충분하지 않나? 다른 사람들은 풀어줘라."

"자신의 몸을 바쳐 다른 사람들을 구한다. 눈물이 나오는군요. 자, 그에 관해서는 공국의 비행선에서 천천히 이야기를 나누도록 하지요."

끌려가는 안제를 향해 올리비아 양이 외쳤다.

"안제!"

주위의 아인종들이 올리비아 양을 붙잡고 있었다.

"안제, 가지 말아요!"

목소리를 높인 건 올리비아 양 한 명뿐.

뒤돌아본 안제는 다부지게 미소를 띠고 있었지만—— 다리가 떨리고 있었다.

"——리비아, 고마워."

안제는 그렇게 말하고 사자들이 타고 왔던 보트에 올라 끌려가고 말았다.

나는 세게 걷어차여 갑판 위를 나뒹굴었다.

배를 누르자, 올리비아 양이 달려와 나를 감쌌다.

"리온 씨!"

나를 내려다보고 있는 남자와 전속 사용인들. 이거 난처하네. 원한을 너무 많이 사 버렸어.

"너 때문에 전부 허사가 될 뻔했잖냐."

"이 쓰레기 자식."

"이봐, 선원. 이 녀석을 감옥에라도 처넣어 둬."

곧 선원이 다가와 나를 둘러쌌다.

——이 개자식들이.

◇

293

거대 몬스터 위에 만들어진 비행선.

그 특이한 비행선의 귀빈실로 끌려온 안제는 무장한 기사들에게 둘러싸여 있었다.

안제의 맞은편에는 헤르트뤼더 왕녀가 앉아 있었다. "오랜만이네, 안젤리카. 그때는 서로 인사를 나눈 게 전부였지만, 이렇게 재회하니 어쩐지 그리운 기분이드네."

안제는 대담하게 웃었다.

"공국의 전력을 뻔히 알고 있는데도 왕국에 싸움을 걸 생각인가? 이번에는 자잘한 분쟁으로 끝나지 않을 거다."

호르파트 왕국과 판오스 공국 사이에는 국력에 큰 차이가 있었다.

호르파트 왕국의 국력이 더 위인 것이다.

그렇기에 안제도 여유를 보일 수 있었지만, 내심으로는 조금 초조해하고 있었다.

'이 녀석들, 대체 뭐가 목적이지? 왕국과 전력 차는 명백할 텐데 고작 이 정도의 함대로 쳐들어와서 대체 뭘 할 생각인 거냐?'

그러자 헤르트뤼더는 안제를 보며 씨익 웃었다.

"그래. 확실히 한 번에 뒤집기 어려운 차이가 있지. 하지만 너도 봤잖아? 바깥에 있는 게 아직 뭔지 모르는 건가?"

'역시 몬스터를 사용할 생각인가.'

"몬스터 말이냐? 진정 그런 거로 왕국에 이길 수 있다고 생각하는 건가?"

"그래. 우리가 이길 거야. 어째서냐면——"

그 순간 중진으로 보이는 귀족 남성이 다가와 헤르트뤼더의 이야기를 가로막았다.

"전하, 그것보다도 인질 건을."

"참, 그랬었지."

안제는 마음을 다잡았다. 굳이 이름까지 밝혀가며 여기까지 온 건 여객선이 도망칠 수 있도록 교섭하기 위해서였다.

"내가 투항하면 놓아주는 것 아니었나?"

"재미있는 말을 하네, 안젤리카. 게라트가 놓아주겠다는 말을 한 번이라도 했어?"

헤르트뤼더의 말에 안제는 눈을 감았다.

'역시 당초 예정대로 남작가 이상의 자제를 인질로 삼을 속셈인가.'

하지만——.

"근데, 나는 이렇게 생각해. 어차피 인질은 당신 혼자면 충분하지 않을까?"

그 순간 안제가 눈을 부릅떴다.

"——뭣! 바, 바보 같은! 그들 또한 귀족의 자재다! 그런데 인질로 삼지 않고 죽이겠다는 건가!"

기사들이 동요하기 시작한 안젤리카에게 검을 겨누며 둘러쌌다.

헤르트뤼더는 담담하게 이야기했다.

"듣자 하니, 당신이 끌려갈 때 저항한 건 두 사람뿐이었다지?

어쩜 박정하고 기골 없는 사람들일까. 귀족으로서 걸맞지 않아."

"대체 무슨 말을 하는——"

"안젤리카, 그 두 눈으로 똑똑히 지켜보고 있도록 해. 왕국이 멸망하는 모습을 말이야."

잠시 후, 왕녀의 말을 전하기 위해 학원 학생들이 탄 비행선에 사자가 향했다.

◇

호화 여객선에 만들어진 감옥.

나는 바닥에 앉아 벽에 등을 기대고 천장을 올려다보고 있었다.

쇠창살 너머에서는 올리비아 양이 흐느끼며 울고 있었다.

선원들에게 나를 꺼내 달라고 부탁했지만, 학원 학생들이 강하게 반대하여 꺼낼 수 없었던 모양이다. 공국보다도 학원 학생이 내게 더 가혹했다.

"너무 그렇게 울지 마."

"안제가…… 안제를 구할 수 없었어요. 게다가 리온 씨를 여기서 꺼내지도 못해요. 저는, 저 자신이 한심해요."

우물쭈물하는 짜증 나는 녀석——.

옛날의 나였다면 그렇게 생각했을지도 모른다. 그때의 나는 이런 캐릭터를 싫어했다.

우는 여자를 보고 있으면 속이 부글부글 끓곤 했다.

하지만 지금은 아니다. 누군가를 위해 울 수 있다는 건 굉장한 일이라는 걸 깨달았다.

게다가.

"그런 상황에 뛰어드니까 그렇게 너덜너덜해지지. 봐, 머리도 부스스하고 교복 단추도 떨어졌잖아. 안 하던 짓을 하니까 다치는 거라고."

안제가 떠난 후 올리비아 양이 나를 구하려고 날뛰었다.

그리고 그 과정에서 여자 중 한 명과 크게 싸우고 말았다. 상대는 안제의 측근 중 한 명이었다.

측근 여자가 동료를 불러 감싸는 가운데, 올리비아 양은 혼자서 저항했다. 도리어 보고 있는 내가 더 걱정이 들 정도였다.

안제를 두고 뭐라고 떠든 모양인데, 이참에 나도 아주 끝장을 내버리자는 말도 했다고 한다. 올리비아 양이 제지해 줘서 다행이다.

싸움도 해본 적도 없는 주제에, 우리를 위해 과감한 짓을 했다 ──하지만, 그 덕분에 살았다.

그대로 있었다면 루크시온이 날 지키기 위해 무슨 짓을 했을지 알 수가 없다.

"──저는 아무것도 하지 못하는 자신이 분해요."

"올리비아 양은 힘냈어. 이제 울지 마."

나는 천장을 올려다보고, 앞으로의 어떻게 할지를 생각했다.

이제 어쩐다? 올리비아 양을 데리고 안제를 구한 뒤 도망칠까?

하지만 그렇게 되면 뒤따르는 문제가 너무 많다.

그때 다급한 발소리가 들려왔다. 고개를 돌려보니—— 크리스의 모습이 보였다.

비통한 표정으로 다가온 크리스는 감옥 앞에 오더니, 올리비아 양을 무시하고 내게 말을 걸었다.

"발트파르트——! 조금 전에 공국의 사자가 왔다. 인질은 안젤리카만으로 충분하니 각오를 굳히라고 하더군. 한 시간 후에 공격을 개시할 테니 마지막이라도 귀족답게 산화해라, 라고 했다!"

아무래도 우린 필요 없어진 모양이군.

"그래서? 나한테 뭘 하라고?"

크리스는 안경을 벗었다. 그의 얼굴에는 각오가 깃들어 있었다.

"힘을 빌려줬으면 한다! 승무원의 말로는 이 배에 갑옷 여섯 기가 실려 있다더군. 그걸로 어떻게든 배가 탈출할 때까지 나와 너, 둘이서 시간을 벌고 싶다."

나는 코웃음을 쳤다.

"——싫은데?"

크리스는 인상을 썼지만, 나를 비난하지는 않았다.

"부디 부탁한다! 여기서 모두 죽을 수는 없어. 비행선 호위라도 좋으니 도와다오! 내가 이곳에 남아 시간을 벌겠다!"

이곳에 남으면 틀림없이 죽는다.

혼자 남아 싸워 이길 수 있는 숫자가 아니라는 건 크리스도 알고 있을 터.

"리온 씨……."

올리비아 양의 눈이 나를 똑바로 바라보았다. 나라면 어떻게든 할 수 있는 게 아니냐고 묻듯.

순수하고 깨끗한 눈동자가 무섭다. 뭐든지 꿰뚫어 볼 것만 같아서, 한심한 날 보고 있는 것만 같아서 부끄러웠다.

"그런 눈으로 보지 마. 나한테 뭘 기대하는 거야? 애초에 내가 왜 안제를 저버린 놈들을 구해야 하지? 웃기는 이야기 아니냐? 그 자식들은 안제를 구하긴커녕 나를 이 지경으로 만들었다고! 다 바다에 떨어져 뒈져도 속이 시원찮단 말이다!"

악다구니를 내뱉자 크리스가 의외로 동의했다.

"그래, 네 말이 옳다. 아무것도 못 하는 우리는 죽어 대지가 아니라 바다로 돌아가야 할지도 몰라. 하지만 그래도 나는 네게 부탁하고 싶다. 가능성이 있는 건 이 방법뿐이야. 부탁한다, 우리를 도와다오!"

고개를 숙이는 크리스를 앞에 두고, 나는 천천히 일어섰다.

"──거절한다."

크리스가 슬픈 듯이 고개를 들었다.

"……그런가. 미안하다. 시간만 뺏었군."

녀석이 멋대로 떠나가려 하기에 나는 그를 다시 불러 세웠다.

하여튼 이 녀석이고 저 녀석이고, 남의 이야기는 제대로 들으라고.

"어딜 가, 바보가. 이야기는 끝까지 들으라고. 애초에 포위되어 있는데 그런 허접한 방법으로 도망칠 수 있을 리가 없잖아. 네가 혼자 남아도 순식간에 포위당하고 끝이야. 나와 한 결투에서 아무것도 배우질 못했군."

전략 게임으로 말하자면 외통수에 몰린 상태에서 시작하는 거나 마찬가지다.

크리스가 멈춰 서서 뒤돌아봤다.

"그러면 달리 어떤 방법이 있다는 거지?! 이 상황에서, 너한테 뭔가 계책이 있나? 혼자서만 도망칠 생각이라면 네 마음대로 해라. 나는 만류하지 않겠다."

머리가 딱딱하게 굳어 있군.

나보다 요령이 없는 데다 바보라니, 너무 슬프잖아.

"너 혼자서 싸워도 헛수고다. 물론 나와 둘이서 싸워도 마찬가지지. 우리에게 남은 방법은 하나, 다 같이 싸우는 것뿐이야. 안제를 저버린 바보 놈들에게 책임을 물려야겠어. 알겠냐? 나는 아무것도 하지 않는 녀석을 도울 정도로 사람이 좋지 않다고. 도와주세요? 헛소리 마라. 여기서 살고 싶다면 다 같이 발버둥 쳐야 한다고."

크리스가 내 의견을 부정했다.

"그건 불가능해. 다들 절망에 빠져 일어서지조차 못하고 있어. 내가 의지할 상대로 발트파르트, 널 찾아왔단 말이다. 무슨 말인지 알겠지?"

크리스가 말하고 싶은 건 '다른 녀석들은 도움이 되지 않는다'

라는 것이다.

그건 나도 격하게 동의하지만, 그런 쓰레기 놈들도 살고 싶으면 움직이게 할 수밖에 없다.

나는 쇠창살 쪽에 얼굴을 가까이 댔다. 크리스도 가까이 다가와 서로 코가 닿을 것만 같았다.

"우리가 할 수 있는 건 각오를 다지고 정면돌파 하는 거다. 다른 방법은 없어."

"정면? 네가 더 바보잖냐."

"그래, 바보다. 하지만 그저 죽기를 기다리는 것보다는 영리하겠지. 알겠냐, 저 녀석들의 허를 찌르는 거야. 당당히 포위망을 돌파하는 거다."

크리스는 뺨에 땀을 흘리며 내 말을 기다렸다.

"너는 배를 지켜. 네가 자랑거리인 검술을 피로할 자리는 여기다."

그러자 크리스가 발끈해서 반론했다.

"자랑한 기억은 없다."

"네 언동은 자랑이나 마찬가지였어. 노력의 성과를 보이라고. 여태껏 쌓아 온 것은 오늘 이날을 위해서라고 생각해라. 나는 이런 곳에서 죽을 생각은 없어. 너도 그렇잖아?"

그 말에 크리스는 고개를 숙이고 생각한 뒤── 얼굴을 들었다.

"──그렇군. 마리에의 미소를 보고 싶다."

이 녀석, 마지막에 그럴싸한 대사로 마무리를 지어 버렸다.

너희들 역시 그 녀석한테 세뇌당한 거 아니냐?

그 녀석의 어디가 좋은 거야?

크리스가 열쇠로 감옥을 열어 나는 밖으로 나왔다. 주저앉아 있는 올리비아 양에게 손을 뻗었다.

"올리비아 양도 도와줘야겠어."

"네, 넵! 저, 힘낼게요!"

눈물을 닦고 일어난 올리비아 양은 표정을 굳게 다잡고 있었다. 안제를 구하기 위해 힘낼 생각인 모양이다.

이거 봐! 마리에보다 분명 이쪽이 좋대도?

크리스, 너도 눈을 떠!

그렇게 생각하고 있었더니, 크리스는 가슴에 손을 대고 중얼거리고 있었다.

"마리에, 나는 다시 한번 너의 미소를 보겠어. 그걸 위해, 힘을 빌려줘."

크리스의 손에는 부적이 쥐어져 있었다.

"어? 너, 그거……."

"이거 말이냐? 축제에서 샀다. '무운의 부적'이라는 것 같더군. 지금 생각해 보면, 좋은 조짐이었던 모양이다."

방패와 검이 장식된 작은 부적.

나는 무심코 웃었다.

이 녀석에게 가장 걸맞은 아이템이다.

"그래, 잘 어울린다. 너는 최고로 운이 좋아."

"그, 그러냐. 너한테 그런 말을 들으니 어쩐지 겸연쩍군."

아니, 뺨을 물들이면서 쑥스러워하지 말라고. 반응하기 곤란하잖냐.

◇

그 뒤로 크리스는 여객선 안을 뛰어다니며 호소하여 학생이나 선원 대표자를 로비로 모았다.

나도 오는 길에 선원에게서 산 샷건을 들고 로비에 앉아 있었다.

로비에 모인 사람들은 대부분 절망에 빠져서 고개를 숙이고 있었다.

나는 샷셸―― 샷건의 탄환을 확인하며 로비 계단 중앙에서 연설하는 크리스와 로비에 모인 녀석들의 얼굴을 보았다.

"모두가 살아남기 위해서는 싸울 수밖에 없다고 판단했다. 다들, 힘을 빌려다오."

그러자 갑자기 크리스에게 욕설이 쏟아졌다.

"건방 떨지 말라고, 1학년이!"

"강하지도 않은 녀석이 무슨 위세를 떨고 있는 거냐!"

"거기 있는 쓰레기 자식한테 진 주제에!"

"애초에 안젤리카가 나쁜 거야! 자기 혼자만 살아남은 거잖아."

"공작 영애라는 이름이 울겠어!"

내가 나를 쓰레기 자식이라 부른 남자나, 안제를 바보 취급한 여자를 노려보자 다들 기가 죽어 살금살금 숨어 버렸다. 흥, 늦었어. 얼굴을 기억했으니 나중에 갚아 주마. 반드시!

아무리 크리스라고 해도 1학년부터 3학년이 모여 있는 이 상황은 감당하기가 어려워 보였다. 후배의 지시에 따르고 싶지 않은 선배도 있을 터였다.

게다가 죽음의 칼날이 목 앞까지 다가오니, 귀족의 서열 따위는 이제 의미 없다고 노골적으로 구는 녀석도 있었다. 보통 클래스의 남자들조차도 크리스를 비웃고 있었다.

"들었냐? 나가서 싸우자는데? 상급 클래스 남자님은 잘나셨구만. 거기 서서 명령하면 모두가 네 말을 들을 줄 아냐?"

"잘난 듯이 명령하지 말라고!"

"애초에 말이야, 검호님은 폐적당한 몸 아니었나? 무슨 권한으로 그런 말을 하지?"

여자도 혼란스럽긴 마찬가지였다. 심지어 주인과 말싸움 중인 전속 사용인도 있었다.

"잠깐, 명령에 따르란 말이야!"

"시끄러워, 조그만 계집이! 인제 와서 네 명령 따위에 따를 수 있겠냐!"

결국, 여러 사람이 충돌하면서 로비가 소란스러워지기 시작했다.

나는 샷건을 짊어지고 계단에서 허리를 일으켰다.

모두의 시선이 단숨에 내게 쏠렸다.

"주절주절 시끄럽네, 쓰레기 자식들이."

무기를 든 나를 앞에 두고 청중이 쥐 죽은 듯 고요해졌다.

그들의 시선에는 나를 향한 공포나 증오와 같은 감정이 담겨있었다.

"잘 들어. 나는 정식으로 남작위를 가지고 있는 기사다. 덧붙여서 계급은 5위 하—— 실질적으로는 교사들보다도 입장이 위라고. 알겠냐?"

교사들이 시선을 피했다.

화려한 학생들이 많다 보니 교사들의 존재감이 옅지만, 그래도 일단은 귀족이다. 다만, 신분은 높지 않다.

학원장까지 올라가면 나보다 높겠지만, 그 외에는 내 아래 있을 거다.

그밖에는 스승님 정도이려나? 나보다도 입장이 위인 건?

다만, 나는 스승님을 진심으로 존경하고 있다. 입장에 상관없이 나는 스승님께는 거스를 수 없을 것이다.

"그런 내가 너희들한테 명령해 주마. 싸워라. 죽고 싶지 않다면 싸워."

그러자 즉각 반발이 날아왔다.

"우, 웃기지 마! 너희들끼리 싸우라고!"

"——그래, 나는 싸울 거다. 나는 진짜 귀족이니까 말이지. 너희들 사이비 귀족과는 다르다고."

그러자 3학년 여자 하나가 인상을 찌푸렸다.

기가 세 보이는 금발 롤 머리는 끝이 드릴처럼 말려 있었고, 높은 힐을 신고 있었으며, 얼굴도 자신감으로 가득 차 있는 게 여왕님 같은 이미지였다.

그 여왕님의 빨간 립스틱을 칠한 입술이 짜증을 내며 내게 따지고 들었다.

"사이비 귀족이라고요? 백작가 출신인 제게 무례하군요!"

아무래도 이 중에서는 안제의 다음 가는 학생인지, 주변 사람들이 입을 완전히 다물어 버렸다. 나나 크리스에게는 잘도 대들더니, 여자 앞에서는 다들 침묵이라니. 왕국 귀족 남자의 슬픈 천성인가.

"넌 누구야?"

"저를 모른다고요?! 저는【디어드리 포우 로즈블레이드】! 로즈블레이드 백작가의 딸이에요!"

아아~ 들은 적은 있다. 하지만 지금은 모르는 척하자.

나는 귓구멍에 손가락을 넣고, 귀찮다는 듯한 태도를 보여줬다.

"몰라. 그리고 로즈블레이드인지 로즈힙인지, 지금의 너한테 무슨 가치가 있지?"

"뭣?! 무, 무례한!"

어쩜 이리도 멋진 반응을 보이는 여왕님일까! 나는 너 같은 녀석을 기다리고 있었다!

"네 집안이 얼마나 대단한지 모르겠지만, 너는 가짜다."

"벼락출세한 귀족 따위가! 이 나더러 가짜라고요?!"

"그래! 나는 벼락출세한 귀족이다. 하지만 진짜 모험가이기도 하지. 모험가로서 성공한 진짜 귀족 말이다! 가짜가 꺼드럭거려도 되는 상대가 아니라고!"

그러자 디어드리 선배가 엄청난 기세로 나를 매도하기 시작했다.

"남작 따위가 건방 떨지 마세요! 우리 백작가는 왕국에 광대한 부유섬을 헌상하고, 수많은 던전을 공략해 온 명문 중의 명문! 당신 따위와 비교하는 것도 가당치 않은 집안이라는 걸 알도록 하세요!"

나는 샷건을 짊어지고 손뼉을 쳤다.

"그건 멋지군. 너의 선조는 진짜야."

그러자 곧장 디어드리 선배가 으스대기 시작했다. 이 여자, 너무 쉬운데?

"기억해 두도록 하세요. 당신의 활약 따원 로즈블레이드 가의 발치에도 미치지 못합니다!"

나는 내심 웃음이 터져 나올 것만 같았다. 어쩜 이렇게 좋은 캐릭터를 가지고 있는 거지, 디어드리 선배!

"멋져! 그래, 너의 선조는 진짜다! 하지만 정작 그 선조는 슬퍼하고 있을 것 같군. 자손이 무기력한 비겁자니까 말이야. 분명 저 세상에서 울고 있겠지. 공국에 겁을 먹고 떨고 있는 너희들은———가짜다."

"뭐, 뭐라고요?!"

"내 말이 틀렸나? 너희는 안제가 희생해서 몸을 내놓았을 때 어쩌고 있었지? 뒤에서 안도하지 않았나? 너희는 숨어서 폭풍이 지나가기를 기다리고── 끝내는 죽을 거라는 걸 알게 되자 안제를 욕했지! 이 녀석이고 저 녀석이고 겁쟁이에 비겁자들뿐이라고! 아니, 비겁하다는 말조차도 분에 넘친다. 너희는 교활한 사이비 귀족으로 충분해."

"취소하세요!"

나는 디어드리 선배에게 가까이 다가가 씩 웃으며 말했다.

"싫은데?"

그리고 거리를 벌려, 팔을 벌리고 웃어 줬다.

"적의 손에 모두 죽을 상황인데도 저항하지 않고 불평만을 늘어놓고 있지. 너희들의 선조는 고생해서 성공한 모험가겠지만, 너희들한테는 아무런 가치도 없어! ──넓은 하늘에 비행선을 타고 여행을 나갔던 용기도, 던전을 공략한 그 지혜도, 몬스터를 물리쳐 왔던 그 힘도! 무엇 하나 이어받지 못한 한심하고 못난 녀석이 너희들이라고!"

참고로 발트파르트가(家) 말인데, 모험가의 공적은 무엇 하나 없다. 전쟁에 나가 공을 올려 부유섬을 얻어 귀족이 되었다고 들었다.

애초에 난 선조라든가 명예라든가 핏줄 따위 아무래도 좋다. 실제로 선조가 슬퍼할 거라고도 생각하지 않는다. 오히려 도망치라고 걱정하고 있을지도 모르지.

하지만 나는 너희를 헐뜯겠어! 내게는 그게 더 좋으니까 말이야!

"공국의 사자의 말이 옳았군. 너희들한테는 모험가의 후예인 귀족의 오기도 없거니와 긍지도 없어. 선조의 공적에 매달릴 뿐인 한심한 가짜들뿐이다. 이 녀석이고 저 녀석이고 전부 다 공격당할 거라는 말을 듣고 겁을 먹어 아무것도 못 하는 겁쟁이들뿐. 분명 위대한 선조들은 울고—— 아니, 너희를 비웃고 있겠지!"

나를 보고 있는 학생들이 차츰 분노를 품기 시작했다.

좋아, 그거다!

나는 배를 움켜잡고 웃는 시늉을 했다.

"배를 움켜잡고 비웃고 있을 거다! 내 자손들은 한심하구나, 하고 말이야! 귀족이라고 칭하고는 있지만, 모험가의 후예라는 것만이 내세울 점인 한심한 녀석들이라며 비웃고 있겠지!"

나는 손가락으로 눈물을 훔쳤다. 너무 웃어서 눈물이 나왔다.

이 녀석들 앞에서 대놓고 바보 취급할 수 있어서 속이 시원—— 아니지, 분발시키기 위한 연기다.

"노력으로 귀족의 자리에 오른 너희 선조들은 대단해. 하지만 전부 헛수고였군. 왜냐면 뒤를 잇는 게 너희들이니까 말이다. 저항도 하지 않고 공국에 지는 근성 없는 놈들이다. 너희 선조의 공적은 너희의 한심함으로 뒤덮이는 거야. 선조들의 공적에 먹칠하고, 자손에게도 창피를 주는 거라고. 왕국의 친인척들은 너희를 두고 이렇게 말할 거다—— 귀족 망신이라고 말이야!"

이 세계의 귀족은 모험가의 후예라는 것에 긍지를 가지고 있다는 설정이다.

학원도 그걸 가르치고, 훌륭한 선조를 경애하는 녀석도 있다.

애초에 모험가에 동경하는 것은 이 세계의 귀족들이다.

그걸 도발하면 어떻게 될까?

"바, 바보 취급하지 마라! 나는—— 나는 선조님을 창피하게 만들지 않겠어! 가명에 먹칠 따위 할까 보냐!"

나는 바보 취급하듯 비웃었다.

"훌륭한 마음가짐이지만, 여기서 아무것도 하지 않는다면 똑같은 거다. 가슴에 손을 대고 물어보라고. 들리지 않아? 너희들에게 흐르는 선조의 피가 한심하다며 비웃고 있는 목소리가!"

여전히 버티고 있는 녀석도 있지만, 대다수가 가슴에 손을 대고 있었다. 선원이나 그리고 전속 사용인들마저 가슴에 손을 대고 있었다.

"자, 낄낄 웃고 있는 목소리가 들리나? 아니면 슬퍼하고 있나? 어이가 없어서 어깨를 으쓱이고 있지는 않나? 어쩌면 이 중에는 웃겨 줘서 고맙다고 말하는 선조도 있을지도 모르지. 하지만 훌륭한 선조라면 이렇게 말할 거다. ——싸움을 피하고 도망치는 겁쟁이한테 볼일은 없다고 말이야!"

여기까지 오면 받아칠 수 있을 리 없겠지.

뭐, 받아쳐도 웃어 줄 테지만.

나는 웃음을 지우고 진지한 표정을 지었다.

"너희들한테 흐르는 귀족의—— 모험가의 피는 가짜냐? 공국에 좋을 대로 희롱당하고, 죽기를 기다릴 뿐인 한심한 죽음이 소원이냐!"

디어드리 선배가 나를 보고 있었다.

"──로즈블레이드 가의 딸이 이런 곳에서 아무것도 하지 않고 죽는다니 부끄러운 일이에요. 다들, 이대로 앉아만 있을 건가요? 이 벼락출세한 귀족이 말하는 것처럼, 정말로 선조님들을 뵐 낯이 없어지고 말아요!"

남자들에게서 목소리가 일었다.

"얕보지 말라고, 쓰레기 자식아! 누군가 무기를 가져와!"

"우리가 얼마나 던전에서 단련해 왔다고 생각하는 거냐! 1학년 주제에! 선배와의 실력 차이를 보여줄 테니까 각오해 두라고!"

"잘난 듯이 주절주절 지껄여 대고 말이야! 너한테 그런 말 들을 필요까지도 없어!"

남자들이 의욕을 보이기 시작했다.

역시 여자애한테 격려받는 편이 의욕이 나는 모양이다.

처음부터 진심을 내라고, 바보 녀석들이!

크리스가 나를 보고 있었다.

"발트파르트, 넌── 아니, 아무것도 아니다."

말하려다가 그만두지 마! 신경 쓰이잖냐!

디어드리 선배가 내게 다가와 말을 걸었다.

"당신, 이렇게까지 했으니 당연히 뭔가 생각이 있는 것이겠지요? 진짜 귀족이라고 칭한 당신은, 이 상황을 타개할 수 있는 걸까요?"

나는 목소리를 높였다.

"바보들아, 잘 들어라! 너희들한테 까다로운 걸 말해도 이해 못 할 테고, 설명하고 있을 시간도 없으니 한마디로 정리해주마! ──정면돌파 해라! 노리는 건 공국의 기함, 단 하나다!"

주위에서 진심이냐? 하는 목소리가 들리자, 디어드리 선배는 웃기 시작했다.

"좋아요. 당신, 무척 좋아! 그리고── 왜 여자는 아무도 목소리를 높이지 않는 거죠? 여기서 도망치는 겁쟁이는 제가 절대로 용서하지 않겠어요!"

여자들도 보스의 말에 마지못해 각오를 굳히고 일어나기 시작했다.

디어드리 선배가 나를 봤다.

"자, 정면돌파 하겠다는 건 알겠어요. 당신은 뭘 하는 거죠? 큰소리를 떵떵 쳤으니 훌륭한 활약을 해주는 거겠지요?"

잘난 듯이 말해 놓고서 아무것도 하지 않는다면 용서하지 않겠다는 말이다.

나는 웃었다.

"당연하지. 에어바이크를 타고 앞장서 주마."

"에어바이크? 당신, 죽을 작정인가요?"

바깥은 몬스터 무리에 공국의 비행선이 가득하다. 분명 갑옷도 잔뜩 나올 것이다.

그런 장소를 에어바이크로 돌파하는 바보가 있다면, 나는 분명히 웃었을 것이다.

"구하고 싶은 사람이 있어. 그리고 가는 김에 기치(旗幟)를 빼앗아서 공국 함대를 비웃어 줄 거다."

"안젤리카를? 당신은 안젤리카의 측근이 아니었을 텐데요."

──그런 문제가 아니라고.

"남자라면 한 번 정도는 공주님의 위기에 달려가는 기사가 되고 싶다고 생각하는 법이야. 나는 너희들을 저버릴 순 있어도 안제는 저버릴 수 없거든. 왜냐면 좋은 여자니까. 너희들도 눈이 있으면 조금은 안제를 본받으라고."

디어드리 선배가 손톱을 깨물었다.

"제 앞에서 다른 여자가 좋다는 말을 하다니── 그런 말을 듣는 건 처음이에요!"

"그건 다들 널 신경을 써주고 있었던 것뿐이야. 자, 너희들도 준비해. 시간이 없다고!"

의욕을 보인 학원 학생들. 열기로 달아오른 로비에서는 학생들이 분주하게 움직이기 시작했다. 나는 로비를 바라보며 아까 안제가 했던 행동을 떠올렸다.

혼자서 인질이 되었을 때. 내가 남작 작위를 가지고 있다고 말했다면 적어도 혼자서 끌려가지는 않았을 거다.

모두를 위해 인질이 된다? 그 애는 아직 16살이라고. 혼자서 용기를 보인 안제를 저버린다면 난 평생 후회할 거다. 썩어빠진 이 여성향 게임 세계에서 안제와── 안제는 내 희망이다.

그러자 디어드리 선배의 입이 초승달처럼 휘어지더니 날 보며 웃기 시작했다.

뭐야. 빨리 가라고. 시간이 없단 말이다.

"버릇이 안 들여진 개. 그 뻔뻔한 태도── 당신, 좋은 애완동물이 되겠어요. 안젤리카가 마음에 들어 하는 남자가 아니었다면, 내가 곁에 두었을 텐데."

이 녀석도 글러 먹은 여자였다. 벡터는 다르지만, 가까워지고 싶다는 생각은 들지 않았다.

"그거 고맙구만."

◇

에어바이크── 슈베르트에 타기 위해 옷을 갈아입고 있자 루크시온이 내게 보고했다.

보고 내용에 나는 미간을 찌푸렸다.

"배신자라고?"

『네. 조사 결과, 안젤리카의 측근 여자 두 명이 공국에 비행선 위치를 알리는 행동을 하고 있었던 모양입니다.』

하필이면 안제의 측근이 배신한 건가?

"제정신인가? 공작가를 적으로 돌리다니."

『현재 공작가는 율리우스가 실각함으로써 정치적 입장이 약해져 있습니다. 배신자가 나와도 이상하지 않은 상황입니다.』

"정치라는 녀석인가? 흥미 없네."

다 갈아입은 나는 샷건을 손에 쥐고 반대쪽 팔에 헬멧을 들었다.

『내버려 두시겠습니까?』

"그럴 리가. 안내해. 안제를 구하기 전에 단단히 혼쭐을 내주겠어."

『선원들에게 이야기해야 합니다. 마스터가 투옥되었던 감옥을 이용하는 게 좋다고 봅니다.』

배신자가 작전 실행에 방해가 된다는 건가.

"알았어."

◇

내가 투옥되었던 감옥 앞.

감옥 안에는 여자 두 명이 있었다.

이 녀석들의 전속 사용인은 다른 감옥에 처넣었다.

"기다려! 오해야!"

"꺼내줘!"

그녀들이 같은 측근 동료들을 보고 소리쳤지만, 감옥은 선원들이 손에 무기를 들고 경계하고 있었다.

측근 남자가 당황하여 내게 말했다.

"이, 이봐. 뭔가 착오가 있는 거 아니야? 이 녀석들은 어릴 적부터 아가씨의 놀이 상대였다고. 근데 배신이라니……."

나는 손에 들고 있던 통 모양 도구를 내던졌다.

그러자 감옥 안에 있는 여자들이 매우 초조해하기 시작했다.

"이 녀석들의 방을 철저히 조사했다."

둘 중 하나가 날 노려보며 소리쳤다.

"변태!"

"너희한테 흥미 따위 없어! 게다가 방을 조사한 건 여성 선원이다."

시선을 향하자 유니폼 차림 여성들이 나를 보고 있었다. 객실 승무원인 그녀들은 우리 학원 학생의 시중을 들어 주는 존재다.

"같은 물건이 몇 개나 있었습니다. 설명서까지 있었으니 모른다고 발뺌할 순 없겠지요."

그러자 그 두 명이 쇠창살 너머로 여성 승무원을 노려봤다.

"너희들, 두고 봐! 절대로 용서하지 않을 거야!"

승무원들이 살짝 겁을 먹자 나는 쇠창살을 발로 차서 배신자들을 위협했다.

"그 입 닫아. 지금 당장 머리통을 날려 줄까?"

총구를 들이밀자 두 사람이 겁에 질려 움츠러들었다. 측근 남자가 놀라서 내 어깨를 붙잡았다.

"이건 지나쳐! 이 두 사람이 배신했다고 하더라도, 제대로 조사를——어, 어이, 잠깐만!"

나는 샷건을 그 남자에게 향한 뒤 말해 줬다.

"너희들, 아직도 상황이 이해가 안 가냐? 그러니까 안제가 너희를 피하는 거라고. 알겠냐, 너희들 중에 배신자가 있었다. 의미가 이해돼?"

드디어 사태를 파악했는지 측근들 사이에 침묵이 흘렀다.

내가 샷건 총대 부분으로 측근 남자를 후려갈기자, 녀석이 엉덩방아를 찧었다.

"그 누구보다 죽을 각오로 싸워라. 여자라든가 남자라든가 하는 건 도망칠 이유가 안 돼. 나가서 싸우고 스스로 결백을 증명해. 그러지 않으면——"

내가 감옥에 처넣은 여자 두 명을 봤다.

"이 녀석들과 같은 결말을 보게 될 거다."

안제 아빠가 배신자를 용서할 리가 없다.

측근들이 격렬하게 고개를 끄덕였다.

나는 뒷일을 선원들에게 맡기고는 슈베르트가 있는 창고로 향하며 무심코 중얼거렸다.

"어릴 적부터 같이 있어도 배신하는 거냐. 정말로 정치라는 건 신물이 나는군. 하다못해 나라도 구해줘야겠지."

왕궁 내의 사정에 흥미는 없지만, 안제가 불쌍할 지경이다. 이런 녀석들을 지키기 위해서 안제를 희생하는 건—— 싫었다.

◇

비행선 격납고.

에어바이크에 타기 위해 갑옷을 착용할 때 쓰던 이너 슈트를 착용했다. 헬멧을 쓰고 위는 조끼, 아래는 두꺼운 카고바지에 부츠라는 차림이다.

헬멧 안은 에어바이크에 장치한 카메라로 주위의 영상을 볼 수 있게 되어있다.

『나갈 차례예요, 슈베르트.』

루크시온은 에어바이크에 자신이 들어갈 장소를 만들어 두었다.

나는 핸들을 쥐고 엔진 시동을 걸었다.

마구 날뛰는 엔진의 진동이 격납고에 울려 퍼지자, 선원이 눈치껏 해치를 열어 주었다.

격납고 안에 요란한 바람이 불어 들어왔다. 선원이 날 보며 큰 목소리로 말을 걸었다.

"정말로 하실 겁니까!"

"당연하지. 저 비열한 사자의 수염을 잡아 뜯어서 선물로 가지고 와주마."

그 녀석의 자랑거리인 수염을 영구 제모해 주겠다.

"그건 꼭 갖고 싶군요! 아, 역시 필요 없습니다!"

장단을 맞춰 주는 게 능숙한 선원이 엄지손가락을 척 치켜세웠고, 나는 그대로 자세를 낮추어 바깥으로 나갔다.

에어바이크로 드넓은 하늘로 뛰쳐나가, 마치 파도 위를 달리는 것처럼 하늘을 질주했다.

등에 지고 있던 샷건을 한 손에 들자, 몬스터들이 나를 향해 모여들었다.

"준비는 됐냐?"

『언제든지 좋습니다.』

샷건을 양손으로 들고 겨누자, 루크시온이 에어바이크를 조종하면서——

"잔챙이를 상대하는 데는 이게 제일이지."

총구 바로 앞에 마법진이 나타나더니, 그 주위에 작은 마법진이 나타나 눈앞에 닥쳐오는 몬스터들을 차례로 조준해 나갔다.

『뇌(雷) 속성, 산탄식, 라이트닝—— 발사.』

"깡그리 날아가라아아아!"

방아쇠를 당기자 총구에서 샷셀이 튀어나와 마법진을 돌파했다. 그러자 안에 있는 작은 산탄이 사방으로 튀고—— 그대로 마법의 빛을 내뿜고는 황색이나 청색 등의 색깔로 변하여 방향을 억지로 바꾸어 나갔다.

몬스터들이 탄환을 피하려고 했지만, 빛은 끝까지 쫓아가 꿰뚫었다.

이 마법은 탄환이 폭죽처럼 퍼져나가기에 다수의 적을 상대할 때 아주 유용하지만 매우 고도의 마법이라 다루기가 어렵다.

한 발에 수십 마리의 몬스터를 해치운 나는 커다란 목소리로 웃어 줬다.

"봤냐! 나와 루크시온의 힘을! 둘이서 힘을 합치면 이런 굉장한 마법도 쓸 수 있다고! 최근에 알았지만 말이야!"

나 혼자는 턱도 없다. 준비 시간도 길고, 애초에 움직이는 적을 조준하는 게 너무 힘들다.

"뭐, 7대 3의 비율로 협력한 거지만."

『어째서 마스터가 7이나 힘내고 있는 것처럼 말하는 겁니까? 비율로 따지자면 제가 7이고 마스터가 3이라고요.』

"기분 좋은 타이밍에 방해나 하고 말이야. 자, 다음이 온다."

『──정말로 쓰레기네요.』

샷건을 거머쥐고 또다시 조준하여 방아쇠를 당기자 눈앞의 몬스터들이 또 대량으로 사라져 갔다.

◇

갑옷에 올라탄 크리스는 먼저 뛰쳐나간 리온의 모습을 보고 있었다.

"진짜로 앞장선 건가."

호화 여객선이 리온을 뒤쫓는 것처럼 방향을 바꾸어 속도를 올렸다.

목표는 기함── 왕녀와 안제가 있는 거대 몬스터의 등이다.

리온의 모습에 크리스는 갑옷 조종간을 꽉 쥐었다.

"발트파르트, 너는 강하군."

단순히 검술로 비교했다면 이길 수 있을지도 모르지만, 크리스는 지금의 리온을 보고 자신의 패배라고 생각했다.

마법, 그리고 배짱. 모든 것이 자기보다 위였다.

홀로 돌격하는 모습이 멋져 보일 수도 있지만, 저건 보통 용기로 할 수 있는 게 아니었다.

하지만 리온은 망설이지 않았다.

크리스한테는 리온처럼 에어바이크 한 대로 적을 향해 뛰어들 배짱은 없었다.

"나는 발트파르트── 너처럼 될 수 있을까?"

목에 건 부적이 흔들리고 있었다.

크리스는 갑옷에 올라탄 비행선 호위역이나 학생들을 봤다.

"우리 목적은 비행선을 지키는 거다. 무슨 일이 있어도 지켜내라!"

동료가 한목소리로 대답하고 갑옷의 앞가슴 해치를 닫자, 기동한 갑옷 여섯 기가 움직이기 시작했다. 밖으로 나온 크리스는 비행선에 돌격해 온 몬스터를 베었다.

크리스의 칼솜씨는 무척이나 아름다웠다.

몬스터들 속으로 돌진하여 전부 베어 쓰러뜨리자 몬스터들은 연기로 변해 사라져 나갔다.

그 모습을 보고 갑판에 나온 학생들이 환성을 질렀다.

크리스는 비행선 측면을 타듯이 강하하여 몬스터를 베어나갔다.

"발트파르트와의 약속이다. 목숨을 걸고 배를 사수하라!"

공국의 기함.

함내에는 경보가 울려 퍼지고 있었다.

헤르트뤼더가 일어나자 그녀의 아름다운 검은색 머리카락이 흔들렸다. 검은색 드레스를 붙잡고 창문으로 가까이 다가가자 시녀가 앞을 가로막았다.

"전하, 안 됩니다."

"비키거라. 내 눈으로 직접 확인해야겠다."

기사들에게 둘러싸인 안제도 신경이 쓰이는 모양이라, 헤르트뤼더는 말을 걸었다.

"안젤리카도 오도록 해. 아무래도 당신의 학우는 명예 있는 죽음을 선택한 모양이네. 마지막 순간을 그 눈으로 보고 있어."

헤르트뤼더는 자신을 노려보는 안제의 얼굴에서 눈길을 돌리고 바깥으로 나갔다.

하지만 바깥은 헤르트뤼더가 상상하고 있던 광경과는 전혀 다른 상황이 펼쳐지고 있었다.

"뭣!"

호화 여객선이 이쪽 향해 돌격하고 있었다.

헤르트뤼더가 시녀를 향해 큰 목소리로 외쳤다.

"마술피리를 빨리!"

그런 와중에, 안제는 에어바이크를 타고 호화 여객선 앞에서 돌진하는 사람을 보고 있었다.

"바보! 멍청이! 어째서—— 어째서 도망치지 않은 거냐! 그만한

힘이 있다면, 도망칠 수도 있었을 텐데!"

리온의 모습에 안제는 눈에서 눈물이 넘쳐 나왔다.

시녀가 마술피리를 가지고 오자, 헤르트뤼더는 피리에 입을 댔다.

무척이나 불가사의한 음색이 울려 퍼지더니, 몬스터들이 일제히 움직이기 시작했다.

안제는 공국이 강경한 태도를 보이던 이유를 깨달았다.

"그것이 공국 비장의 수인가."

헤르트뤼더가 마술피리에서 입을 뗐다.

"맞아. 이 힘 앞에서는 숫자 따윈 의미가 없지. 왕국은 몰락하는 거야."

그렇게 선언했지만, 호화 여객선에 돌격한 몬스터들은 잇따라 사라져 갔다.

여객선에 탄 학생들이 필사적으로 저항하고 있었다.

실드를 전개하고, 거기다 마법을 쏴서 응전했다.

헤르트뤼더나 게라트는 바보 취급하고 있었지만, 왕국의 기사 ——남자는 강하다.

결혼하기 위해서 던전에 도전하고, 돈을 벌어서는 그 돈을 여자에게 바친다. 돈을 벌기 위해 안으로 더 안으로 나아가고, 졸업할 무렵에는 강인한 모험가가 된다.

여자의 관심을 끌기 위해, 정말로 피와 땀과 눈물을 흘리며 노력해 온 성과다.

안제는 전장을 내달리는 리온을 보고 눈물을 흘리고 있었다.

필사적으로 저항하는 학생── 호화 여객선을 앞에 두고 헤르트뤼더가 입술을 깨물었다.

"저항해봐야 괴로울 뿐인데도……."

안제가 눈물을 닦은 뒤 헤르트뤼더에게 알려줬다.

"미안하군. 왕국의 귀족은 단념할 줄 몰라서 말이다. 너희 희망대로 오기를 보이러 온 거다. 그리고 그곳에서는 말하지 않았지만, 앞장서고 있는 건 리온 포우 발트파르트다. 왕국에서도 굴지의 기사지!"

"발트파르트?"

그런 두 사람 곁에 게라트가 수염을 매만지며 다가왔다.

"확실히 포기할 줄 모르는군요. 하지만 그것도 여기까지입니다."

게라트가 그렇게 말하자, 공국 함대가 비행선을 감싸게끔 팔(八)자 진을 취했다. 사선(射線)에 아군이 들어가지 않기 위해서다.

몬스터들에게 둘러싸인 비행선이나 리온을 향해 대포를 겨누고 있다.

헤르트뤼더가 게라트를 노려봤다.

"감히 멋대로 행동하다니!"

"이기기 위해서입니다, 전하. 게다가 몬스터 따위 얼마든지 손에 들어오기에."

게라트가 기분 나쁘게 웃자, 몬스터들이 몰려든 호화 여객선과 리온에게 몇백이나 되는 대포가 발사되었다.

몬스터들까지 말려든 포격에, 안제가 절규했다.

"리온! 리비아!"

안제는 공국 기사들에게 붙잡힌 채, 호화 여객선이 대폭발과 검은 연기에 휩쓸리는 모습을 지켜봐야만 했다.

★제10화「우정」

호화 여객선 갑판 격렬하게 흔들리고 있었다.

리비아는 난간을 붙잡고, 다친 선원에게 달려가 치료를 했다.

"괜찮으신가요!"

"괘, 괜찮아."

힘없이 웃는 선원의 팔에는 몬스터한테 물린 상처가 있었다. 한 남학생이 선원의 팔을 문 몬스터를 창으로 쓰러트리고는 소리 쳤다.

"잔챙이는 이쪽에 맡겨라! 여자를 오기로라도 지켜!"

여자들은 제각기 주문을 영창하여 비행선을 지키기 위해 실드를 전개했다.

"이쪽으로 오지 마!"

공격 마법을 쏘는 여학생도 있었다.

"날아가 버리세요!"

디어드리가 한쪽 팔을 옆으로 휘두르자, 바람이 몰아치며 몬스 터들을 잘게 토막 내어 검은 연기로 바꿔 나갔다.

갑판 위도 전장이었다.

그 주위를 갑옷이 날아다니고, 사람이 상대할 수 없는 몬스터를 잇달아 쓰러뜨려 나갔다.

크리스는 그야말로 사자분신(師子奮迅)하고 있었다.

비행선의 모든 이가 크리스의 실력을 다시금 깨달았다.

리비아는 선원 치료를 끝내자, 일어나서 다음 부상자를 찾았다.

"이봐, 대포가 이쪽을 향하고 있어!"

"저 녀석들, 우리를 포위했어!"

"몬스터와 함께 날려 버릴 속셈인가?!"

대포를 겨누는 공국의 비행선. 측면을 이쪽에 드러내고, 나란히 늘어선 대포를 이쪽으로 향하고 있었다.

리비아는 호흡이 흐트러졌다. 가슴 앞에서 손을 꽉 쥐자, 손목에 걸고 있는 하얀 구슬 부적이 희미하게 빛났다.

"안 돼. 이대로는—— 안 돼애애애!"

몸을 웅크리고 전력으로 소리친 것과 동시에 대포가 일제히 불을 뿜었다.

모든 이가 눈을 돌리는 가운데, 리비아를 중심으로 빛이 넘치더니 부드러운 빛이 비행선을 감쌌다.

학생도 선원들도 그 광경을 보고 놀랐다.

"무, 무슨 일이——"

"저것 봐! 몬스터들이 날아간다!"

"포탄을 전부 막았어?!"

사람들이 놀라 소리쳤다.

리비아는 심호흡을 한 뒤 양팔을 펼치고 눈을 크게 떠서 주위에 마법진을 몇 개나 만들었다.

"──지금, 내가 할 수 있는 일을!"

손목에 매단 하얀 구슬이 강한 빛을 내뿜었다.

호화 여객선을 감싼 빛이 잇따라 날아오는 포탄을 막아내고, 리비아 주위에 떠오른 마법진이 가느다란 빛이 내뿜으며 주위의 몬스터들을 꿰뚫었다.

리비아가 구한 선원이 그녀를 올려다보고 있었다.

"다, 당신, 굉장한 사람이었군."

리비아는 뒤돌아서 미소 지은 뒤, 그대로 앞을 향하여 리온의 모습을 봤다.

"가 주세요, 리온 씨! 여기는── 제가 지킬 테니까요!"

실드가 강하게 빛나며 몬스터나 공국 군함의 공격에서 호화 여객선을 지켜주고 있었다.

밀어닥치는 몬스터들에게는 빛의 화살이 날아가 물리쳤다.

그 광경을 보고 있던 주위 학생들이 리비아에게 시선을 향했다.

"이걸 저 특대생이 한 건가?"

"거짓말이지?"

"하지만, 이걸로 어떻게든 되겠어. 나머지는 발트파르트 하기 나름이다."

맹공을 버텨낸 리비아는 리온을 보고 있었다.

조금 무리했는지, 낯빛이 파래져 있다.

"조금만 더── 부탁이에요. 앞으로 조금만 더 힘내게 해주세요."

리비아는 자신을 분발시키며 배를 지켰다.

◇

검은 연기에 감싸인 가운데, 루크시온의 목소리가 들려왔다.

『솔직히 놀랐습니다.』

"그래, 나도 놀랐어."

검은 연기가 바람에 씻겨 걷혀 가자, 나는 호화 여객선이 무사한지를 확인했다.

비행선을 지키듯 펼쳐진 거대한 구체 모양의 희미한 빛.

호화 여객선을 감싸서 지킨 마법이다.

마법진 같은 무늬가 떠오른 저 빛이 바로 올리비아 양이 가진 성녀의 힘이다.

대포로부터 호화 여객선을 지키며, 가까이 다가온 몬스터들까지도 물리치다니, 나조차 감탄이 절로 나왔다.

"키 아이템도 없는데 이만한 일을——"

포격에 대비하고 있던 루크시온이 말했다.

『그녀가 연찬(研鑽)한 결과입니다. 학원에서 상당히 노력하고 있었으니까 말이지요. 마스터와의 만남으로 얻은 메리트입니다. 마스터에게 보호받음으로써, 면학에 힘쓸 시간이 늘어났습니다.』

"그래? 무의미한 일이 아니었다면 그걸로 충분해."

『마스터, 절호의 기회입니다. 뒤쪽을 신경 쓰지 않고 쳐들어갈 수 있어요.』

"올리비아 양이 만든 소중한 기회다. 허사가 되지 않도록 최선을 다하겠어."

앞을 향하면서 샷건에 탄환을 장전했다.

핸들을 꽉 쥐고, 슈베르트의 엔진 출력을 올렸다.

"자, 간다!"

『최단 루트를 선택하겠습니다. 마스터, 떨어지지 말아 주세요.』

에어바이크가 직진하더니, 덮쳐 오는 몬스터들 사이를 누비는 것처럼 피해서 목적지로 향했다.

눈앞에 커다란 고래 몬스터가 보였다.

몬스터가 커다란 입을 벌리자, 그 안에 있던 수많은 눈(?)이 나를 향했다.

"뭐야 저게! 기분 나쁘구만!"

『악취미로군요. 하지만 돌진하겠습니다.』

눈에서 빔 같은 마법이 뿜어져 나왔지만, 그것들도 전부 피하고 직진했다.

나는 루크시온과 함께 커다란 입속을 돌격했다.

◇

안제는 흔들리는 함내의 난간을 붙잡고 있었다.

억지로 끌려온 안제는 헤르트뤼더에게 곧바로 불평을 던졌다.

"승선감이 나쁜 비행선이군. 거기다 취미도 고약해."

헤르트뤼더가 눈살을 찌푸렸다.

"뭐, 뭐라고! 귀엽잖아!"

"어디가 말이냐! 네 눈은 옹이구멍인가?"

터무니없이 거대한 몬스터를 비행선으로 만들다니, 안제는 상상조차 하지 못한 기발한 발상이었지만, 그래도 몬스터가 귀엽다는 생각은 전혀 들지 않았다.

그러자 보고를 받은 게라트가 미소를 지었다.

"아무래도 선두를 달리고 있던 남자는 먹혀 버린 모양입니다."

히죽히죽하며 내뱉는 게라트의 대사에, 안제가 눈물을 참고 그를 노려봤다.

그걸 알아챈 게라트는 멈추지 않았다.

"바보 같은 남자군요. 고작 혼자서 돌격해 오니 말입니다. 뭐, 공국의 역사에 이름을 새겨 주도록 하겠습니다. 혼자서 돌진해 와서 개죽음을 당한 바보, 라고 말이지요."

게라트는 리온을 한층 더 바보 취급했다.

"애초에 그 나이로 기사라니, 왕국은 인재가 부족한가 봅니다? 공국과는 천지 차이로군요!"

안제는 리온이 죽었다는 말을 듣고 가슴이 옥죄이는 듯이 괴로웠다.

"──리온."

안제가 괴로움에 고개를 숙이자, 갑자기 아래쪽 바닥에서 끼릭끼릭하며 삐걱대는 듯한 소리가 들려왔다.

그러더니 갑자기 바닥을 뚫고 에어바이크에 탄 리온이 튀어나왔다. 몬스터의 체내를 돌진하여 여기까지 찾아온 것이다.

"리온?!"

"머리 숙여!"

샷건을 겨누고는, 그대로 안제의 머리 위를 통과하듯이 기사들에게 샷건을 쏴서 날려버렸다.

상대도 기사답게 마법으로 방어해 치명상을 피했지만 완전하진 않았는지 곧장 일어서질 못했다.

리온은 에어바이크에서 내리고는 샷건으로 게라트의 턱을 옆으로 강하게 후려치고, 헤르트뤼더에게 총구를 겨눴다.

"같이 가줘야겠어. 이번에는 이쪽이 인질로 삼아 주마."

"얕보고 있었어요, 왕국의 기사님. 이름을 들려주실 수 있겠나요?"

하지만 리온은 곧바로 샷건을 발포.

무기를 들고 헤르트뤼더 뒤에 있던 시녀를 날려버렸다.

안제는 알아차렸다.

'비살상용 고무탄?'

리온은 냉정했다.

"시간을 벌려는 거라면 헛수고다. 마술피리도 같이 가지고 가겠어. 시간이 없으니까 말이야. 저항한다면 봐주지 않는다."

안제는 리온이 마술피리를 알고 있었던 걸 의아하게 여겼지만, 헤르트뤼더는 체념하고 마술피리를 리온에게 던져서 넘겼다.

하지만——.

『마스터, 그건 가짜입니다. 진짜는 책상 밑에 숨겨 놓았습니다.』

루크시온이 게라트의 수염을 레이저로 태우며 말했다. 『하는 김에 영구 제모 처리도 해야겠지요』라고 중얼거리고 있다.

리온은 헬멧을 쓰고 있지만, 안제한테는 웃고 있는 것처럼 보였다.

"유감스럽게 됐군, 왕녀님."

헤르트뤼더가 리온을 노려봤지만, 안제는 곧바로 진짜 마술피리를 회수하여 리온에게 건넸다.

리온은 헤르트뤼더가 이상하게 고분고분해서 조금 찜찜했지만, 곧바로 헤르트뤼더의 팔을 구속하여 에어바이크에 태웠다.

마지막으로 안제가 올라타자, 함선이 크게 기울기 시작했다.

"리온, 설마?"

"밑에 있던 몬스터는 쓰러져서 사라졌거든. 지금 한창 떨어지는 중이란 거지. 뭐, 괜찮아. 이 정도는 상정하고 만들었을 테니 대비책도 있겠지, 어차피 우리는 도망칠 거고."

리온은 그렇게 말하고는 엔진 시동을 걸어 벽을 뚫고 밖으로 나갔다.

그리고는 사로잡은 헤르트뤼더에게 총구를 향하면서 소리쳤다.

"야, 이 자식들아아아! 너희들의 왕녀 전하는 여기 있다아아아!"

모여든 공국의 갑옷들이 움직임을 멈췄다.

「비, 비열하다! 그러고도 기사냐!」

누군가의 목소리가 들려오자 리온은 큰 목소리로 웃었다.

"바보가! 거울 보고 말하라고! 자, 얼른 비켜!"

리온의 등에 안겨 있는 안제는 그의 등에 얼굴을 파묻고 웃었다.

위기에 달려온 기사는 옛날이야기처럼 우아하고 기품이 넘치지는 않았다. 하지만, 안제는 무척이나 기뻤다.

"──너는 정말로── 고마워, 리온."

◇

"젠장! 포위당했나."

호화 여객선 갑판에 슈베르트를 귀선시킨 나는 헤르트뤼더와 안제를 내렸다.

샷건의 탄환을 확인하니 얼마 남지 않은 상태였다.

주위를 보니 몬스터들의 움직임이 멈춰 있었다. 하지만 공국의 군함이 이쪽을 둘러싸고 있었다.

전후좌우뿐만이 아니라 위, 아래까지 적의 비행선이 가로막고 있었다.

크리스가 내 근처에 귀선하여 갑옷 앞가슴 해치를 열고 얼굴을 내밀었다.

"발트파르트, 이제부터 어쩔 거냐!"

미안! 여기까지는 생각하지 않았어. 아니, 사실은 이대로 왕국에 돌아갈까 했는데, 영 보내 줄 것 같지가 않네.

주위를 보니 학생도 선원들도 기진맥진한 상태였다.

이만하면 정말 잘 버텼지만, 상대는 아직 여력이 있다.

공국은 몬스터를 부려 싸웠을 뿐이라, 공국의 실질 전력은 거의 줄어들지 않았다.

"교섭하는 게 제일 편하지만."

나는 회중시계를 힐끔 본 뒤, 올리비아 양을 봤다.

완전히 지쳐서 주저앉아 있지만, 다친 데 없이 무사한 모양이었다.

하지만 그만한 무리를 한 것이다. 한동안은 움직이는 것도 괴로울 터다.

안제는 측근들이 몰려들어 옴짝달싹하지 못하고 있었다.

크리스의 갑옷도 너덜너덜했고, 검은 부러져 있다.

그런 꼴로 싸우고 있었던 거야? 뭔데, 너? 내가 이 녀석을 너무 얕보고 있었나 보다.

"자, 다음은 어떻게 한다……."

거기까지 말했을 때, 공국 함대를 향해 확성기로 전령이 전달됐다.

「왕녀 전하는 그 몸을 공국에 바치셨다! 각 함, 총공격을 개시하라!」

게라트의 목소리였다.

크리스가 벌레를 씹은 듯한 표정을 지었다.

"제정신인가! 왕녀를 죽일 셈이냐!"

그러자 헤르트뤼더가 작게 웃었다.

"——아무것도 모르시는군요. 공국은 이 정도로는 멈추지 않아요. 저를 대신할 사람은 얼마든지 있습니다. 저는 선발대를 맡은 것에 지나지 않아요."

나는 귀를 의심했다.

"선발대라고? ——라스트 보스가 아니라?"

그러자 헤르트뤼더가 우리의 틈을 찔러 주문을 영창했다.

내가 총구를 겨누자 그녀는 웃었다. 주문 영창을 끝내자—— 몬스터들이 일제히 움직이기 시작했다.

"뭘 한 거야!"

헤르트뤼더 씨에게 물으니, 정직하게 대답해 주었다.

"역시 각오가 부족하군요. 곧바로 저를 쐈어야 했습니다. 뭘 했냐고요? 몬스터들을 제 지배하에서 해방하였습니다. 지배당하고 있던 몬스터는 지배하고 있던 자를 노립니다. 곧바로 이 배로 모여들겠지요."

주위를 보니 몬스터들이 마치 끌려오듯 모여들고 있었다.

공국 함대도 이 배를 향해 접근하기 시작했다.

안제가 헤르트뤼더 씨의 멱살을 붙잡아 들어 올렸다.

"그렇게까지—— 그렇게까지 하는 이유가 뭐냐!"

"말했잖아요. 왕국을 멸망시키기 위해서예요."

올리비아 양을 힐끔 봤지만, 호화 여객선을 지킨 그 마법은 쓰지 못할 것 같았다. 이 이상 무리를 시키고 싶지도 않았다.

에어바이크에 올라타 루크시온에게 말했다.

"어쨌든 시간을 벌겠어. 따라와!"

『상관없습니다. 어디까지든 따라가 드리죠.』

에어바이크가 하늘에 떠오르자, 나는 모여든 몬스터에게 총구를 겨누고 방아쇠를 당겼다.

마법에 맞고 날아간 몬스터들이 연기로 변했지만, 그 연기를 뚫고 새로운 몬스터들이 나타났다.

──최악이다.

◇

리온이 날아오르자, 안제는 손을 뻗었다.

크리스도 새로운 무기를 받아들고 하늘로 날아올라 주위의 적을 쓰러뜨려 나갔다.

"──나는, 나는!"

오른손 손목에 매단 빨간 구슬 부적이 희미하게 빛나더니, 안제의 주위에 불꽃이 생겨났다. 불꽃은 부풀어 오르는가 싶더니 여섯 갈래로 모여 창으로 변했다.

"파이어 랜스?! 어째서──?"

지금까지 쓸 수 없었던 마법이 발동하자 놀라움을 감출 수 없었다.

안제는 기적에 감사하면서, 리온에게 떼를 지어 몰려드는 적을 향해 창을 발사했다.

"나의—— 리온의 적을 모조리 물리쳐라!"

창은 몬스터의 무리 속을 돌진하고는, 꿰뚫고, 불타올라, 그리고 대폭발을 일으켰다.

수많은 몬스터를 날려버렸지만, 여전히 몬스터의 숫자가 너무 많았다.

공국의 갑옷도 잇따라 비행선에서 뛰쳐나와 이쪽을 향해 오고 있었다.

안제는 초조해져서 같은 마법을 사용하려다가, 쓰러져 있는 리비아에게 다가오는 몬스터들을 발견하고 마법을 발사했다.

화구가 몬스터를 완전히 불태워 버리자, 안제는 리비아에게 달려가 그녀를 일으켜 세웠다.

"뭘 하고 있나, 얼른 일어서!"

리비아는 호흡이 거칠었다.

그리고 다리가 휘청거리고 있다.

"너, 설마 마력 소모로——"

마력을 지나치게 소모한 리비아는 안색이 나빴고 제대로 걷지 못했다. 잠시 지나면 회복되지만, 이 자리에 앉아 있는 건 위험하다.

안제가 리비아를 안다시피 하여 선내로 피난시키려 하자, 리비아가 말했다.

"저는 도움이 되고 싶었어요. 리온 씨나 안제의 발목만 붙잡는 ——그런 제가 싫으니까, 힘냈는데……. 더 힘내고 싶었는데 몸이 뜻대로 움직이지 않아서……."

분한 듯이 눈물을 흘리는 리비아를 보고, 안제는 웃었다.

"바보 같기는! 이미 충분히 힘내지 않았나. 게다가 너를 돕는 건 전혀 고생이 아니다. 너는―― 너는 내 소중한 친구니까."

안제가 쑥스러운 듯이 쥐어짜 낸 말에 리비아는 놀랐고, 그리고 얼굴이 엉망진창이 되며 눈물을 흘렸다.

"안제……."

직후, 안제에게는 눈앞에 닥쳐오는 공국의 군함이 보였다.

"――돌격할 생각인가."

호화 여객선의 커다란 선체에 공국의 군함이 돌격을 감행한 것이다. 측면에 부딪혀 크게 기울었다.

두 사람이 균형을 잃자, 거기에 몬스터들이 커다란 입을 벌리며 다가왔다.

안제는 리비아를 밀어젖히고 몬스터 앞으로 나서고는, 오른손을 향하여 마법으로 몬스터를 불태웠다.

불꽃에 휩싸인 몬스터는 사라졌지만, 한층 더 기울어 흔들리는 갑판 위에서 안제는 발이 미끄러져 밖으로 튕겨 나갔다.

"안제!"

리비아가 소리친 동시에 안제는 기울어진 갑판 난간을 붙잡았다.

몸은 배 밖으로 나가 있고, 밑에는 바다가 보였다.

여기서 떨어지면 살아남는 건 죽는다. 어쩌다가 살아남더라도 몬스터들이 물어뜯으러 달려들 것이다.

안제가 난간을 붙잡고 있는 것을 학생 몇몇이 발견했지만, 눈앞을 상대하기도 힘에 겨운 상황이라 구하지 못하고 있었다.

설상가상 안제가 붙잡은 난간이 조금씩 부서지기 시작했다.

안제가 중얼거렸다.

"좀 더 빨리, 제대로 전했다면——."

가족이나 리비아의 얼굴, 그리고 율리우스의 얼굴이 뇌리에 스쳤지만, 마지막으로 리온의 얼굴이 떠올랐다. 도발하는 듯한 웃음을 보인 얼굴을 생각하면서 안제는 미소를 띠었다.

"리비아랑 사이좋게 지내라고, 바보 녀석."

안제의 손에서 힘이 빠지려던 순간.

결사의 각오로 리비아가 구하러 왔다.

안제가 리비아에게 고함을 쳤다.

"오지 마라!"

"싫어요!"

리비아가 즉답하더니 부서진 발판을 뛰어넘어 안제가 있는 곳으로 달려왔다. 성치도 않은 몸으로 무리를 하며 흐트러진 호흡으로 안제의 한쪽 팔을 붙잡아 들어 올렸다.

안제는 마지막 힘을 쥐어짜 내서 기어 올라왔다.

떨어지지 않고 그쳤지만, 안제는 리비아를 혼냈다. 혼내지 않을 수가 없었다.

"무슨 짓을! 너까지 떨어질 뻔했다고!"

"하지만—— 하지만!"

리비아는 고개를 들었다. 눈물을 흘리면서,

"친구라고 말해 줬잖아요!"

안제가 쑥스러운 듯이 고개를 숙였다.

"그런 이유로……."

"저, 저는 바보라도 괜찮아요. 안제와 친구가 될 수 있다면……."

그러나 호화 여객선이 또 한 번 격렬하게 흔들리자, 이번에는 리비아가 배에서 날아가 버렸다. 안제가 손을 뻗었지만 리비아에게는 닿지 않았다.

"아……."

울 것 같은 안제의 얼굴을 보고 리비아는 미소 지었다. 그대로 리비아가 떨어져 가자, 안제는 울음을 터뜨릴 것만 같은 표정을 지었고——.

회색 에어바이크가 해수면을 향해 일직선으로 돌진했다.

"리온!"

◇

샷건을 겨눈다.

낙하하는 올리비아 양에게 달려들려고 하는 몬스터들을 조준했다. 올리비아 양은 그런 나를 보고 가슴 앞에서 손을 모아 기도하는 듯한 자세로 눈을 감았다.

한 치의 의심 없이 믿고 있는 듯한 부드러운 표정을 짓고 있었다.

기대를 배신할 수 없는 게 열 받는다. 이래서는 무조건 성공하는 수밖에 없지 않은가.

방아쇠를 당겨 주위의 몬스터들을 날려버리고 샷건을 집어넣었다.

핸들을 손에서 놓고 루크시온에게 조종을 맡겼다.

"부탁한다."

『상대의 속도에 맞추겠습니다. 신중하게 붙잡아 주세요.』

나는 양팔로 올리비아 양을 꽉 붙잡아 껴안았다.

공주님 안기를 한 듯한 모양새가 되었다.

『해수면에 착수합니다. 충격에 대비해 주세요.』

"정말로 바쁘구만!"

올리비아 양을 단단히 끌어안고 충격에 대비하자, 에어바이크는 바닥 부분을 해수면에 부딪쳤다.

그대로 해수면을 달리자 뒤쪽에는 하얀 물보라가 발생했다. 에어바이크가 서서히 고도를 올려 나갔다.

올리비아 양이 내게 안겨 울고 있었다.

끌어안으면서 머리를 가볍게 두드려 위로했다.

"이제 괜찮아. 위까지 안전하게 보내 줄 테니까 안심해, 올리비아 양."

그러자——.

"리비아예요!"

갑자기 애칭으로 불러 달라는 주장이 돌아왔다. 여태껏 봐 온

리비아의 태도 중에 가장 강경했다 싶을 정도였다. 아니, 화를 내는 것 같았다.

"아니, 저기 말이야……."

"리비아예요! 어째서 리비아라고 불러 주지 않는 건가요! 제가 싫어진 건가요? 어째서——! 올리비아 양이라고 부르지 말아 주세요!"

루크시온은 입을 다물고 있다.

슈베르트의 고도를 서서히 올리며 조종하고는 있지만, 도와줘도 괜찮을 텐데 말이지. 나는 이런 상황은 껄끄럽다.

"나랑 같이 있으면 안 돼. 나 말고 좀 제대로 된 남자랑 같이 있도록 해."

"무슨 말을 하는 건가요? 어째서 다른 남자가 나오는 거예요!"

"그러니까 나는 안 된다고! 얼굴이 괜찮은 녀석이라든가, 돈이 많은 녀석이라든가, 여럿 있잖아? 내 옆에 있는 것보다도 어울리는 남자가 올리비아 양한테는 있다고!"

"그런 거, 전 몰라요!"

평소의 올리비아 양이라면 당황할 법한 상황인데, 오늘은 태도를 싹 바꾸어 고집을 부리고 있었다.

네 상대는 내가 아니라 공략 대상 남자들이라고.

이 녀석이고 저 녀석이고 글러 먹은 녀석들이지만, 올리비아 양이 행복해진다면 그걸로 충분해.

그 다섯 명도 나보다는 나을 터다.

"율리우스 전하라든가 있잖아!"

"안제를 버려서 싫어요!"

"그럼, 그 왜! 질크라든가!"

"속이 시꺼멓잖아요!"

"브래드!"

"나르시시스트!"

"그렉!"

"머릿속까지 근육!"

"크리스!"

"관심병!"

트, 특징을 잘 잡아내고 있었구나. 조금 재미있었어.

"다른 사람은 싫어요! 저는……! 저는 리온 씨와 같이 있고 싶어요! 안제와 같이 셋이서, 전처럼 즐겁게 지내고 싶단 말이에요!"

으아아……. 아무리 그래도 나와 있는 건 올리비아 양한테 도움이 되지 않는다고!

"그러니까! 나, 나랑 같이 있으면 안 된다고! 내 어디가 좋은 거야?!"

"제가 같이 있고 싶어요. 리온 씨는, 다정하고 강하고…… 아뇨, 아니네요. 저는, 리비아는 리온 씨를 정말 좋아해요! 그게 전부예요! 저는 당신이 좋아요!"

나는 고개를 숙였다.

이렇게나 바로 마주 보고 좋아한다는 말을 들은 건 어머니 이후로 처음이었다.

이 세계에서 그 말을 듣게 될 거라고는 생각지 않았다.

루크시온이 내게 말했다.

『마스터, 비행선에 도착합니다.』

나는 샷건을 손에 쥐었다. 탄환을 넣고, 그리고 올리비아——리비아한테 내가 쑥스러워하고 있다는 걸 들키지 않게끔 작은 목소리로.

"단단히 등 붙잡고 있어, 리……리비아."

"네!"

처음 애칭으로 불렀을 때는 별다른 감흥이 없었다.

그런데 어째서 지금은 이렇게나 의식하고 마는 거지.

리비아가 미소를 짓고 내 뒤로 돌아가 날 껴안았다.

……어? 뭐지? 이런 건 보통 등에 가슴이 눌려서 긴장하는 장면 아니야? 옷이 두꺼워서 그런지 가슴의 감촉을 모르겠는데요!

내 표정을 보고 생각을 눈치챘는지, 루크시온이 밝은 목소리로 말했다.

『마스터의 파일럿 슈트는 특주품입니다.』

"아아, 그래! 너는 그런 녀석이지!"

고함친 나는 샷건을 겨누고 에어바이크 앞에 보인 몬스터들을 날려버렸다.

호화 여객선은 공국의 군함이 돌격하여 기울어 있다.

다만, 공국 군함에도 몬스터들이 모여들어 옴짝달싹할 수 없는 모양이다.

샷건 탄환을 다 쏜 나는 슈베르트를 호화 여객선 갑판에 미끄러지다시피 하여 억지로 귀선시키고 주위를 봤다.

루크시온이 뭔가 말하고 있다.

『슈베르트, 수고 많았어요. 나중에 꼭 정비해 줄게요.』

나는 샷건을 슈베르트에 놓고, 리비아를 데리고 내렸다.

안제가 달려왔다.

그리고 리비아와 서로 부둥켜안았다.

"바보. 바보야! 걱정시키지 마라."

"안제…… 미안해요."

미소녀 둘이 울면서 서로 부둥켜안는 그림이라니 존엄마저 느껴진다. 누구야, 여자의 우정은 덧없다던가 지껄인 녀석은? 이렇게나 아름답잖아.

혼란이 계속되는 전장.

돌격해 온 공국 군함 덕분에 포탄은 날아오지 않았지만 실로 위태위태했다.

이대로는 호화 여객선이 침몰한다.

다행히 사망자는 나오지 않았지만, 이대로는 시간문제다.

"루크시온. 시간은?"

『예정대로입니다. 지금, 도착했습니다.』

그 말을 들은 나는 회중시계를 꺼내 시간을 확인했다.

시간대로. 딱 맞다.

저 멀리 파르트너의 모습이 보였다.

안제가 리비아를 끌어안은 채 파르트너가 오는 방향을 봤다.

"설마, 부른 건가? 이 거리에서 통신을 할 수 있을 리가……."

나는 안제를 보며 씨익 웃었다.

"근처에 대기시켜 둔 거야. 나는 걱정이 많은 성격이니까 말이지. 루크시온——"

『이미 사출하였습니다.』

내 말이 채 끝나기 전에 루크시온의 보고가 돌아왔다.

끝까지 말하게 해달라고.

그리고, 전장에 새로이 나타난 파르트너에 대응하기 위해 공국군은 진형을 무너뜨렸다.

◇

게라트가 피난한 군함.

게라트는 함교에서 호통치듯이 지시를 내리고 있었다.

"뭘 하는 겁니까! 빨리 침몰시키세요!"

군인들이 반대했다.

"사선에 아군이 있습니다! 게다가 왕녀 전하는 아직 무사하시지 않습니까!"

게라트가 잃어버린 수염을 만지려다가, 이미 없다는 걸 깨닫고 그 손으로 주먹을 꽉 쥐었다.

자랑거리인 수염이었다.

매일 손질해 왔는데, 지금은 깨끗이 사라졌다. 카이저수염이 눈을 뜨니 온데간데없었다.

그 기사다. 그 기사가 한 짓이다. 녀석을 어떻게 해서든 죽이지 않으면 분이 풀리지 않는다.

게라트는 복수심을 불태우고 있었다.

"대체 어쩌자고 돌격을 시킨 겁니까!"

게라트의 말에 군인들은 시선을 피했다.

'이 녀석들, 공주님을 구하려고 일부러 돌격했군요. 포격할 수 없는 이유를 만들려고! 대신할 존재는 있다고 하는데도!'

게라트가 화를 참지 못하고 듯이 근처의 설비를 발로 찼으나, 의외로 단단해서 도리어 발을 다쳤다.

"――으으윽! 이, 이것도 그 남자가 나쁜 거다. 내 수염을 빼앗은 그 남자가 증오스러워!"

선원이 소리쳤다.

"새, 새로운 군함의 모습을 확인했습니다! 대략 700m급입니다!"

게라트가 당황하여 바깥을 봤다.

"말도 안 되는 소리를! 왕국의 증원이 제때 올 수 있을 리가……!"

군인에게서 쌍안경을 난폭하게 빼앗아 살펴보니, 이상한 비행선 한 척이 이쪽을 향해 오고 있었다.

"뭐지요? 대포의 수가 2문밖에 보이지 않는군요."

군인들도 의아해하는 듯했다.

"저 형태도 부자연스럽습니다. 게다가 가동식 대포? 고작 2문 뿐?"

대포는 측면에 고정하여 많은 수를 갖춤으로써 광범위한 면적을 제압하는 전투 방식이 주류인데, 형태가 너무나도 부자연스러웠다.

게라트는 허전한 듯이 입가를 매만지고 있었다.

"침몰시키세요. 저런 품위 없는 비행선은 눈에 거슬립니다. 부유석을 회수하면 문제없습니다."

비행선을 날게 하는 건 부유석이라는 돌이다.

이것 덕분에 비행선 기술이 진보해 왔다. 공중에 떠오르는 돌이 있기에, 쉽게……는 아니어도 비행선을 만들 수 있었다.

눈앞의 적이 단순한 비행선이라면 문제없었지만.

"얼른 포위하세요."

그 순간, 새로 나타난 비행선에서 불빛이 번쩍였다.

게라트가 탄 군함은 크게 흔들리더니, 중요 기관이 망가져 항행 불능 상태에 빠졌다.

"무, 무슨 일이 일어난 겁니까!"

"적의 포격입니다!"

"포격? 이 거리에서 닿을 리가! ——아윽!"

또다시 불빛이 번쩍이자, 함선의 천장 일부가 게라트의 머리 위로 무너져 쏟아졌다.

동시에 잇따라 공국 군함이 항행 불능에 빠져 갔다.

게라트는 바닥에 주저앉아 머리에 피를 흘리는 와중에 무언가가 빠져나와 기울어진 호화 여객선으로 향하는 것을 보았다.

"대, 대체 무슨 일이⋯⋯."

게라트는 이제부터 무엇이 일어나려는 것인지 상상조차 할 수 없었다.

◇

갑판에 내려선 커다란 상자.

그 상자를 본 학생들은 희망에 눈을 반짝였다.

크리스는 그날 일이 떠올랐는지 약간 복잡해 보이는 표정을 짓고 있지만, 그래도 안도의 한숨을 쉬고 있었다.

크리스가 너덜너덜해진 갑옷으로 내 근처에 내려오더니 말을 걸었다.

"발트파르트, 싸울 수 있겠나?"

나는 루크시온을 한 손에 들고 뒤돌아봤다.

"누구한테 하는 소리야? 그리고 기뻐해라── 내 승리다."

승부는 이미 결정된 것이나 마찬가지였다.

루크시온이 내게 말했다.

『마스터, 적의 갑옷이 이쪽을 향해 오고 있습니다. 드론 전개 허가를 요청합니다.』

고개를 끄덕이자, 파르트너에서 잇따라 전투용 드론이 사출되었다.

상반신만 있는── 다리가 없는 갑옷들은 손에 각각 다른 무기를 들고 있었다.

상자가 펼쳐지듯 열리자, 거기서 회색 갑옷── 아로간츠가 나왔다.

앞가슴 해치를 열고 내가 들어가는 것을 기다리고 있었다.

안제와 리비아가 헤르트뤼더 씨를 붙잡으면서 내 모습을 보고 있다.

헤르트뤼더 씨는 아로간츠를 보고 미간을 찌푸렸다.

"설마, 로스트 아이템……?"

나는 아로간츠에 타면서 그런 헤르트뤼더 씨에게 대답했다.

"잘 아는군요. 그래요. 로스트 아이템입니다."

"기억났습니다. 왕국에 모험가로서 명성을 떨친 젊은 기사가 있다던 것을. 당신이었나요."

루크시온이 『어쩐지 납득이 안 됩니다』 같은 말을 하고 있지만, 무시하고 앞가슴 해치를 닫자 주위의 영상이 보였다.

모여드는 몬스터, 그리고 움직이기 시작한 공국의 기사들.

아로간츠가 기동하자 나는 미소를 띠었다.

"일방적으로 두들겨 패고 말이야. 여기서부터는 내가 일방적으로 두들겨 패 주마!"

『마스터도 반격하셨지만 말입니다.』

"기분 문제야! 누구한테 싸움을 건 것인지 깨닫게 해주마. 공국의 바보 놈들에게 공포라는 게 뭔지 내가 철저히 주입해 주지!"

아로간츠의 등에 있는 컨테이너에서 머신건을 든 드론들이 사출되어 주위 몬스터들을 잇따라 격파했다.

나는 안제와 리비아에게 말했다.

"어서 피난해."

안제도 리비아도 고개를 끄덕였다.

"그래, 뒷일은 너에게 맡기지."

"리온 씨, 꼭 돌아와 주세요."

그러자 크리스가 내 옆에 섰다.

「나도 돕게 해다오.」

너덜너덜한데도 아직 힘내 보겠다는 걸까?

"멋대로 해라. 발목 붙잡지는 말라고."

내 독설에 크리스는 작게 웃었다.

「선처하지!」

아니, 네가 선뜻 받아들이면 곤란한데. '너한테 그런 말 듣고 싶지는 않다!' 같은 반응을 기대하고 있었……하아, 이제 됐다.

"루크시온, 대형 라이플과── 블레이드를 꺼내."

『1번 컨테이너를 열겠습니다.』

컨테이너에서 나온 대형 라이플을 오른팔로 들고, 블레이드를 왼손에 쥐었다.

아로간츠가 천천히 갑판에서 떠오르자, 크리스도 나를 따라 날았다.

하늘 위로 나온 아로간츠를 노리고 몬스터들이 덤벼 왔다.

『헛수고입니다.』

드론들이 아로간츠 주위에 모이더니 그대로 몬스터들을 머신 건으로 날려버렸다.

그걸 본 크리스가「저런 괴물을 상대로 검으로 덤볐다니, 내가 제정신이 아니었군」하고 반성했다.

너희들, 좀 더 빨리 반성하라고.

주위에서는 파르트너에서 출격한 드론이 몬스터나 갑옷을 상대하며 호화 여객선을 지키고 있었다.

가까이 다가오는 공국의 갑옷에 라이플을 향하고 방아쇠를 당기자 갑옷의 머리 부분이 날아갔다.

"자, 그럼 공국 여러분의 전의를 꺾어 둘까나."

『역시 마스터는 악역 같네요.』

나는 히죽히죽 웃으며 아로간츠의 조종간을 꽉 쥐었다.

◇

게라트는 함교에서 그 광경을 보고 있었다.

"저런 말도 안되는 괴물이……."

공국의 군함뿐만 아니라 갑옷까지도 잇따라 격추되어 간다.

회색 갑옷은 최신 갑옷의 형태와는 거리가 먼 중장갑.

꼴불견이라고 처음에는 웃었지만, 아군이 잇따라 격추되어 가는 광경에 얼굴이 새파래졌다.

근처에 있던 군인이 말을 걸었다.

"백작, 이제 퇴각해야 할 듯합니다."

게라트는 그런 말을 하는 군인을 힘껏 후려쳤다.

마력으로 강화한 주먹에 군인은 날아갔다.

"퇴각? 바보 같은 말을 하는군요. 공국의 군대는 왕국의 학생에게 지고 돌아갔다고 비웃음을 당할 생각입니까!"

군인은 일어서서 입에서 나온 피를 닦았다.

"하, 하지만, 이미 아군의 피해가…….."

"공주를 빼앗기고, 마술피리를 빼앗기고, 끝내는 꼬맹이한테지고! 우리에게 퇴각하는 길은 남아 있지 않습니다!"

그런 상태로 도망쳐 돌아가 봤자, 게라트와 병사들에게 미래는 없었다.

모든 책임을 물게 될 게라트는 어떻게 해서든 눈앞의 적을 침몰시킬 수밖에 없었다.

손톱을 깨물며 눈에 핏발을 세웠다.

"왕국에 저런 신형 기체가 있을 줄은……. 하다못해 저걸 격추해서 가지고 돌아가지 않으면 내 입장이 위태롭다……!"

게라트가 주위의 눈을 신경 쓰지 않고 중얼중얼 혼잣말을 내뱉고 있자, 함교에 기사들이 찾아왔다.

특별 제작한 검은 군복을 착용한 그들을 보고, 게라트는 퍼뜩고개를 들었다.

선두에 서 있는 기사를 보고 게라트는 저도 모르게 웃음을 흘렸다.

"그랬었지요. 우리에게는 당신이 있었어. 공국 최강의 영웅."

초로의 남성은 게라트의 얼굴을 지긋지긋하다는 듯이 쳐다봤다.

정수리 부분이 허전한 그 남자의 이마에는 커다란 상처가 있다. 근골이 우람한 커다란 몸은 다른 기사들과는 다르게 기사 갑주를 착용하고 있었다.

혼자서 갑주 차림── 주위가 군복이나 기사복을 착용하고 있기에 전장인데도 붕 떠 있었다.

하지만 이것이 상재전장(常在戰場)을 체현한 이 남자의 정장이었다.

공국 사람은 이 남자의 차림새에 위화감을 품지 않는다.

"출격하지 말라고 명령해 놓고서 잘도 말하는군. 공주님이 사로잡히셨다고 들었다. 너를 추궁하는 건 나중으로 해주지. 우리를 출격시켜라."

군인들의 눈동자에 희망의 빛이 깃들었다.

눈앞에서 마구 날뛰는 비행선과 갑옷도 이 사람이라면 어떻게든 해줄 거라는 눈을 하고 있었다.

게라트가 기쁜 듯이 몇 번이고 고개를 끄덕였다.

"예에, 좋습니다. 【반데르 힘 젠덴】 자작. 당신에게, 당신들에게 맡기지요."

기사들이 함교에서 나갔다.

게라트가 큭큭 웃었다.

"이걸로 전부 해결이군요."

다만, 얻어맞았던 군인이 말했다.

"하지만 젠넨 자작은 출격시키지 말라는 상부의 명령이……."

게라트는 코웃음을 쳤다.

"본인이 멋대로 출격하는 겁니다. 게다가 이 상황에서 최강의 카드를 꺼내지 않는다니 바보인가요? '흑기사'라면 분명 저 괴물을 쓰러뜨려 줄 겁니다. 뭐라 하건 공국 최강의 기사니까 말이지요."

공국 최강의 기사가 리온을 노리고 움직이기 시작했다.

제11장 「흑기사」

전장이 된 하늘.

나는 아로간츠의 콕피트에서 악다구니를 내뱉었다.

"이 자식들, 짜증 나는데!"

적 기사들은 상하좌우로 나를 둘러싸서 집단 원거리 공격을 펼쳐 왔다. 등을 보이면 곧장 베고자 달려들었고, 거리를 좁히려 하면 흩어져 도망쳤다.

『상당히 훈련되어 있군요.』

어차피 아로간츠의 튼튼한 장갑은 탄환을 튕겨내고, 접근전에서도 흠집조차 나지 않는다.

그러니 쓰러질 걱정은 없지만, 문제는 이쪽이 적을 쓰러뜨리는데 시간이 걸린다는 점이었다.

"어째서 퇴각하지 않는 거야!"

『퇴각해도 이상하지 않을 피해는 주고 있는데 말이지요. 적의 통신을 분석했습니다만, 아무래도 퇴각할 수 없는 이유가 있는 모양입니다.』

루크시온이 방수한 정보에 의하면 퇴각을 진언하는 군인들이 많은 듯하다.

그걸 지휘관이 거부하고 있었다.

"얼른 도망치라고!"

녀석들이 도망치지 않으면 이쪽이 곤란하다.

아로간츠를 가속해 공중에서 조종자를 피해 적 갑옷을 블레이드로 찔렀다. 그리곤 곧장 블레이드를 뽑아낸 뒤 발로 차서 적 비행선 갑판에 날려 보냈다.

"쓸데없이 저항하고 말이야!"

어째서 도망치지 않냐고 불평하자, 루크시온이 상황을 보고했다.

『파르트너, 구조를 개시합니다.』

기울어진 호화 여객선을 지키듯 날고 있던 파르트너가 구조정을 내보내 인명 구조를 시작했다.

"호화 여객선은 이제 틀렸나."

검은 연기가 곳곳에서 피어오르고, 선체는 일그러져 있었다.

"사람들을 모두 파르트너에 태우면 이탈해. 언제까지고 상대해 줄 수 있겠냐."

『──! 마스터, 새로운 적이 출격했습니다. 기체 색깔은 블랙. 적 정예 부대로 추정됩니다.』

블랙이라는 말을 듣고 나는 안 좋은 기억이 되살아났다.

전생── 그 여성향 게임에 등장하는 최강의 적은 【흑기사】였다. 얼마나 강한지, 흑기사를 상대로 몇 번이고 게임오버 당하고 말았다. 접근전은 크리스보다도 강하고, 원거리 전투에서는 질크가 상대도 되지 않는 공식 치트가 흑기사다.

대체 얼마나 고생을 해 왔는지. 이 녀석도 전략 모드의 난도를

361

올린 원흉 중 하나다.

"설마 흑기사냐!"

루크시온이 경계를 강하게 했다.

『파르트너의 포격을 피하고 있습니다. 드론도 파괴하고 전진해 옵니다. 이대로는 구조 작업에 지장이 생깁니다.』

"젠장, 좋아, 붙어 보자 이거야. 내가 상대하지!"

하지만 지금 나에게는 아로간츠라는 최강의 갑옷이 있다.

진짜 치트인 루크시온이 있는 이상, 나한테 두려울 것은 아무 것도 없다.

흑기사쯤은 쓰러뜨려 보이겠어!

이쪽을 향해 오는 흑기사와 부하들의 영상을 봤다.

그러자 검은 기체는—— 어, 어라? 다섯 기나 있는데?

조금 많지 않나?

◇

파르트너로 옮겨 탄 안제는 리비아와 헤르트뤼더—— 셋이서 방을 지키고 있었다.

혼란에 빠진 사람들이 적인 헤르트뤼더를 습격할 수도 있기에 안제가 옆에 두고 직접 감시하고 있었다.

창문 밖으로 보이는 풍경도 거의 막바지에 달하고 있는 것 같았지만, 끝나지는 않았다.

안제가 공국 비행선을 보며 화를 냈다.

"어째서 물러나지 않지? 이미 승부는 났을 터다."

하지만 헤르트뤼더는 침착한 얼굴을 하고 있었다.

"말했잖아? 공국은 멈추지 않아. 이 정도로는 물러나지 않을 거라고."

리비아는 리온의 무사를 기도했다.

"리온 씨, 괜찮을까요?"

안제는 바깥 상황을 보면서 대답했다.

"쉽게 지지는 않겠지. 하지만 무슨 일이 일어날지 알 수 없는 게 전장이다."

창문 너머로 리온이 조종하는 아로간츠와 그걸 뒤쫓는 검은 갑옷들이 보였다.

그 순간, 계속 냉정하던 헤르트뤼더가 갑자기 초조해하기 시작했다.

"반데르! 어째서……!"

반데르라는 이름이 나오자 안제의 안색이 나빠졌다.

"설마 흑기사가 와있었단 말인가?! 이 타이밍에 출격한 건가!"

리비아는 두 사람의 모습에 곤혹스러워했다.

"저, 저기, 흑기사라는 건?"

모르는 리비아에게 안제가 설명했다.

"우리가 태어나기 전부터 활약했다는 공국 기사다. 녀석 한 명에 가라앉은 왕국의 비행선은 헤아릴 수가 없지. 어쩌면 수백 척에 이를지도 모르겠군. 갑옷은 말할 것도 없지."

안제가 헤르트뤼더를 힐끔 봤지만, 그녀는 입을 다문 채 슬픈 얼굴로 고개를 숙이고 있었다. 아까와는 천지 차이였다.

"최근에는 이름을 듣지 않게 되었다. 왕국은 고령이라 전선에서 물러난 게 아닌가 생각하고 있었다만……."

리비아는 리온의 상대가 강한 기사라는 말에 초조해하기 시작했다.

"리온 씨는 이길 수 있을까요?"

"아무리 그래도 리온의 전력이라면……."

그러자 헤르트뤼더가 안제의 말을 잘랐다.

"반데르는 지지 않아! 공국 최강의 기사는 왕국의 비열한 기사 따위한테 절대로 지지 않는다고!"

비열하다는 말을 듣고 리비아가 화를 냈다.

"리온 씨는 비열하지 않아요!"

"웃기는 말을 하는구나! 20년 전에 너희가 공국에 한 짓을 잊었어? 그게 아니면, 너희는 잘못이 없다는 교육을 받는 거야?"

헤르트뤼더의 말에 리비아는 안제를 봤다.

리비아는 헤르트뤼더의 말이 틀렸다고 말해 주기를 바라는 듯한 표정을 짓고 있었지만, 안제는 고개를 숙이며 대답했다.

"우리가 태어나기 전의 이야기다만, 당시 왕국은 공국을 집요하게 공격하고 있었다. 한 번이나 두 번이 아니야. 몇 번이고 침공하고, 그리고 공국을 몰아넣었지. 하지만 왕국은 번번이 실패하고 돌아왔다.”

리비아가 놀랐다.

“그, 그런! 왕국이 침공했다는 이야기는 들은 적이……!”

헤르트뤼더는 리비아에게 차가운 시선을 보내고 있었다.

“아무것도 모르는구나. 우리가 왕국에 얼마나 시달려 왔는지. 안젤리카, 설명해 주지 그래?”

안제는 입을 다물었다.

리비아는 안제의 그 태도에 여러 가지를 눈치채고, 침울해져 버렸다.

하지만 안제는——.

‘지금의 헤르트뤼더에게 무슨 말을 해도 헛수고겠지.’

◇

눈앞에 육박한 흑기사들을 향해, 라이플을 겨누고 방아쇠를 당겼다.

하지만 다섯 명 모두 베테랑인지, 라이플 총구를 본 순간에 사선을 회피하고 있었다.

“이 자식들 전부 치트냐고!”

허공을 뒤쪽으로 날아가며, 맞서 오는 흑기사들의 기백에 압도당했다.

『——성능은 지금까지의 만난 어느 갑옷보다도 우수하군요. 공국은 왕국보다도 기술 레벨이 높은 모양입니다. 비행선, 갑옷, 그리고 조직체계 등이 왕국보다도 뛰어납니다.』

"기술 대국인가? 친근감이 샘솟는데."

『저쪽은 적의가 샘솟고 있겠지만요.』

그런 건 듣지 않아도 알고 있다. 나를 격추하고자 하는 기백이 엄청나다.

지금도 한 기가 거리를 좁히고 베고자 달려드는 것을 블레이드로 막아냈는데——.

「악독한 왕국 놈이! 그 목을 넘겨라아아아!」

아로간츠의 기체 성능으로 튕겨내고, 다시 라이플을 겨누어도 곧바로 흩어져 쏠 수가 없다.

루크시온이 말했다.

『원한이 가득하군요.』

"저건 내가 산 원한은 아닌데 말이지!"

왕국은 공국을 침략한 역사가 있다. 그래서 공국이 원한을 품고 있는 거다.

어째서 여성향 게임에 그런 무거운 설정을 채용했는지 캐묻고 싶다. 다만, 내막을 알고 있는 내가 보기에는 왕국에 일방적으로 원한을 부딪치는 것도 좀 열 받는다.

젠장, 여성향 게임이라면 좀 더 포근포근하고 가벼운 느낌의 설정으로 해 달라고!

"루크시온, 라이플과 블레이드를 수납해."

『다음은 무엇을 준비할까요?』

"맨손으로 승부한다."

양손을 비운 나를 보고 흑기사들이 격노하는 것을 알 수 있었다.

하지만 내가 신경 쓰이는 것은 조금 전부터 내게 손을 대지 않고 보고만 있는 갑옷이었다. 명백히 다른 것들보다 강해 보이는데, 내게 손을 대지 않고 있었다.

아로간츠가 거리를 좁힌 적을 손으로 붙잡았다.

율리우스 전하에게 쓴 공격—— 커다란 충격을 줘서 산산이 박살 내는 그거다. 원리는 모르겠지만, 그런 기능이 아로간츠의 팔에 장치되어 있다.

그 출력을 압축하면——.

"방심했군. 이만 가서 자라!"

적에게 충격을 때려 넣자, 갑옷 안에 있는 파일럿이 졸도했다.

아로간츠가 손을 떼자 그대로 바다를 향해 적 갑옷이 추락했다.

"얼른 동료한테 가라고."

떨어지는 동료를 구하러 가기 위해 적이 분산하여 수가 줄어들었다.

이제 적이 불리하다고 느끼고 퇴각해 주면 완벽한데.

『마스터, 뒤쪽입니다!』

뒤돌아보니 검을 내려치는 갑옷의 모습이 보였다. 드론들의 공격을 무시하고, 너덜너덜해지면서도 나를 노려 왔다.

"——칫!"

왼팔로 가드 하자, 상대의 검이 부러졌다.

접촉했을 때 목소리가 들려왔다.

「사라져라, 왕국의 괴물.」

그 직후, 루크시온이 경고음을 울렸다.

『——! 마스터!』

아로간츠가 뒤돌아보자, 남은 세 기가 나를 향해 돌격해 오고 있었다. 바로 정면에서는 대장기로 보이는 흑기사가 대검을 겨누며 돌격해 오는 광경이 보였고—— 그대로 모니터가 까맣게 물들자, 대검 칼끝이 모니터를 깨부수고 모습을 드러내며 내게 닥쳐왔다.

◇

크리스는 공국 기사를 한 명 쓰러뜨리고, 리온을 찾았다.

"수가 제법 줄었군. 발트파르트는 어디지."

그런 크리스의 눈에 들어온 것은 아로간츠에 대검을 꽂은 흑기사의 모습이었다.

"흑기사가 나왔다고?!"

크리스의 아버지는 검성 칭호를 가지고 있다. 하지만 그런 아버지라도 흑기사를 상대로 이길 수는 없었다.

공국 최강의 기사에 관통당한 아로간츠를 보고 크리스는 이를 악물며 고개를 숙였지만, 금방 얼굴을 들었다.

이미 파르트너로의 피난은 끝났다.

최악의 경우라도 자신이 시간을 벌면 다들 살아서 돌아갈 수 있다.

흑기사를 방치하면 파르트너가 습격당하고 만다.

크리스는 각오를 굳혔다.

"마리에, 미안하다. 아무래도 여기까지인 모양이야."

검을 쥐고 자세를 취하며 리온이 있는 곳으로 가려고 했더니, 갑자기 흑기사들의 상태가 이상해졌다.

아로간츠는 관절부에 검이 꽂혀 있으면서도 양손으로 적의 갑옷을 붙잡았다.

그대로 양손이 빛나고, 충격이 발생하자 검은 갑옷은 움직임을 멈추고 바다로 떨어졌다.

아로간츠는 흑기사에게 손을 뻗었지만, 상대는 대검을 뽑아낸 뒤 그대로 거리를 벌리고 말았다.

너덜너덜해진 검은 갑옷이 흑기사를 구하기 위해 사이에 끼어들자, 그대로 붙잡혀 또다시 충격파로 전투 불능 상태에 빠져 내던져졌다.

"저 녀석, 살아있었던 건가!"

살아있는 리온을 보고 크리스는 기뻐했다.

"가라, 발트파르트! 너라면—— 너라면 흑기사한테!"

◇

꿰뚫린 모니터를 손으로 밀어내다시피 하며 치웠다.

아로간츠의 앞가슴이 열린 모양새가 되었다. 바깥바람이 콕피트에 들어와 개방감이 엄청났다. 동시에 맨몸을 바깥에 드러내고 있으니까 불안감도 가득했다.

간발의 차이로 머리를 오른쪽으로 기울여 흑기사의 대검을 피할 수 있었다.

머리 부분을 노리고 꽂힌 대검.

이게 복부를 노린 것이었다면 죽었을 것이다.

"하아——, 하아——."

맨눈으로 본 흑기사는 대검을 쥐고 있었다.

루크시온이 내게 기체 상황을 설명했다.

『성능이 3할 감소했습니다. 파일럿의 부담이 증가합니다. 퇴각을 진언합니다.』

"아로간츠의 장갑을 꿰뚫는다니, 이건 예상 밖인데."

『적의 대검은 아무래도 이 세계 특유의 금속인 【아다마티어스】로 만든 듯합니다. 판타지 금속이네요.』

"판타지 덩어리 같은 네가 그런 말을 하는 거냐."

특별 제작 대검을 휘두르는 치트 캐릭터라니.

"나도 얼른 도망치고 싶어. 뭐냐고, 이 녀석. 너무 강하잖아."

푸념을 늘어놓자, 루크시온의 반론이 귀에 거칠었다.

『마스터가 상대의 목숨을 빼앗지 않으려고 한 결과입니다. 그

때문에 그들은 물러나려야 물러날 수 없는 상황에 내몰린 겁니다.』

정말로 귀가 아프다.

그러자 흑기사가 내게 말을 걸었다.

「젊군. 너무 젊어. 이게 왕국의 기사인가?」

흑기사의 상세한 설정 같은 건 모르지만, 목소리는 장년 내지는 초로의 중후한 목소리였다.

"너희들이 쳐들어오니까 싸울 수밖에 없었던 거잖냐."

「그런가. ──내 때도 그랬지. 애송이, 왕국에 태어난 것을 원망해라.」

시선을 흑기사에게서 뗄 수가 없었다.

조종간을 꽉 쥐고, 아로간츠로 주먹을 쥔 자세를 취하자 긴장으로 호흡이 흐트러졌다.

어째서 내가 이런 아슬아슬한 싸움을 해야만 하는 거지?

평소라면 분명히 도망쳤을 것이다.

도망치지 않는 이유? 그만큼 다른 녀석들한테 잘난 듯이 설교해 놓고서 도망치는 것이 창피하다는 것과 이 녀석이 날 순순히 보내 줄 것 같지 않다는 것 때문이다.

등을 보이면 이 녀석은 반드시 날 죽인다.

게다가 상대가 가지고 있는 대검은 아로간츠를 꿰뚫었다. 파르트너의 장갑 역시 관통할 것이다.

리비아나── 안제의 얼굴이 떠올랐다. 그 외? 알 바냐!

이 녀석만큼은 여기서 멈추지 않으면 두 사람이 위험하다.

루크시온은 내게 말했다.

『본체 사용 허가를 요청합니다.』

"그랬다간 흑기사고 뭐고 다 죽잖아! 그래서는 안 된다고."

『이해할 수 없군요. 적, 옵니다!』

먼저 움직인 건 흑기사 쪽이었다.

목에 건 부적이 흔들린다.

대검을 내리치는 흑기사는 움직임에 망설임이 없었다. 나를 죽이는 데 주저함이 없다. 오른팔로 받아내자, 팔에 대검이 깊게 박혔다.

경고음이 계속해서 울리고, 왼손을 흑기사에게 향하니 위험을 감지한 것인지 대검을 뽑으면서 내 바로 위를 날아 뒤쪽으로 돌았다.

뒤돌아보니 대검을 가로 일자로 휘두르는 흑기사.

앞으로 나가 거리를 좁히고, 흑기사에게 부딪치자 오른쪽 어깨에 대검이 깊게 박혔다.

"기체 성능 차이가 얼마나 된다고 생각하냐! 이 치트 자식!"

푸념을 뱉자 루크시온은 냉정하게 대답했다.

『조종자의 기량에 관해서는 압도적인 차이가 있지만 말입니다.』

왼팔을 흑기사에게 때려 박아 충격파를 발사하려 하자, 흑기사는 난폭하게 왼팔을 발로 차서 내게서 멀어졌다.

그대로 서로 살을 깎아 먹는 듯한 싸움을 반복한 끝에── 석양을 등진 흑기사가 나와 마주 봤다.

흑기사는 왼팔을 잃었고 한쪽 다리도 없었다.

이쪽도 너덜너덜했다.

흑기사도 상당히 약해져 있었다.

「왕국의 기사에게 질 수는…….」

흑기사가 괴로운 듯이 중얼거렸다.

나도 상당히 지쳐있었다.

흑기사가 돌격하는 순간, 석양빛이 비치는 바람에 눈을 가늘게 뜨고 말았다. 대검이 반짝하며 빛난 느낌이 든다. 고전적인 수법을 쓰고 말이야! 비겁하잖냐!

흑기사가 거리를 좁혀 아로간츠에 대검을 꽂아 넣었다.

나는 그대로 아로간츠에서 빠져나와 흑기사의 갑옷에 앵커를 걸어 옮겨탔다. 흑기사는 내 행동에 놀라면서도, 웃고 있었다.

「승부를 포기했나!」

"아니, 내 승리야."

나한테 주의를 빼앗긴 흑기사는 아로간츠가 움직이고 있다는 것을 알아차리지 못했다.

아로간츠가 흑기사의 갑옷을 끌어안더니—— 강하게 조였다.

「뭣! 어째서 움직이는 거냐!」

나는 흑기사의 기체 머리 부분을 떼어 내고, 옴짝달싹할 수 없는 내부의 파일럿과 대면했다. 이마에 커다란 상처가 있는 초로의 남자를 향해 나는 홀스터에서 뽑은 권총을 들이밀었다.

"끝이다. 항복해."

그 순간 흑기사가 나를 노려봤다. 그 기백에 등줄기가 오싹했다.

"거절한다. 얼른 죽여라! 이 겁쟁이가."

흑기사는 거부했다.

아로간츠에서 나온 루크시온이 내 옆에 다가왔다.

『마스터, 제압을 완료했습니다.』

주위를 둘러보니 전장에 소리가 멎어있었다.

적 함대는 기동력을 상실했고, 갑옷도 전부 바다 위에 떠 있었다.

"잘했어!"

루크시온이 본체를 쓰지 않고 공국을 멈춰서 다행이군.

『정말로 고생했다고요.』

흑기사가 분해했다.

"공주님── 죄송합니다."

나는 그런 발아래 두고 공국 군함에서 날아오른 조명탄 같은 물체를 바라보았다. 나는 무심코 눈살을 찌푸렸다.

"깨끗이 포기할 줄을 모르네."

◇

게라트는 흑기사가 지는 모습을 보고 정신이 나간 것처럼 웃고 있었다.

"끝났다. 나는 끝장이야."

살아있는 전설과도 같은 흑기사가 패배함으로써, 공국군의 사기는 떨어져 있었다.

이미 싸울 힘은 없다.

공국군은 학생이 탄 민간 비행선에 진 것이다.

책임을 지게 될 가능성이 큰 게라트는 총 같은 무언가를 품에서 꺼내 창문에 가까이 다가갔다.

이 총은 마술피리를 연구하여 만들어진 도구로 몬스터를 불러들일 수 있었다.

본래는 마술피리로 지배할 몬스터들을 모으기 위한 도구이지만, 같은 아이템 중에서도 특히 강력한 효과를 발휘하기 때문에 사용이 제한된 도구였다.

"이, 이렇게 되면 하다못해 모든 것을 싹 지워 없애야만 한다. 장래에 내가 무능한 자로서 역사에 이름을 새기지 않기 위해서도 ──여기서 모든 것을!"

창문을 향해 방아쇠를 당기자 조명탄 같은 빛이 발사됐다.

어두워지기 시작한 하늘에 반짝이는 그 빛은── 묘한 소리를 내고 있다.

그에 이끌리는 것만 같이 몬스터들이 출현하기 시작했다.

하늘에서, 바다에서── 속속 모여들었다.

"자아, 괴물들이여. 모든 것을 지워 없애버려라!"

말도 안 되게 강했던 적의 갑옷은 흑기사가 파괴하여 움직일 수 없다. 남아 있는 건 커다랗고 이상한 비행선 한 척뿐.

적 비행선은 대포 수가 적다. 숫자로 밀어붙이면 대응하지 못

할 게 뻔했다.

군인들이 게라트를 제압하러 달려들었지만 게라트는 여전히 낄낄 웃고 있었다.

몬스터들은 계속 늘어만 갔다.

◇

나는 흑기사를 끌어안은 아로간츠 위에 서서 그 광경을 보고 있었다.

몬스터들이 넘쳐날 정도로 솟아 나오는 광경을 앞에 두고, 나는 작게 한숨을 내쉬었다.

내 옆에 떠 있는 루크시온이 태평하게 말을 건넸다.

『이만큼이 모이니 장관이군요.』

옴짝달싹할 수 없는 흑기사가 조명탄을 발사한 군함을 노려보고 있었다.

"멍청한 놈이! 이곳의 모든 것을 지워 없앨 생각인가! 어이, 애송이! 공주님께 전해라. 마술피리를 불도록 전하는 거다. 이 상황은 너희들한테도 좋을 게 없지 않나."

마술피리로 새로이 모여든 몬스터를 조종할 셈인가?

그것도 방법이지만, 그렇게 되면 적이 또 늘어난다.

흑기사가 내 의심을 알아차린 것인지 설득하기 시작했다.

"이 지경까지 와서 새삼 너희와 싸울 생각은 없다! 이대로 쌍방

전멸하는 것이 바람이냐!"

인제 와서 그런 말을 들어봤자 믿을 수 있겠냐!

나는 루크시온에게 시선을 향했다.

"전멸 같은 건 사절이라고. 루크시온, 할 수 있겠지?"

『이제야 겨우 나설 차례인가요.』

루크시온의 빨간 외눈이 빛났다.

그러자 하늘에 떠 있는 구름 중 하나에서 잇따라 가느다란 빛이 비처럼 쏟아져 내려오더니, 모여든 몬스터들을 꿰뚫어 검은 연기로 바꿔 나갔다.

흑기사가 고개를 움직여 그 광경을 봤다.

"무슨 일이 일어나고 있는 거냐!"

마치 유성군을 보고 있는 듯한 기분이었다.

다만, 몬스터들이 사라질 때 나오는 검은 연기로 인해 아름다운 경치가 차츰 뒤덮여 가려져 갔다.

나는 흑기사에게 시선을 보냈다.

"비장의 수를 가지고 있는 건 너희들만이 아니라고. 너희 나라로 돌아가면 확실하게 전하도록 해."

그러자 흑기사가 내게 호통을 쳤다.

"내 목을 베지 않을 셈이냐! 게다가 네 녀석—— 처음부터 건성으로 상대하고 있었다는 거냐! 어디까지 우리를 업신여길 셈이냐!"

영감탱이의 머리 따위를 가져가서 어디다 쓰라고!

"네 머리 같은 게 필요하겠냐, 기분 나쁘게. 하지만 너의 대검은 받아 가겠어. 놔두면 무슨 짓을 할지 알 수 없으니까 말이야."

흑기사의 대검 때문에 진짜로 초조했다.

"애송이! 네 녀석의 그 물러 터진 구석이 언젠가 네 목숨을 앗아가게 될 것임을 잊지 말아라! 다음에야말로 반드시……!"

분개하는 흑기사를 보면서, 나는 미소를 띠었다.

"내 상냥함에 목숨을 건진 주제에, 제법 잘난 듯이 짖어 대는군. 영감탱이, 아무래도 상황 파악을 못 하고 있나 본데. 너희들은 이미 끝났다고."

이해하지 못하겠다는 표정을 짓고 있는 흑기사에게 나는 친절하고 자세하게 설명해 줬다.

"모르겠냐? 너희가 진 상대는 무장이 있었다고는 하나, 기껏해야 민간선. 덧붙여서 타고 있던 건 학생이다. 학생을 인질로 삼으려다가 도리어 당하고 만 거지. 이게 어떤 의미인지 알겠어?"

흑기사가 놀란 표정을 짓고 있었다.

"──취미가 고약하구나!"

나는 웃으면서 가르쳐 줬다.

"다 큰 어른이 어린애 상대로 진심을 내고서 졌다고! 아무리 내가 강하건 굉장한 녀석이건 상관없어. 너희는 얕보고 있던 왕국 귀족의── 어린애한테 진 거다. 그런 너희들한테 다음이 있을 거라고 진심으로 생각하냐? 영감탱이, 인제 그만 은퇴하라고. 아니, 은퇴할 수밖에 없겠네! 이제 네 시대는 끝난 거야. 지금까지 수고 많았어. 기사로서 죽은 기분은 어떻지? ──들려 달라고."

분한 마음에 흑기사의 표정이 일그러진다.

"네놈, 우리한테 치욕으로 점철된 삶을 살아가라는 거냐! 기사로서 전장에서 죽게 해주는 상냥함도 없는 것인가, 이 귀축이!"

흑기사에게 얼굴을 가까이 대고 박치기를 하니, 머리가 아팠다. 제길, 이 돌대가리 영감탱이가.

목숨을 끊어 주는 상냥함? 나로서는 이해할 수 없는 가치관이다. 상대가 안 좋았군.

"패자는 승자에게 따르는 법이잖아? 치욕투성이가 되어서 살라고. 나는 상냥한 사람이지만, 기사로서는 귀축이나 비열한이라고 불리더라도 상관없거든."

흑기사가 이를 악물고 있었다. 나를 향한 증오 때문인지 표정이 엄청나다.

"언제까지고 너희들의 전쟁에 어울리고 있을 수 있겠냐."

이야기에 열중하는 사이에 루크시온이 몬스터들을 전부 다 쓸어뜨리고, 주위는 정적에 감싸였다. 나는 흑기사를 구속한 채 파르트너로 향한 뒤 작업에 착수했다.

모든 일이 일단락됐을 때는 제법 늦은 밤이 되어있었다.

나는 파르트너의 격납고로 발걸음을 옮겨 너덜너덜해진 아로간츠에 꽂힌 대검을 바라봤다.

저 검은색 대검은 지금까지 수많은 피를 빨아들여 왔겠지.

…………왠지 저주받았을 것 같군. 누군가한테 떠넘겨야겠다.

『마스터, 어째서 일부러 직접 싸우신 겁니까? 제 본체라면 흑기사도 쉽게 격추할 수 있었습니다. 위험을 무릅쓴 이유를 들려주십시오.』

내가 스스로 목숨을 위험에 던졌다고 생각하는 모양이군.

루크시온이 날 책망했지만, 눈앞의 대검을 보고 생각했다.

압도적인 힘으로 적을 전부 지워 버리는 것도 가능했다. 다만 그렇게 하면 나는 대량 학살자다.

고민하지 않을 수 있을까? ──아니, 반드시 후회할 테고, 분명 고민한다.

그리고 성가신 일이 늘어난다.

"너라면 순식간에 공국 군대를 날려버릴 수도 있었겠지. ──그래서, 그 후에는 어떻게 되겠냐?"

『마스터를 위협이라고 느끼겠지요. 공국뿐만 아니라, 왕국도 무언가 움직임을 취하게 됩니다. 최악의 경우 마스터를 죽이려 하겠지요. 그렇게는 절대로 두지 않겠지만 말입니다.』

어쨌든, 지금 이대로는 있을 수 없게 된다.

계속 싸우든가, 모든 것을 지배할 수밖에 없을 것이다── 호르파트 왕국처럼.

나머지는 도망치든가, 겠군.

"귀찮아지니까 싫어. 모처럼 너라는 치트가 있다고. 내 정신 건

강을 배려한 선택을 하고 싶어지잖냐. 기분이야, 기분."

그리고, 루크시온에게 학살을 시키고 싶지 않았다.

◇

다음 날.

공국이 비행선으로 개조한 부유섬에 파괴된 공국 비행선이 쌓여 있었다.

해체 작업은 로봇들이 해주기에 가만히 있어도 대량의 부유석이 손에 들어온다.

——전부 내 것이다.

"갑옷도 챙겨. 상태가 좋은 비행선도 싣고."

루크시온은 오늘도 내 옆에 떠 있었다. 아무래도 어깨 근처가 마음에 든 포지션인 것 같다.

『몽땅 빼앗다니, 마스터에게는 인정이 없군요. 역시나 마스터입니다.』

"그렇지? 나도 이런 내가 싫지 않아."

근처에는 수염을 잃은 남자——게라트가 구속되어 있었다.

상당히 엉망진창으로 두들겨 맞는데, 때린 건 내가 아니다.

붙잡았을 때는 이미 이런 꼴로 정신을 잃고 있었다.

"발트파르트 남작, 가능하면 부유석은 돌려주실 수 없을까요?"

나는 히죽히죽 웃으며 대답해 줬다.

"뭐어~? 어떻게 할까나? 이쪽은 호화 여객선이 파괴되었으니까, 조금이라도 회수하고 싶단 말이지. 아아~, 누군가가 공격해 오지 않았더라면 이런 일은 되지 않았을 텐데."

"그, 그러시다면, 공국과 왕국 간에 정식으로 교섭을──히익!"

나는 일부러 티가 나게 바닥을 난폭하게 밟아 소리를 냈다.

"어째서 이건 내가 양보해야 하는 거야?"

"아니, 하지만──"

"괜찮겠지?"

"아니, 저기──"

"괜찮지?"

"──네, 넵."

내게 생살여탈권을 잡혀 있는 게라트가 분한 마음에 얼굴을 일그러뜨렸다.

"이야~, 나는 참 상냥해. 그도 그럴 게 이것만으로 모두 용서해 주는걸. 내 상냥함은 죄야~."

루크시온은 어이없어하고 있다.

『자비와 용서가 없는 마스터는 멋지군요.』

"패배한 병사를 사로잡아서 노예로 삼지 않는 것만 해도 나은 거 아니겠어?"

『공적은 자작가에 팔아넘겼지만 말입니다.』

"팔았지. 마침 광산을 발견한 자작가가 한꺼번에 사줘서 다행이야. 애초에 그 녀석들은 범죄자니까 말이지. 붙잡히면 어떻게 될지는 알고 있었을 테고, 후회 따위는 하지 않을 거야."

『도움을 요청하고 있었습니다만?』

"그런 말도 했었지."

공적들은 차녀가 민폐를 끼쳤던 자작 집안에 팔아넘겨졌다.

앞으로는 공적들도 남을 위해 광산에서 필사적으로 일해 줄 것이다── 목숨을 걸고 말이야!

광산 노동은 중노동에 목숨을 거는 일이다. 어른이라도 픽픽 쓰러져 가는 그런 장소다.

그런 곳에 공국 병사를 보내지 않는 나는 상냥함으로 넘쳐나고 있다는 생각이 들었다.

다만, 내심으로는 약간 초조해하고 있었다.

이만큼 많은 전력을 깎기는 했지만, 공국은 전쟁을 그만둘까, 하는 생각에.

──정말로 전쟁은 봐줬으면 한다.

장래에 대한 불안이 커졌지만, 이만큼 힘냈으니까 나머지는 왕국에서 어떻게든 해줬으면 좋겠는데.

눈앞에는 망가진 갑옷이 산더미처럼 쌓여 있었다.

"이것도 수리하지 않으면 안 되겠군."

『제가 수리해도 상관없습니다만, 전부 제가 수리하면 의심하는 사람이 나올 겁니다. 이번에는 갑옷을 정비하는 공장에 의뢰하는 게 좋겠지요. 가장 좋은 건 마스터가 그런 공장을 소유하는 것이지만 말입니다.』

"당장은 어렵겠지만 그것도 괜찮네. 지금은 어딘가에 의뢰할까."

『최근 갑옷 제작의 스페셜리스트라고 자칭하는 사기꾼이 많다는 모양입니다. 의뢰할 때는 주의하는 편이 좋겠네요.』

"게임에서도 그런 사기꾼이 등장했었지. 지독한 세상이야."

루크시온이 내게 말했다.

『마스터, 작업을 종료했습니다. 언제든지 철수할 수 있습니다.』

"그래. 빼앗을 건 빼앗았으니, 돌아갈까."

『마치 공적 같은 대사네요.』

공국은 부유섬 하나를 남기고 비행선과 갑옷 대부분을 내게 빼앗기고 만 것이었다.

◇

파르트너 선내.

나는 호화 여객선의 선장이나 교사들과 여러 이야기를 나눈 뒤 지쳐서 방으로 돌아왔다.

문 앞에는 경비원 같은 로봇이 방을 지키고 있었다. 내가 "수고했어"라고 말한 뒤 문을 열려고 하자, 그 녀석이 나를 방해하기 시작했다.

"야, 왜 내 방인데 내가 못 들어가게 하는 거야."

그러나 경비 로봇은 내 입실을 끈질기게 저지했다.

"빨리 들여보내 달라고! 나 졸려!"

어째 머리 부분의 눈이 반짝반짝 빛나는 게 뭔가를 전하려는 듯했지만, 나는 억지로 방 안에 들어가려고 했다.

그러자 방해하는 로봇의 말을 루크시온이 내게 전달했다.

『마스터, 아무래도 방에 두 분이——』

문을 열고 방 안으로 들어가자, 리비아와 안제가 서로를 마주 보며 내 침대에 누워있었다.

조용한 숨소리가 들려왔다.

서로의 손을 잡고 잠든 모습.

이불을 덮고 있긴 했지만, 아무래도 교복은 벗은 모양이었다.

시중을 봐주는 로봇이 허공에 뜬 채, 두 사람의 교복을 다림질하고 있었다.

그렇다는 건 즉, 이불 밑은 속옷?

두 사람 다 귀여운 얼굴을 하고 있었다.

어찌 이리 존귀한 광경일까.

나는 등을 돌려 나와 천천히 문을 닫았다.

그리고 문에 등을 기대고 그대로 미끄러지다시피 주저앉았다.

"이런 건 일찍 말하라고! 봐 버렸잖아! 엿본 게 들통났다간 안제 아빠한테 죽을 거야!"

무릎을 끌어안자, 루크시온이 어째서 내 방에 두 사람이 있는지 설명했다.

『아무래도 방에서 마스터를 기다리는 사이에 잠들고 만 것 같습니다. 지쳤던 거겠죠.』

둘 다 귀여웠습니다!

내 정신이 어른이 아니었다면 그대로 엿보고 있었을지도 모른다.

두 사람 다. 내가 어른이라서 다행이었네. 그래도 남자는 늑대니까 주의하도록 해.

"나는 어디서 잘까?"

피난한 학생이나 선원들이 파르트너에 타고 있으므로, 빈방이 있는지 생각했다.

그때 발소리가 들려오더니 이쪽으로 다가오다가 멈췄다. 위를 올려다보니 크리스가 주저앉아 있는 날 내려다보고 있었다.

"무슨 일이야?"

"발트파르트, 대답해 줬으면 한다. 네가…… 네가 나와 검술 대결을 피하는 건 내가 널 이길 수 없기 때문인가?"

뭐? 이 녀석은 또 무슨 소리를 하는 거지?

재능을 검술에 모조리 부어 넣은 듯한 너를 내가 이긴다고? 농담이냐?

"뭐야? 웃기려고 한 말이냐? 미안, 재미없었어."

크리스는 고개를 가로저었다. 그리고는 내 대답을 멋대로 해석하기 시작했다.

"아니, 너는 흑기사를 이겼다. 그만한 힘이 있었다면 우리 따위 눈에 들어오지도 않는 게 당연해. 나는 너의 기량을 잴 수 없었다. 스스로가 창피하다."

아니, 내 생각에는 그 착각을 창피해야 할 것 같은데?

내가 이긴 건 아로간츠의 성능이 압도적으로 뛰어났기 때문이라고.

"그건 착각이야."

하지만 크리스는 결의를 새로이 다진 듯한 얼굴로 내게 말했다.

"반드시 따라잡겠다! 나는 너에게 인정받을 수 있을 정도로 강해지겠어. 그 말을 하고 싶었다. ……너는 나의 목표야."

크리스는 그렇게 말하고 떠나갔다. 나는 오해를 풀려고 했지만 결국 귀찮아져서 관뒀다.

이 녀석이고 저 녀석이고 마음을 고쳐먹는 게 너무 늦다.

멀어져 가는 크리스를 보면서 생각했다.

"좋아, 이번에는 저 녀석에게 공로를 떠넘길까."

『또 나쁜 꿍꿍이인가요?』

나쁜 꿍꿍이라니, 실례구만.

내가 출세하는 것보다는 크리스가 출세해야 사람들이 기뻐하겠지.

나는 그렇게 생각하면서, 결국 피곤함에 못 이겨 문 앞에 앉은 채 잠들었다.

◇

"이야~, 공국은 강적이었네."

학원의 내 방.

겨우 수학여행에서 돌아온 나는 침대에 누워 루크시온과 이야기를 하고 있었다.

『잘도 말씀하시는군요.』

그 후에 여러 가지로 조사를 받았다.

하지만 나는 흑기사의 대검을 건넬 때 '크리스가 열심히 해주었습니다!'라고 관리에게 몇 번이나 힘주어 전했다. 덧붙여 '다른 사람들도 힘냈습니다. 전 감동했습니다!' 하고 나는 그냥 조금 힘을 보탠 게 전부라는 듯이 이야기를 전했다.

그 덕인지 어떤지는 모르겠지만, 이번에 힘써 맞선 학생들은 모두 훈장을 받게 되었다.

『흑기사의 대검을 헌상해도 괜찮았던 겁니까?』

"사람의 피를 너무 많이 빨아서 저주받았을 것 같으니까 한시라도 빨리 치워버리고 싶었어. 어차피 네가 있으면 같은 걸 만들 수도 있잖아?"

『구조를 해석했으므로 가능합니다만, 비행선과 갑옷까지 헌상할 필요가 있었던 건가요?』

그건 왕궁에 아양을 떠는 셈 치고 넘긴 거다. 굳이 덧붙이자면 안제 아빠에게는 안제가 자는 얼굴을 봤다는 뒤가 켕기는 점도 있었지만.

"괜찮아. 몽땅 다 준 것도 아니고. 가장 중요한 부유석은 나한테 있으니."

이번에는 갑작스러운 승진은 없었다.

다 함께 훈장을 받고 그걸로 끝.

『마스터가 그걸로 괜찮으시다면, 저는 상관없습니다.』

오히려 이제부터가 중요하다.

이번에는 여러 일이 있었으니까.

반성할 점도 찾았다.

슬슬 본격적으로 힘내도록 하자. 리비아의 팔찌를 회수하고, 나머지는 공국과의 싸움을 끝내면 그걸로 끝이다.

나도 이제야 겨우 각오를 다질 수 있었다.

모브인 채로도 좋다. 다만, 그 두 사람 곁에 있고 싶다.

자, 그럼 그걸 위해서는 여러 가지로 준비가 필요하겠지?

제12장 「2차전」

혹시 내가 귀족은 작위와 계급에 걸맞은 활약을 해야 한다고 했던 이야기를 기억하고 있을까?

내 계급은 현재 5위 하. 실질적으로는 5위 상인 남작님이다! 대체 어쩌다 이렇게 된 건지…….

이건 나라가 내게 그만한 활약을 기대하고 있다는 의미나 마찬가지다.

평소에 보내는 물질적 공헌에 더해, 전쟁이 일어났을 때 전장에 나가 공을 세워야 하는 괴로운 자리다. 출세라는 건 그렇게 만만히 볼 일이 아니다.

만약 전쟁이 일어나면 학생이라 할지라도 나는 남작의 작위가 있기에 왕국이 출진 명령을 거절하기 어렵다. 그래서 나는 그때를 대비해 몇 가지 포석을 깔아 두기로 했다.

우선 같은 그룹 남자를 모아 술집에서 분위기를 띄웠다.

"리온, 정말로 비행선을 손에 넣은 거냐?"

"부럽네. 군함이지?"

"비행선이 있는 것만 해도 부러워. 우리 집에는 한 척도 없으니까."

오늘 모인 학생들은 시골 귀족의 후계자들로, 나는 연회의 주역이 되어있었다.

그들의 눈에는 날 향한 선망도 있었지만, 질투 또한 담겨있었다. 하지만 이 정도는 예상했던 일이다.

"응, 이미 정비도 시작했어. 근데 솔직히 털어놓자면 비행선의 수가 너무 많아서 감당이 안 돼."

그 말을 들은 남자들의 시선이 예리해졌다.

다니엘이 침을 꿀꺽 삼키고 있었다.

"그래서 하는 말인데…… 너희들, 갖고 싶냐?"

레이먼드가 갑자기 자리에서 벌떡 일어섰다.

장래에 집안을 이어야 하는 이들에게 비행선이란, 욕망이 목구멍까지 차오를 만큼 갖고 싶은 물건이다. 비행선이 있느냐 없느냐는 엄청난 차이다. 하지만 쉽게 살 만한 가격이었다면 다들 그렇게 목말라 하진 않을 터. 어찌어찌 비행선을 산다고 해도, 유지비 또한 만만치가 않기에 쉽사리 넘볼 수가 없다. 그렇다 보니 남작가에서는 싸고 오래된 비행선 하나를 돌려쓰는 일도 흔했다.

"대, 대체 우리에게 바라는 게 뭐지?"

여기 모인 사람들은 최신 공국제 비행선이 얼마나 우수한지 잘 알고 있다. 공짜로 달라는 염치없는 소리는 할 수 없겠지. 아니, 오히려 공짜로 달라는 소릴 안 한 이 녀석들에게 호감이 솟는다.

나는 여유를 보이기 위해 음료를 입에 머금어 축이고, 모두의 얼굴을 둘러봤다.

"실은 본가에 비행선 정비 공장을 세우려고 하거든. 비행선을 정비해 주고 그걸로 돈을 버는 거지. 만약 너희가 정비 관련 작업을 나한테 '전부' 맡겨 준다면, 공국의 비행선을 무료로 제공하도록 하지."

남자들의 시선이 곧바로 갈팡질팡했다.

"겨, 겨우 그런 조건으로 넘겨주겠다고?"

"너무 파격적이라 오히려 의심이 들잖아. 혹시 어디 결함이라도 있냐?"

"하지만 공국의 비행선이잖아? 더구나 실전에도 나갔다면 그런 치명적인 결함이 있을 리 없어."

신경이 쓰여서 견딜 수 없는 남자들을 나는 성실하게 상대해 줬다.

"아아, 그런 거 아니니까 안심해. 나도 다 수익 모델을 생각하고 제안하는 거거든. 아울러 너희가 나에게 정비나 수리, 무슨 일로 비행선을 맡기더라도 악질적인 돈벌이는 하지 않을 것도 맹세하지."

물건은 싼 가격에 제공해 놓고, 비싼 유지비를 통해 악질적으로 돈을 버는 수법은 내 취향이 아니다.

그러나 다들 아직도 믿음이 가질 않는지 의심의 눈초리가 바쁘게 오가고 있었다. 나는 그들을 보며 한숨을 내쉬었다.

"알았어. 한 척당 갑옷도 네 기까지 서비스해주지. 공국 갑옷이다. 품질은 보장한다고."

레이먼드가 내 말에 취해 휘청휘청 내게 다가오자 다니엘이 급하게 붙잡아 말렸다.

"기, 기다려, 레이먼드! 상대는 리온이라고! 뼛속까지 빨아먹으려 하는 녀석이야!"

"헉! 그랬지!"

친구의 평가가 너무 신랄하군. 내 섬세한 마음이 비명을 지르고 있잖냐.

다른 녀석들도 의심을 풀지 못하기는 마찬가지였다. 모처럼 좋은 제안을 들고 왔는데 냉대를 받다니. 쓸쓸하군.

"하아, 유감이네. 너희들에게 비행선을 넘겨주면 그것만으로도 좋은 선전이 되리라 생각해서 꺼낸 이야기였는데. 뭐 어쩔 수 없지. 다른 사람을 찾아볼게."

다니엘이 제동을 걸었다.

"자, 잠깐! 저, 정말로 무료야? 나중에 다른 이유로 돈을 청구한다던가, 불량품이라든가 하는 게 아니고?"

"날 좀 믿어달라고. 나는 거짓말은 하지 않는 남자야."

그러자 매우 슬프게도 남자 몇 명이 "거짓말하고 있네"라고 중얼거렸다. 하지만 이건 진짜 거짓말이 아니라고.

난 이걸로 진짜 장사를 할 생각이다.

본가에 내 이름으로 공장을 세우고, 그 공장으로 돈을 벌어서 왕국에 공헌할 생각이다. 출세하면 그만큼 돈을 벌어서 내야 하니까.

보수가 잔뜩 있지 않냐고? 그걸로는 안 된다. 매년 공헌을 내라고 찾아오는데, 수입원이 없으면 10년도 지나지 않아 다 써버리고 빈털터리가 될 거다.

역시 돈을 벌어야 해.

내가 가지고 있는 부유섬은 어떻게 개발해도 기껏해야 준남작가 수준의 벌이가 고작이다.

처음에는 관광지를 만들까 생각도 해봤지만, 이번 사건으로 접었다. 몬스터나 공적이 있는 위험한 세계에 놀러 간다고 쉽사리 영지를 벗어날 손님이 얼마나 있겠는가.

그래서 공장을 준비하여 장래의 수입원을 늘리려고 생각하고 있다.

"상식적으로, 고장 난 비행선 따위를 팔 리가 없잖냐. 앞으로 장사를 할 건데 시작부터 신용을 다 박살 내면 어쩌잔 건데? 잘 들어. 내가 어느 날 공장을 세워도 손님은 갑자기 생기지 않아. 그렇다면 어떻게 해야 할까? 조금 무리해서라도 손님을 얻기 위한 투자를 해야겠지. 마침 다행히 나는 노획한 비행선이 있으니까 그걸 의미 있게 써야 하지 않겠어?"

나는 전생(샐러리맨 시절)을 떠올리면서 선전했다.

"비행선과 갑옷이 지금이라면 실질 무료인 0디아! 유지보수는 걱정하지 마라. 내가 확실히 책임을 질 테니까! 정비도 적정 가격을 약속하지. 서면으로 적어도 좋다고."

남자들이 잇따라 손을 들었다.

"사, 사겠어!"

"나, 나도 살래!"

"나도!"

나는 미소를 지으며 계약서를 꺼내 그들에게 건넸다.

"자, 이걸 본가에 보내서 기입란에 이름을 적어 달라고 해. 당연하지만 본가에도 제대로 설명하라고. 아, 만약 오래된 비행선이 있다면 내가 매입하지."

전원이 서류를 받고서는 들떠 있는 모습을 보고, 나는 씨익 웃었다.

"그래그래. 다들 앞으로도 계속 친구로 지내자고."

실질 무료라는 말에 혹하여 다들 넘어와 버렸군. 이거 너무 고마워서 어쩌지.

제군, 앞으로도 오래도록 같이 힘내자고.

비행선 정비라는 중요한 업무를 내게 꽉 붙잡혀서 쉽게 나를 배신할 수 없게 된 친구들을 앞에 두고, 나는 얼굴 한가득 미소를 띠었다.

◇

왕도에 있는 공작가 저택.

안제는 휴일에 오빠인【길버트】에게 불려서 본가로 발걸음을 옮기고 있었다.

"오라버님, 뭔가 문제라도?"

길버트는 조금 곤란한 표정을 지었다.

테이블 위에 서류를 올려놓고는, 그걸 안제에게 보여줬다.

"이건…… 비행선 매매 계약서군요."

"그래. 리온 군이 나서서 남작가에 나눠주고 있는 모양이야."

"리온이?"

문득 안제는 안 좋은 예감이 들었다. 본가── 레드글레이브 공작가는 리온의 이 행동에 불쾌감을 가진 것 아닐까, 하고.

"죄, 죄송합니다. 곧바로 그만두게 하겠습니다."

"아니야, 그럴 필요는 없어. 비행선 매매 자체는 딱히 문제가 아니니까."

안제는 그 말을 듣고 안도했다.

'하지만, 그렇다면 어째서 불러낸 거지?'

"그럼, 이게 대체 무슨 문제인지?"

"그가 본가에 정비 공장을 하나 마련했는데, 거기서 서둘러 비행선을 정비해 아는 남작가에 무료로 나눠주고 있다는 모양이다. 물론 선전 목적이겠지만── 그런 것 치고는 너무 성급하게 움직이는 것 같아서 말이지. 공국조차 단독으로 물리친 그가, 왜 전쟁 대비 같은 일을 하는 거지?"

길버트는 안제에게 왕국은 이번 사건을 가볍게 생각하고 있다고 말해줬다.

"왕궁은 학생에게 패배한 공국을 얕보고 있어. 아마 공국에 대한 처분도 상당히 미지근하게 나오겠지. 하지만 정작 공국과 싸운 본인은 전쟁을 경계하고 있어. ——이건 어떻게 봐야 하지?"

그는 안제한테 뭔가 들은 게 없느냐고 물었다.

"저, 저는 아무것도 들은 게 없습니다. 다만……."

"다만?"

"다만…… 그날 이후로 갑자기 바쁘게 움직이기 시작했습니다. 단련도 열심히 하고 있고, 던전에도 뻔질나게 다니고 있습니다."

본인은 '흑기사한테 너덜너덜하게 얻어맞아서 자신감을 잃었으니 열심히 노력하겠어'라고 말했지만, 안제는 이 모든 상황을 종합해 생각해 봤을 때, 그런 단순한 이유가 아니라는 생각이 들었다.

'공국을 경계하는 건가? 왕궁은 거의 경계하고 있지 않은데도?'

왕궁은 학원 학생한테 반격당하여 패한 공국을 위협으로 느끼지 않은 모양이다.

흑기사가 졌다는 말을 듣고 이름 높은 기사도 늙었구나, 하고 넘어갔다.

길버트는 손가락으로 책상을 툭툭 두드리고 있었다.

안제는 오빠가 초조해하는 것처럼 보였다.

"역시 공국을 경계하고 있다고 봐야 하려나? 곧 왕궁에서 공국 건을 본격적으로 이야기하겠지만, 지금 우리는 발언력 따위 거의 없어. 선수를 빼앗기고 있다는 것을 기억해 두어라."

안제는 헤르트뤼더를 떠올렸다.

"헤르트뤼더 전하는 어떠한 처우에?"

"처우라……. 그것도 무르다고 말할 수밖에 없겠지. 왕궁에서는 본인을 왕국에 유학시킨다는 이야기가 되었다. 아버님은 반대하셨지만, 후작이 양보하지를 않았다고 하더군."

안제가 눈을 크게 떴다.

'아버님의 발언력은 그 정도까지로 떨어져 있었던 건가. 새로이 대두한 것은 후작이라고 들었지만…… 정말 성가시게 됐군.'

안제는 적대 파벌이 세력을 확대하는 것을 경계했다.

"후작은 왕국의 힘을 학원을 통해 과시할 기회라고 말했다. 이걸 기회로, 왕녀 전하를 포섭하여 다시 공국을 왕국 산하에 두고 싶은 거겠지. 어떻게든 기세를 꺾어보려고 오플리 백작 건으로 힐난도 해봤지만, 선뜻 내쳐버렸다."

오플리 백작가는 후작가의 파벌이다.

하지만 리온을 속인 공적 건으로 처벌받아 귀족의 지위와 재산, 영지까지 모조리 몰수당했다.

리온과 안제, 리비아에게 시비를 걸었던 백작 영애는 모든 것을 잃은 것이다.

더러운 일을 떠맡기고, 실패하면 곧바로 버린다.

'이젠 도리어 그 여자가 불쌍해 보일 지경이군.'

안제는 마음속으로 백작 영애를 조금 불쌍히 여겼다. 이제 그녀를 기다리고 있는 건 어떻게 생각해도 편한 길은 아닐 테니까.

길버트가 화제를 바꿨다.

"이건 다른 이야기다만, 특대생과 제법 친하게 지내고 있는 듯

하더구나?"

안제가 고개를 숙이자 길버트는 뒷말을 이었다.

"필요 이상으로 친하게 지낼 이유가 없는 상대인 것 같다만?"

그러자 안제는 길버트의 눈을 똑바로 바라보며 대답했다.

"제, 제 친구입니다. 오라버님과는 상관없습니다."

길버트가 조용히 안제를 쳐다봤지만, 여동생이 물러나지 않는다는 걸 알자 곧바로 인정했다.

"그런가. 그럼 좋을 대로 해라."

"괘, 괜찮은 겁니까?"

"네가 그렇게까지 말한다면 그런 거겠지. 게다가 아버님도 나도, 이번 건으로 빚진 것이 있으니까 말이다. 하지만 소중한 친구라면 스스로 지키거라."

"네, 넵!"

"그리고 네 주위에 거느리는 자들은 다시 고를 필요가 있겠군."

"……그 두 사람은 어떻게 되는 겁니까?"

그 두 사람—— 안제를 배신한 여자 두 명에 관해서 묻자, 길버트는 무서운 미소를 띠었다.

"알고 싶으냐?"

"……아뇨, 우문이었습니다."

어릴 적부터 알고 지낸 측근 여자 두 명이 처벌 없이 끝나지는 않으리라는 걸 안제도 알고 있었지만, 뭔가 마음이 복잡했다.

오래전부터 알고 있던 사람들에게 배신당해, 만난 지 1년도 지나지 않은 리온이나 리비아가 목숨을 걸고 구해주었다.

'——나는 축복받은 것일지도 모르겠군.'

안제는 항상 주변 사람을 위압하여 거느리고 있던 백작 영애와 자신을 비교하면서 그렇게 생각했다.

오플리 백작, 그리고 배신자 두 명의 이야기가 끝나자 길버트는 조금 속을 떠보듯이 물어봤다.

"그리고 말이다……. 요즘 리온 군과는 어떻지?"

"어떻냐고 하심은?"

"음, 좀처럼 그의 결혼 상대가 결정되었다는 말이 들려오지 않아서 말이다. 여러 공을 세우고 출세를 했으니, 어설픈 상대랑 결혼하면 조금 곤란하거든."

안제는 길버트가 리온을 공작가의 파벌로 끌어들이려는 걸 알고 있었다. 실제로 리온이 아군으로 붙는다면 커다란 힘이 되리라.

게다가 리온은 눈치가 빨라 제어하기 쉽다.

이번에 누군가 말을 꺼내기 전에 공국의 최신예 비행선과 갑옷을 넘겨준 것이 그 증거다.

만약 그걸 독점하고 자신의 전력을 늘리고 있었다면 오히려 위험할 뻔했다.

왕궁도, 그리고 공작가도 리온을 경계했을 테니까.

변경의 남작가라고 해도 비행선의 수를 갖추면 위협이 된다. 눈 깜짝할 사이에 다른 부유섬을 제압해 나가서, 일대 세력이 될 수도 있다.

주변을 포섭하여 왕국에 엄니를 드러낸다——는 왕국의 역사에 드문 일도 아니었다.

길버트를 비롯한 왕궁 사람들은 리온이 이번에 자진해서 비행선과 갑옷을 넘겨준 것으로 분수를 파악하고 있다고 본 것이리라.

'도가 지나치는 것 같으면 주의할 생각이었다만, 남작가에 나눠주는 정도는 오라버님도 위협이라고 생각하지 않으시는 모양이군.'

횡적인 연결 관계를 강화하는 것처럼 보이기도 하지만, 그 정도라면 왕궁도 공작가도 문제가 되지 않는다고 판단한 것이리라.

리온이 수중에 남긴 것은 거의 다 망가진 비행선과 갑옷뿐이었다. 쓸만한 건 모두 왕국과 공작가에 헌상하는 바람에 도리어 '너는 그걸로 괜찮은 거냐?!' 하는 말이 나올 정도였다.

사람들이 보기에는 채산을 도외시하고 멸사봉공하는 기사였으며, 다른 파벌에는 공작가의 새로운 충견이라는 둥 험담을 듣고 있었다.

안제는 리온의 결혼 활동에 관한 근황을 길버트에게 보고했다.

"그가 최근에 바쁘게 움직이다 보니 여자 그림자조차 없습니다. 그리고 아이러니하게도 그…… 여자들에게서는 미움을 받고 있어서……."

길버트가 이마에 손을 댔다.

"그걸 이해할 수가 없군. 대체 왜 여자들이 그런 남자를 마다하는 거지? 자력으로 계속해서 승진하는 5위 상의 기사가, 여성들에게 호감을 받지 못하다니⋯⋯."

안제는 길버트의 말에 의문을 품었다.

"오라버님, 리온의 계급은 5위 하가 아닙니까? 졸업 후에 승진한다고 들었습니다만?"

길버트는 안제의 얼굴을 보고, 전하는 걸 깜박했다고 생각했는지 조금 창피한 듯한 표정을 지었다.

"아, 미안하구나. 너한테 말하지 않았었군. 실은——"

◇

2학기도 끝이 가까워졌을 무렵.

공국과의 '전쟁'⋯⋯이 아니라, '사건'의 훈장 수여식이 겨울방학 첫날로 정해졌다. 학원에서는 훈장을 받을 학생들이 즐거운 듯이 그날을 기다리고 있다.

훈장은 그리 쉽게 받을 수 있는 것도 아니고, 무엇보다 자랑할 수 있으며, 평가가 높아진다.

훈장을 받지 못하는 학생들이 다소 불만스러워 보였지만, 이번 만큼은 어쩔 수가 없었다.

우리는 따뜻한 방에서 차를 즐기고 있었다.

나는 내게 주는 상으로 새로운 티 세트를 사서 갖춘 뒤, 스승님께 받은 소중한 찻잎을 즐기고 있었다.

과자는 아침 일찍부터 달려 나가 사 온 유명한 가게의 비싼 과자를 펼쳐 놓았다.

"하아~, 행복하네~."

창밖에는 겨울 하늘이 펼쳐져 있었고, 창문은 하얗게 흐려져 있었다.

리비아는 과자를 미안한 듯이 조금씩 먹으면서도 달콤함에 싱글벙글하고 있었다.

역시나 유명 가게의 과자다. 아니, 그보다 너무 맛있어서 깜짝 놀랐다. 솔직히 과자가 맛있어 봐야 얼마나 다르겠나 하고 얕보고 있었다.

"이거 맛있네요!"

하지만 리비아의 감동이 무색하게도 안제는 이미 많이 먹어봐서 익숙한지 감동도 없이 그저 예의 바르게 앉아서 먹고 있을 뿐이었다.

"초콜릿을 좋아하는 건가? 그러면 내 마음에 드는 가게에서 가져오게끔 하지."

아가씨! 그 가게, 저도 알고 싶습니다!

리비아는 쓴웃음을 지었다.

"너무 비싼 걸 먹는 게 익숙해지면 곤란해요."

"그, 그런가."

나는 작게 손을 들었다.

"그렇다면 그 가게, 저한테 가르쳐 주시죠. 진짜 이름난 가게나 인기 있는 가게는 과자 하나를 사는데 몇 개월은 기다려야 하니까,

공작가의 소개장을 갖고 싶습니다."

여성향 게임 세계의 여파인지는 몰라도 과자가 충실해서 인기가 높았다.

그래. 너무나도 괴로운 이 세계에서, 하다못해 과자만큼은 달콤하고 부드러워야지. 절실한 바람이다.

"너는 다도광이니까 안 된다. 혼자서 몽땅 다 사가 버리면 내가 원망받지 않나."

다회를 좋아하는 남자도 적잖이 존재한다. 그들은 자랑거리인 차와 곁들여 낼 음식으로 유명 가게의 과자를 주문하는 경우가 많다. 개중에는 여자들을 초대하여 다회를 열기 위해 인기 있는 과자를 몽땅 다 사 버리는 남자들도 있었다.

――나 같은 녀석들이네!

"뭐어~?! 혼자서 다 사거나 하지 않아. 인기 상품을 여자 앞에서 먹는 것뿐이야. 아니면 다이어트 중인 여자한테 나눠 줄까나!"

다이어트로 단 것을 삼가고 있는 여자한테 유명 가게의 과자를 보여준다는 우월감을 맛보고 싶다!

다이어트를 포기하고 과자에 손을 뻗은 여자를 비웃어 주고 싶다!

"그건 너무해요!"

리비아가 어이없다는 눈으로 바라보기에 나는 하하 웃으며 나는요 최근의 평화로운 시간을 돌이켰다.

돌아오고 나서 파르트너도, 아로간츠도, 그리고 슈베르트도 정비하겠다며 루크시온한테 몰수당했다.

그 때문에 외출할 수도 없기에 다니엘과 레이먼드를 꼬드겨서 던전에 들어가고 있다. 아무리 그래도 최강의 적을 쓰러뜨렸으니, 이제 내 적수 따윈 없다고 생각하지만, 나는 대비를 그만둘 수가 없었다.

공국이 전쟁을 그만두지 않을 가능성도 있지만, 그들의 비장의 수로 쓰려던 피리도 이쪽에 있다. 상황만 놓고 보면 이제 다 괜찮을 터인데, 나는 묘하게 가슴이 술렁였다. 영 진정이 되질 않는 것이다.

안제가 화제를 던졌다.

"그것보다도 리온, 크리스에게 흑기사 토벌 공로를 양보했다지?"

내가 시선을 피하자, 리비아가 나를 봤다.

"예? 어째서인가요? 흑기사 씨를 쓰러뜨린 건 리온 씨인데."

안제가 차를 다 마셨기에, 나는 차를 한 잔 더 따르고 아양을 떨었다.

"아가씨, 그 부분에 관해서는 매우 고도의 정치적인 판단이 있었다는 것을……."

거짓말입니다. 정치적 판단 같은 거 없습니다. 제 사정입니다.

하지만 안제는 고개를 끄덕였다.

"확실히 나쁜 수는 아니었어."

"그렇죠?!"

딱히 여러모로 생각하고 나서 내린 결정은 아니지만, 칭찬받았기에 기쁜 티를 냈다.

"예? 어째서인가요?"

리비아가 모르겠다는 표정을 짓고 있었다.

안제는 친절하게 설명해 주었다. 나도 다 안다는 얼굴로 귀를 열어두었다.

"간단해. 리온을 적대시하고 있던 아크라이트 가, 즉 크리스의 본가가 이번 건으로 리온을 쉽사리 건드리지 못하게 됐기 때문이다. 자기가 쓰러트리지 못한 흑기사를 쓰러트리고, 게다가 아들의 평가를 높여 주었으니까 말이지. 흑기사를 물리친 공적은 무시할 수 없다. 아마 크리스의 절연도 가까운 시일 내에 풀릴 거다."

리비아가 나를 보고 미소 지었다.

"리온 씨, 역시 상냥하셨던 거네요!"

"다, 다, 당연하지⋯⋯."

말을 더듬고 말았다. 아니, 미움을 사고 있다고는 생각했지만, 설마 아크라이트 가문이 날 적대시하고 있을 거라고는 생각지 않았다. 검성이 목숨을 노리고 있다든가, 목숨이 몇 개 있어도 모자라잖아!

어라? 밀렌 씨── 밀렌 님도 그런 말을 했었던 것 같은데?

방 안에서 이야기를 듣고 있던 루크시온이 나를 보고 있다.

한번 모습을 보였기에 지금은 숨어다니지 않았다.

『다행이네요, 마스터.』

이 다행이네요. 라는 말은—— 내가 출세하고 싶지 않았을 뿐이라 공로를 떠넘긴 것이라는 사실이 알려지지 않아서 다행이네요, 라는 의미다.

점점 이 녀석의 마음이 이해되기 시작했다.

"어때. 그런 고도의 계산을 할 수 있는 주인을 둬서 기쁘지?"

『그렇게까지 우쭐댈 수 있는 것도 재능이군요. 보통은 겸손해야 하는 거 아닙니까? 하물며 켕기는 것이 있다면 더욱 그렇다고 봅니다만.』

"무슨 말을 하는 건지 모르겠네. 나는 성실함과 상냥함이 세일즈 포인트인 평범한 남자인데."

『성실함과 상냥함을 사전에서 찾아봐 드릴까요? 마스터한테는 국어 공부가 필요하겠네요.』

안제와 리비아가 떠 있는 루크시온을 손가락으로 가볍게 찔러 보았다.

"잘 떠드는 외눈이군."

"안 돼요, 안제. 루크 군에게는 루크시온이라는 이름이 있으니까요."

루크시온이 리비아를 봤다.

『루크 군? 그건 제 약칭입니까?』

나는 히죽히죽 웃으며 루크시온을 봤다.

"잘됐네, 루크 군. 귀엽잖냐."

루크시온이 갑자기 입을 다물자, 리비아는 화나게 했나 싶어

안절부절못하기 시작했다. 나는 괜찮다고 말하며 조금 전의 이야기로 돌아갔다.

"그 뭐냐, 그거야. ……그 녀석들도 나쁜 녀석은 아니라고. 응, 아마도."

조금…… 아니, 상당히 바보지만, 나쁜 녀석들도 아니니까 말이지.

안제는 재미없다는 듯한 표정을 짓고 있다.

"그래. 나쁜 건 그 다섯 명을 홀린 마리에다."

분위기가 나빠졌기에 리비아는 학원의 소문 이야기를 하기 시작했다.

"그, 그래서, 그 다섯 명 말인데요! ……요즘은 창고에서 뭔가 하는 것 같아요."

"그래?"

내가 이야기를 들어주자, 리비아는 기뻐하며 다음 내용을 말해주었다.

"네. 다섯 명이 함께 뭔가 만들고 있는 것 같아요."

그 녀석들이 뭘 만든다고? 대체 무슨 생각이지?

마리에는 학원에 있는 창고에 와 있었다.

"정말, 다들 뭔데 그러는 거야~."

마리에는 다섯 명이 보여주고 싶은 게 있다고 하기에 혹시 선물인가 하고 들떠 있었다.

'대체 어떤 물건일까? 혹시 보석이려나? 아니, 드레스라든가? 최근에 다들 힘내고 있었으니, 분명 내게 주는 선물이겠지? 서프라이즈는 최고야!'

그런 마리에 앞에 준비된 것은 시트로 가려진 커다란 무언가였다.

마리에는 고개를 갸웃했다.

옆에 서 있던 카일도 고개를 갸우뚱하고 있었다.

"뭔가요, 이거?"

그렉이 코 밑을 손가락으로 문질렀다.

"보고 나서의 즐거움, 이라는 거지."

브래드는 앞머리를 손으로 들어 올려 뒤쪽으로 넘기고 있었다.

"미안해 마리에. 제법 오래 기다리게 하고 말았어."

두 사람의 대사에 마리에의 기대도 부풀어 올랐다.

"둘 다, 고마워!"

크리스가 쑥스러워하는 것인지, 안경을 벗고 마리에의 미소를 보고 있었다.

"나, 나도 열심히 했어."

"응, 크리스도 고마워."

그러자 질크가 짐짓 티가 나게 헛기침을 했다.

"마리에 씨, 전하와 저도 잊지 말아 주세요. 자, 전하."

율리우스가 마리에 앞에 섰다.

"마리에, 이게 우리들의 마음이다!"

다섯 명이 시트를 벗기자, 거기에 있었던 건 무릎을 꿇는 자세의 갑옷이었다.

──마리에의 미소가 굳어졌다.

'어?'

율리우스를 비롯한 다섯 명은 갑옷을 보고 만족스러운 듯 웃고 있었다.

"이걸로 발트파르트에게 결투를 신청할 거다. 나와 너를 갈라 놓는 그 녀석을 이기고…… 우리는 앞으로 나아갈 거다!"

그렉이 엄지손가락을 치켜세웠다.

"말 잘했어, 전하! 아니, 율리우스!"

브래드도 허리에 손을 대고 가슴을 펴고 있다.

"그래. 우리는 그를 이기지 않으면 앞으로 나아갈 수 없어. 그걸 위해 준비한 갑옷은 우리들의 결의를 표명하는 거야."

하지만 마리에는 여전히 굳어 있었다. 다섯 명이 무슨 말을 하는 건지 알 수 없었다.

'결의? 갑옷을 마련하는 데 돈이 얼마나 든다고 생각하는 거야! 게다가 뭔가 색깔이 다른 파츠를 모아 놓은 것 같은 해괴한 디자인은 또 뭔데! 호, 혹시, 이건 결투 때 망가진 갑옷들을 이어 붙인 건가?! 그런 갑옷으로 그 녀석한테 결투를 신청하겠다고?'

크리스의 눈시울이 젖어 있었다. 갑옷을 보고 감동에 젖어 있는 모양이었다.

"볼품없는 모양새지만, 지금까지 타 왔던 어떤 갑옷보다도 훌륭하게 보여."

질크가 미소를 지으며 고개를 끄덕였다.

"쓸 수 있는 파츠를 그러모은 것뿐입니다만, 저희 마음이 담겨있으니까 말이지요. 오히려 지금의 모습이야말로 멋지게 보입니다. 이건 좋은 갑옷이에요."

마리에가 어색하게 고개를 움직여 율리우스 쪽을 봤다.

"유, 율리우스, 이, 이거…… 얼마였어? 수리비라든가?"

율리우스는 조금 쓸쓸해 보이는 표정을 지었다.

"마리에, 이건 그런 돈의 문제가 아니라, 우리의 마음 문제다."

"아, 아니야! 모두가 무리해서 돈을 마련한 것 아닌가 하고 걱정하는 거야!"

그 말을 듣고 율리우스가 안도했다.

"뭐야, 그런 건가. 실은 보수 금액이 나름 꽤 됐으니까 말이지."

브래드와 그렉은 공적 퇴치 보수.

크리스는 공국과의 전쟁——'사건'으로 얻은 보수가 있었다.

"그, 그 돈으로 수리한 거구나……."

마리에는 모처럼 받은 보수를 왜 그런 쓸데없는 짓에 쓴 거냐고 생각했지만, 그 정도라면 아직은 괜찮았다.

그런데 질크의 대사가 그런 마리에를 구렁텅이로 밀어 떨어뜨렸다.

"예. 그래도 조금 모자랐기에 공유 재산을 써야 했지만요. 유명한 갑옷 제작자라고 칭하는 분이 파격적으로 싼 가격에 수리해 주셔서 말이죠."

파격적으로 싼 가격이라도 공유 재산에 손을 댔다는 말을 듣고, 마리에는 다리가 떨리기 시작했다.

하지만, 질크의 공격은 아직 끝나지 않았다.

"금액은 공유 재산 중 50만과 모두의 보수로 어떻게든 되었습니다. 뛰어난 실력자인 모양이라, 갑옷 성능을 한계까지 끌어내 주셔서 말이죠. 대단한 분이었습니다. 이 성능이라면 발트파르트 군의 아로간츠에도 이길 수 있겠지요."

마리에는 현기증이 났다. 카일이 받쳐 주었기에 쓰러지지 않았지만, 마음속으로는 울부짖고 싶었다. 귀족 도련님들의 금전 감각이 어긋나 있는 건 알고 있었지만, 이 다섯 명은 특히 심각하다는 것을 다시금 인식하게 됐다.

'50만 디아라고! 일본 엔으로 계산하면 5천만이나 낸 거잖아! 공유 재산에서?! 이런 걸 위해서!!'

공유 재산이라고는 해도, 대부분 마리에가 관리하는 생활비다.

학원제에서 마구 벌어들이고, 거기다 던전에서 필사적으로 벌고, 그렇게 해서 겨우 손에 넣은 생활비의 거의 전부가 볼품없는 갑옷 하나에 사용되었다는 사실.

게다가 50만 디아는 조금이라는 다섯 명——.

마리에는 마음속으로 울고 있었다.

'이런 고철을 모아 붙인 쓰레기 갑옷에 50만! 머리가 이상하다고! 어째서 전부 쓰는 거야! 아니, 그보다 쓰기 전에 상담하란 말이야! 이제부터 어떻게 생활할 건데!'

걱정하여 달려오는 다섯 명에게—— 마리에는 떨면서 당연한 것을 물었다.

"어, 어째서 미리 상담해 주지 않았어?"

율리우스가 미소를 보였다.

"너를 놀라게 해주려고 생각했다. 미안하군. 이렇게나 놀랄 거라고는 생각하지 않았어. 기다려다오, 마리에. 우리는 발트파르트를 쓰러뜨리고, 나와 너를 갈라놓는 장해를 없애고 올 테니까."

그것보다도 장래의 불안을 없애 줬으면 한다고 절실히 바라는 마리에였다.

그날, 내 방에 도착한 것은 결투 신청서였다.

"역시 그 녀석들은 바보가 아닐까?"

보낸 사람은 율리우스 전하를 비롯한 다섯 명으로, 결투 날짜는 종업식 날이었다.

"애초에 자기들이 이기면 마리에와의 관계에 참견하지 말라니. 신성한 결투를 뭐라고 생각하는 거지? 저번에 패배한 건 아예 잊어버렸나?"

내 옆에 있는 루크시온도 차가운 말을 건넸다.

『생각할 가치도 없군요. 거부해도 괜찮을 거라고 봅니다.』

그러나 나는 조금 생각해보기로 했다.

그렇게까지 마리에와 같이 있고 싶은 걸까?

"아니, 받아들이겠어."

『받아들이는 겁니까?』

"그렇게까지 같이 있고 싶다면 져 주지. 지금 생각해 보니, 마리에를 고른 그 다섯 명에게 리비아를 붙여 준다든가, 말도 안 되는 소리였어. 그 녀석들한테는 아까운 짓이야. 심지어 율리우스 전하는 안제를 버리고 마리에를 선택한 바보라고."

『인제 와서 깨달으신 겁니까?』

이 인공지능, 주인한테 너무 차갑지 않아?

"어쨌든, 그 녀석들 마음대로 하게 해주겠어. 솔직히 마리에한테 신경 쓰고 있을 여유가 없단 말이지."

공국이라든가 성녀라든가, 나는 여러모로 바쁘다.

내가 한번 져 주면 그 녀석들도 만족하겠지.

『마리에가 앞으로 방해하지 않으리라는 보장도 없습니다. 경계를 너무 늦추시는 것 아닌지?』

"그 녀석도 그 여성향 게임을 아는 전생자야. 그렇다면 리비아가 성녀가 되지 않으면 왕국이 멸망한다는 건 알고 있을 테니까, 이 이상은 방해하지 않겠지."

『그렇습니까?』

최강의 적인 흑기사를 쓰러뜨리고, 적의 비장의 수인 마술피리도 지금은 왕국에 있다.

경계는 하겠지만, 정말 이 이상은 아무것도 없었으면 좋겠다.

그런데도 어째서 이렇게나 마음에 조바심이 나는 건지…….

『안젤리카가 화내지 않겠습니까?』

"내가 설득할게. 이제 녀석들 좋을 대로 하게 해주자고 말이야. 그래도 혼날 거 같으면…… 그냥 내가 그 녀석들한테 이기고 뭐."

『그 다섯 명에 대한 취급이 가볍군요.』

"안제의 마음이 우선이니까 어쩔 수 없지."

나는 결투를 받아들인다는 것을 전하기 위해 율리우스 전하가 있는 곳으로 향했다.

◇

종업식이 끝나고 곧장 뒤.

학원은 이채로운 열기에 달아오르고 있었다.

투기장에 모인 학생이나 교사들.

원형 투기장에는 율리우스 전하를 비롯한 다섯 명을 응원하기 위해 여자들이 달려와 있었다.

"율리우스 전하랑 측근분들, 그 귀촉한테 이기기 위해 다섯 명이 함께 노력해 왔대!"

"밤마다 갑옷 수리를 위해 다섯 명이 모였던 것 같아."

"바, 밤마다……."

리비아는 주위의 목소리를 들으면서 안제 쪽을 신경 썼다.

화를 내지 않을지 걱정하는 것이다.

"안제, 저기……."

하지만 안제는 당당하게 있었다.

"응? 아아, 걱정할 거 없다. 리온에게 미리 이야기를 들었으니까. 그 녀석이 져 준다는 이유도 납득했다. 불만은 없어."

"정말로요?"

"솔직히 전하한테는 불평 한마디라도 해주고 싶지만…… 이젠 전하에 대한 마음이 식어 버린 것 같다. 지금은 리온이 쓸데없는 일에 말려들게 해서 미안한 기분이야."

"내일 수여식은 괜찮을까요? 리온 씨, 다치지 않으면 좋겠는데요."

율리우스는 안제의 전 약혼자다. 사랑하던 상대가 다른 여자를 위해 다시 결투를 일으켰다. 안제도 결국 완전히 포기한 모양이다.

주위 여자들은 들끓어 오르고 있다.

남자들도 마찬가지였다. 다섯 명이 오로지 자신의 힘으로 갑옷을 마련한 이야기가 남자들의 심금을 울렸다. 한 번 리온에게 완패했지만, 그래도 일어서는 다섯 명의 모습에 다들 기대하고 있었다.

"지고 나서 다시 도전하다니 대단하다고!"

"그래, 이번에는 분명 이길 수 있을 거야!"

"나는 전하를 응원하겠어!"

율리우스 일행의 이야기는 미담이 되어있었다.

이윽고 악역인 리온이 하늘에서 등장하자 회장은 일제히 야유의 폭풍에 휩싸였다.

안제가 난처한 듯이 웃었다.

"역사에 이름을 남기는 기사님은 학원 제일의 미운 오리 새끼인가."

"역사? 뭐라고요?"

잘 들리지 않았던 리비아가 다시 묻자, 안제는 웃으면서 고개를 가로저었다.

"아무것도 아니야. 자, 우리는 리온을 응원해 줘야지."

"네!"

두 사람이 리온을 응원한다.

◇

투기장.

아로간츠가 하늘에서 착지하여 회장에 들어오자, 준비를 마친 그렉이 갑옷에 올라타려다가 뒤를 돌아보았다.

"……정말 내가 나가도 괜찮은 거냐?"

브래드는 진지한 얼굴로 고개를 끄덕였다.

"분하지만, 나로서는 이길 수 없어. 네 기량에 기대할게."

친구의 말에 그렉이 웃자 크리스도 그렉에게 승부를 맡겼다.

"검술뿐인 나라도 무리다. 그렉, 부탁하마."

검에 고집하고 있던 크리스라고는 생각되지 않는 발언이었다.

질크는 갑옷의 녹색 부분을 만졌다.

"모두의 마음을 맡기겠습니다."

율리우스도 고개를 끄덕였다.

"가장 가능성이 있는 건 너다. 발트파르트에게 이기고 와라!"

그렉이 모두의 마음에 답했다.

"아아! 맡겨 달라고!"

회장은 다섯 명의 우정을 앞에 두고 감동의 폭풍에 휩싸여 있다.

그렉은 갑옷 앞가슴 해치를 닫자 모두의 마음이 느껴졌다. 갑옷이 무척이나 따뜻하다는 걸 깨닫고 기뻐졌다.

"너도 고양된 것 같군. 함께 싸우자는 마음이 전해져 온다. 같이 힘내자고, 파트너!"

눈앞의 아로간츠를 보고,

"발트파르트, 간다! 이게 우리들의 힘이다!"

◇

아로간츠 내부.

"어떻게 해서 져줘야 만족하려나……."

나는 다섯 명이 부녀자 취미를 가진 사람들이 기뻐할 것 같은 전개를 펼치고 있는 영상을 보며 중얼거렸다.

이야기를 들어보니 밤마다 창고에서 갑옷 정비를 했다는 모양이다.

다섯 명이 모여 수리하고, 어려운 부분을 돈을 내서라도 고치고…… 그래서 곳곳에 서투른 흔적이 남아 있긴 했지만, 모양새가 갖추어져 있을 뿐만 아니라 성능도 향상되어 있었다.

나를 쓰러뜨리기 위해 저렇게까지 하다니.

──그런 청춘도 나쁘지 않겠지.

『시원시원한 우정입니다. 마스터는 계약서로 묶인 우정의 고리를 펼치고 있는데 말이지요. 최악이네요.』

"여봐란듯이 과시해 주네. 자, 안제의 허가도 나왔으니 져 주도록 할까."

심판이 결투 개시를 선언했다.

시작부터 그렉이 매섭게 달려들었다. 나는 거리를 벌리면서 블레이드로 창 공격을 받아넘겼다. 하지만 그렉의 움직임은 저번 결투 때와는 천지 차이가 되어있었다.

갑옷의 파워도 스피드도 올라가 있어서, 짜깁기한 갑옷이 이전에 싸웠던 어떤 기체보다도 강했다.

"오른손에 창, 왼손에 라이플인가. 자식, 성장했군."

처음부터 전력을 다하는 그렉에게 감탄하면서, 아로간츠를 조금씩 뒤로 물렸다.

관중이 보기엔 내가 밀리고 있는 것처럼 보이겠지.

음성을 밖으로 내보내 그렉에게 말을 걸었다.

"갑옷을 만든다고 제법 무리를 한 것 같던데?"

「너한테 이기기 위해서라면, 이 정도쯤은 아무것도 아니다! 발트파르트, 진심으로 덤벼라!」

"아~, 뜨겁네. 열혈이라는 건가?"

낄낄 웃어 줬지만, 진지한 다섯 명을 생각하니 약간 부럽기도 했다.

음성이 밖으로 나가지 않도록 한 나는 "너희들이 부러워"라고 중얼거리고 말았다. 진심으로 그런 청춘이 눈부셔 보인다.

그런 내 말에 루크시온이 경고음을 냈다.

『마스터, 곧바로 탈출하도록 그렉에게 말해 주십시오. 눈앞에 있는 갑옷은 폭발하기 직전입니다!』

"어?! 갑자기?! 농담이지?!"

『농담이 아닙니다. 열량이 이상 수치입니다. 내부 구조가 엉망진창입니다. 저 꼴로 움직이는 게 오히려 기적입니다. 성능을 끌어올린 게 아니라, 폭주 상태입니다.』

루크시온이 말한 대로 나는 곧바로 그렉에게 전했다.

"야, 네 갑옷 상태가 이상해! 당장 내려!"

하지만——.

「하! 나를 속일 셈이군. 그렇게 될까 보냐! 네 수작이라는 걸 알면서 속을 것 같냐고. 하지만, 그만큼 너를 궁지에 몰아넣을 수 있었다는 거겠지!」

──그렉은 나를 믿지 않았다.

그렉의 갑옷도 잘 움직이고 있었다.

이상하리만치 성능이 올랐구나 싶었는데, 폭주하고 있는 거였다니!

나는 심판에게 외쳤다.

"심판! 중지다! 이 녀석의 갑옷은 이상해!"

다만, 심판인 교사는 고개를 가로저었다.

「발트파르트 군, 볼썽사납습니다. 그들의 마음을 정면으로 받아들여 주도록 하세요.」

"너 인마, 웃기지 말라고! 뭐가 그들의 마음이냐! 너는 우선 내 말을 진지하게 받아들여!"

내가 거짓말을 하고 있다고 생각한 모양이다.

확실히, 지고자 소극적으로 싸우고 있었기 때문에 그게 궁지에 몰려 있는 것처럼 보였다. 지기 위해서 밀리는 척하고 있던 게 도리어 화근이 됐다.

하지만 아니다. 아니라고!

루크시온이 어이없어하고 있었다. 나와 루크시온의 대화는 외부로 새어 나가지 않는다.

『자업자득이네요. 평소의 행실이 나쁘니까 고생하는 겁니다. 해석 종료했습니다. 지금이라면 폭발시키지 않고 파괴할 수 있습니다.』

"——저걸 나더러 부수라고?!"

내 손으로 박살 내란 말인가? 저 녀석들의 청춘이 담긴 갑옷을? 아무리 나라도 그건 마음이 아프다고!

"시, 싫어! 그런 짓 할 수 있겠냐! 아무리 그래도 그렇지, 저 녀석들이 노력해서 만들었다는…… 청춘의 결정 같은 갑옷을 부순다니, 악마잖아!"

예를 들자면 여름방학 때 다섯 명이 모여 만든 글라이더—— 함께 숙식하면서 작업하고, 서로 싸우면서도 완성한 한여름의 추억이 있었다고 치자. 모두의 힘으로 완성한 추억의 비행기는 아무리 조잡하여 다른 사람이 보기에 가치가 없어도, 그들에게는 비할 데 없는 보물일 터다.

나는 그걸 부수라는 말을 듣고 '할래할래!'라고 말할 담력은 없다. 오히려, 조금 응원하고 싶어졌었는데!

내가 거부하자, 루크시온이 담담하게 물었다.

『그러면 폭발로 그렉이 죽는 모습을 볼 생각입니까?』

솔직히 나가 죽으라고 몇 번인가 생각한 적은 있지만, 그래도 진짜로 죽기를 바라는 건 아니라고!

나는 아로간츠의 왼손으로 그렉을 붙잡았다.

그렉의 갑옷은 날뛰고 있었다.

"어이, 내려! 부탁이니까 내려 줘!"

「아직도 말하는 거냐! 아직이다. 아직 나는 지지 않았어!」

"아니, 진짜로 위험하다니까!"

「네 감언이설에는 더 이상 속지 않는다! 우리한테 속임수를 쓴 건 잊지 않았으니까 말이다!」

파르트너에 태웠을 때, 이 녀석들에게서 뱃삯 대신에 돈을 뜯어낸 건 실수였다. 세상 물정을 가르쳐 줄 생각으로 나중에 속임수를 밝힌 것도 악수(惡手)였다.

놀려 준 것이지만, 지금은 매우 후회하고 있다.

이 녀석들이 나를 믿을 리가 없다.

"조금은 성장하라고! 사기꾼한테 속아 넘어가서 말이다!"

말도 안 되는 내부 구조가 의미하는 건 단 하나. 이 녀석들은 갑옷 정비 기사로 위장한 사기꾼에게 속아 엉터리 정비를 받았다는 거다!

이러니까 궁도령은! 세상 물정 좀 공부하라고!

지금까지는 주위 사람이 시중을 봐 왔기에 명공이라 칭하는 인간을 의심도 하지 않았던 것이리라. 조금은 의심해!

응원하는 율리우스나 다른 녀석들이 그렉에게 외치고 있었다.

「떨어져라! 저 녀석의 팔은 위험하다!」

질크도 목소리를 높이고 있었다. 평소에는 침착한데 드문 일이다.

「파츠를 분리하는 겁니다! 당장 도망쳐 주세요!」

그러자 브래드가 다급하게 외쳤다.

「안 돼! 퍼지(purge) 기능은 빼놨어. 그렉, 어떻게 해서든 떨어져라!」

크리스가 그렉을 큰 목소리로 응원하고 있었다.

「그렉━━━━! 네 힘을 보여줘어어!」

너는 쿨 캐릭터잖냐! 좀 더 침착하게 응원해 주라고! 안 그러면━━.

「━━크리스가 저렇게까지 말하는데 힘내지 않으면 안 되겠군. 간다아아아!」

그렉이 의욕을 보이며 아로간츠에서 억지로 벗어나려 하고 있었다. 폭주 중인 갑옷의 출력이 계속해서 올라갔다. 아로간츠의 파워로 어찌어찌 억누르고 있는 상태였다.

『마스터, 이제 한계입니다.』

"너희는 최악이야아아아! 나한테 이런 짓을 시키다니!"

나는 고개를 숙이고━━ 떨리는 손가락으로 조종간 트리거를 당겼다.

루크시온이 가벼운 느낌으로,

『임팩트~.』

하고 말하자, 왼팔의 장갑이 전개하여 빛을 내뿜었다.

충격파가 그렉이 탄 갑옷을 덮치자, 갑옷이 산산이 조각나 튕겨 나갔다. 조종자인 그렉은 정신을 잃었지만, 무사한 상태로 지면에 떨어졌다. 갑옷만을 파괴하는 공격 수단이 있어서 정말로 다행이다. 다행이지만…….

"으흑…… 이젠 싫어……."

『수고하셨습니다. 이야~, 저 다섯 명은 강적이었네요.』

──쥐 죽은 듯 조용해지는 투기장.

나는 트리거를 당겼지만, 관객은 내 반대 방향으로 몸을 당기고 있다. 나한테 아주 질색한 것이다.

그리고 뒤늦게 마리에가 절규하는 소리가 들려왔다.

◇

"이갸아아아아아아아아아아아악! 내 50만이이이이! 전재산이이이이!"

양손으로 머리를 짓누르며 절규하는 마리에 옆에서 카일이 귀를 누르고 있었다.

산산조각으로 망가진 갑옷을 보고, 마리에는 절규하지 않을 수 없었다.

차라리 형태만이라도 남아 있다면 고쳐서 쓰든 팔든 할 수 있었을 텐데, 그 가능성조차 사라지고 말았다.

정말로 그저 무가치한 고철이 되고 만 것이다.

"아아~. 보기 좋게 산산조각이 났네요. 이렇게 되면 이젠 수리하기도 어렵겠는데요?"

새하얗게 타 버린 마리에가 그 자리에 쓰러져 움찔움찔 경련하고 있었다.

카일이 황급히 달려왔다.

"잠깐! 주인님?!"

덜덜 떠는 마리에는 헛소리처럼 중얼거렸다.

"이, 이건 꿈이야……. 그래, 나는 모두에게 둘러싸여서 별것
아닌 날에도 축하받는 거야. 오늘은 마리에의 미소를 볼 수 있었
던 기념일이라든가 해서, 다들 나한테 선물을 주는 거야. 결코 갑
옷을 자랑하거나 하진 않아. 그걸 그 모브 자식인 리온이 부숴 버
린다니 절대 안 돼. 부서지면 팔 수 없는걸. 내 50만 디아…… 생
활비가…… 빚은 싫어. 꿈, 그래 이건 꿈이야……. 나는 침대 안
에 있고, 조금 무서운 꿈을 꾸고 있을 뿐이야……."

카일이 냉정하게 딴지를 걸었다.

"아니, 현실이래도요. 그만 적당히 망상 세계에서 눈을 떠 주
세요."

갑옷과 함께 마리에의 전 재산이 리온에 의해 날아가 버리고 말
았다.

마리에는 현실을 직시할 수 없을 정도로 정신적, 금전적인 대
미지를 입었다.

물론, 리온의 마음에도 커다란 대미지를 주었기 때문에, 결과
적으로 결투는 양자 모두 부상으로 무승부가 되고 말았다.

◇

왕궁 회의실에 레드글레이브 공작가의 적대 파벌 귀족들이 모
여 있었다.

"들으셨습니까? 전하와 그 측근들이 또 그 벼락출세한 녀석에게 졌다는 것 같더군요."

"왕위에 앉을 수 없어서 다행이군."

"그건 그렇고, 벼락출세한 그자의 태도나 행동이 눈꼴 사납군요. 왕비님의 마음에 들었다는 소문도 있습니다만, 어떻습니까?"

귀족들이 이야기를 나누는 가운데, 파벌의 톱인 후작은 조용히 듣고만 있었다.

'하나같이 벼락출세한 귀족이라고 얕보고 있군.'

후작만은 이번 결투의 결과를 웃어넘길 수가 없었다.

그때, 귀족 한 명이 리온을 깔보는 발언을 했다.

"어차피 근본도 없는 벼락출세 귀족이 아닙니까? 내버려 두어도 문제없겠지요. 지금도 레드글레이브 가의 파수견 노릇을 하며 주인의 마음에 들고자 필사적이지 않습니까? 아무 데서나 싸움을 거는 광견 따위, 신경 쓸 것도 없습니다. 그것보다 공국의 대응을 이야기해야 하지 않겠습니까? 큰소리를 쳐 놓고서 학생에게 지는 꼴이라니, 한심하게 짝이 없습니다. 차라리 우리도 관계를 끊는——"

그 순간 후작이 테이블을 주먹으로 내리쳐 그의 말을 끊었다.

방금까지 실실 웃던 귀족들도 놀라 입을 다물고 후작을 쳐다보았다.

"어떻게 해서든 그 애송이를 끌어내려라. 어떤 수단을 쓰더라도 상관없어."

그러자 광견 이야기에 웃어대던 귀족들이 반대했다.

"하, 하지만, 이유가 없습니다. 게다가 공국의 움직임도 신경 쓰이고, 왕비님이——"

"어떻게 해서든 짓뭉개! 왕비 마음에 든 녀석이라 할지라도 개의치 마라! 공국보다도 우선은 그 애송이다!"

후작의 기세에 주위는 아무 대꾸도 할 수 없었다.

'그 녀석만큼은 짓밟아 놓지 않으면 안 된다. 공국을 고작 혼자서, 단 한 척의 비행선으로 격퇴했단 말이다! 그런 로스트 아이템을 방치할 수는 없다. 왕도 왕비도, 빈스도, 어째서 이해하지 못하는 거지! 그 녀석이 얼마나 위험한지 알고 있을 터다!'

후작에게는 공국보다도 리온 쪽이 더 위험했다.

"공국에 연락을 취하겠다. 그리고 헤르트뤼더 전하를 이 자리에 데리고 와라."

회의장에 있던 기사가 서둘러 방을 나가 헤르트뤼더가 있는 곳으로 향했다.

왕궁 내에서는 공국보다도 리온을 적대시하는 자들이 나타나고 있었다.

에필로그

결투 다음 날.

나는 방 침대 위에서 무릎을 모으고 앉아 있었다.

"나도 부술 생각은 없었다고⋯⋯. 하지만 루크시온이 그걸 그 대로 놔두면 그렉이 죽는다고 하잖아. 그 녀석이 눈앞에서 죽는 다는 말을 들으면 누구든 그렇게 했을 거라고. 오히려 그렇게 하지 않는 녀석은 인간이 아니야. 그런데도 다들 나를 보고 '그건 아니지⋯⋯' 하면서 나쁜 놈 보듯이 보고⋯⋯. 내가 나쁜 거야? 이 게 내 책임이냐고?"

루크시온을 앞에 두고 투덜투덜 푸념을 늘어놓는 내 옆에는 부모님과 둘째 형 닉스, 그리고 경사스럽게도 자작가의 후계자에게 거절당한 차녀와 그 외 손님들이 모여 있었다. 제법 넓은 방인데도 사람이 많아 비좁게 느껴졌다. 참고로 차녀의 고양이 귀 전속 노예 자식——미오르는 방 밖에서 대기하고 있었다.

안제가 난처한 표정으로 나를 보며 말했다.

"어제부터 이런 상태다. 미안하군, 남작. 어떻게든 예복으로 갈 아입히기까진 했다만⋯⋯."

리비아도 미안하다는 양 내 사정을 가족에게 이야기하고 있 었다.

"그⋯⋯ 리온 씨가 어제 결투를 했다가 많은 분께 비난을 사버리는 바람에…….”

그건 아니지…… 하고 다들 날 차가운 눈으로 본다. 나를 비난하지 않았던 건 스승님뿐이었다. 나한테 '뭔가 이유가 있었던 것이겠지요'라며 다정한 말을 건네 준 최강신사다.

스승님의 상냥함에 눈물이 멈추질 않는다.

“아~ 울기 시작했어. 자, 리온 군. 예복이 더러워지니까 손수건으로 닦으렴.”

클라리스 선배가 손수건을 내밀며 말했다.

이 선배는 왜 여기 있는 거지? 어렴풋이 애틀리 가문이 어떻고하는 이유를 듣긴 한 것 같은데, 솔직히 그때는 넋이 나가 있던지라 다 흘려들었다.

“한심하네요. 공국과의 싸움에서 보여줬던 큰 뜻이 흐릿해지고말겠어요.”

가슴 밑으로 팔짱을 끼고 있는 여왕님…… 아니, 디어드리 선배가 말했다.

댁은 또 왜 여기 있는 거야?

“너는 정말! 오늘만큼은 똑바로 하라고! 그리고 모르는 아가씨들이 늘어나 있다만, 너는 대체 뭘 한 거냐?”

수염이 많은 얼굴에 어울리지 않는 기사용 예복을 입은 아버지가 여성진에 곤혹스러워하면서도 나를 꾸짖었다. 어째서 내 방에아가씨들이 있는지 의아해서 견딜 수가 없는 모양이다.

“글쎄? 내가 묻고 싶어.”

어머니도 특별한 날에 입는 드레스를 입고 있었다. 주위의 아가씨들이 신경 쓰이는지 안절부절못하고 있었다.

"그, 그래. 훈장을 받는 거잖니. 너는 오늘의 주역이니까 좀 더 정신 똑바로 차리렴. 그, 그런데, 이분들과는 어떻게 아는 사이니?"

디어드리 선배가 돌돌 말린 머리카락을 손으로 쳐서 올리는 몸짓을 하며 대답했다.

"저를 매도한 첫 남자랍니다."

나는 곧바로 부정했다. 어째서 기뻐하는 것 같지, 이 쉬운 선배는?!

"오해 살 만한 소리 하지 마세요! 그리고, 다들 날 그런 눈으로 보지 말라고! 난 그런 이상한 취미는 없어!"

마음을 새로이 하고 나는 한숨을 내쉬었다.

"애초에 오늘 식전은 왜 예복인 거야? 교복이면 되잖아."

오늘 식전은 전투에 참여한 학생들에게 '노력상' 같은 훈장을 건넬 뿐이다.

학교 전체 조회에서 표창받는 거랑 크게 다를 것도 없다.

근데 갑자기 예복까지 입혀 놓고…… 아니, 그보다 왜 굳이 부모님까지 오신 건데?

의아한 듯한 표정을 짓고 있자 둘째 형이 지친 얼굴로 나를 봤다.

"너, 혹시 이야기를 못 들은 거냐?"

고개를 끄덕이자 안제가 나를 노려봤다. 상당히 무섭다.

아니, 그보다 디어드리 선배의 발언 때부터 계속 무서운 눈초리를 하고 있었다.

내가 뭔가 했어……?

"호오…… 어제 내가 그만큼 설명해 줬는데도, 하나도 안 듣고 있었다고?"

안제의 눈빛이 점점 따가워지자 리비아가 날 감싸주었다.

"기, 기다려 주세요! 리온 씨도 상처를 받은 거예요. 사실은 져 줄 생각이었는데, 억지로라도 이길 수밖에 없었으니……. 그러니까 저기── 용서해 주세요!"

리비아가 그렇게 말하자, 안제가 다시 내게 설명해 줬다.

도와줘서 고마워, 리비아……! 네게 꼭 굉장한 목걸이를 선물해 줄게. 원래 네 거지만 말이야. 그런데 뭐라고 하면서 건네주지?

그런 생각을 하고 있자,

"이번에 제일 큰 공을 세운 건 너다."

"어? 크리스가 아니라?"

나는 깜짝 놀라 안제를 쳐다봤다.

"확실히, 네가 원하던 대로 흑기사는 크리스가 물리친 게 되었지. 하지만 헤르트뤼더 전하를 사로잡은 건 너다. 거기다 적국의 신형 비행선과 갑옷을 노획하여 왕국에 헌상하기도 했지. 학생이나 선원들을 구한 공적도 있다. 종합적으로 판단해서, 너는 크리스와 차원이 다른 공을 세웠다. 오늘 네가 받는 건 '진짜' 훈장이다."

리비아는 기뻐하는 듯했다.

"리온 씨는 안제를 구하기 위해 혼자서 뛰쳐나갔잖아요! 공작가 사람들이 그야말로 기사 중의 기사라며 칭찬하고 있었어요!"

뭐? 그쪽이야? 그게 공이 된다고? 어?! 잠깐만! 그런 말 못 들었는데!

"애틀리 가에서도 전에 추천했던 승진도 이번 기회에 진행하게 되었어. 게다가 아크라이트 가문을 비롯해 필드 가문과 세버그 가문에서도 리온 군을 위해 추천장을 써주었대. 그리고 로즈블레이드 가문도 말이지."

나는 클라리스 선배의 말에 귀를 의심했다.

디어드리 선배가 높은 웃음소리를 냈다.

"단순히 입만 살았을 뿐인 남자였다면 전력으로 짓뭉갰을 거예요. 하지만 당신은 유언실행(有言實行), 진짜 기사이며 귀족이라는 걸 증명했지요. 이걸 인정하지 않는다면 로즈블레이드 가의 이름이 울 거예요."

——다들 무슨 짓을 한 거야! 전혀 기쁘지 않다고!

내가 굳어 있자, 리비아가 미소를 띤 얼굴로 말했다.

"굉장해요, 리온 씨! 리온 씨, 무려 오늘부터【4위 하】에【자작】님이에요. 왕도에서는 리온 씨의 소문이 퍼져서 영웅이 되었대요!"

리비아의 말을 잘 이해할 수 없었다. 머리가 이해하는 것을 거부했다.

자, 자작님? 영웅? 이상하잖아! 있을 수 없다고! 있어서는 안 돼!

나는 안정을 찾기 위해 차녀의 모습을 찾아 눈을 굴렸다. 차녀는 방 한구석에서 웅크려 있었다. 자작이라는 말을 듣고 침울해진 모양이다. 보나 마나 저번에 손을 대려다가 놓친 남자를 떠올리고 있겠지. 지금도 중얼중얼 원망을 흘리고 있었다.

지금은 저 모습을 보고 마음의 안정을 찾자. 그래, 진정하면 대부분의 일은 대처 가능할 것이다.

"뭐야. 결혼해 주겠다고 말했는데, 우리 둘 다 거부하고……. '아니, 그쪽은 좀 아니에요'라니! 너무하잖아!"

이번에 공적 사건 이후 차녀가 열을 올린 자작가 선배와 나는 아는 사이가 됐다. 내가 공적들을 팔아넘……인도한 곳이 바로 그 선배의 집안이었다.

그러는 김에 선배에게 여러 가지로 물어봤지만, 차녀와 친구가 멋대로 들떠 있었을 뿐, 그 선배는 결혼 상대가 달리 있었다.

나는 '차녀는 신경 쓰지 않아도 돼요' 하고 웃는 얼굴로 말해 뒀다.

폐를 끼친 사과 겸 서비스도 하고 왔다. 정말로 끔찍한 누나라 면목 없다며 사과한 나는 분명 사람이 된 동생일 것이다.

참고로 차녀는 친구와 화해를 했다고 한다.

서로 노리고 있던 남자의 불평을 늘어놓고 있다 보니 마음이 통한 모양이었다.

──여자의 우정은 덧없다던가 말했던 녀석은 누구야? 더욱 견고하게 이어져 버렸다고!

나는 침대에 쓰러지다시피 누웠다.

"이건 꿈이야. 일어나면 학원 생활이 시작되는 입학식이고, 나는 다니엘이나 레이먼드랑 같이 결혼 활동이 힘들다며 푸념을 늘어놓는 거야. 다도의 극을 추구하기 위해 스승님의 지도를 받고, 새로운 티 세트를 사기 위해 던전에 도전하고, 수수하지만 다정하고 가슴이 큰 여자가 곤란해하는 걸 도와주면서 사랑에 빠지는 거지. 3년 동안 무난하게 지내고 그 가슴과 결혼해서 고향으로 돌아가는 거야. 온천에 몸을 담그고, 일식에 입맛을 다시며 행복하게 사는 거야. 자작? 사람 잘못 보셨네요."

그러자 차녀가 줄줄 새어 나온 소망을 입에 담는 나를 보면서 혀를 찼다.

"남자는 정말로 글러 먹었네. 여자를 뭐라고 생각하는 거야? 저질이야."

둘째 형도 너무하다.

"너, 마지막에는 가슴이랑 결혼하고 있다고."

아버지도 너무하다.

"중요한 건 엉덩이잖아? 네 엄마 같은, 둥그런 엉덩이가──아악!"

"여보!"

뭔가 끔찍한 말을 하려고 했던 아버지한테 어머니가 따귀를 날렸다. 좋아, 더 해주세요.

클라리스 선배가 흥미를 표했다.

"어머, 온천을 가지고 있니? 좋네."

안제의 눈이 곧장 선배를 노려봤다.

"무슨 의미지?"

그러자 클라리스 선배가 웃으며 대답했다.

"어머, 신경 쓰여?"

클라리스 선배가 조금 귀엽다고 생각했지만, 안제가 무시무시한 눈으로 노려봤기에 시선을 피했다.

디어드리 선배도 끼어들었다.

"마음에 들었어요. 부유섬째로 제가 사지요."

리비아가 깜짝 놀라 말했다.

"예?! 아니, 하지만, 섬을 사다니⋯⋯."

"로즈블레이드 가에는 그만한 자산이 있답니다."

안제의 목소리가 낮아지기 시작했다.

"호오, 부유섬을 사는 것뿐인가? 리온은 공작가와 교류가 있다. 알고 있겠지, 디어드리?"

"안젤리카, 당신의 그 얼굴⋯⋯ 오싹오싹해요."

마지막은 뭔데?! 이 사람, 역시 변태야!

그것보다도 이대로 식전에서 도망치고 싶으니 다들 돌아가 주지 않으려나?

리비아가 조금 화를 내며 나를 일으켰다.

"리온 씨, 곧 식전이 시작되니까 빨리 가요! 자, 일어나 주세요!"

안제도 서로 노려보고 있던 두 사람에게서 시선을 떼고는 내 쪽으로 다가와 리비아와 같이 나를 침대에서 꺼내고자 팔을 잡아당겼다.

"자, 가자. 아버님과 오라버님도 이번 식전에 참가하신다. 두 분 다 리온을 칭찬하고 있었어."

──이건 잘못됐어!

◇

겨울방학 첫날.

학원에서는 성대한 식전이 열렸다.

공국과의 전투에서 활약한 남작을 비롯하여 젊은 학생들의 활약을 칭찬하여 훈장 수여식이 진행되었다.

남학생들은 기사 인정을 받고, 여자들은 훈장을 받아 조금이나마 연금이 나오게 되었다.

남자도 훈장을 받았는데 연금이 나오지 않는 것이 이 세계의 가혹함을 이야기해주고 있었다.

그리고 리온 포우 발트파르트는 자작으로 승작.

계급이 4위 하가 되어 대출세를 이루었다.

단기간에 이만한 출세를 할 수 있었던 건 왕국 역사 속에서 리온이 유일했다.

그리고 승진한 이유 말인데, 공국과의 전투가 결정적이었다.

거기에 더해 필드, 세버그, 아크라이트, 이 세 가문을 비롯하여 많은 명문 귀족에게서 추천장을 받아 이례적인 출세를 한 것이다.

이날, 리온은 왕국 역사에 이름을 새겼다.

◇

식전이 끝나고 기사복 옷깃을 느슨하게 푼 나는 교사 뒤로 도망쳤다.

교사 뒤편은 그늘이 져 있어 유독 춥게 느껴졌다.

나는 이후에 있을 파티나 다른 일들을 생각하니 머리가 아팠다.

"어째서 이렇게 됐지……."

옆에 있는 루크시온은 여전했다.

『아무것도 하지 않는 편이 좋았네요.』

"그 녀석들한테 기대한 내가 바보였어. 두 번 다시 얽히지 않을 거다."

율리우스 전하랑 주변 녀석들과 얽힌 것부터가 잘못이었던 게 아닐까?

나는 머리를 감싸 쥐었다.

"자작이라니 뭐냐고. 더구나 4위 하? 내게 대체 어떤 활약을 요구하는 거야!"

그렇게 기대해도 난 돌려줄 게 없다고!

혼자서 침울해하고 있자, 리비아가 나를 찾아 교사 뒤로 다가왔다.

그러고 보니 리비아도 울적해 있을 때 여기 있었던가.

"아, 리온 씨 여기에 있었네요."

"리비아……."

갑자기 부끄러워지기 시작했다. 그 싸움 이후 둘만이 있게 된 게 처음이기 때문이다. 그동안은 이래저래 안제가 있었기에 셋이서 행동하고 있었다.

아니, 의식해서 셋이서 행동하고 있었다.

하지만 둘이 있게 되자 리비아에게 고백받았던 것을 떠올렸다.

리비아도 마찬가지였는지 뺨을 조금 빨갛게 물들이고 있었다.

"저, 저기!"

"네, 넵!"

리비아가 목소리를 높였기에, 나도 놀라서 대답하고 말았다.

딱 한 번 심호흡을 한 리비아는 무척이나 좋은 미소를 짓고 있었다.

"리온 씨한테는 민폐일지도 모르지만, 그때 한 말은 거짓말이 아니에요."

"……민폐가 아니야. 그저, 어떻게 하면 좋을지 몰라서……."

리비아가 난처한 듯이 웃고 있었다.

"저를 피하고 계셨죠?"

"무슨 말을 하면 좋을지 알 수 없어서……."

어깨를 떨구자, 루크시온이 옆에서 『한심한 마스터네요』라는 소릴 지껄였다. 이 자식, 공 삼아서 던져 줄까 보다.

리비아가 내 손을 잡았다.

"언젠가 대답을 들려주세요. 저는 기다리고 있을 테니까요."

"리비아⋯⋯."

"자아, 가요. 다들 기다리고 있어요."

리비아 손에 이끌려, 나는 그늘이 져 있는 교사 뒤에서 끌려 나왔다.

◇

겨울방학.

본가로 돌아온 나는 새로운 저택을 올려다보고 있었다.

시골이란 좋아. 도회에서 있었던 일이 마치 전부 꿈에서 봤던 일 같아지거든.

나를 상냥하게 맞이해 주는 장소다.

"커다란 저택이네."

아버지는 쑥스럽게 자랑하면서 무척 기뻐 보였다.

"날 찾아오는 손님이 늘다 보니 제대로 된 저택에서 맞이하고 싶어서 힘냈다. 네 덕분이야."

돈이 많아질 때마다 부모님께 어느 정도 돈을 보냈는데, 저택을 새로 짓는데 쓴 모양이었다.

이전의 저택은⋯⋯ 뭐라고 할까, 응. 정취가 있었다고만 말해 두자.

둘째 형은 아버지에게 우리 방이 있다는 말을 듣고 복잡한 표정을 짓고 있었다.

"졸업하면 돌아올 일도 줄어들겠지만, 내 방이 있다는 게 어쩐지 기쁘네."

하지만 이 화목한 분위기도 아랑곳하지 않고 차녀가 불만을 토했다.

"……미오르의 방은?"

아버지가 머리를 긁적였다. 설마 미오르의 방을 달라고 할 줄은 생각도 못 했겠지.

"사용인의 방이라면 있다만……."

그러자 차녀가 화를 냈다.

"저택 사용인이랑 같은 방을 쓰라는 거야? 보통은 따로따로 방을 준비하는 법이라고. 게다가 저택을 다시 세웠다면 미리 말하란 말이야! 이런 줄 알았으면 미오르를 데리고 왔을 텐데."

참고로 미오르는 학원에 남아 있다.

"아, 아니, 서프라이즈로 놀라게 해주려고……."

"더 신경을 쓰란 말이야! 그리고 왜 방을 멋대로 건드렸어?"

아버지가 차녀에게 힐난당하고 있었다.

어머니가 딸한테 비난받고 있는 아버지를 감쌌다.

"네 방은 내가 정리했단다. 그러니 안심하렴."

"싫어! 왜 멋대로 건드리는 건데! 저택을 다시 세운다고 미리 연락했으면 됐잖아! 그럼 리온을 시켜서라도 돌아왔을 거라고!"

나는 무심코 바닥에 침을 뱉었다.

그걸 둘째 형이 나무랐다.

"야, 끼어들면 골치 아파지니까 내버려 둬."

"형, 저 녀석 때리면 안 될까?"

"마음은 이해하지만 참아. 그 왜, 남자한테 차여서 신경이 곤두서 있는 것뿐이니까."

……그래. 친구랑 함께 남자한테 차여서 한동안 웃을 수 있었으니, 이번 건은 눈감아 주도록 하겠어.

한동안 이걸로 놀려 먹어야지.

차녀가 잔뜩 화를 내며 저택에 들어가는 것을 지켜보고, 우리는 의기소침해 있는 아버지의 어깨에 손을 올려 저택을 칭찬했다.

오랜만에 영지의 상태도 봤는데 저번에 봤을 때 보다 더 발전해 있었다.

이거라면 2년 후에는 훌륭한 남작가가 되어있겠지.

◇

그렉이 눈을 뜬 건 결투 다음 날이었다.

의무실에서 눈을 뜨자, 율리우스를 비롯한 남자 넷이 모여들었다.

"그렉! 정신이 드냐?"

브래드가 말을 걸자, 그렉은 눈을 돌려 자신이 의무실에 누워 있는 걸 보고 결투의 결과를 깨달았다.

"다들, 미안하다. 나 때문에 지고 말았어."

그러자 질크가 미소 지으며 말했다.

"저희가 그렉 군에게 맡긴 겁니다. 그걸로 졌다고 한다면, 모두의 패배예요. 게다가 우리도 그의 실력을 잘못 보고 있었습니다."

명공을 칭하는 남자가 손댄 갑옷으로도 무리였다. 사실은 사기꾼이었지만, 다섯 명은 그 사실을 알아차리지 못하고 있었다.

낙심한 그렉에게 율리우스가 말을 걸었다.

"기죽지 마라. 다음이 있어."

"전하?"

"율리우스면 돼. 그렉, 우리는 다시 발트파르트에게 도전할 거다. 너도 힘을 빌려주었으면 한다."

그렉이 윗몸을 일으켜 작게 웃었다.

"모두가 의욕을 보이는데, 나만 물러날 수 있겠냐. 몇 번이고 돕겠어, 율리우스!"

크리스가 안경을 벗고 눈물을 닦았다.

쿨 캐릭터에 철저히 전념하고 있었다.

그렉은 주위를 보면서 물었다.

"마리에는 없어?"

브래드가 어깨를 으쓱였다.

"그래, 여러 가지로 바쁜 것 같아. 카일과 뭔가 이야기를 하고 있었어. 그리고⋯⋯."

브래드가 마리에한테 받았던 질문을 떠올렸는지, 그렉에게 확인을 취했다.

"그렉, 전에 공적 퇴치 때 발트파르트가 쓰러뜨린 공적 두목이 있었지?"

"아아, 있었지."

"공적 두목이 사용했던 갑옷에서 발트파르트가 목걸이를 손에 넣는 것을 봤어?"

그렉은 리온이 공적의 갑옷에서 뭔가를 꺼내고 있었던 걸 기억해 냈다.

"목걸이인지 뭔지는 모르겠지만, 확실히 발트파르트가 뭔가 말했었지. 상대도 빼앗기면 곤란한 듯했고. 그게 어쨌다는 거야?"

브래드는 생각에 잠겨 있었다.

"아니, 마리에가 물어봐서 말이지. 쓰러뜨린 상대가 윙 샤크라고 알려줬더니, 무척 진지한 표정을 짓고 있었어. 상당히 신경을 쓰고 있더군."

그렉은 턱에 손을 댔다.

"목걸이라……. 전에 마리에가 보여줬던 건 '팔찌'였지. 그때도 제법 진지했으니까 말이야. 뭔가 관련이 있는 것일지도 모르겠군."

크리스도 고개를 끄덕였다.

"왕도의 던전에서 발견했다는 것 같다. 확실히 관련이 있을 것 같아."

율리우스는 마리에의 몸을 걱정하고 있었다.

"너무 무리하지 말았으면 좋겠다만, 뭔가 중요한 물건인 것 같군."

율리우스는 질크가 진지한 표정을 짓고 있는 걸 알아차리고 말을 걸었다.

"왜 그러지?"

"최근, 마리에 씨가 신전에 얼굴을 내비치고 있는 것을 떠올려서 말이죠. 우리에게 뭔가 숨기고 있는 것 아닐까 하고. 아뇨, 지나친 우려겠죠."

다섯 명은 답이 나오지 않는 대화를 끝내고, 마리에한테 뭔가 선물이라도 하지 않겠냐는 이야기로 들떠 올랐다.

신축 저택에 아버지의 정처인 조라가 쳐들어왔다.

조라는 신전의 높은 신관을 같이 데리고 있었다. 신관은 둥근 안경을 쓴 여성이었는데, 분위기를 보아 조라와 친한 것 같았다.

"이 불경한 사람! 신전의 보물을 내놓으십시오!"

조라는 다짜고짜 날 찾더니 갑자기 그런 말을 했다.

"뭐? 신전의 보물?"

나는 이건 또 무슨 소리지 하고 생각하면서, 신발에 묻은 밭의 흙을 떨구었다.

신관은 내 그런 태도를 보자 "어쩜 이리도 지독한 냄새일까요"

같은 말을 지껄였다. 보나 마나 도회에서 자란 여성이겠군.

조라와 친하게 굴 때부터 대충 짐작은 갔다.

신관이 헛기침하고는 본론을 꺼냈다.

"발트파르트 자작, 당신은 이전에 공적을 퇴치하였지요?"

눈을 돌려보니 저택 주변에 무장한 신전 기사들이 쫙 깔려 있었다. 어머니와 아버지도 무슨 일인지 눈치를 살피고 있었다.

차녀나 삼녀는 집에서 나오지 않았다.

둘째 형은 다른 밭에 가 있어 이 자리에는 없었다.

"토벌했지. 그게 뭐?"

신관은 얼굴이 시뻘게지면서 내게 호통을 쳤다.

"그 공적들은 신전의 보물을 훔쳤습니다! 즉 신전의 문장이 새겨진 목걸이가 공적의 손에 있었다는 말이죠! 그걸 소지하고 있던 공적도 당신이 빼앗았다고 증언하였다고요!"

쳇, 입막음해둘 걸 그랬나?

아니, 그 이전의 문제다.

"그렇다고 쳐도 왜 날 도둑 취급하는 거지? 공적을 쓰러트리면, 공적이 가지고 있던 보물은 그자의 소유다. 이건 왕국의 법률이라고."

내가 도둑놈인 양 떠들고 있지만, 엄연한 권리다. 나쁜 건 내가 아니다.

그러자 신관이 격노했다.

"신전의 문장이 새겨져 있었다면 신전에 돌려주는 것이 도리입니다!"

억지도 정도가 있지.

네가 당연하다고 떠드는 상식은 내게 비상식이라고.

그냥 무시하고 돌려보낼까 생각했지만, 나는 맨몸인 데 반해 저쪽은 무장한 기사들과 비행선이 대기하고 있었다.

루크시온이 내게 통신을 보냈다.

『마스터, 아쉽지만 이번에는 포기해야 할 듯합니다.』

나는 잠자코 루크시온의 설명을 기다렸다.

『이 상황을 빠져나가는 건 어렵지 않습니다만, 그렇게 되면 마스터가 소중히 여기는 안전한 삶에 치명적인 문제가 발생합니다. 이전에 마스터가 말했던 방침으로 보자면 건네주는 편이 원만하게 해결될 것 같습니다.』

신전이라는 종교 조직도 자체 전력을 갖추고 있는 건 알고 있었지만, 이만큼 그러모아 올 줄은 몰랐다.

루크시온이 말로는 남작가를 상대할 규모가 아니라고 한다.

그만큼 잔뜩 무장하고 쳐들어왔다.

나는 눈앞에서 떠들고 있는 신관을 무시하면서 루크시온의 설명을 들었다.

『신전 세력과 문제를 일으키는 것은 좋은 선택이 아닙니다. 언젠가 올리비아를 성녀로 인정한다는 조직이지요?』

종교에 엮이면 정말 성가시다. 확실히 이들을 적대하는 건 좋은 선택이 아니다.

가짜 목걸이를 준비하는 건 어려우려나…….

『모조품은 간파당할 겁니다.』

나는 혀를 차고 싶은 것을 참고, 조라를 노려봤다. 득의양양한 미소를 띠고 있는 게 열 받는다.

"일단 가지고 올 테니까 거기 있어."

그러자 신관이 내게 말했다.

"자작은 재산을 제법 모아 놨다고 들었습니다. 차라리 그 재산을 신전에 기부하도록 하세요."

잘난 듯이 위에서 내려다보는 시선으로 말하는 신관에게 조라가 동조했다.

"그래요. 당신도 신전에는 거역할 수 없겠죠."

그러나 루크시온도 그냥 당하지는 않았다.

『이건 거부하셔도 괜찮습니다. 이들이 주장하는 기부는 신전 조직과는 무관한 의견일 가능성이 큽니다. 개인의 판단이라고 추측합니다.』

신전 비행선에 드론을 잠입시켜 정보를 모은 듯하다.

빼돌린 정보를 듣자 하니 그들은 내게서 신전의 보물을 되찾기 위해 소집된 모양이었다. 극악무도한 기사가 신전의 보물을 숨기고 있으며, 어쩌면 무력 충돌이 있을지도 모른다나.

즉, 공국군을 혼자서 격퇴한 나를 두려워하고 있었다.

아니 그것보다── 극악무도라니? 누가 극악하다는 거냐.

"……생각해 두겠습니다."

그러자 두 사람은 서로의 얼굴을 마주 보며 미소를 띠고 소곤소곤 이야기하기 시작했다. 보나 마나 어떻게 나눠 먹을지 꿈을 꾸고 있겠지. 근데 난 준다고는 안 했다?

조금 해볼까 하는 생각이 잠깐 들었지만, 역시 주고 싶지 않아서 관두었다.

너희들끼리 맘대로 기뻐하고 있으라지.

나는 루크시온과 합류하고 목걸이를 가지고 두 사람이 있는 곳으로──가 아니라, 항구에 있는 신전 관계자에 목걸이를 가지고 갔다.

◇

항구에 있던 건 긴장한 모습의 40대 장군이었다.

급격히 출세한 내 소문을 들었는지 날 매우 경계하고 있었다.

"당신이 책임자입니까?"

"예. 이 함대를 이끌고 있습니다. 발트파르트 자작, 가능하다면 온화하게 끝내고 싶습니다. 신전의 보물을 돌려주실 수 있겠습니까?"

그래, 처음부터 이렇게 말하면 됐잖아.

내가 목걸이를 보여주자 장군은 눈을 크게 뜨고 곧바로 감정사를 불렀다. 감정사가 목걸이를 확인하더니 격렬하게 고개를 끄덕였다.

"트, 틀림없습니다. 전승대로입니다!"

그 말을 들은 장군이 몸을 떨었다.

"이, 이것이 잃어버린 보물!"

중요한 물건이라면 신전에서 철저하게 보관했어야지.

나는 장군에게 말했다.

"이건 넘겨줄 테니까, 저택에 온 사람들을 좀 데리고 돌아가. 이거 외에도 재보를 내놓으라는 등 이상한 말을 해대서 조금 곤란해."

내 이야기를 들은 장군이 놀랐다.

"이, 이거 실례했습니다! 저희는 목걸이를 받으러 온 것뿐입니다. 곧바로 데리고 돌아가겠습니다."

딱히 싸울 생각은 없었던 모양이다.

루크시온은 편리하네. 쓸데없는 싸움을 하지 않고 그쳤다.

그건 그렇고, 신전에 보물이 넘어갔다면 빨리 던전의 팔찌를 회수하는 편이 좋을까?

목걸이를 받아든 장군은 안도했다.

"들었던 소문과는 다르시군요."

"무슨 소문?"

"실은 방약무인한 사람이라고 성녀님이 화를 내셨거든요. 그런데 들었던 것보다도 차분하게 계시기에."

──지금, 뭐라고 말했지?

"잠깐 기다려 줘. 성녀님이라니?"

"——앗."

장군이 무심코 흘린 정보에, 주위 관계자들이 얼굴에 손을 대고 고개를 흔들었다.

나는 즉각 캐물었다.

"성녀……님이 발견된 건가?"

혹시, 리비아의 정체가 벌써 밝혀진 건가 했지만, 장군의 입에서 나온 이름은 너무나도 의외였다.

말도 안 된다. 있을 수 없다.

"아마 아시는 분이 아닐까 합니다만, 【마리에 포우 라판】 님입니다. 목걸이와 마찬가지로 잃어버렸던 팔찌를 가지고 왕도의 신전에 나타나셨지요."

어째서 그 녀석이 팔찌를 가지고 있지? 아니, 그냥 가지고 있던 것뿐이라면 상관없다. 결과적으로 리비아 손에 넘어오면 문제없으니까.

그런데, 그 녀석이 성녀를 칭한다는 건 말도 안 된다.

그 녀석은 전생자다.

잘 처신하여 다섯 명을 농락한 것은 용납할 수 없지만, 이해는 한다. 하지만 성녀를 칭하는 것만큼은 절대 그냥 넘어갈 수 없다.

'게임 지식을 가지고 있다면, 게임을 클리어했다면 일어날 수가 없는 일'인 것이다.

왜냐면 마지막 순간에 필요한 건 성녀의 힘이 아니라 리비아의 힘이니까.

"마리에가 성녀?"

"예. 성스러운 치료 마법을 사용하실 수 있으셨습니다. 이미 신관님들보다도 뛰어난 기량을 갖고 계셨지요. 지팡이도 마리에 님께 반응하여──"

장군이 멈추지 않고 계속 떠들자, 결국 근처에 있던 관계자가 장군을 말렸다.

장군은 너무 많이 떠들었다며 반성했다.

"시, 실례했습니다. 그러면 저희는 이걸로 철수하겠습니다. 신관님은 이쪽에서 사람을 보내 데리고 돌아가겠습니다."

나는 떠나가는 그들이 보이지 않게 될 때까지 멍하니 서 있었다.

그리고 곧바로 루크시온에게 연락을 취했다.

『무슨 일입니까?』

"마리에가 성녀가 됐다. 그년, 절대로 용서 못 해……."

공작가 영지.

안젤리카와 리비아는 저택 근처에 있는 승마 시설에 있었다.

안제는 말에 타서 무서워하는 리비아를 도와주고 있었다.

"자, 무서워하지 말고."

"높아요. 이거, 생각했던 것보다도 높아요!"

"이 정도는 높다고 하지 않아."

겨울방학.

리비아를 저택에 초대한 안제는 승마를 가르치고 있었다.

"2학년이 되면 학력 외에도 이런 실기 테스트가 있다. 지금 익혀놓아야 해."

리비아의 필기 실력은 우수하지만, 가끔 이런 실기에 문제가 있었다.

안제는 리비아가 실기를 어떻게든 하고 싶다는 부탁에 직접 나서서 리비아를 지도하기로 했다.

사실은 리온의 본가에 갈까도 생각했지만, 리온은 공장 설립 등으로 바쁜지라, 방해하지 않기로 했다.

"봐, 자세가 무너져 있어."

겁먹은 리비아에게 요령을 가르쳐주고 있자 눈이 내리기 시작했다.

'올해는 빠르군.'

안제는 리온의 영지에 있는 온천이 그리워졌다.

그리고 리온의 얼굴이 떠올랐다. 동시에 식전 전에 있었던 소란도 떠올렸다.

'아버님과 오라버님은 리온을 끌어들일 생각이겠지만, 클라리스와 디어드리도 뭔가 꾸미고 있다. 빨리 리온의 상대를 찾는 편이 좋을 것 같은데……. 친척 중에 리온에게 보낼만한 여자가 누가 있었지? 자작쯤 되면 그에 걸맞은 상대를 찾기도 그만큼 어려운가?'

리온이 승작하면서 결혼 상대의 선택지도 넓어졌다.

남작이었을 때는 동격인 남작가, 혹은 자작가의 딸 정도였지만, 자작이 된 이후로는 아래로 남작가부터 위로 백작가까지 노려볼 수 있게 되었다.

아마 높게 보자면 변경백도 가능할 테지만, 어쨌든 선택지가 넓어졌다.

아무리 그래도 공작가는 어렵겠지만, 백작가의 딸이라면 결혼할 가능성이 생겨난 것이다.

동시에 이제부터는 많은 여자에게서 구애를 받게 된다. 전교생의 3분의 1이 리온의 활약을 보고 있었다.

누가 흑기사를 물리쳤는지 싸움을 보고 있지 않더라도, 조금 생각하면 알 수 있는 일이었다.

공국과의 전투에서 보여준 활약에 더해 리온의 작위는 자작. 계급은 4위 하. 파트너라는 대형 비행선에 흑기사를 격퇴한 아로간츠라는 갑옷. 이걸 눈으로 직접 본 여자들이나 소문을 들은 여자들은 어떻게 생각할까?

안제는 머리가 아파지기 시작했다.

'그럼 클라리스와 디어드리도 리온을 노리고 있는 건가? 확실히, 그 녀석들이라면 리온에게 시집을 가도 격이 맞는다. 하지만 그 녀석들에게 리온을 넘겨줄 수는…….'

묘하게 답답한 마음이 든 안제는 고개를 가로저었다.

그러자 리비아가 울 것 같은 얼굴로 안제에게 도움을 요청했다.

"안제. 다리에 쥐가 날 것 같아요⋯⋯."

"⋯⋯혹시 운동 부족인가?"

원래부터 인도어파인 리비아는 학원에 오고 나서부터 본가에 있을 때처럼 집안일을 돕느라 몸을 움직일 기회가 없었다.

그 때문에 리비아는 입학 전보다 반대로 체력이 떨어져 있었다.

"곤란하군⋯⋯. 이래서는 졸업할 때까지 던전 공략은 어려울 텐데⋯⋯."

"던전 공략이요? 저, 저기, 던전은 한 번 공략하면 사라진다고 들었는데, 그럼 왕도의 던전은 공략하면 안 되는 거 아닌가요?"

안제가 리비아를 말에서 내려 주며 설명했다.

"공략이라고 해도 지하 30층이다. 거기까지 갈 수 있으면 충분한 실력이 있다고 인정해주지. 반대로 말하자면, 거기까지 다다를 수 없다면 언제까지고 칠푼이 취급을 받는다. 호위를 고용하는 방법도 있다만, 체력이 없으면 가기도, 돌아오기도 쉽지 않지."

특별한 이유가 없는 한 던전 공략은 필수다. 학원의 졸업 조건에 들어가 있을 정도였다.

리비아가 그 말을 듣고 어깨를 풀썩 떨궜다.

"노, 노력할게요!"

다리가 떨리는 리비아를 끌어안고, 안제가 쿡쿡 웃었다.

"다리가 떨리고 있잖나. 그건 그렇고, 리비아는 따뜻하군."

"안제, 그렇게 세게 끌어안지 말아요."

알콩달콩 두 사람을 지켜보는 건 호위와 메이드들이었다.

◇

신전의 귀빈실.

마리에는 소파 등받이에 팔을 걸치고 다리를 꼰 채로 낮은 테이블 위를 보고 있었다.

"후후, 드디어 손에 넣었어."

목걸이를 손에 넣은 마리에는 곧바로 그것을 자신의 목에 걸었다.

왼손 손목에서 빛나는 팔찌는 '성스러운 팔찌'.

목을 장식하는 것은 '성스러운 목걸이'.

그리고 가까이에 기대어 세워 놓은 '성녀의 지팡이'.

그것들은 틀림없이 마리에한테 반응을 나타내고 있다.

"주인공님이 있을 장소를 빼앗았지만, 애초에 내가 성녀라도 문제없지. 왜냐면 나도 치료 마법이 특기니까. ——노력해서 습득했는걸."

피나는 노력을 하여 치료 마법을 습득한 건 본가인 자작가가 끔찍해서였다. 지독한 부모에, 지독한 형제…… 언젠가 여기서 벗어나겠다 다짐하며 마리에는 치료 마법 단련에 단련을 거듭해 왔다.

전생자의——그 여성향 게임을 아는 플레이어의 지식을 써서 치료 마법을 습득했다.

마리에의 지식은 게임에서 비롯된 것이었다.

"이벤트 영상에서도 성녀님이 기도하면 문제없었고, 뭔가 일어나도 내가 대신 대처해 주겠어. 그러니까 지금까지 좋은 일이 없었던 나한테 전부 양보하도록 해, 올리비아."

하지만 마리에의 지식은 주로 이벤트 영상이나 CG, 그리고 인터넷의 공략 등 어중간한 정보만이 있을 뿐이었다.

게임이 너무 어려워서 도중에 내던지고 만 탓에 뒷부분을 모르는 것이다.

모든 걸 알고 있는 건 클리어한 건 전생의 '오빠'뿐이다.

"그건 그렇고 정말로 힘들었어. 팔찌를 회수하기 위해 무모한 짓을 했고, 게다가 신전 사람들을 설득하는 데도 한 고생 했으니 말이야."

그리고 하나 더.

"그 모브 자식이 쓰러뜨린 공적. 확인했더니 목걸이를 가지고 있던 녀석들이었어. 그 남자, 혹시 뭔가 알고 있는 걸까?"

애초에 마리에는 발트파르트라는 가문을 들어본 적이 없었다.

게임에도 등장하지 않는 가문이었다.

"애초에 안젤리카를 구한 것도 부자연스러워. 게다가 이상하리만치 강한 그 갑옷……. 잠깐, 설마 그 자식도 나랑 같은 전생자? 그래서 나를 방해한 거야? ──그 자식 절대로 용서 못 해!"

격노한 마리에는 어떻게 복수해 줄까 하고 생각했다.

"하지만…… 지금은 내가 입장으로는 더 위지. 같은 전생자에, 저쪽도 벼락출세한 것 같지만, 나는 왕비의 자리도 노려볼 수 있는 곳까지 왔어. 율리우스를 왕태자로 되돌리고, 어떻게 해서든 왕비님이 되어야 해! 꿈에 그리던 도회의 호화롭고 사치스러운 삶이 나를 기다리고 있다고!"

리온과 마리에는 몹시 닮았다.

다만, 목표로 하는 장소가 달랐다.

리온이 시골에서의 평범한 생활을 지향하는 데 비해, 마리에는 왕도에서의 사치스러운 삶을 바라고 있었다.

"잘생긴 남자를 거느리고, 매일같이 사치스러운 삶을 보내 주 겠어. 전생에서 그만큼 고생했으니까, 이 정도는 괜찮겠지. 주인 공한테는 그 모브가 어울려. 어라? 그러면 그냥 저대로 방치하면 되는 거 아닌가? 아니, 안 돼. 내 직성이 풀리지 않아."

마리에는 전생을 떠올렸다.

"그때는 정말로 괴로웠어. 밤일 가게에서 일하면서 인기를 얻 었더니 글러 먹은 남자한테 걸려서…… 아아, 나는 어쩜 이렇게 불행한 걸까."

밤일 가게에서 일한 경험이 효과를 발휘하고 말았다.

쓸데없이 남자를 농락하는 솜씨를 갈고닦은 전생.

마리에가 다섯 명을 농락할 수 있었던 건, 그 겉모습 보다 전생 의 경험 덕이 컸다.

마리에는 일어나서 미소를 지었다.

"난 이 세계에서는 반드시 행복해질 거야!"

★ 막간 「루크시온 리포트 2」

루크시온은 곤히 잠든 리온을 보고 있었다.

리온은 본가 저택에 새로 생긴 자기 방에서 행복한 듯이 잠들어 있다.

일어나 있을 때는 마리에한테 온갖 악다구니를 내뱉기를 되풀이하고 있었지만, 이 상태라면 내일 아침에는 또 잊고 놀러 다니겠구나, 하는 생각이 들었다.

『마리에가 성녀가 되는 일은 없을 거라 말했었는데. 하는 일마다 전부 예상을 벗어나는 마스터를 둬서 저는 행복합니다.』

들릴 리도 없는데, 비아냥을 입에 담는 루크시온은 2학기에 관해 돌이켜봤다.

『그건 그렇고 여러 일이 있었네요.』

학원제에서는 리온도 매우 바빴다.

반쯤은 자기 책임이었지만, 그걸 본인이 알고 있는지 의심스러웠다.

공적 퇴치에 공국과의 전쟁도 큰일이었다.

이번에 리온이 저지른 최대의 실수는 공로를 다른 사람에게 떠넘긴 것이었다.

브래드, 그렉, 그리고 크리스에게 공로를 떠넘기고, 게다가 본가와의 절연을 풀기 위해 자금을 뿌리고 말았다.

리온은 세 사람의 이름으로 각자의 본가에 상당한 돈을 보냈다.

공적 퇴치로 얻은 보물을 거의 다 써 버릴 기세로 말이다.

하지만 리온에게는 아무렇지도 않은 지출이었다.

그에게는 루크시온이 있다.

자원이 필요하면 루크시온이 준비할 수 있고, 자금도 얻으려고 생각하면 얼마든지 방법이 있다.

하지만 주위는 그걸 모른다.

세 사람의 본가가 보기엔, 절연한 아들을 위해 공적을 양보하여 체면을 세워 복연(復緣)할 기회를 만들어 준 것이다.

세 가문은 리온이 쓸데없는 짓을 하지 않았더라면, 하는 마음도 있었을 터다.

하지만 공로도 양보하고 그만한 성의도 보여줬는데 용서하지 않는다면 귀족 사회에서의 세 가문의 입장에 여러모로 문제가 생겨난다.

열은 받지만, 성의는 보였기에 용서해 주자는 것이 세 가문의 입장이다.

그들이 리온의 승진을 추천한 것도 서로 간에 과거의 일은 없었던 것으로 했다고 주위에 알리려는 목적이 있었기 때문이다.

좋아서 추천한 게 아니다.

『돌고 돌아서, 설마 자기가 승진할 거라고는 생각지도 않았던 것이겠지요.』

정신 차리고 보니 자작이 되어있고, 궁정 계급은 4위 하까지 올라와 있었다.

단기간에 여기까지 올라간 리온은 정말로 호르파트 왕국 역사상에서도 몇 명밖에 없을 영웅이었다.

태평하게 침대 위에서 자는 리온이 그 의미를 정말 깨닫고 있는지, 루크시온은 걱정이 되었다.

『자, 그럼 하나 더 있는──아뇨, 두 개 더 있는 문제도 어떻게 될는지.』

리온이 승진함으로써 결혼 상대의 선택지가 늘어나고 말았다.

그리고 벌써 입후보 의사를 비치고 있는 여자가 두 명이나 있었다.

『클라리스, 그리고 디어드리입니까. 그럴 마음이 없는 상대에게 잇달아 호감을 사다니, 마스터는 요령이 좋은 건지 나쁜 건지 모르겠군요.』

리온은 질크와의 사이에 있었던 불만을 해소하고 덧붙여 위로해 줌으로써 클라리스의 마음을 사로잡았다.

디어드리는── 왜 그렇게 된 건지 루크시온도 모르겠다.

하지만 싫어하는 건 아니리라고 판단하고 있다.

아니면, 싫어하기 때문에 옆에 둬서 거느리고 싶은 건가?

루크시온은 깊게 생각하지 않기로 했다.

『마스터는 이제부터 바빠지겠지요. 왕국의 위기는 거의 회피했다고 합니다만, 앞으로 사태가 어떻게 움직일지 무척 기대됩니다.』

루크시온은 리온을 바라보며 이제부터 바빠질 것을 예상했다.

하지만 딱히 먼저 나서서 움직일 생각은 없었다.

루크시온은 왕국이 멸망하건 신경 쓰지 않기 때문이다.

최악의 경우 리온과 주변 사람들을 회수하여 도망칠 생각이었다.

왕국이 위기이건 아니건 관심이 없기에, 깊게 조사하지도 않았다.

여하간——.

『마스터가 명령해 주신다면, 제가 당장이라도 공국이나 왕국을 멸망시키고—— 마스터의 고민을 전부 해소할 수도 있는데 말이죠.』

——루크시온은 신인류를 싫어하니까.

구인류가 만들어 낸 로스트 아이템이다.

리온이 명령하면 금방이라도 세계를 붕괴시킬 것이다.

루크시온은 창문 너머로 보이는 달에 빨간 눈동자를 향하며 허공에 떠 있었다.

CHARACTERS

클라리스 피아 애틀리

질크의 전 약혼자. 원래는 상냥한 여성이었지만, 약혼 파기 후에 삐뚤어져 교복을 헐렁하게 풀어 입는 불량아 같은 모습이 되었다.

스승님

리온의 다도 스승. 리온이 말하길 [완벽 신사] 인 이상적인 인물.

THE WORLD OF OTOME GAMES IS A TOUGH FOR MOBS.

밀렌 라판 호르파트

율리우스의 친모. 외국 출신으로 호르파트 왕국에 시집온 여성. 평소에는 상냥하고 천진난만하게 보이지만, 실은 유능한 인물.

반데르 힘젠덴

CHARACTERS

흑기사라 불리는 공국의 영웅으로 왕국에서는 두려움을 사고 있다. 헤르트뤼더를 어렸을 적부터 귀여워해 왔다. 이마에 상처가 있는 역전의 강자.

판오스 공국

헤르트뤼더 세라 판오스

마술피리를 사용하여 몬스터를 조종하는 여성. 왕국에 원한을 품도록 교육받는 바람에 왕국 인물들을 야만적이라고 생각하고 있다. 편향된 생각을 지니고 있지만, 원래는 상냥한 성격.

THE WORLD OF OTOME GAMES IS A TOUGH FOR MOBS.

후기

언제나 응원 감사드립니다.

작가인 미시마 요무입니다.

후기에 뭘 쓰면 좋을지 매번 고민하는데, 이번에는 2권과 주인공인 리온에 관해 쓰고자 합니다.

이 「여성향 게임 세계는 모브에게 가혹한 세계입니다」는 '소설가가 되자'에서 연재하는 작품입니다.

Web판을 읽어 주신 독자분은 이미 아시리라고 생각합니다만, 흐름은 같아도 대폭 손을 봤습니다.

초반의 흐름 등, Web판과는 전혀 다릅니다.

그 밖에는 리온이 학원 학생들을 도발하는 장면도 대폭 개고(改稿)하였습니다.

리온과 대치하는 디어드리 선배는 Web판에서는 이름도 없었고 대사가 약간 있을 뿐인 캐릭터였지요.

2권에서는 이름을 붙이고 리온과 얽히게 해 봤습니다.

나머지는 리비아가 노력하는 모습일까요?

Web판보다 활약을 늘렸습니다.

세세한 부분을 쓰면 끝이 없기에 이쯤 해두겠습니다만, 서적판은 그만큼 손을 봤습니다.

──전부 복사 붙여넣기 한 거 아니에요.

오탈자만 체크하고 판매할 수 있다면 편하겠지만 말입니다.

하지만 그렇게 되면 Web을 읽어 주신 독자분이 즐기실 수 없기에 그렇다면 완성도를 올리고자 노력했습니다.

그중에서 가장 고생한 것은 리온의 도발 장면일까요?

Web판에서의 감상이나 통판 사이트 등의 리뷰도 읽습니다만, 그렇게나 높은 평가를 받을 수 있었던 건 리온의 도발력 덕분이라고 생각했습니다(웃음).

그러니 리온이 학생들을 도발하는 장면은 힘을 쏟아 썼습니다.

리온의 도발을 즐겨 주신다면 기쁘겠습니다.

그리고 리온 못지않게 중요한 게 루크시온입니다.

독설가 인공지능 파트너가 곁에서 딴지를 걸고 있기에 리온의 성격이라도 통할 수 있었던 거겠죠.

자신의 발언을 돌아보지 않는 리온만 홀로 나왔다면 '불쾌한 녀석'으로 끝나 버릴 수도 있으니 말이죠.

루크시온이라는 존재는 리온에게 굉장한 힘입니다.

정말이지 치트 그 자체입니다.

단지, 작가의 눈으로 보자면 루크시온이라는 존재가 있어서 리온이라는 캐릭터가 살아나는 셈이라, 치트 성능보다 루크시온의 역할에 주목하게 됩니다.

'여성향 게임 세계는 모브에게 가혹한 세계입니다'는 흐름에 맡겨 써 내린 소설입니다만, 시작 전에 주인공의 인물상을 어찌할지를 고민했습니다.

여성향 게임이 무대고, 여성에게 상냥하고 남자에게 가혹한 세계에서 마구 날뛰는 주인공── 성격은 조금 비뚤어진 쪽이 좋겠지? 리온 혼자라면 비호감 캐릭터가 되거나, 혹은 오해를 살지도 모르니 사정을 알고 있으면서 주인공의 우스꽝스러운 행동에 대응할 수 있는 딴지 역할도 필요하겠군, 하고요.

　루크시온이 있기에, 리온이라는 캐릭터가 인기를 얻었다고 생각합니다.

　실제로 앙케트에서의 캐릭터 인기투표는 리온이 1위였습니다.

　──안제나 리비아를 제치고 1위였습니다.

　저도 깜짝 놀랐습니다.

　앞으로도 마구 도발해 대는 리온이 활약하는 「여성향 게임 세계는 모브에게 가혹한 세계입니다」를 응원해 주세요.